Carolin Wahl

Golden Heritage

Bisher bei Loewe Intense erschienen:

Vielleicht jetzt
Vielleicht nie
Vielleicht irgendwann
Skogen Dynasty
Golden Heritage

GOLDEN HERITAGE

CAROLIN
WAHL

Loewe
INTENSE

FSC
www.fsc.org
MIX
Papier | Fördert gute Waldnutzung
FSC® C014496

ISBN 978-3-7432-1572-6
2. Auflage 2024

Umschlaggestaltung: Andrea Janas | andreajanas.com
Umschlagmotive: © tomertu/shutterstock.com, © sergio34/shutterstock.com
Innenklappen- und Kapitelvignetten: Michael Dietrich
Printed in the EU

www.loewe-verlag.de

Für alle, die zu oft Ja anstatt Nein sagen:
Es tut nicht weh, auch einmal Grenzen zu setzen.

Und für euch, meine Filmkamera-Emoji-Crew, für den Fall,
dass ihr das gerade dringend braucht. Schön, dass es euch gibt.

PLAYLIST

The Avener – Fade Out Lines
Musique Boutique – Smooth Operator (Deep House Version)
Gustavo Bravetti – Babel
Phoebe Bridger – Garden Song
Billie Eilish – What Was I Made For?
(From The Motion Picture »Barbie«)
The Killers – Mr. Brightside
Zara Larsson – Uncover
Tove Lo – Habits (Stay High)
Fleetwood Mac – Everywhere
Måneskin – Somebody Told Me
Shawn Mendes – If I Can't Have You
Depeche Mode – Enjoy The Silence
Riton & Nightcrawlers – Friday (feat. Mufasa & Hypeman)
(Dopamine Re-Edit)
Bad Omens – THE DEATH OF PEACE OF MIND
Olivia Rodrigo – Vampire
Robyn – Dancing On My Own
Billy Talent – Surrender
Harry Styles – Golden
Taylor Swift – All Too Well (Taylor's Version)
Taylor Swift – Is It Over Now? (Taylor's Version)
(From The Vault)
The Weeknd – Hardest To Love
Wilee – Night Drive
ZODIVK – Haters

1

ELLI

Es gab Momente im Leben, in denen man den Boden unter den Füßen verlor und in die Dunkelheit stürzte. Ein paar dieser Augenblicke hatte ich erlebt, konnte sie an einer Hand abzählen.

Einer davon stand nun direkt vor mir.

Ich spürte, wie mir kalter Schweiß ausbrach und meine Finger sich in den Stoff des senfgelben *Valentino*-Kleides krallten, sodass ich Angst hatte, meine langen Nägel könnten einen Riss hinterlassen. Die andere Hand umklammerte den Oberarm meines älteren Bruders Sander, den ich gerade darüber informieren wollte, dass seine Begleiterin für den Abend – Norah – hektisch vom Ball geflohen war. Ganz im Disneyprinzessinnenstil und mit einem gehetzten, beinahe todtraurigen Ausdruck auf ihrem hübschen Gesicht. Doch nun blieben mir die Worte förmlich im Hals stecken.

Die funkelnden Kronleuchter warfen ihr warmes Licht auf die elegant gekleideten Gäste, die in einem Meer aus Klängen um mich herum zu einer grauen Brühe verschwammen. Der prächtige Saal des Theaters pulsierte vor Energie und Geheimnissen. Menschen strömten an mir vorbei, das leise

Summen der Gespräche und das Klirren von Gläsern kam nur noch dumpf bei mir an, wie unter Wasser.

Meine Kehle fühlte sich an, als hätte ich Feuer geschluckt, und ich starrte in Lucas Stensruds teuflisch attraktives Gesicht. Dunkelbraune Augen mit unverschämt langen Wimpern, ein gepflegter Dreitagebart, der ihm ungeheuer gut stand. Die schwarzen Haare waren raspelkurz geschnitten und das weiße Hemd hob sich von seinem warmen, goldenen Hautton ab. Es war jenes Gesicht, das ich an meinem sechzehnten Geburtstag zum letzten Mal gesehen hatte und das mich daraufhin nicht länger in meinen Träumen, sondern in meinen Albträumen heimgesucht hatte.

Sein herber, maskuliner Duft drang in meine Nase, anders und trotzdem so vertraut wie eine verloren geglaubte Kindheitserinnerung.

Er war älter geworden. Sechs Jahre waren eine verdammt lange Zeit. Alles an ihm wirkte kantiger und gereift. Wie guter Wein. Die jugendlichen Züge waren denen eines erwachsenen Mannes gewichen und die einst so gütigen Augen blickten mich jetzt überrascht, aber distanziert an. Als würde er gar nicht wissen, dass mein Herz in Fetzen hing, seit er mich im Regen hatte stehen lassen. Wortwörtlich.

Lucas Stensrud.

Mein bester Freund, in den ich vier Jahre lang heimlich verliebt gewesen war.

Ausgerechnet er. Hier. Auf dieser Veranstaltung. Dem Benefizball im alten Theater, für dessen Einladung einige ihre Niere verkaufen würden. Lucas Stensrud, von dem ich mir meinen ersten Kuss gewünscht und später viel, viel mehr erhofft hatte, der in mir jedoch nie etwas anderes gesehen hatte als seine beste Freundin.

Donnernd schlug mir das Herz gegen die Rippen. Mein Puls galoppierte so heftig, dass ich mir sicher war, jeder könnte das Pochen meiner Halsschlagader beobachten.

»Lu-Lucas«, würgte ich schließlich hervor, froh, dass ich überhaupt eine Silbe über die Lippen gepresst hatte. Dankbar, etwas gesagt zu haben. Sekunden fielen wie Dominosteine.

Innerhalb eines Augenblicks zogen tausend Bilder vor meinem geistigen Auge vorbei. Splittermomente. Berührungen. Gesten. Sein Herzlächeln.

Pokker.

Ich hatte es immer Herzlächeln genannt, weil es direkt in mich eingedrungen war. Kein anderer Mann hatte ihm das Wasser reichen können. Ich hatte sie alle mit ihm verglichen, doch niemand hatte mich innerlich je so berührt wie er.

Wo war er gewesen? All die Jahre?

Was zum Teufel machte er hier?

»Elli«, erwiderte er und der Klang seiner Stimme war wie die Sonne, die durch eine dichte Wolkendecke brach.

In mir krampfte sich alles zusammen. O Gott, ich hatte ihn so sehr vermisst. Immer. Die ganze Zeit.

»Ich dachte, du kommst heute Abend nicht.«

Volltreffer.

In mir splitterte etwas.

Dieser eine, fast schon beiläufig dahingesagte Satz reichte aus, um den letzten Rest Liebe, den ich all die Jahre in mir bewahrt hatte, einfach auszulöschen. Als hätte ich schwarze Farbe über eines meiner liebsten Bilder gekippt. Sorgfältig hatte ich meine Gefühle für ihn aufgehoben, für den unwahrscheinlichen Moment, in dem wir uns noch einmal begegnen sollten.

Ich zuckte zurück, als hätte er mir eine Ohrfeige verpasst. Und genau so fühlte es sich an. Meine Wangen brannten.

Niemanden hatte ich jemals so nah an mich herangelassen. Kein Kerl hatte mich jemals so gut verstanden wie er. Früher war ich davon überzeugt gewesen, dass wir zwei Hälften eines zerbrochenen Spiegels waren, jetzt kam es mir vor, als wären wir immer nur ein Scherbenhaufen gewesen.

Woher hätte er meine Pläne für heute Abend kennen sollen? Hatte er mich beobachtet oder sogar im Auge behalten? Ich hatte mich kurzfristig umentschieden, das stimmte. Aber das konnte er eigentlich nicht wissen. Eigentlich.

Dieser Arsch. Dieser Arsch-Arsch!

Ja, Lucas Stensrud hatte mir das Herz gebrochen. Aber ich war nicht länger die Elli, die er damals zurückgelassen hatte. Auch ich war erwachsen geworden. Hatte mich verändert. Ein bisschen. Nicht genug.

Aber ich würde ihm niemals, niemals mehr die Gelegenheit geben, einen Blick auf meine geschundene Seele zu erhaschen.

Niemals.

Also straffte ich die Schultern, reckte herausfordernd das Kinn und legte all die lodernde Wut in meinen Blick, ehe ich mich abrupt meinem Bruder zuwandte. Lucas musterte mich weiterhin, Überraschung funkelte in seinen Augen.

»Sander, ich wollte dir nur sagen, dass Norah gerade sehr hastig das Gebäude verlassen hat.«

Ohne seine Erwiderung abzuwarten, drehte ich mich um. Mein Gesicht loderte vor Wut und Scham, als ich auf meinen sündhaft hohen High Heels davonstakste, als hätte ich einen Laufsteg vor mir. Es kostete mich meine gesamte Willenskraft, nicht einfach hier und jetzt in Tränen auszubrechen. Krampfhaft schlossen sich meine Finger um die goldene Clutch, ich wollte unbedingt einen ausdrucksstarken Abgang hinlegen. Ich war stark. Hoffentlich.

Einen Schritt vor den anderen. Meine Knie fühlten sich wie Butter an, die ich bereits für den perfekten Teig auf Zimmertemperatur gebracht hatte.

Noch einen Schritt. Und noch einen. Immer weiter von Lucas und meinem Bruder weg. Erst jetzt dämmerte mir, dass die beiden sich kennen mussten. Sie hatten sich unterhalten, als ich neben ihnen aufgetaucht war. Irgendwann würde ich Sander zu ihrem Verhältnis fragen müssen, aber nicht heute. Das würde ich nicht verkraften.

Mein Nacken prickelte und ich war überzeugt, dass mir Lucas' Blick folgte, jede Bewegung beobachtete. Also gab ich noch einmal alles. Schultern nach hinten gedrückt, etwas mehr Hüftschwung als nötig.

Mein Ziel war die Damentoilette am anderen Ende des Saals, der sich plötzlich ausdehnte, als würde er einmal tief Luft holen. Ich brauchte dringend einen Moment der Ruhe, um meine Gedanken zu sortieren und meiner besten Freundin Tiril eine Nachricht zu schreiben. Sie war die Einzige, die mich in dieser Situation verstehen würde.

Ich hatte nicht viele Freunde. Eine Handvoll Bekannte aus dem Studium. Allerdings hatte ich mich in den elitären Kreisen der Gesellschaft immer etwas unwohl gefühlt. Nicht so wie Theo, mein Bruder. Selbst Sander schaffte es mühelos, einen Raum voller Fremder in kürzester Zeit für sich einzunehmen. Dagegen war ich zurückhaltend und schüchtern, blieb lieber für mich und mied den Kontakt zu anderen Menschen, soweit es eben ging.

Wenn ich jemanden in mein Leben ließ, dann eigentlich für immer.

Vielleicht hatte mich Lucas' Kontaktabbruch deswegen so zerschmettert.

Im gedämpften Licht der Toilette atmete ich zweimal durch, schloss mich in eine Kabine ein und ließ meinen Gefühlen freien Lauf. Mein Sichtfeld verschwamm, als Tränen aus meinen Augen kullerten. Zittrig sank ich auf den zugeklappten Toilettendeckel.

Nur gedämpft drangen die Geräusche des Balls, die lebhafte Musik und das fröhliche Lachen durch die geschlossene Tür. Hier auf der Toilette war ich in meine eigene kleine Blase gesperrt. Meine Finger waren feucht, als ich mein Handy aus der Clutch zog und den Chat mit Tiril öffnete. Ich angelte nach den richtigen Worten, tippte und löschte wieder.

Dann entschied ich mich für die gnadenlose Wahrheit. Ein Dolchstoß. Präzise und sauber.

Ich habe Lucas gesehen.

Erleichterung durchströmte mich, nachdem ich die Nachricht abgeschickt hatte. Weil es sich anfühlte, als müsste ich diese Scheißlast nicht allein tragen. Mich nicht allein dem Kampf der Vergangenheit stellen.

Zum Glück war auf Tiril wie immer Verlass.

Lucas, welcher Lucas?

Zwei Sekunden später folgten eine Reihe von entsetzten Emojis und die Frage:

DER Lucas?

Ja.

Fuck. Wie geht's dir? Wie sieht er aus? Bestimmt ungepflegt und unglücklich, nachdem er dich damals so behandelt hat. Du weißt schon, karma-mäßig scheiße.

Trotz der Umstände ließ mich Tirils Wortwahl schniefend lächeln.

Er sah großartig aus. Er hat sogar noch so gerochen wie damals. Nein, besser. Aber er ist ein Arsch-Arsch.

Ich zögerte, doch nur kurz.

Er dachte wohl, dass ich heute nicht komme. Das war auch ursprünglich mein Plan. Also …

Unglaublich! Woher weiß er das? Ich stehe auf dem Schlauch. Hast du vielleicht doch etwas verbrochen … damals?

Nachdenklich nagte ich an meiner Unterlippe. Spielte im Kopf alle Möglichkeiten durch. Aber da war nichts. Kein Gespräch. Kein Streit. Nichts, das den plötzlichen Kontaktabbruch erklären würde. Wochen-, nein monatelang hatte ich deswegen gegrübelt, überlegt und seziert, in der Hoffnung herauszufinden, weshalb er verschwunden war. Weshalb meine Nachrichten ins Leere liefen, nie gelesen wurden.

Gleich mehrere Frauen betraten die Toiletten, also schrieb ich rasch:

Ich glaub nicht. Aber ich melde mich später. Danke, dass du da bist.

Für dich immer, Maus. Du forderst viel zu selten ein. Normalerweise bin ich diejenige, die dich vollheult. Also sieh es als Ministeinchen auf der Gerechtigkeitswaage.

Nachdem ich die Tränen getrocknet und frisches Puder aufgelegt hatte, trat ich wieder in die Haupthalle. Hier und da spürte ich einen Seitenblick, der mich flüchtig streifte. Aber anders als meine beiden Brüder mied ich das Rampenlicht, war selten in den Klatschzeitschriften abgelichtet und besaß auch keine öffentlichen Social-Media-Accounts. Allein der Gedanke daran, immer und überall erkannt zu werden, verwandelte meine Handflächen in wahre Wasserrutschen.

»Hier«, erklang eine angenehm tiefe Stimme zu meiner Rechten, leise genug, sodass es außer mir niemand hörte. »Du siehst aus, als könntest du ein Glas Champagner vertragen.«

Als ich den Kopf wandte, empfing mich das freche Grinsen von Mar, besser gesagt Kronprinz Marius. Sanders bester Freund war das Scheinwerferlicht dieser Welt gewöhnt und zog sämtliche Blicke auf sich.

Doch ausgerechnet jetzt kam mir das ziemlich ungelegen. Dabei liebte ich Mar wie einen dritten Bruder, was vor allem daran lag, dass er immer schon in meinem Leben gewesen war und mich niemals für meine Schüchternheit verurteilt hatte. Er hatte einfach darüber hinweggesehen. Es nicht weiter beachtet. Mein Stottern. Schweigen. Starren. Das Rotwerden.

Im Laufe der Jahre hatte ich dank unzähliger Therapiestunden gelernt, damit umzugehen. Nur weil ich hart an mir gearbeitet hatte, versetzte mich dieser Benefizball voller Menschen nicht mehr in absolute Panik. Höchstens noch mickrige dreißig Prozent.

»Nichts für ungut, aber …«, setzte ich an, bemerkte dann jedoch aus dem Augenwinkel Lucas' drahtige Gestalt. In der Zwischenzeit hatte er das Jackett abgelegt, sodass sein muskulöser Bizeps unter dem anschmiegsamen Hemd deutlich erkennbar war. Nicht weit von uns entfernt lehnte er an einer der zahllosen Marmorsäulen, das Gesicht halb im Schatten verborgen. Aber sein Blick … Ein warmer Schauer durchrieselte mich und ich fuhr mir unbewusst mit einer Hand über den Oberarm. Mein Herz stolperte.

Schnell wandte ich mich wieder Mar zu. »Ach, was soll's«, verkündete ich eine Spur zu enthusiastisch, schnappte mir das Glas aus seiner Hand und leerte es in einem Zug. Es roch fruchtig und sprudelte wie ein Brausebad in meinen Hals.

»Auf … dich?« In Mars whiskeyfarbenen Augen stand ein fettes Fragezeichen. »Ist alles in Ordnung?«

»Jupp. Ging mir nie besser. Fühle mich ausgezeichnet. Regelrecht wie ausgewechselt.«

»Scheint ganz so.«

Unauffällig schielte ich an Mar vorbei und bemerkte, dass Lucas uns noch immer mit Adleraugen beobachtete. Das, was ich von seinem Gesicht sehen konnte, zeugte von kühler Beherrschtheit, dennoch hatte ich das Gefühl, dass da noch etwas anderes war. Etwas, das seltsame Dinge mit meinem Bauch anstellte.

Wie ferngesteuert ließ ich meine Mundwinkel nach oben springen. Keine Sekunde würde ich mir vor Lucas die Blöße geben. Sollte er doch denken, ich hätte den Spaß meines Lebens.

Mar zuckte unmerklich zusammen. »Das sieht ehrlich gesagt ein bisschen gruselig aus.«

»Was genau meinst du?«, fragte ich mit schief gelegtem Kopf und drückte den Rücken durch, sodass meine Brüste etwas besser zur Geltung kamen. Krampfhaft lächelte ich weiter.

»Du siehst aus, als würdest du jemanden ermorden wollen.«

»Hihi«, kicherte ich und schlug Mar spielerisch auf den Arm. Mit einem koketten Wimpernaufschlag sah ich zu ihm hoch, wobei ich mir die Gelegenheit nicht entgehen ließ, verstohlen zu meinem ehemals besten Freund hinüberzuschauen. Obwohl sich Lucas redlich Mühe gab, verfinsterte sich seine Miene schlagartig. *Yes!* Genau das brauchte ich, um mein kümmerliches Ego zu streicheln.

»Du machst mir Angst.« Misstrauisch beäugte Mar erst mich, dann meine Hand, die jetzt auf seinem Unterarm lag und kleine Kreise darauf malte.

»Und du sagst immer so kluge, ausgesprochen zutreffende Dinge«, flötete ich und verlagerte ein wenig das Gewicht, um den Anschein zu erwecken, ihm einen besseren Blick auf mein Dekolleté zu gestatten.

»Im Moment habe ich keine Ahnung, was für eine Art von Unterhaltung wir gerade führen. Aber irgendetwas sagt mir, dass ich lieber ein paar Schritte Abstand von dir halten sollte.«

Keine Ahnung, ob ich ihn jemals so nervös erlebt hatte, aber tatsächlich schien es, als würde ich den Kronprinzen leicht aus der Fassung bringen.

»Wer bist du und was hast du mit Elli gemacht?« Vorsichtig nahm er einen Schluck aus seinem Champagnerglas.

Verschwörerisch lehnte ich mich ihm entgegen und senkte die Stimme. »Und ich würde dir überallhin folgen.«

»Okay.« Mit einer Hand fuhr er sich durch das dunkelbraune Haar. »Das kann kein ernsthafter Flirtversuch sein, weil ich dich schon flirten gesehen habe. Das ist subtiler. Süßer. Was du da gerade veranstaltest, ist ein Chainsawmassaker, und ich bin mir nicht sicher, ob ich deiner Kettensäge im Weg stehen möchte.«

Dieses Mal musste ich mein Lachen nicht spielen. Ich drehte es nur ein paar Lautstärken nach oben. Mar sah aus, als würde er ernsthaft in Erwägung ziehen, einfach zu gehen.

Wieder schielte ich unauffällig an ihm vorbei. Mein Herz sank. Lucas war verschwunden. Keine Ahnung, weshalb mich das so enttäuschte, aber nach allem, was ich wegen ihm durchgemacht hatte, wollte ich es ihm irgendwie beweisen. Dass ich weitergelebt hatte. Dass es mir gut ging. Fantastisch.

Mit einem Seufzen wandte ich mich wieder Mar zu, als ich eine einnehmende Präsenz unmittelbar neben mir spürte.

»Hi«, erklang da auch schon Lucas' Stimme und es durchfuhr mich siedend heiß. »Würdest du uns für einen Moment entschuldigen?«

Langsam wandte ich den Kopf, sah zu ihm auf, während er den Kronprinzen mit einem so kalten Blick maß, dass ich für eine Sekunde das Atmen vergaß. Ich war mir sicher, dass die Frage an mich gerichtet war, denn selbst Lucas Stensrud war nicht so unverfroren, in aller Öffentlichkeit das royale Protokoll komplett außer Acht zu lassen. Und auch der nächste Satz richtete sich wie ein Schwert an mich, obwohl er mich nur flüchtig dabei ansah.

»Ich muss mit dir sprechen. Jetzt.«

Pokker!

Golden

2

LUCAS

Was zum Teufel machst du da?

Ich spürte, wie mein Kiefer malmte, während ich verzweifelt versuchte, die Kontrolle über die Situation zurückzugewinnen. Allerdings war es dafür zu spät. Ich hatte meine eigene, eiserne Regel gebrochen, mich nicht in *ihre* Nähe zu begeben.

Nachdem wir uns unverhofft über den Weg gelaufen waren, hatte es eine gefühlte Ewigkeit gedauert, bis ich wieder klar denken konnte. Ich hatte ihr hinterhergestarrt wie ein Schuljunge und den Blick nicht von dem verführerischen Hüftschwung, geschweige denn den Konturen ihrer Figur in diesem atemberaubenden gelben Kleid abwenden können, das ihren zarten rosafarbenen Hautton unterstrich.

Während der nächsten fünfzehn Minuten hatte ich mir eingeredet, dass die Begegnung kein Problem gewesen sei. Dass ich nicht wieder Monate – oder Jahre – daran zu knabbern hätte.

Aber jetzt hatte ich endgültig die Kontrolle verloren.

Ich hatte nicht mit ihr gerechnet, mich extra vorher umgehört. Damit genau diese Begegnung ausblieb. Damit ich ihren Anblick nicht ertragen musste.

Weil es all die verlorenen Möglichkeiten wieder ans Tageslicht zerrte, all die Momente, die ich gemeinsam mit ihr verpasst hatte.

Es ist besser so.

Mein Brustkorb schmerzte, als würde sich mein Herz darin regen. Doch das konnte nicht sein. Es war schon lange unter völliger Emotionslosigkeit begraben, unter bergeweise Arbeit. Vielleicht war es längst zu Staub zerfallen.

Obwohl ich Elli nicht anschaute, spürte ich sie in jeder Zelle meines Körpers. Spürte ihre Aufmerksamkeit. Ihren wachsamen Blick. Wie sie alles mit ihrer ruhigen, kühlen Art analysierte und aufnahm. Ihr verdammter Duft drang in meine Nase, eine Blumenwiese, in der ich mich am liebsten gewälzt hätte. Wie ein Straßenköter, der auf eine läufige Hündin aus der Nachbarschaft reagierte. Die Erinnerung an ihre zarte Gestalt, die sich an mich schmiegte, als wir bei einem Unwetter in meine Wohnung geschlichen und *Susi & Strolch* angesehen hatten, jagte in Sekundenschnelle durch meinen Geist. *Was für eine Ironie.*

Kronprinz Marius Olav von Norwegen betrachtete mich mit einem scheinbar gelangweilten Blick, doch ich beherrschte die Spielchen der High Society inzwischen zu gut. Auch wenn ich immer noch kein Teil davon war. Als wäre ich mit einem deutlich sichtbaren X markiert worden.

Marius wirkte irritiert. Eindeutig. Meine protokollarisch notwendige Verbeugung fiel kürzer aus, als angebracht wäre, aber das war mir egal. Die Art, wie Elli mit ihm geflirtet hatte, war kaum zu ertragen gewesen. Meine Beine hatten sich wie von selbst in Bewegung gesetzt, begleitet von einem rauschenden Herzschlag und einer unsäglichen Wut im Bauch. Da war einfach eine Sicherung durchgebrannt.

Alles, was mich interessierte – ich korrigierte mich im Stillen –, *wer* mich interessierte, stand einen Meter von mir entfernt. Schöner als je zuvor. Beeindruckender. Elli war ein hübsches Mädchen gewesen, aber jetzt, als erwachsene Frau, könnte sie mich ohne jeden Zweifel mit einem ihrer Blicke in die Knie zwingen. Und heilige Scheiße, was hätte ich dafür gegeben, vor ihr in die Knie gehen zu dürfen. Damit sie mich ansah. Anlächelte. Verzückt meinen Namen stöhnte.

Augenblicklich schüttelte ich alle unangebrachten Bilder ab. Das hatte hier nichts verloren.

Es reichte, wenn ich mich in den nächsten Tagen im Halbschlaf ein bisschen damit quälte.

»Hi«, sagte ich und war erstaunt, wie normal ich mich anhörte, obwohl in mir ein Orkan wütete und ich den Kronprinzen am liebsten an seinem maßgeschneiderten Anzug gepackt und ein paar Meter nach hinten befördert hätte.

Auch das war völlig unangebracht. Genauso wie die Tatsache, dass sich meine Hand zu einer Faust ballte. Zuckte. Am liebsten Bekanntschaft mit seinem ausgeprägten Kiefer gemacht und einmal königliches Blut gekostet hätte. Es stand mir nicht zu, so zu denken. Nicht mehr.

Niemals.

»Also, kann ich dich kurz unter vier Augen sprechen?«

Selbstverständlich galt Marius' fragender Blick Elli, die ihn aus ihrer Audienz entließ.

»Sicher?«, fragte er.

»Schon in Ordnung, Mar.« Bei dieser vertrauten Anrede krampfte sich meine Faust etwas fester zusammen, aber wenigstens spielten meine Gesichtsmuskeln mit. Blieben standhaft. Neutral. Zumindest hoffte ich das. Mit einem knappen Nicken verabschiedete sich der Kronprinz, allerdings nicht, ohne mir einen eindringlichen Blick zuzuwerfen. *Pass auf, was du abziehst, ich habe dich im Auge.*

Den Mittelfinger in seine Richtung hielt ich zurück.

Erst dann sah ich Elli an. Und bereute es in derselben Sekunde.

Fuck.

Es war die wache Intelligenz in ihren großen nebelgrauen Augen, die noch immer diese Faszination auf mich ausübten, genau wie vor sechs Jahren. Alles an ihr wirkte anmutig. Die Art, wie sie sich durch den Raum bewegte, den Rücken gerade hielt, den Kopf schief legte oder die Lippen kräuselte. Ich war ihrer nicht würdig. Egal, wie sehr ich mich anstrengte, ich würde es niemals sein.

Elli verdiente alles. Sie verdiente die Welt und ich konnte ihr nicht einmal die Wahrheit zu Füßen legen.

»Was willst du?«, fragte sie mich nun. Selbst ihre Stimme hätte einer Königin Konkurrenz gemacht und im Grunde war ihre Verachtung absolut gerechtfertigt.

»Wie geht's dir?«

Wie geht's dir? Heilige Scheiße, ich war in Ellis Nähe absolut nicht zurechnungsfähig. Das verlief nicht nach Plan.

Eine ihrer perfekten Augenbrauen wanderte in die Höhe. »Du bist extra rübergekommen, um mich das zu fragen?«

»Ja.«

Nein. Ich will einfach nur deinen verdammten Duft inhalieren, damit ich die nächsten sechs Jahre überleben kann.

»Ganz ehrlich, Lucas? Du hast das Recht auf eine Antwort in dem Moment verloren, in dem …« Jäh unterbrach sie sich, als hätte sie bereits zu viel offenbart. Sie schüttelte den Kopf, sodass ihre Brillantohrringe im Licht der Kronleuchter wie eingefangene Sterne funkelten. Dann lächelte sie. Und das schmerzte mehr, als ich wahrhaben wollte. Denn es war nicht mein Elli-Lächeln, dieses leise, verbotene, das mein Herz schneller schlagen ließ. Es war dasselbe Lächeln, das sie für jeden bereithielt, mit dem sie ungezwungenen Small Talk führen musste.

»Mir geht es wunderbar. Fantastisch. Und dir?«

»Mir geht es … auch gut.«

Fuck, fuck, fuck! Was machte ich? Warum war ich zu ihr gegangen? Weshalb hatte ich mich dazu verleiten lassen, in ihr Gespräch einzugreifen?

Ganz einfach, weil du es nicht ertragen konntest, dass sie mit dem Kronprinzen flirtet.

»Woher wusstest du, dass ich nicht geplant hatte, heute hier zu sein?«, hörte ich sie scheinbar arglos fragen, aber ich ahnte, dass es hinter ihrem aufmerksamen Blick gewaltig schwelte.

Weil ich in der Firma deiner Familie arbeite. Weil ich mehrfach dafür gesorgt habe, dass wir uns nicht zufällig begegnen. Weil ich mehr über dich weiß, als ich sollte.

Natürlich sagte ich nichts davon. Stattdessen zögerte ich, aber nur kurz. Ich musste dafür sorgen, dass sie mich weiter für ein Arschloch hielt. Musste mein kümmerliches Selbst schützen, andernfalls würde es mich wieder zerfleischen. Es war besser so. Immer gewesen.

Auf Abstand gehen. Wieder abtauchen. Sie weiterfliegen lassen, damit ich sie nicht zum Absturz brachte.

»Ich wollte mich nur kurz vergewissern, dass alles gut ist. Und ich möchte sicherstellen, dass wir uns in Zukunft nicht mehr über den Weg laufen.« Bei meinen Worten zuckte sie unmerklich zusammen. Am liebsten hätte ich alles zurückgenommen, aber es war zu spät. Es gab kein Zurück mehr. »Dafür habe ich bereits ein paar Mal gesorgt.«

Herregud, ich war ein Wichser.

»Du hast … Du …« Elli verengte ihre Augen. »O-kay. Und weshalb?«

»Weil ich glaube, dass es besser ist, wenn wir uns nicht sehen. Gar nicht.«

»Habe ich dir irgendetwas getan? Etwas, woran ich mich nicht erinnern kann?«

»Ich möchte einfach nichts mit dir zu tun haben.« Die Worte krochen aus meinem Mund, als wollten sie sich an meiner Zunge festklammern, und ich absorbierte Ellis Schmerz, der plötzlich in ihren Augen aufglomm, nährte meinen Zorn damit. In meinem Inneren zog sich etwas qualvoll zusammen und mein Herz zuckte wie unter einem Defibrillator.

»Wie du wünschst«, sagte sie beherrscht, doch ihre Stimme zitterte ein wenig. Nicht auffällig, aber ich registrierte es dennoch. »Dann wünsche ich dir noch ein schönes Leben, Lucas Stensrud.«

Elli war kein Mensch, der wütend wurde. Sie war die Sanftmut in Person, herzlich und liebevoll, hatte für jeden ein freundliches Wort übrig und kümmerte sich um alle gleich. Egal, welchen Status oder welche Position jemand besaß. Ich wusste das, denn ich hatte es selbst erlebt.

Und genau aus diesem Grund musste ich mich tunlichst von ihr fernhalten.

Weil sie für all das stand, was ich verloren hatte.

Weil ich ihr nur das Herz brechen würde.

Weil sie mein Herz immer noch in der Hand hielt.

Ich atmete ein letztes Mal ihren unverwechselbaren Geruch ein, der sich mit ihrem frühlingshaften Parfüm mischte, gestattete mir einen Blick auf ihr puppenhaftes Gesicht, ihre zarte Gestalt. Dann machte ich auf dem Absatz kehrt und ging mit langen Schritten davon. Meine Beine fühlten sich an, als hätte ich es mit dem Kickboxtraining übertrieben. Aber ich ging weiter. Scheinbar gelassen. Beherrscht. Richtung Balkon. Ich brauchte frische Luft für meine benebelten Gehirnzellen.

Draußen war es stockfinster, als wollte sich der Himmel meiner Seele anpassen. Er hätte es nicht geschafft.

»Hey, Arschloch«, tönte es von rechts und als ich den Kopf wandte, stand plötzlich Marius Olav von Norwegen neben mir. Keine zwei Schritte entfernt. Bis auf uns beide war niemand hier. Entrüstung flackerte über sein attraktives Gesicht. »Wenn du ihr gerade wehgetan hast, sorge ich dafür, dass du in dieser Stadt garantiert nichts mehr zu melden hast.«

Erleichterung und Abscheu durchströmten mich. Erleichterung deswegen, weil jemand auf Elli aufpasste. Abscheu, weil ich derjenige war, der sie verletzt hatte. Sprudelnde Eifersucht durchzuckte mich, aber ich unterdrückte meine Gefühle, erstickte sie unter einer Maske aus Gleichgültigkeit.

»Nicht nötig«, erwiderte ich gelassen, obwohl ich am liebsten gebrüllt hätte. »Ich bin sowieso unbedeutend.« Obwohl ich Tag für Tag dafür kämpfte, dass sich das änderte. Obwohl ich so gern endlich den Weg in die Welt gefunden hätte, die mir in all den Jahren versperrt geblieben war. Um es mir selbst zu beweisen. Um nicht mehr der Junge mit der anstrengenden Kindheit zu sein, sondern einer von *ihnen.*

Bevor ich Marius den Rücken zukehrte, fixierte ich einen Punkt hinter ihm. »Danke.«

»Wofür?«, fragte er misstrauisch.

»Dass sie jemanden hat, der auf sie aufpasst«, antwortete ich und drehte mich weg, um mich in den Strudel meiner Dunkelheit zu stürzen.

3

ELLI

Als ich das Fenster in der Penthouse-Wohnung im Tjuvholmen-Stadtviertel aufriss und das glühend heiße Blech fluchend hinaushielt, strömte salziger Meeresduft herein. Dampf stieg in die kühle Abendluft, leise drangen das Rauschen des Oslofjords und dumpfe Bassklänge aus einer der beliebten Bars in Aker Brygge zu mir nach oben. Ich war zwar erst vor einer Woche eingezogen, aber das Apartment gehörte schon seit Jahren Großvater, weswegen wir es manchmal am Wochenende nach dem Feiern zum Übernachten genutzt hatten. Wenn wir nicht gerade in einem Hotelzimmer untergekommen waren.

Hustend kämpfte ich gegen die Tränen, denn der beißende Gestank von verkokelten Keksen juckte wie Schnupftabak in meinen Nebenhöhlen.

Es war klischeehaft, aber das Einzige, was meinem introvertierten Selbst half, sich wieder menschlich zu fühlen, waren Kekse. Egal in welcher Form. Für mich waren sie Therapiestunde und Beruhigungsmittel in einem.

Auch nachts, wenn die letzten Restaurants schlossen. Gerade dann. Das Fitnesscenter war eine gute Alternative. Aber dort waren meistens Menschen. Obwohl zu dem Gebäudekomplex, in dem ich wohnte, ein Sportstudio gehörte, zog ich es vor, bei meinen Eltern im großen Fitnessraum oder Indoorpool zu trainieren, denn da sah niemand zu.

Eigentlich hätte mich das Ausprobieren eines neuen Backrezepts entspannen und auf andere Gedanken bringen sollen – weg vom Grübeln wegen des Einstiegs bei KOSGEN, der unmittelbar bevorstand, außerdem weit weg von Lucas. Stattdessen fühlte es sich so an, als hätte ich meine Gedankenwelt in ein wahres Pulverfass verwandelt und ein brennendes Streichholz hineingeschmissen.

Frustriert stellte ich das Blech auf die wärmeresistente Ablage in der Küche, zog mir die Topfhandschuhe aus und pfefferte sie auf die penibel geputzte Arbeitsfläche. Keine Sekunde später bereute ich meinen untypischen Ausbruch, sammelte sie wieder ein und hängte sie an die vorgesehenen Haken neben dem Hochregal, in dem ich sämtliche Vorratsgläser mit passender Beschriftung einsortiert hatte.

In diesem Augenblick klopfte es an der Tür. Als ich durch den Spion schaute, entdeckte ich meine beste Freundin Tiril, die eine Papiertüte von *The Salmon* – einem meiner Lieblingsrestaurants – vor das Guckloch hielt.

Als ich ihr öffnete, stieß sie einen theatralischen Seufzer aus und schob sich an mir vorbei in den weitläufigen Wohn-Ess-Küchenbereich, der sich durch die komplette Glasfront an der gegenüberliegenden Seite noch größer anfühlte. Selbst bei Nacht war der Blick auf den Oslofjord atemberaubend.

»Du glaubst gar nicht, wie schwer es war, einen Liegeplatz zu bekommen. Um diese Uhrzeit! Alles belegt. Keine Ahnung, was die alle mit ihren Booten am Hafen machen.«

»Wetten, du hast dich viel zu kurzfristig darum gekümmert?«

Tiril strich sich ein paar obsidianschwarze Ponysträhnen aus der Stirn und schob ihren in Lipgloss getauchten Schmollmund vor. »Kann sein. Aber Aker Brygge und ich sind eigentlich so«, sie kreuzte Zeige- und Mittelfinger und stellte die Papiertüte mit dem schicken Logo auf den Eichenholztresen, an dem vier passende Eichenholz-Designerbarhocker mit lachsfarbenen Ledersitzpolstern standen. Ein Stuhl allein kostete eine horrende Monatsmiete.

Wie ein Spürhund, der eine Fährte aufgenommen hatte, reckte Tiril ihren Hals und schnüffelte. »Was hattest du vor? Das Apartment abfackeln?«

Ich zuckte mit den Achseln. »So in etwa.«

»Scheint dir nicht gelungen zu sein«, sagte sie mit einem vielsagenden Blick in Richtung des Blechs, auf dem die verkohlten Kekse trostlos vor sich hin starrten. »Immer noch wegen der Begegnung mit Lucas?«

»Keine Ahnung«, murmelte ich. »Aber wahrscheinlich nicht.« Was gelogen war. Selbstverständlich hatte ich die halbe Nacht wach gelegen und war sämtliche Sekunden unserer Unterhaltung in feinster Sezierung durchgegangen. Hatte Blicke, Gesten und Wörter analysiert und aus den verschiedensten Winkeln beleuchtet, nur um dann zu dem Schluss zu kommen, dass ich so nicht weiterkam. Ich wusste nicht, was ich von unserer Begegnung halten sollte.

»Dann, weil du doch nicht sicher bist, ob du in die Firma einsteigen sollst?«, fragte sie und traf damit den Nagel auf den Kopf, während sie mich aufmerksam betrachtete. Das liebte ich so sehr an Tiril. Ihren sechsten Sinn, wenn es darum ging, für mich da zu sein. Denn eigentlich war ich immer diejenige, die sich für andere einsetzte, sich Sorgen und Nöte anhörte. Es lag in meiner Natur. Ich forderte es nur andersherum kaum ein. Es gab auch nicht viele Menschen, die meine ruhige Art nicht irritierte. Die meisten machten sich deswegen gar nicht erst die Mühe, Zwiebelschicht um Zwiebelschicht zu meinem Kern vorzudringen. Tiril hatte immer um unsere Freundschaft gekämpft, was auf Gegenseitigkeit beruhte. Nur dass ich die Erfahrung gemacht hatte, nicht immer dasselbe zurückzubekommen, was ich gab.

»Warum kennst du mich so gut?«

»Weil wir uns mehrere Jahre ein Zimmer geteilt haben?«

Schweizer Internatsleben sei Dank.

Um von mir abzulenken, deutete ich auf die Tüte. »Und was ist mit dir, wieso bist du aufgetaucht? Als moralische Unterstützung? Oder wolltest du nur die Nummer des Chefkochs aus dem *Salmon*, das rein *zufällig* direkt bei mir um die Ecke liegt?«

Tirils Lächeln hatte etwas Raubtierhaftes, als sie mir die Zähne zeigte. »Wer sagt denn, dass nicht beides möglich ist? Ein bisschen Seelenfutter und anschließend Spaß haben.« Aus einer der oberen Schubladen holte sie das elfenbeinfarbene Stäbchenset, das sie mir zum Einzug geschenkt hatte. Die passenden Schälchen nahm sie aus dem schwarzen Hängeschrank. Anschließend zauberte sie zwei kleinere Sushiportionen aus der Papiertüte. »Also. Sushi. Lillet. Und danach ein Törtchen. Ich bin mir nämlich ziemlich sicher, dass deine Kekse dieses Mal nicht als Nachtisch dienen können.«

»Es sei denn, du willst deine Arztrechnung in die Höhe treiben. Hast du die Nummer vom Chefkoch bekommen?«

Augenrollend wandte sich meine beste Freundin ab, griff nach zwei Gläsern und machte den Lillet fertig, inklusive Eiswürfeln, die sie aus meinem Kühlfach klaute. »Was denkst du denn? Ich habe eindeutig zu viel *The Bear* geschaut, sonst würde mich dieser verschwitzte, mürrische Koch nicht so anturnen. Und selbstverständlich habe ich die Nummer. Er konnte unmöglich Nein sagen. Auf eine unaufdringliche Er-fand-mich-insgeheim-süß-konnte-es-aber-nicht-zeigen-Weise.« Sie reichte mir ein Glas, um mit mir anzustoßen. »Auf dich und deinen Plan, ganz *Succession*-like die Macht des Keksimperiums an dich zu reißen.«

»Haha.« Ich trank einen Schluck des erfrischend fruchtigen Alkohols. »Auf dich und deinen Plan, den Chefkoch zu verführen.«

Sie lächelte katzenhaft. »Nur du würdest verführen sagen. Und nein. Nicht heute. Außerdem werde ich dich nicht so leicht vom Haken lassen, Els.«

Tiril war die einzige Person auf dem Planeten, die mich so nannte. Das erste Mal im Kunstraum, meinem Rückzugsort, wo ich mit Kopfhörern, viel zu lauten Fleetwood-Mac-Songs und meinen Gedanken auf einem leeren Blatt Papier eine Geschichte erschaffen hatte. Keine Ahnung, wie sie darauf gekommen war, aber sie hatte Ellinor nie mit Elli abgekürzt.

Seufzend stellte ich mein Glas ab, nahm die Stäbchen zur Hand und füllte die kleinen schwarzen Keramikschälchen mit Sojasoße, die Tiril bereits mit ihrer unschlagbaren Schnelligkeit bereitgestellt hatte. Niemand konnte mich so sehr aus meiner Komfortzone locken wie sie.

»Okay. Was willst du wissen?«, fragte ich und ließ den Lachs auf der Zunge schmelzen. Genüsslich schloss ich die Augen. »Boah, ich vergesse immer wieder, wie verdammt gut das ist.«

»Bist du sicher, dass du es durchziehen willst?«

Allein bei dem Gedanken stieg kribbelnde Nervosität in mir auf. »Ich habe schon mit Sander darüber gesprochen.«

»Du könntest trotzdem einen Rückzieher machen.«

»Ja, es sind aber nur zwei Jahre. Das Traineeprogramm umfasst verschiedene Stationen im Unternehmen und danach könnte ich einen NBA dranhängen.«

»Niemand wüsste, wer du bist, oder?«

Plötzlich war da ein Klumpen Blei in meinem Bauch und ich schüttelte den Kopf, umklammerte die Stäbchen wie ein Rettungsseil. »Nein. Ich wäre Elli Hanssen. Wie im Internat.«

»Hey«, sagte Tiril und ihre sonst so fröhliche Miene wurde ganz ernst. Trotzdem sah sie mich zuversichtlich an. »Els, ob du es glaubst oder nicht, du hast das Zeug dazu. Du bist wie so eine verdammte Muräne, die ihren Kopf aus einer Korallenhöhle steckt und nicht mehr loslässt, wenn sie sich einmal festgebissen hat. Man müsste deine Kaumuskeln mit einem Messer durchtrennen.«

»Äh …« Mir fehlten die Worte. Manchmal fragte ich mich, wie Tiril auf solche Vergleiche kam.

»Ich meine damit, dass du unschuldig und lieb aussiehst mit deinen großen Augen, und dann ZACK«, meine Freundin klatschte zur Unterstreichung ihrer Worte in die Hände, »schlägst du zu und bist nicht zu stoppen.«

Angeekelt verzog ich das Gesicht, doch Tiril winkte mit einem Grinsen ab. »Du weißt, was ich meine. Du bist unfassbar talentiert und leidenschaftlich, in allem, was du tust. Während des ganzen Studiums warst du eine absolute Streberin. Ich wäre spätestens bei Molekularküche ausgestiegen, aber du hast den ganzen Chemiekram durchgezogen, als wäre es der Witz des Jahrhunderts. Wenn du ab und zu scheiterst, ist das nur deinem absoluten Perfektionismus geschuldet«, fuhr sie mit einem vielsagenden Blick in Richtung des Blechs fort. »Vertrau dir selbst und lass dich von deiner Schüchternheit nicht zurückhalten. Tritt einfach allen in den Arsch. Vor allem dem Knackarsch deines Bruders, wenn er dir blöd von der Seite kommt.«

Es bedurfte keiner Erklärung, mir war auch so klar, dass sie von Sander sprach, für den sie in der Vergangenheit geschwärmt hatte.

Das brachte mich unwillkürlich zum Kichern. »Du bist immer noch nicht darüber hinweg, dass er dir einen Korb gegeben hat, oder?« Wahrscheinlich war er einer der wenigen Menschen, auf die das zutraf. Tiril liebte nicht oft, dafür aber umso intensiver.

Sie machte wieder einen Schmollmund und bekam einen sehr verträumten Ausdruck. »Es hätte so gut werden können. Egal. Sein Verlust.«

»Falls es dich interessiert: Ich denke nicht, dass er noch lange bei KOSGEN arbeiten wird. Zumindest nicht in der Funktion des angehenden Thronfolgers.«

»Oh, weshalb?«, fragte Tiril neugierig und schlürfte an ihrem Lillet. »Macht er dir wirklich den Weg frei? Ich wäre voll dafür, dass du eines Tages den Laden schmeißt.«

»Er hat es angedeutet«, antwortete ich ausweichend, weil ich nicht wusste, wie fortgeschritten die Pläne meines Bruders waren und wie sehr es ihn stören würde, dass ich mit Tiril darüber sprach. »Außerdem hat er jemanden kennengelernt. Norah. Bodenständig. Mit Köpfchen und ihrem eigenen Weg. Lässt sich von seinem Background nicht beeindrucken. Er muss sich für sie ganz schön ins Zeug legen, aber das macht er echt gut.« Als ich an die sprühenden Funken zwischen den beiden auf dem Benefizball dachte, stahl sich ein kleines Lächeln auf meine Lippen.

»Trotz der ganzen Skandalsache?«, wollte Tiril wissen.

»Anscheinend«, erwiderte ich achselzuckend und versenkte

ein Nigiri in der Sojasoße, ohne den Reis hineinzutunken, weil Tirils Großeltern sonst einen stillen Anfall bekommen hätten. Als wir sie anlässlich ihrer Vernissage im Metropolitan Museum of Art in New York getroffen hatten, war es der massive stumme Seitenblick von Ojichan gewesen, der mich an meiner Stäbchentechnik hatte zweifeln lassen. Bis mich Tiril darüber aufgeklärt hatte, dass es nicht an meiner fehlenden Fingerfertigkeit lag, sondern am Reis in der Sojasoße. Anscheinend war das in der japanischen Kultur ein absolutes No-Go.

»Was wäre denn deine erste Station?«, vertiefte sie das Thema meines möglichen Einstiegs.

»Corporate Development. Mindestens sechs Monate. Anschließend noch Marketing und zum Schluss Produktentwicklung.« Woran eigentlich mein ganzes Herz hing. Aber wenn ich meinen Plan ernsthaft verfolgen wollte, musste ich es Schritt für Schritt durchziehen. Egal, wie sehr sich meine Zehennägel aufrollten, wenn ich mir vorstellte, bei KOSGEN zu arbeiten, die wichtigen Abteilungen zu durchlaufen und – Gott bewahre – Führungsqualitäten unter Beweis zu stellen.

»Uuuuh, die Quelle der Macht«, sinnierte Tiril und musterte mich eingehend, als würde sie einen Barcode scannen. »Wovor hast du Angst?«

Ich verengte die Augen. »Du bist gruselig gut darin, mich zu durchschauen.«

Tiril zuckte nur unbeeindruckt mit den Schultern.

»Ich habe Angst, es nicht zu schaffen. Aber ich will es schaffen. Mir selbst und allen anderen beweisen, dass ich mit meinen Ideen und Innovationen etwas wirklich Großes bewegen kann. Bisher habe ich mich nie getraut, wirklich dafür zu kämpfen.«

»Dass du Lebensmitteltechnik studiert hast, spricht eigentlich total dafür«, widersprach Tiril sanft, steckte sich das letzte Nigiri in den Mund und kaute mit einem seligen Ausdruck darauf herum.

»Das stimmt schon.«

»Also, worauf wartest du dann noch?« Sie ließ einfach nicht locker, doch darauf hatte ich ehrlicherweise keine Antwort.

Ich straffte die Schultern, denn Tiril hatte schon wieder den Nagel auf den Kopf getroffen. Es gab keinen Grund, meinen Einstieg auf die lange Bank zu schieben. Weiter an mir zu zweifeln. Wenn ich etwas erreichen wollte, musste ich mich meinen Ängsten und inneren Dämonen stellen, selbst wenn sie mich bis in meine Träume verfolgten und damit Lucas Stensrud große Konkurrenz machten. Ich wollte mich weiterentwickeln, aus meinem Schneckenhaus ausbrechen.

»Du hast recht.«

»Das habe ich in den meisten Fällen, aber was genau meinst du jetzt?«

Mein Herz schlug plötzlich unkontrolliert schneller. »Es wird Zeit, dass ich mich endlich traue.«

Stolz huschte über Tirils hübsches Gesicht. Sie hob ihr Glas und prostete mir zu. »Das ist mein Mädchen. Auf in die Schlacht!«

Golden

4

LUCAS

Mein Herz pumpte frisches Blut durch die Venen, während ich meine Atmung regulierte und mich auf Eriks Bewegungen fokussierte. Geschickt versuchte er, mich mit einem *Low-Kick-High-Kick* aus dem Gleichgewicht zu bringen. Ein gezielter Tieftritt in Richtung meines Beins, dann schwang er nach oben und zielte auf meinen Kopf, sodass ich Mühe hatte auszuweichen. Der Mundschutz gab unter dem Druck nach, als ich vor Frustration mit den Zähnen knirschte. Ich spürte den Schweiß im Nacken und auf der Stirn, das Dehnen der Muskeln, wie sie arbeiteten.

Jede Zelle meines Körpers war bereit für den Kampf.

Ich brauchte ihn.

Aber ich war nicht bei der Sache.

Normalerweise konnte ich Erik lesen wie ein offenes Buch, ahnte seine Bewegungsabläufe voraus, wusste, wann er versuchte, mich zu kontrollieren und aus der Reserve zu locken. Oder wann er seine Kraft einteilte, um ausnahmsweise einen Angriff zu starten.

Und eigentlich führte ich den Kampf. Allerdings nicht heute.

Erik machte einen schnellen *Jab-Cross*, gefolgt von einem *Jab-Cross-Hook*, was mich wahrscheinlich verwirren sollte. Es klappte. Er attackierte mich mit einem geraden Schlag seiner behandschuhten Führhand, dann folgte ein weiterer gerader Schlag mit der Schlaghand, dicht gefolgt von einem Haken. Nur mit Mühe wich ich ihm aus. Ein Luftzug streifte mein erhitztes Gesicht, als er mich um Zentimeter verfehlte und ich schwerfällig tänzelnd zur Seite sprang.

»*Herregud*, heute ist deine Beinarbeit wirklich beschissen«, presste er undeutlich hervor und am liebsten hätte ich ihm den selbstgefälligen Ausdruck aus seiner Visage geboxt.

Zum Glück wusste Erik nicht, wann es Zeit war, die Klappe zu halten. Es wäre so einfach gewesen, meine Schwäche für sich zu nutzen. Aber dafür hörte er sich viel zu gern reden.

Also versuchte ich, ihn mit einem Kick in Richtung Knie auf Distanz zu halten, und ging dann blitzschnell in den Nahkampf über. Ihm blieb weder die Zeit, mir richtig auszuweichen, noch, einen Konterangriff zu starten. Der Nahkampf war Eriks Achillesferse und meine Stärke. Mein Fuß traf auf seinen Schienbeinschoner, als er einen Ausfallschritt nach links machte, um meinem Tritt zu entkommen.

Ich war schnell. Gnadenlos. Ich kämpfte mit allem, was ich besaß. Körper, Seele, Geist. Weil ich nichts zu verlieren hatte. Immer mit einem Bein am Abgrund.

In diesem Augenblick kündigte der Timer das Ende unserer Rundenzeit an. Erik richtete sich aus seiner leicht gebückten Haltung auf und hielt mir beide Boxhandschuhe entgegen. Mit ausdruckslosem Gesicht stieß ich kurz dagegen. Uns war beiden klar, wie miserabel meine Leistung gewesen war. Während unseres kompletten Sparrings hatte ich in jeder Runde viel zu viele Treffer kassiert, was sein großspuriges Grinsen erklärte, sobald er den Mundschutz herausnahm. Wäre das ein echter Kampf gewesen, hätte Erik vermutlich sogar gewonnen. Aber dann wären wir auch nicht so rücksichtsvoll miteinander gewesen.

»Ein blindes Huhn findet auch mal ein Korn«, kommentierte ich trocken, um mir keine Blöße zu geben, und zog mir die Schienbeinschützer aus.

»Du weißt, dass ich dir das ewig unter die Nase reiben werde, oder?« Erik sah aus, als hätte er gerade einen Sechser im Lotto abgeräumt und könnte mit einem Schlag all seine angehäuften Schulden abbezahlen.

Im Gegensatz zu mir hatte er sich ein Leben aufgebaut, eine Familie gegründet. Seine Tochter Michelle war jetzt fast vier Jahre alt. Mit ihren schwarzen Locken, den kugelrunden dunkelbraunen Augen und dem frechen Mundwerk war sie vermutlich das einzige Wesen auf der Welt, das mich mit so etwas wie Wärme erfüllte.

Und Ellinor Skogen, aber an sie verbat ich mir jeden Gedanken. Wenn ich ehrlich zu mir war, kannte ich den Grund für meine schlechte Performance nämlich ziemlich genau.

»Bitte verschone mich damit«, stöhnte ich und verdrehte die Augen. »Es war ein einziger, verschissener Sieg. Kein Grund, mich bis an mein Lebensende damit aufzuziehen.«

»Danke, dass du dir heute die Zeit genommen hast. Das habe ich echt gebraucht.«

Ich zuckte mit den Achseln, spürte das Sportshirt, das wie eine zweite Haut an mir klebte. »Kein Thema. Gerne. Meine Abendplanung hat sich sowieso geändert.«

Ursprünglich hatte ich vorgehabt, auf einer dieser exklusiven Partys aufzukreuzen, zu denen man nur mit Einladung Zutritt erhielt, für die andere töten würden. Für mich war es eher eine Notwendigkeit, wenn ich noch höher steigen wollte. Höher, weiter, mehr. Als würde man plötzlich in den Tiefen der Schokoladenfabrik von Willy Wonka landen. Oder durch einen Kleiderschrank nach Narnia stolpern. Geschichten, die meine Mutter mir als Kind immer abends vorgelesen hatte, als ich noch Probleme gehabt hatte, selbst zu lesen.

Sofort schüttelte ich die Erinnerung ab.

»Willst du noch was trinken gehen? Ich gebe einen aus.« Erik wischte sich mit einem kleinen Handtuch den Schweiß aus dem Gesicht und von seiner Glatze.

»Wartet Freya nicht auf dich?«, wollte ich wissen und spürte bei dem Gedanken einen seltsamen Stich in der Brust. Die Vorstellung, jemand würde zu Hause auf mich warten und sich über meine Rückkehr freuen, war mir so fremd wie die Welt, in die ich einzudringen versuchte, seit ich in der Schule erfahren hatte, was Macht und Einfluss bedeuteten.

»Freya ist froh, wenn ich meinen Sport mache. Abwechslung. Dann bin ich nicht ganz so unausstehlich. Und wesentlich fitter.«

Ich hob die Brauen. »Dein *unausstehlich* möchte ich mal sehen.«

Erik feixte. »Und sie möchte, dass ich neben der Arbeit und der Kleinen und uns ein bisschen Freizeit habe. Dafür verbringe ich den Samstagvormittag mit Mimi, dann kann sie eine Spa-Runde mit ihren Freundinnen einlegen.« Eriks helle Augen funkelten voller Vorfreude, was nicht verwunderlich war, denn aus der Sicht einer Dreijährigen war Papa der absolute Held.

Wir räumten unsere Ausrüstung weg, machten unseren üblichen Cool-down und gingen anschließend zum Duschen in die Umkleiden.

Während das warme Wasser über meinen Nacken und Rücken rann und gegen die Anspannung in meinen Muskeln arbeitete, flogen meine Gedanken davon. Wieder zu Elli. Wieder zu jenem Abend vor über einer Woche. Meine Hand ballte sich automatisch zur Faust, als ich mich gegen die Fliesen stützte und den Kopf unter den harten Strahl hielt. Es dröhnte und rauschte in meinen Ohren, aber meine Gedanken blieben. Genauso wie die Erinnerungen. An damals. An die Zeit, in der ich noch mit Elli befreundet gewesen war.

Als ich nach dem Abtrocknen in meine schwarze Jeans schlüpfte, fühlte ich mich kein bisschen ausgeglichen oder erholt. Dabei sorgte das Training immer für einen Ausgleich. Genervt schob ich die Arme in meine Motorradjacke, holte meinen Helm aus dem Spind und knallte die Tür zu. *Fy faen.* Seit unserer Begegnung auf dem Ball bekam ich Elli nicht aus dem Kopf. Als hätte sie sich darin eingenistet.

»Was ist los?«, fragte Erik, sobald wir aus der Boxhalle in die kühle Nachtluft traten. Es musste geregnet haben, denn überall hatten sich kleine Pfützen gebildet. Es roch nach Salz und Meerwasser, die Atmosphäre wirkte aufgeladen, als stünde etwas Bedeutungsvolles bevor.

»Was soll sein?«, fragte ich und folgte Erik in Richtung des gut ausgeleuchteten Parkplatzes, wo unsere Motorräder standen. Seit Erik Vater war, fuhr er verantwortungsbewusster. Jetzt hatte er auch etwas zu verlieren. Als wir den Führerschein gemacht hatten, war uns alles egal gewesen, ganz besonders unser Leben. Aber wahrscheinlich wollten wir eigentlich genau das: uns lebendig fühlen, an die Grenzen gehen, es spüren.

»Du bist noch schlechter drauf als sonst, *Grumpy Boy*. Normalerweise gibt es dafür eine einfache Erklärung. Entweder du hast diese Woche eine Scheißarbeit abgeliefert und bist deinem Ziel, die Weltherrschaft an dich zu reißen, nicht näher gekommen. Oder du hattest ein echt miserables Date.«

Eine steile Falte bildete sich zwischen meinen Augenbrauen. »Nenn mich nicht *Grumpy Boy*«, murmelte ich, ohne auf seine Vermutungen einzugehen, und erfüllte damit die Bedeutung des Namens. Insgeheim fragte ich mich, was als Ventil geeigneter wäre, wenn das Auspowern beim Training nicht reichte. Die atemberaubende Geschwindigkeit des Fahrens? Bedeutungsloser Sex? Alkohol?

Ein anderer Gedanke keimte in mir auf. Der Gedanke an etwas, das ich in den letzten Jahren weit weggeschoben, in eine Kiste gepackt und auf den Kleiderschrank in meinem Schlafzimmer verbannt hatte.

Erik gluckste belustigt. »Ich finde, Freya hat dir da einen ziemlich zutreffenden Spitznamen verpasst. Die anderen Varianten waren auch ganz lustig. Aber der trifft es perfekt, *Grumpy Boy*.« Erik betonte das Wort, als hätte er einen Schnellkurs in texanischem Südstaatenakzent belegt.

Meine Mundwinkel bewegten sich trotz innerlichem Widerstand amüsiert nach oben. »Laut Freya wäre ich auch die perfekte Romanfigur. Es fehlen nur noch die Tattoos, dann wäre ich ein klischeehafter, gebrochener Bad Boy mit einer harten Schale und einem eigentlich weichen Kern«, rezitierte ich ihre Worte. Woher der weiche Kern kommen sollte, blieb mir jedoch ein Rätsel.

»Mit dem feinen, aber kleinen Unterschied, dass bei dir keine Herzensdame auf der Matte steht, die alle imaginären Wunden auf deiner Seele mit ihrer bedingungslosen Liebe heilt. Immerhin kriegst du deinen Arsch hoch und kämpfst für das, was dir etwas bedeutet. Und du bist der beste Patenonkel, den ich mir für Mimi vorstellen kann, auch wenn du selbst immer so tust, als wärst du eine einzige, dunkle Gewitterwolke. Du hast ein gutes Herz, Luc.«

Mit zwei Fingern massierte ich mir die Nasenwurzel und kniff die Augen zusammen. »Ich werde nie wieder verlieren, wenn du dermaßen rührselig wirst vor lauter Mitleid.«

»Na, na, wer spricht denn hier von Mitleid?« Zu allem Übel klopfte Erik mir auch noch auf die Schulter. Nein, er tätschelte sie fast schon behutsam. Das war eindeutig zu viel für mein Ego.

»Ich hab Elli getroffen, das hat mich in der letzten Woche ein bisschen aus der Spur gebracht«, platzte es förmlich aus mir heraus. Der Satz glitt mir wie ein Schwall Wortkotze über die Lippen.

»Moment, *deine* Elli?« Eriks Augen wurden groß und er fuhr sich über den kahl rasierten Kopf. Dank seines Bartes wirkten seine scharf geschnittenen Gesichtszüge trotzdem nicht hart, sondern als hätte er einen Weichzeichner benutzt. »Von damals? Diese Elli?«

Ich nickte nur abgehackt.

»Okay. Jetzt ist es amtlich. Kein Wunder, dass du so durch den Wind bist.« Erik hob seinen Motorradhelm. »Lass uns fahren. Dann musst du mir alles erzählen.«

Also schwang ich mich auf meine V2 und zog mir den Helm über. Sofort spürte ich die Vorfreude und den leichten Adrenalinstoß, wie jedes Mal, wenn ich den Zündschlüssel in das Schloss schob und drehte. Der Motor erwachte zum Leben und ein tiefes Brummen erfüllte die klare Luft. Eriks Maschine stimmte in das Wolfsgeheul ein. Meine Atmung hörte sich in meiner eigenen kleinen Kugel besonders laut an, aber ich mochte das. Dieses Eingesperrtsein.

Im Gegensatz zu den zwei Maschinen, die ich vorher besessen hatte, musste ich mich weit nach vorn lehnen, weil die Fußrasten höher montiert waren.

Erik rollte vor mich und deutete mit zwei Fingern an seine Seite. Ich griff nach der Kupplung, schob den Ganghebel nach unten und ließ ihn sanft los, wobei ich gleichzeitig Gas gab. Geschmeidig setzte sich die Maschine in Bewegung, ich fühlte die Kraft und Mühelosigkeit, die unter mir pulsierte. Meine behandschuhten Hände umfassten fest den Lenker, als ich Eriks GS folgte – oder seinem Altherrenrad, wie ich es liebevoll bezeichnete. Dabei war er mit seinen sechsundzwanzig Jahren nur knapp zwei Jahre älter als ich.

Wir flogen am königlichen Schloss vorbei, an geschlossenen Cafés und ein paar geöffneten Bars. Inzwischen bewegte sich das Jahr spürbar in Richtung Herbst. Der Tourismus nahm im Laufe des Septembers etwas ab, was mich nicht wirklich störte. Ich mochte Oslo, wenn es nicht zu voll war. Die schlimmste Zeit war das Sommerloch, wenn es von Touristen wimmelte, während die halbe Stadt in ihre *hytter* oder in den Urlaub aufbrach. In einem öffentlichen Parkhaus, nicht weit vom Oslofjord und einem der Fährenterminals entfernt, stellten wir unsere Motorräder ab und machten uns auf den Weg einmal quer durch die Fußgängerzone. Dank meiner Lederjacke spürte ich die Kühle der Nacht nicht. Aus allen Ecken drangen unterschiedliche Musikrichtungen, als hätte jemand verschiedene Playlists auf Shuffle gestellt.

»Hey«, tönte es von der Seite. Meine Rechte zuckte automatisch, doch als ich den Kopf in die Richtung wandte, aus der das Grölen gekommen war, entspannte ich die Faust wieder. Keine zwei Sekunden später boxte mir Eriks Bruder Per gegen die Schulter.

»Na, *Grumpy Boy*?«

Im Vergleich zu Erik war er doppelt so groß und doppelt so breit und rein objektiv betrachtet vermutlich der attraktivste Mann, der mir jemals begegnet war. Am liebsten hätte ich der jungen Frau, die ihm sehnsuchtsvoll hinterherstarrte, gesagt, dass er fürs andere Team spielte. Und das mindestens genauso erfolgreich.

»Du hast mich mit dem Spitznamen ans Messer geliefert?«, wandte ich mich an Erik, der nur unschuldig mit den Schultern zuckte und gegen das Grinsen ankämpfte, das sich auf seinen Lippen ausbreiten wollte. Er scheiterte kläglich.

»Selbstverständlich hat er das. Und nicht nur ihm, sondern genau genommen unserer ganzen Familie. Am vergangenen Wochenende«, kam es von Kristian – kurz Kris –, dem dritten Jensen-Bruder, der meinen persönlichen Charakterzügen vermutlich am nächsten kam. Er war ein mürrischer Typ, redete nicht mehr als nötig und war absolut auf seinen Job fokussiert. Seit ein paar Jahren führte er seinen eigenen Blumenladen in einem touristisch gelegenen Stadtteil am Fluss, direkt neben zwei Cafés und einem Kindergarten. Vermutlich erklärte das seine Verdrießlichkeit, da er absolut nichts mit Kindern anfangen konnte, die nicht auf irgendeine Weise mit ihm verwandt waren. Ein Grund, weshalb sich Erik für mich als Patenonkel entschieden hatte. Warum Per abgelehnt hatte, wusste ich nicht.

»Ihr müsst nachsichtig sein, Luc hat heute einen miserablen Abend.«

»Ach, echt? Hat er das nicht immer?« Per fuhr sich grinsend mit einer Hand durch sein dunkelbraunes Haupthaar, sodass es aussah, als hätte er es für ein Fotoshooting frisiert.

»Du mich auch, Jensen«, murmelte ich und zeigte ihm den Mittelfinger, was er mit einem herzlichen Lachen quittierte.

Erik wirkte hochzufrieden. Es sah fast aus, als würde er im

nächsten Moment vor Aufregung platzen. »Seine Beinarbeit war wirklich beschissen.«

»Sag bloß, du hast heute etwas Licht gesehen«, schlussfolgerte Per sofort und runzelte die Stirn. »Oder hat er dich absichtlich gewinnen lassen, damit du auch mal wieder ein kleines Erfolgserlebnis hast?«

»Nein, das würde sein Ego nicht mitmachen.«

»*Er* läuft übrigens genau neben euch und kann eurer geistreichen Unterhaltung durchaus folgen«, grätschte ich verbal dazwischen. Meine Miene verfinsterte sich. Für andere hätte es eine deutliche Warnung sein müssen, für Erik war es wie ein Startschuss und er fuhr fröhlich fort: »Luc hat einfach zu viele Treffer kassiert. Sich bewegt, als hätte er den Kopf in den Wolken. Und ausgeteilt hat er wie bei seiner ersten Sparring-Übung.«

Mein Blick schwenkte nach links, während ich abzuschätzen versuchte, was das kleinere Übel war: mich in die eiskalten Fluten des Oslofjords zu stürzen oder den Weg zur Bar in dieser Konstellation fortzusetzen.

»Wie habt ihr uns eigentlich gefunden?«, fragte ich, um das Thema zu wechseln.

»Erik hat uns seinen Live-Standort geschickt«, antwortete Kris.

Ich wollte gerade etwas erwidern, als ich aus dem Augenwinkel einen schlanken Mann mit Dreitagebart registrierte, der etwa in unserem Alter war. Er ging auf der gegenüberliegenden Straßenseite und war komplett in Schwarz gekleidet. Schwarzes Hemd, schwarze Jeans, schwarze Sneaker. Auch ohne den Markenwert zu kennen, war dem Outfit deutlich anzusehen, dass es unbezahlbar sein musste.

Wie angewurzelt blieb ich stehen. In meiner Brust breitete

sich eine eisige Kälte aus, als hätte ich ganze Eiswürfel geschluckt. Meine Gedanken fuhren immer schneller im Kreis, sodass ich sie nicht zu fassen bekam.

»Was ist los?«, fragte Erik mit ernstem Tonfall. Selbst sein Gesichtsausdruck hatte sich verändert. War lauernd und misstrauisch geworden, während er meinem Blick folgte. Sosehr mir mein Freund manchmal auf die Eier ging, wenn es darauf ankam, konnte ich mich auf ihn verlassen. Ohne zu zögern, würde er für mich in die Schlacht ziehen.

»Da geht die Abendplanung, die sich heute verworfen hat«, sagte ich und beobachtete, wie Marcus Andersen, den ich von einigen Treffen mit anderen Leuten aus verschiedenen Clubs kannte, in einem Hinterhof verschwand, nachdem er seine Einladung einem auffällig-unauffällig wirkenden Securitytypen mit Headset am Ohr vorgezeigt hatte. Es war zwar nicht das TEAROOM Oslo, in dem sich die europäische High Society tummelte, aber wenn man die richtigen Leute kannte, war die Wahrscheinlichkeit wesentlich höher, für den exklusiven Socialite-Club eine Einladung zu erhalten als für diesen Hinterhof. »Die Veranstaltung hätte ich auch gern besucht – zu der er angeblich nicht gehen wollte. Wahrscheinlich nur nicht mit mir im Schlepptau.« Keine Ahnung, was der Anlass war. Vernissage. Ausstellung. Open House. Firmenfeier. Irgendetwas gab es immer. Für mich bedeutete es Networking, das ich dringend betreiben musste, wenn ich irgendwann einmal ernst genommen werden wollte.

Wieder eine verpasste Chance. Wieder ein Stein in meinem Weg.

»Scheiß auf ihn«, kommentierte Erik. »Wir machen uns trotzdem einen guten Abend.«

Am liebsten hätte ich zugestimmt, aber ich brachte die

Worte nicht über meine Lippen. Als ob sie sich weigerten, laut ausgesprochen zu werden.

Als ich nach zwei alkoholfreien Bier, einem intensiven Auf-den-Zahn-fühlen wegen Elli und ein paar ungezwungenen Unterhaltungen nachts um ein Uhr in mein kleines Apartment am Stadtrand von Oslo stolperte, fühlte ich mich leer und ausgehöhlt. Jahrelang hatte ich um Anerkennung gekämpft, durch Fleiß, Schweiß und harte Arbeit meinen Platz in der Hackordnung erfochten, aber anscheinend reichte es immer noch nicht.

Vermutlich würde es nie reichen.

Mein Blick fiel auf die Kiste auf dem Schlafzimmerschrank, die ich seit meinem Einzug nicht mehr angesehen hatte. All meine Acrylfarben waren darin. Wahrscheinlich waren sie längst ausgetrocknet, aber ich brachte es nicht über mich, sie wegzuschmeißen. Die Zeichenblöcke. Meine Bleistifte. Im Keller stand noch die Staffelei und versauerte dort vermutlich.

Etwas in mir wurde schwer, als füllte sich mein Herz mit schwarzer Tinte. Ich hatte vergessen, wie es sich anfühlte, einen Pinsel in der Hand zu halten. Noch einer dieser Träume, die ich vor Ewigkeiten begraben hatte.

Vielleicht wurde es Zeit, meine Ziele nicht mehr ganz so hoch zu stecken und mich der Tatsache zu stellen, dass alles in der Welt einen Preis hatte. Einen Preis, den ich nicht zahlen konnte.

5

ELLI

»Bist du sicher, dass du das durchziehen möchtest?«, fragte mich Sander zum gefühlt hundertsten Mal, als wir auf das Firmengelände von KOSGEN rollten, das sich in einem der größeren Industrieviertel von Oslo befand. Etwas außerhalb. Industriegelände neben Industriegelände. Seit Großvater vor zehn Jahren Unsummen für das Grundstück und den Bau einer neuen Firmenzentrale ausgegeben hatte, war ich selten hier gewesen. Riesige Glasfensterfronten. Architektonisch modern. Zweckmäßig.

Obwohl ich Geschäftsanteile besaß und die Firma auf dem Papier ein Stück meiner Identität ausmachte, fühlte es sich immer ein wenig seltsam an, einen Fuß auf das Gelände zu setzen. *Imposter Syndrome kicking hard.* Was nicht sonderlich schwer war. Denn eigentlich hatte der Erfolg des Unternehmens nichts mit meiner eigenen Leistung zu tun. Ich hatte lediglich das Glück gehabt, aus dem richtigen Uterus geschlüpft zu sein.

Unsicherheit umspülte meine Sinne und ich verkrampfte meine Finger im Schoß, spürte die Röte in meine Wangen kriechen. Wie jedes Mal, wenn ich nervös war.

War ich wirklich bereit für die nächsten zwei Jahre?

»Erde an Ellinor?« Sanders mitfühlender Blick ruhte auf mir. Aber selbst das brachte mich heute nur noch mehr aus dem Konzept.

Ich angelte nach den passenden Worten, die dem Chaos in meinem Innern gerecht wurden. »Ich halte es immer noch für keine gute Idee, dass ich heute mit dir hier aufkreuze. Wirft das keine Fragen auf?«

»Elli.« Sander seufzte und deutete auf den heftig prasselnden Regen, der so laut auf die Fensterscheibe schlug, dass ich Angst hatte, sie könnte nicht halten. »Ich war sowieso in der Gegend und hab dich an deinem ersten Tag gern mitgenommen. Keine große Sache. Mach nicht mehr daraus, als es ist.«

»Aber ist es nicht seltsam, wenn du mein Kollege in der Abteilung bist? Und ich aus deinem Wagen steige? *An meinem ersten Tag?*«, fragte ich verunsichert.

»Niemand wird es mitbekommen, weil wir in die Tiefgarage fahren und da nur die Autos der Geschäftsführung parken. Du kannst gern ein paar Minuten sitzen bleiben, wenn du dich dann besser fühlst. Ich wollte nur nicht, dass du denkst, du bist hier allein.«

Das rührte mich. »Danke«, piepste ich und schwieg, während er den Wagen in die unterirdisch gelegene Garage lenkte, die sich nur mit einer Chipkarte öffnen ließ.

Sander war einer von den Guten und ich war froh, dass er in den letzten Wochen endlich mehr zu sich gefunden und seine Schutzmauer aus übersprudelnder Sorglosigkeit abgelegt hatte. Diese Mir-ist-alles-egal-Haltung. Für nichts einzustehen, das ihm wichtig war. Norah hatte ihm die Augen geöffnet. Endlich war ihm klar geworden, dass es sich lohnte, für etwas zu kämpfen. Und was dieses *etwas* überhaupt war.

In meiner Gegenwart war Sander schon immer ehrlich und direkt gewesen, aber gegenüber anderen hatte er oftmals eine Rolle eingenommen, um sein wahres Selbst zu verbergen.

»Wir sind da«, sagte er unnötigerweise, als er den Motor abstellte und die hellen Flecken der Scheinwerferlichter an der Wand erloschen.

Innerlich wappnete ich mich für das Schlimmste.

»Du schaffst das.«

Ich nahm einen tiefen Atemzug, trank die gefilterte Klimaanlagenluft. Gleichzeitig betrachtete ich meine manikürten Fingernägel. »Ich hoffe es. Ich möchte nicht auffallen. Schon gar nicht heute, wenn mich noch niemand kennt.«

Auf Sanders Gesicht machte sich ein schiefes Grinsen breit, ein spöttisches Funkeln trat in seine blauen Augen. »Dir ist schon bewusst, dass du mit einer Hermès-Handtasche nicht gerade von *nicht auffallen* sprechen kannst?«

Mein Blick wanderte entsetzt zu dem Monstrum, das zwischen meinen Füßen stand und unschuldig zu mir hochblinzelte. Als könnte die Tasche mich nicht ins Verderben stürzen und meine ganze Tarnung auffliegen lassen. Dann sprang mein Blick weiter, verfing sich an dem schwarzen Blazer von Alexander McQueen, dem dunklen, knielangen Gucci-Rock und den schwarzen Gucci-Loafern. *Pokker!*

»Hast du eine Tüte im Auto?«, stieß ich mit einem hektischen Blick auf meine silberne *Santos de Cartier* hervor und riss sie mir vom Handgelenk. Sprachlos beobachtete Sander, wie ich eine Sekunde später bereits die wichtigsten Utensilien aus meiner beigefarbenen Handtasche zog, auf der unverkennbar das elegante H prangte. Es war zwar keine *Birkin*, trotzdem würde vermutlich ein schiefer Blick genügen, um die *Kelly* zu erkennen.

»Was zum Teufel tust du da?«

Ohne zu antworten, drückte ich meinem verdutzten Bruder mein Lancôme-Schminktäschchen in die Hand und schob das Federmäppchen mit meinen Lieblingsstiften hinterher. Er beäugte die Ledertasche, als würde sie sich im nächsten Augenblick in eine Handgranate verwandeln.

»Was ist das alles und wozu brauchst du das?«

Mein gebundenes Notizheft folgte. »Das …«, ich packte meine Bento-Lunchbox auf den Stapel in Sanders Hand – Tiril hatte sie mir zum Geburtstag geschenkt und ich liebte das Ding –, »… ist die perfekte Vorbereitung auf meinen ersten Tag. Ich werde meinen ersten Eindruck nicht in den Sand setzen, nur weil ich Klamotten trage, die …« Mir fehlten die Worte und das ärgerte mich. Es ärgerte mich, dass ich ins Straucheln geriet, es mir nicht gelang, etwas Brauchbares hervorzerren. Dass ich bei einem Gespräch mit meinem Bruder, das mir eigentlich leichtfallen sollte, dermaßen versagte.

»Hey, durchatmen.«

»Sorry.« Ich hielt mitten in der Bewegung inne, weil mir plötzlich die gesamte Energie entwich. Das sah mir gar nicht ähnlich. Aber ich war so aufgeregt, dass ich nicht wusste, wohin mit meinen Gefühlen. Meine Nase juckte verdächtig, während ich gegen das Zittern ankämpfte.

»Du musst dich nicht entschuldigen.«

»Ich will … einfach mitschwimmen. Nicht … nicht behandelt werden wie die Firmenerbin. Entschuldige, das hat nichts mit dir zu tun«, setzte ich rasch hinzu, als ich Sanders fragenden Blick bemerkte. »Wir haben lange darüber geredet und ich weiß, weshalb du dich für die andere Variante entschieden hast.«

»Du meinst die Variante mit den ganzen Fotos überall? Dem

öffentlichen Interesse? Sobald mich jemand in die Suchmaschine eintippt, werden Tausende Artikel ausgespuckt. Genau wie der Marktwert der Firma.« Er seufzte leise und schob meine Sachen wieder sorgfältig in die Tasche. »Mit sechzehn ist dir die Tragweite einfach nicht bewusst. Wir haben die Vor- und Nachteile abgewogen und nach der Sache mit dir damals …« Sander ließ den Satz unausgesprochen und machte ein zerknirschtes Gesicht. »Sorry. Nicht der richtige Ansatz.«

Wie jedes Mal, wenn ich an die Beinahe-Entführung erinnert wurde, verkrampfte sich mein Herz und etwas in mir wurde völlig still. Wie ein Tier, das Gefahr witterte. »Schon okay.«

»Zieh den Gürtel aus. Lass die Tasche hier, wenn du dich dann besser fühlst. Um deine Kleidung musst du dir keine Sorgen machen. Vermutlich wird niemand wissen, was du da anhast. Einen Kollegen kennst du auch schon.«

»Ach ja? Wer …?«

Der Klingelton eines eingehenden Anrufs zerschnitt meine Frage, aber da Sanders Handy noch mit dem Bordcomputer verbunden war, las ich *Djevel* auf dem Armaturenbrett. Es gab nur eine Person, die er so nennen würde.

»Du hast Großvater als *Teufel* abgespeichert?«, fragte ich skeptisch.

»Klar. Irgendwie muss ich seinem Ruf ja gerecht werden. Also, Elli Hanssen«, Sander zwinkerte mir zu, »steig einfach aus, wenn du so weit bist. Ich geh mal telefonieren.« Mit diesen Worten schwang sich mein Bruder aus dem sportlichen Sitz, ließ den Schlüssel in der Mittelkonsole liegen und gab mir damit die Zeit, die ich brauchte, um mich auf den Tagessturm vorzubereiten. Ich hörte noch, wie er den Anruf entgegennahm, dann kappte die Verbindung zum Wagen und ich war allein. Mit mir. Meinen Gedanken und dieser unnatürlichen Stille. Wie Sander vorgeschlagen hatte, zog ich den Gürtel aus und ließ die Tasche im Auto. Mein Mittagessen und das andere Zeug konnte ich später holen.

Ich zwang mich, ein paar Mal tief durchzuatmen, starrte auf mein Outfit und verfluchte mich lautlos selbst, weil ich mir vorher keine Gedanken darüber gemacht hatte. Auf meinem Display erschien eine Nachricht von Tiril.

Du rockst das. Zeig's dem Knackarsch von deinem Bruder und den anderen in der Abteilung. Ich denke an dich.

Lächelnd tippte ich eine Antwort, stieg aus dem Wagen und holte das Holztablett mit der Abdeckung aus dem Kofferraum. Für meinen Einstand hatte ich selbstverständlich eine Auswahl an Keksen gebacken. Und *kanelboller*. Nach dem Rezept meiner Uroma, das damals auch ausschlaggebend für den Erfolg der *Prinsrull* gewesen war. Zimt war das Geheimnis. Jede Menge Zimt. Kein Wunder, dass ich selbst meinen Cappuccino jeden Morgen mit einer Prise davon bestreute.

Als ich auf dem Weg zu den Aufzügen durch das Parkhaus stakste, rumorte es in meinem Bauch. Die Nervosität ließ mich schneller gehen. Sobald sich die Kabinentüren geschlossen hatten und ich nach oben fuhr, wurde der Stein in meinem Magen noch größer.

Im Erdgeschoss hielt der Fahrstuhl an. Lächelnd hob ich den Kopf – und stieß im nächsten Augenblick ein entsetztes Keuchen aus. Meine Augen weiteten sich vor Schreck.

Jetzt fiel es mir wieder ein. Sanders Bemerkung. *Einen Kollegen kennst du auch schon.*

Vor lauter Aufregung hatte ich am Ballabend vergessen, ihn zu fragen, woher er Lucas kannte. Das hatte sich nun erledigt.

Lucas Stensrud stand vor mir, mit einem verdutzten Ausdruck auf seinem schönen Gesicht. Mein Herz hämmerte wie wild gegen die Rippen, als wollte es ausbrechen, und mir wurde so unsäglich heiß, dass ich mir am liebsten den Blazer von den Schultern gerissen hätte. Ich umklammerte das Tablett fester, hielt mich daran fest, als könnte es mich aus der Situation katapultieren.

Lucas' schwarze Brauen wölbten sich verdrießlich über seinen ausdrucksstarken Augen. Das schwarze Hemd saß wie angegossen, betonte seine breite Brustmuskulatur. Dazu trug er eine dunkle Anzughose und fuchslederne Anzugschuhe. Er hielt ein Smartphone in der Hand, das er senkte, während er ohne ein Wort den Aufzug betrat.

Obwohl das alles nicht länger als ein paar Sekunden dauerte, kam es mir vor wie eine halbe Ewigkeit.

Die Türen schlossen sich. Er stand unmittelbar vor mir, hatte mir den Rücken zugekehrt, sodass ich die Spannweite seiner Schultern bewundern konnte. Grundgütiger. So aus der Nähe und im Licht des Fahrstuhls wirkte er noch viel eindrucksvoller.

Mit verräterischem Herzklopfen kamen mir all die Dinge in den Sinn, die er bei unserer letzten Begegnung von sich gegeben hatte. Wut durchströmte mich, heiß und zügellos. Er hatte nicht nur unsere Freundschaft durch den Dreck gezogen und all die Jahre einfach weggeschmissen, nein, er besaß auch noch die Frechheit, mich dermaßen herablassend zu behandeln, dass mir die Luft wegblieb.

»Dir auch einen wunderschönen guten Morgen«, flötete ich absichtlich zuckersüß in seinem Rücken und war stolz auf mich, weil es so leicht ging. Aber da war auch so viel Wut in meinem Bauch, dass es mir nicht sonderlich schwerfiel, etwas zu sagen. »Welches Stockwerk?«, fügte ich hinzu, weil er auf keinen der Knöpfe drückte. Der Aufzug setzte sich bereits in Bewegung.

»Die Nummer des Stockwerks leuchtet bereits.«

Kein Hallo. Nichts.

Was. Für. Ein. Arsch.

Trotzdem reagierte mein Körper auf seine Worte, auf den Reibeisenklang seiner tiefen Stimme. Dann dämmerte mir, was das bedeutete. Fuhr er etwa ebenfalls in die vierte Etage? Wollte er in dieselbe Abteilung wie ich?

Eine Welle aus Furcht überkam mich, drohte, mich mit sich zu reißen, als ich noch einmal an das Gespräch mit Sander dachte.

Einen Kollegen kennst du auch schon.

Nein. Bitte nicht. *Bitte, bitte nicht.*

»Arbeitest du auch im Corporate Development?«, hörte ich mich fast lautlos fragen.

Lucas' Schultern spannten sich an. »Warum *auch*?« Er betonte das Wort, als hätte er allein beim Aussprechen eine allergische Reaktion darauf.

»Weil ich heute dort anfange.«

Wie in Zeitlupe drehte sich Lucas um, bis wir uns in die Augen sahen. Das Feuer, das in seinem Blick aufglomm, hätte ein ganzes Dorf in Brand setzen können.

»Du tust *was*?«, fragte er gefährlich ruhig.

Herausfordernd reckte ich das Kinn. »Ich fange an zu arbeiten. In Sanders Abteilung. Aleksander, mein Bruder, falls du dich erinnerst.«

»Glaub mir, daran erinnere ich mich sehr gut.« Vermutlich

hätte mir seine Miene Angst einjagen sollen, aber ich kannte ihn – zumindest hatte ich ihn einmal gekannt – und egal, wie Furcht einflößend oder einschüchternd er manchmal auf andere wirkte, er könnte nicht einmal einer Fliege etwas zuleide tun. Es war sehr viel Schall und Rauch im Spiel. Ein Brüllen, hinter dem nichts steckte. Seine Art, Menschen auf Distanz zu halten. Für einen Wimpernschlag durchfuhr mich Panik. Was, wenn er verriet, wer ich war? Wenn er allen verkündete, dass ich Ellinor Skogen und nicht Elli Hanssen war? *Nein*. Das würde er nicht tun, oder?

Ich wollte es aber auch nicht thematisieren, um dem Ganzen nicht noch mehr Gewicht zu verleihen. Nicht jetzt.

In diesem Moment sprangen die Fahrstuhltüren auf und gaben den Blick auf einen langen Flur mit mehreren offenen Workingspaces frei, einzelne Glastüren, die von farblich neutral gehaltenen Wänden umgeben waren, hinter denen sich weitere Büroplätze befanden.

Lucas machte keine Anstalten auszusteigen, also verharrte ich ebenfalls auf der Stelle. Als ich an ihm vorbeischielte, entdeckte ich hochmoderne Schreibtische, ein paar höhenverstellbare Stehtische, eine Küche, in der die Kaffeemaschine stand, die ich für mich nachgekauft hatte. Ich mochte den warmen Holzboden und die offene Atmosphäre der Räumlichkeiten.

Sander stand am hinteren Ende des Ganges, in ein Gespräch mit einer Mitarbeiterin aus der Personalabteilung vertieft. Svea. Klara. Wie war noch mal ihr Name?

Plötzlich schlossen sich Finger um meinen Oberarm und ich stieß einen überraschten Laut aus, als Lucas mich ohne Vorwarnung festhielt und auf den Knopf für die fünfte Etage drückte. Die Türen gingen wieder zu und der Aufzug verschlang uns, bevor jemand von uns Notiz genommen hatte.

»Was tust du da?«

»Wir fahren nach oben, damit wir uns ungestört unterhalten können.«

»Sagt wer?«, fragte ich, riss mich von ihm los und versuchte dabei, das Tablett gerade zu halten, das er mit Argwohn betrachtete, aber unkommentiert ließ. Erst jetzt ging ihm wohl auf, dass er mich ungefragt angefasst hatte, denn ein zerknirschter, beinahe reumütiger Ausdruck huschte über seine markanten Züge. Vor Wut schäumend stieß ich meinen manikürten Fingernagel in seine trainierte Brust, die sich unter dem schwarzen Hemd schwer hob und senkte.

»Hör mir mal zu, Lucas Stensrud.« Es war so einfach, ihm die Stirn zu bieten, doch ich hatte keine Zeit, mich darüber zu wundern, denn diese ganze Kraft, diese ganze Energie rauschte durch mich hindurch und quoll förmlich über meine Lippen. »Du kannst mich nicht einfach herumkommandieren. Hättest du mich gefragt, ob ich mit dir reden möchte, wie es sich gehört, hätte ich dir sehr höflich, aber deutlich gesagt, dass du dir dein Vieraugengespräch sonst wohin schieben kannst. Du hast mir nämlich schon alles gesagt, als wir uns auf dem Ball gesehen haben. Ich werde hier arbeiten, ob es dir passt oder nicht.«

Rums.

Unbändiger Stolz erfüllte mich. Keine Ahnung, woher ich auf einmal den Mut nahm, ihm das alles ins Gesicht zu sagen. Ob es daran lag, dass Lucas mich so tief verletzt hatte, dass ich ihn niemals wieder an mich heranlassen wollte? Oder an unserer gemeinsamen Vergangenheit? Auf jeden Fall fühlte ich mich stark. Fantastisch. Als könnte ich jeden verdammten Gipfel dieser Erde besteigen.

Sein Blick loderte, wanderte von meinem Finger über meine

Hand, tastete sich vor bis zu meinem Gesicht. Die Luft zwischen uns wurde dünner, das Atmen fiel mir plötzlich schwer.

Hinter ihm öffneten sich die Türen zu der leeren Etage, die sich noch im Umbau befand. Niemand von uns rührte sich, bewegte sich auch nur einen Zentimeter. Mein Herz stockte, als Lucas sich ein wenig in meine Richtung neigte. Wie von unsichtbaren Fäden gezogen. Ich sah die hellbraunen Sprenkel in seinen nussbraunen Augen, Karamellspritzer, die wie polierter Bernstein leuchteten. Sein maskuliner Duft umhüllte meine Sinne, ließ jeden klaren Gedanken verpuffen und mein Blick sprang zu seiner vollen Unterlippe. Ich betrachtete die Stoppeln auf seinen Wangen, die vertraute Kieferpartie, die jetzt viel stärker hervortrat als noch vor sechs Jahren.

Etwas in mir vollführte einen Looping und ich hielt unbewusst den Atem an.

»Du hast dich verändert«, sagte er.

Täuschte ich mich oder schwang da ein Hauch Anerkennung in seiner Stimme mit?

»Die alte Elli hätte das niemals zu mir gesagt. Aber du hast recht und es tut mir leid. Ich hätte dich fragen sollen.« Seine Miene, die eben noch weich und zugänglich gewesen war, verhärtete sich. Wieder kam er etwas näher, ohne die Grenze zu meinem persönlichen Raum zu übertreten, schließlich stoppte ihn auch das Tablett in meinen Händen. Dennoch war er nah genug, dass ich das schnelle Schlagen seines Pulses erkannte. Ansonsten wirkte er beherrscht. »Allerdings solltest du nicht hier anfangen, Elli, auch wenn du eine Skogen bist. Auch wenn dir dieser verdammte Laden eines Tages vermutlich gehören wird. So wie ich dich kenne, bist du unter einem falschen Namen hereinspaziert, um ein bisschen Businessluft zu schnuppern. Aber das ist die reale Welt. Hier passt niemand auf dich auf. Wenn du Fehler machst, musst du die entsprechenden Konsequenzen tragen. Kurz gesagt: In dieser Abteilung wird niemand mit Samthandschuhen angefasst. Und wenn es sein muss, mache ich dir das Leben zur Hölle. Denn wenn du deine Arbeit nicht hinbekommst, werde auch ich dafür geradestehen müssen. Und ich will nicht, dass irgendeine Unfähigkeit auf mich zurückfällt.«

»Das ist deine Motivationsrede zum Einstand? Wie erbärmlich«, flüsterte ich zurück und erschrak selbst über meine Kühnheit. Ein Kribbeln wanderte von meiner Kopfhaut bis hinab in meine Zehenspitzen, als Lucas sich weiter zu mir beugte.

»Viel Glück, Elli.« Er lächelte ohne eine Spur von Echtheit, doch für einen Sekundenbruchteil glaubte ich so etwas wie tiefen Schmerz in seinen Augen aufblitzen zu sehen. Klamm krampfte sich mein Herz zusammen, Mitleid stieg in mir auf, aber dann war dieser Ausdruck wieder verschwunden. Weggewischt wie ein Fleck auf einem Sideboard.

In diesem Augenblick wurde mir das Ausmaß des Ganzen bewusst. Lucas kannte meine Identität. Im Gegensatz zu all den Leuten, die für unser Familienunternehmen tätig waren, bestand Ellinor Skogen für ihn nicht nur aus einem Phantombild. Nein, Lucas hatte beide Ellis kennengelernt. Er gehörte zu den wenigen Menschen, die hinter meine Fassade geblickt und meine wahre Persönlichkeit ans Tageslicht gezerrt hatten. Nicht nur das graue Mäuschen, das rot wurde, wenn man es ansprach. Nicht nur die stotternde Elli. Die leise Elli. Die stumme Elli.

Gerade wollte ich etwas sagen, da trat er ohne Vorwarnung zurück und ich füllte meine Lunge mit dem dringend benötigten Sauerstoff. Ohne mich anzuschauen, drückte Lucas auf einen Knopf, schob sich in den abgesperrten Bereich und verschwand um die Ecke. Einfach so.

Ich blieb mit stürmisch klopfendem Herzen und einer Menge Ungewissheiten zurück.

Pokker.

Mein Start ins Traineeprogramm? Das konnte ja heiter werden.

6
LUCAS

Ich brauchte genau fünf Minuten, um mich zu sammeln. Eigentlich sieben, wenn man die zwei Minuten dazuzählte, in denen ich auf der verwaisten Herrentoilette im fünften Stock auf und ab tigerte wie eine Raubkatze in einem viel zu engen Käfig. Elli zu sehen war wie ein Tiefschlag ohne Schrittschutz. Nichts, rein gar nichts hätte mich auf ihren Anblick vorbereiten können. Das schlichte, aber ohne jeden Zweifel schweineteure Outfit. Das leichte Öffnen ihres niedlichen Schmollmunds. Das perfekte Make-up. Das aufgeregte Leuchten in ihren nebelgrauen Augen, die sich bei meinem Auftauchen vor Überraschung geweitet hatten. Die Tiefe darin, die wache Intelligenz. Nur die Wärme fehlte. Während ihre Augen einst einem Wolkenmeer geglichen hatten, wirkten sie jetzt stählern wie eine silberne Klinge.

Die ganzen Jahre über hatte ich mich von ihr ferngehalten – aus gutem Grund. Sie war mein Verderben und gleichzeitig meine größte Sehnsucht. Am liebsten hätte ich sie gegen die Wand des Aufzugs gedrückt, das Tablett mit dem Selbstgebackenen ins Jenseits befördert, um ihr genau das zu sagen. *Nein, zu zeigen*, korrigierte ich mich im Stillen und verfluchte mich für diesen Gedanken. Keine Ahnung, ob sie meine Gefühle jemals erwidert hatte.

Ich würde es nie herausfinden. Das ging nicht. Genauso wenig wie ich mich den Träumen hingeben durfte, die mich seit unserer Begegnung vor zehn Tagen so eindringlich heimsuchten. Mein Bauch fühlte sich an, als hätte ich plötzlich Steine im Magen, und als ich schließlich die Abteilung betrat, herrschte das übliche morgendliche Durcheinander. Es roch nach frisch gemahlenen Kaffeebohnen und aufgeschäumter Hafermilch. Nach ein bisschen zu viel Aftershave und blumigem Parfüm. Nach neuer Bürowoche und motivierender Arbeitsmoral. Die letzten Cappuccinos wurden an die Plätze getragen und ich ging in die mittig liegende, geräumige Küche, um mir eine Flasche Wasser zu holen, obwohl es mich in den Fingern juckte, mir den Whiskey einzugießen, den ich für besondere Anlässe in meinem Schreibtisch aufbewahrte.

»Guten Morgen, Lucas. Du siehst aus, als hättest du einen Geist gesehen«, sagte Rabia trocken. Wie aus dem Nichts kam sie mit einem Grinsen näher, lehnte sich neben mich an die Küchenzeile und schlürfte vernehmbar an ihrem Hafermilch-Latte-macchiato mit Haselnusssirup. Woher ich das wusste? Sie hatte es mir mehrfach im Detail erklärt. Ausführlich.

Auch wenn sie manchmal ein wenig über das Ziel hinausschoss, mochte ich die resolute Sekretärin mit dem losen Mundwerk.

»Wie machst du das eigentlich?«, wollte ich statt einer Antwort wissen und zog die Flasche aus dem Kühlschrank.

»Dir auch einen guten Morgen, Rabia. Ich hoffe, dein Wochenende war genauso vielversprechend wie meins. Ja, ich habe es endlich geschafft, den Balkon umzugestalten, danke der Nachfrage«, antwortete sie mit einer verstellt tiefen

Brummbärstimme, was meine Mundwinkel zucken ließ. Dann hob sie eine ihrer dunklen Augenbrauen. »Und was genau meinst du? Mein Talent, im richtigen Moment am richtigen Ort zu sein und das Richtige zu sagen? Oder dir als erste Person der Woche auf den Keks zu gehen? Keks. KOSGEN-Keks. Haha.« Sie lachte über ihr eigenes Wortspiel.

»Such dir was aus.« Missmutig schraubte ich am Verschluss der Flasche. »Sag mal«, fragte ich so neutral wie möglich, schenkte mir ein Glas Wasser ein und beobachtete, wie die Bläschen zersprangen. »Weißt du etwas über jemanden, der heute anfängt?«

Mit einer Geschwindigkeit, die mich an ihrer Menschlichkeit zweifeln ließ, fuhr Rabias Kopf zu mir herum. Ihr Lächeln glich dem einer Löwin, die einem friedlich grasenden Gnu auflauerte.

Pokker.

»Du meinst, die Neue in deiner Abteilung? Sie hat sich gerade vorgestellt, eine Runde Selbstgebackenes verteilt, aber da warst du nicht auffindbar.« Rabia legte die Stirn in Falten. »Genau genommen hat Skogen Senior sie vorgestellt, weil sie rot wurde und kein Wort hervorgebracht hat.«

Unwillkürlich ballte sich meine Hand zu einer Faust, während Rabia wie ein Wasserfall fortfuhr. »Es war ein bisschen furchtbar, dabei zuzusehen. Die Arme ist knallrot geworden. Aber es kam nichts heraus. Und irgendwann hat sich der Senior dann abgewandt.«

»Ach so.« Ich verzog keine Miene und trank das Glas in wenigen Zügen aus. »Ich habe nur gehört, dass jemand Neues kommt. Ich wusste nicht, wer. Aleksander hat das nicht kommuniziert.« Und dafür hatte er sicherlich gute Gründe. Mich hatte es jedenfalls eiskalt erwischt.

Rabia betrachtete mich so aufmerksam, als wollte sie später eine Porträtzeichnung aus dem Gedächtnis anfertigen. Bei dem Gedanken verkrampfte sich mein Magen, weil ich selbst so lange nicht mehr gezeichnet hatte. »Dann hast du Elli Hanssen noch nicht kennengelernt?«

»Elli?«, murmelte ich und runzelte die Stirn. Also stellte sie sich im Unternehmen mit ihrem Spitznamen vor. Und dem Nachnamen, den sie mir damals auch verkauft hatte. Etwas Dunkles regte sich in meiner Brust und ich fragte mich, ob es mein Herz war.

»Na, die Neue.« Rabia schnalzte mit der Zunge und stellte ihr leeres Glas in die Spülmaschine. »Du bist heute aber auch schwer von Begriff. Sicher, dass es die übliche Gewitterwolke über deinem Kopf ist oder steckt etwas anderes dahinter?«

»Nein, alles in Ordnung«, wich ich aus. »Schönen Tag dir.«

Rabia verengte die Augen zu zwei schmalen Schlitzen und schob sich die flippige Brille mit dem roten Gestell auf der Nase nach oben. »Jetzt mache ich mir ernsthaft Sorgen, Lucas«, hörte ich sie noch sagen, als sie auch schon aus der Küche geflüchtet war.

Während des montäglichen Jour Fixe in einem der Konferenzräume mit norwegischen Städtenamen war ich abgelenkt, was mich wurmte. Normalerweise gelang es mir mühelos, mich auf meine Arbeit und die anstehenden Punkte zu konzentrieren, schließlich stand eine größere Übernahme bevor. Ein M&A-Projekt, für das ich die letzten acht Monate intensiv geackert hatte. Es ging um einen Schokoladenhersteller aus der Schweiz, der mit KOSGEN fusionieren würde, sodass wir endlich einen neuen Markt erschließen und unserem größten landesweiten Konkurrenten – *Knåd* – ein Stück des Schokoladenkuchens wegnehmen konnten. Wortwörtlich.

Dabei war Elli nicht mal im Raum. Jedes Mal, wenn Sander sich auf seinem Stuhl bewegte, schnellte mein Blick zur Tür, in der Hoffnung, sie auftauchen zu sehen. Wir waren zu viert in der Corporate-Development-Abteilung: Sander, Agnes sowie Janne, der das Team seit drei Jahren leitete und garantiert seine nächsten Schritte plante, da er mit siebenunddreißig bereit für einen Karrieresprung war.

Okay. Erster Tag. Ich musste mich nur daran gewöhnen, dass Elli von nun an hier war. Dann würde das schon irgendwie funktionieren.

Aber das tat es nicht.

Nicht sofort. Nicht nach einer Stunde. Nicht nach zwei.

Je mehr Zeit verstrich, desto fahriger wurde ich, und weil mir Elli nicht mehr über den Weg lief, bildete ich mir ein, dass sie jede Sekunde um die Ecke springen könnte wie in einem schlechten Horrorfilm. Der Schweiß stand mir bereits auf der Stirn und ich wurde immer gereizter.

Zweimal ging ich zur Toilette. Ich trank zu viel Kaffee und brauchte viel zu lange für die Vorbereitung meines Termins mit Janne, in dem ich ihm meinen aktuellen Stand der Analyse zweier Unternehmensbewertungen zeigen wollte, die ich diese Woche final präsentieren sollte.

»War das nicht schon am Freitag fällig?«, bellte ich genervt am frühen Nachmittag in Sanders Richtung, der mich nur irritiert ansah. Vor fünf Minuten hatte er mir ein Update zu seiner Präsentation geschickt, aber noch nicht das Endergebnis, also war ich in sein Büro gestürmt. Froh, ein Ventil für meine Frustration zu bekommen.

Technisch gesehen war ich länger dabei und hatte zwei Jahre mehr Berufserfahrung, während er erst seit Kurzem mit an Bord war, und das auch mehr schlecht als recht. Aber er war immer noch der Sohn der Geschäftsführung und sein Arsch klebte an Firmenanteilen. Ich war mir sicher, dass er jährliche Ausschüttungen bekam, die mein Jahresgehalt wie einen Witz aussehen ließen.

Gleiches galt für Elli. Genervt fuhr ich mir mit der Hand über den Kopf.

Wenn es so weiterging, war mein Schicksal in dieser Firma besiegelt.

»Ich habe es heute fertig gemacht. Das war mit Janne abgesprochen«, antwortete Sander ruhig und lehnte sich in seinem Schreibtischstuhl zurück. »Was ist los mit dir? Du bist übellauniger als sonst.«

»Mhm«, brummte ich und rieb mir mit geschlossenen Augen über die Nasenwurzel.

»Liegt es an meiner Schwester?«

Meine Miene verhärtete sich. »Wie kommst du darauf?«

Sander grinste. »Einfach ins Blaue geraten.« Dann bekam er jedoch einen Ausdruck, den ich selten bei ihm gesehen hatte. Ernst, unnachgiebig, hart. In diesem Augenblick sah er seinem Furcht einflößenden Großvater vermutlich ähnlicher, als ihm lieb war. »Eine Sache: Sie hat hier unter falschem Namen angefangen und das aus gutem Grund. Ich rate dir, dahingehend die Klappe zu halten, verstanden?«

Gerade als ich zu einer Erwiderung ansetzen wollte, spürte ich eine Bewegung hinter mir.

Elli trat in das weitläufig verglaste Büro. Also warf ich Sander nur einen schnellen Blick zu und nickte im stummen Einverständnis, ehe ich meine Aufmerksamkeit seiner Schwester zuwandte. Als sie mich bemerkte, blieb sie stehen, gerader Rücken, das Kinn nach oben gereckt. Sie trug ihr Haar deutlich länger als vor ein paar Jahren. Sie sah fantastisch aus. Früher, ganz am Anfang, als ich fünfzehn gewesen war und sie dreizehn, war sie einfach meine Freundin gewesen, aber mit der Zeit hatte sich dieses innere Leuchten für mich in ein Licht verwandelt, das mir eine beschissene Angst eingejagt hatte. Elli war immer zu gut gewesen.

Jetzt war ihre Miene starr und ausdruckslos, glich einem der Gemälde, das ich immer im *Astrup Fearnley Museet* bewundert hatte. Unserem Treffpunkt. Entweder waren wir dort gewesen oder bei Munch. Hatten stundenlang in dem Galerieraum neben *Der Schrei* ausgeharrt, weil dort eines seiner Gemälde hing, dem niemand Beachtung geschenkt hatte. Als wären alle von dem berühmten Kunstwerk geblendet gewesen und hätten keinen Blick für die versteckte Schönheit übrig gehabt.

»Wir waren verabredet«, sagte Elli nun an ihren Bruder gewandt. Kein Stottern, kein Erröten. Nicht in meiner Gegenwart. Interessant. »Du wolltest, dass ich herkomme?«

»Hi, ja. Ich wollte dir offiziell Lucas vorstellen«, sagte Sander und musterte mich eindringlich. Dann glättete sich seine Miene. »Aber ihr kennt euch ja schon. Du hast auf dem Ball so seltsam reagiert.«

Elli nickte steif und mein Puls raste.

»Okay, und woher?«

Elli sah nur ihren Bruder an. »Ist länger her.«

Schlagartig wurde mir eiskalt, Panik überfiel mich. Was hatte sie ihrem Bruder erzählt? Was genau wusste Sander über mich?

»Länger her?«, fragte Sander jetzt und schaute zwischen uns hin und her. Dadurch, dass er einen ganzen Kopf größer war als ich, hatte seine räumliche Präsenz immer etwas Einschüchterndes. Eine natürliche Dominanz. Ohne dass er viel sagen musste, fielen die Leute vor ihm auf die Knie und offenbarten ihm ihre tiefsten Abgründe. Aleksander Skogen war gut. Aber ich hatte gelernt, besser zu sein. Mir blieb keine andere Wahl.

Ich wollte etwas Besseres für meine Familie. Meine Schwestern. Für mich.

Also bewegte ich mich keinen Millimeter, war um einen möglichst neutralen Gesichtsausdruck bemüht. Mein Pokerface saß wie eine Maske. Schließlich hatte ich es jahrelang perfektioniert. Selbst in Momenten des größten Schmerzes konnte ich absolut unbeteiligt wirken.

Eine Schwäche würden sie ausnutzen. Immer. Eiskalt. Wie Piranhas, die frisches Blut im Wasser witterten.

Ich schüttelte den Gedanken ab.

»Könntet ihr etwas genauer werden?« Neugier blitzte in Sanders Augen auf, als keiner von uns beiden antwortete. »Hattet ihr etwas miteinander? Dann sollten wir vielleicht noch mal mit der Personalabteilung sprechen.«

»Nein«, erwiderte ich vehement, während Elli mit knallrotem Kopf zischte: »Sander.«

Etwas an ihrem Ausdruck brannte wie Säure in meinem Inneren. Natürlich wäre ihr die Vorstellung peinlich, etwas mit mir zu haben.

»Schon gut, das war ein Scherz«, wehrte Sander breit grinsend ab und hob die Hände. »Entspannt euch. Wir kriegen das hin. Egal, was für eine Beziehung ihr hattet, das geht hier niemanden etwas an, sofern es sich nicht wiederholt und zu Konflikten führt. Und das tut es nicht, oder?«

Meine Muskeln spannten sich an, aber ich schaffte es irgendwie, nicht allzu grimmig zu wirken. Mechanisch nickte ich.

Sander blickte uns nacheinander an. »Gut.«

Es klopfte an der Tür und das freundliche Gesicht von Janne Nilsen tauchte auf. Er war kleiner als Sander, aber genauso groß wie ich, und in seiner ruhigen Art lag eine wache Intelligenz, die ich sehr schätzte. Das blonde Haar war an den Seiten kurz rasiert, ein Undercut, der ihn jünger aussehen ließ als siebenunddreißig Jahre. Allerdings war er seit knapp vier Monaten Vater einer kleinen Tochter und das merkte man ihm dank seiner Augenringe und der doppelten Espressi am Morgen deutlich an.

»Perfekt, dann haben wir alle zusammen. Lucas, wenn ich es richtig verstanden habe, hat Elli noch nicht so viel Erfahrung im M&A-Bereich. Ich will, dass sie bei deinen Projekten mitarbeitet, über deine Schulter schaut und du ihr ein wenig Einblick in die Prozesse gibst. Vielleicht kann sie in ein bis zwei Wochen kleinere Aufgaben übernehmen. Sich an Fallbeispiele herantasten.«

Mir wurde schlagartig übel, als hätte ich eine Lebensmittelvergiftung, aber selbst jetzt blieb meine Miene undurchschaubar.

»Elli, du kannst dich auch jederzeit an mich, Agnes oder Aleksander wenden. Hier hat niemand eine Sonderstellung, auch wenn er Skogen heißt«, fuhr Janne in einem freundlichen Tonfall fort und schmunzelte über seine eigene Aussage, was die Frage aufwarf, weshalb Elli die Wahrheit um ihre Identität verbarg. In sämtlichen Pressemitteilungen KOSGENs war immer nur von drei Kindern die Rede. Theodor und Aleksander wurden namentlich erwähnt, doch Ellis Geschlecht oder ihr Name waren etwas schwieriger zu finden. Ein Blick in ihre Richtung bestätigte meinen Verdacht, denn sie wirkte auf einmal wie ein Häufchen Elend. In sich zusammengesunken, unsicher. Von der schlagfertigen Elli, die mir heute Morgen noch so frech die Stirn geboten hatte, war nichts mehr übrig.

Das war das Mädchen von damals, das graue Mäuschen, das alle in ihr gesehen hatten und vielleicht immer noch sahen.

Seltsamerweise erfüllte mich dieser Gedanke mit Wut. Heiße, glühende Wut. Denn Elli war so viel mehr als dieses Bild, das sie nach außen präsentierte – wenn sie es zuließ, sich selbst zu vertrauen. Das hieß nicht, dass sie nicht nett und warmherzig und liebevoll sein konnte, um stark zu sein. Sie sollte nur nicht übergangen und belächelt werden, weil sie es war.

»Lucas?«

Ich schreckte aus meinen Gedanken auf und musste ärgerlicherweise feststellen, dass mich alle fragend anstarrten. »Entschuldigung, ich war abgelenkt.«

Seit Elli das verdammte Gebäude betreten hatte.

»Ich wollte nur sichergehen, dass du es verstanden hast.«

»Was genau?«

»Dass du Elli unter deine Fittiche nehmen wirst.«

7

ELLI

Dass du Elli unter deine Fittiche nehmen wirst.

Mit allem hatte ich gerechnet, nur nicht damit. Der Satz geisterte während der nächsten Tage in meinem Kopf herum und ich fragte mich ernsthaft, welchen Zorn ich von welchen Göttern in diesem oder sonst einem Universum auf mich gezogen hatte, um diese Bestrafung zu verdienen.

Jedes Mal, wenn mir Lucas begegnete, sah er aus, als hätte er eine Giftspritze verabreicht bekommen, und mein Herz ballte sich zu einem elendigen Klümpchen zusammen. Weil meine Anwesenheit dafür verantwortlich war. Weil er es nicht aushielt, in meiner Nähe zu sein.

Was meinen Zorn gegen ihn nur weiter steigerte. Und mich frustrierte, denn ich hatte noch immer keine Ahnung, was zum Teufel ich getan hatte, um von ihm wie seine Todfeindin behandelt zu werden.

Irgendwie brachte ich meine erste Arbeitswoche hinter mich, ohne völliges Chaos zu stiften. Überall stellte ich mich als Elli Hanssen vor. Mit dem Namen meiner Mutter zu laufen, war nicht seltsam, weil ich es schon oft getan hatte. Viel zu oft.

Auf dem Papier mochte ich eine Skogen sein, aber bisher hatte ich alles in meiner Macht Stehende getan, um nicht erkannt zu werden.

Deprimiert starrte ich nun auf die Zahlen, die über den Bildschirm flimmerten. Die Präsentation zur Marktanalyse in Bezug auf die stärksten Konkurrenten wie *Knåd* und die letzten drei Jahresbilanzen steckte noch in Babyschuhen, dabei hatte ich Aufgaben wie diese schon während des Studiums bearbeitet. In Lebensmitteltechnik waren nicht sonderlich viele Analysen gefordert, allerdings hatte ich Marketing als Nebenfach belegt, um Erfahrungen auf dem Gebiet der Marktanalysen zu sammeln. Nur für den Fall der Fälle.

Doch bei den aufgelisteten Punkten vor mir gab es etwas, das mich wurmte. Ich konnte zwar nicht genau den Finger darauf legen, aber die Absatzzahlen für den klassischen Keks mit Cremefüllung – *Himmelsk* aus der *Skyer*-Reihe – waren in den letzten zwei Jahren deutlich gesunken. Ich hatte mir zum Vergleich extra die Zahlen von *Knåd* und ihren Pralinen mit unterschiedlicher Cremefüllung besorgt, auch wenn diese knapp anderthalb Jahre alt waren. Seit sie ihre Produktpalette vor fünf Jahren um Kekse erweitert hatten, waren die Einbrüche in den Verkäufen bei uns immer wieder spürbar.

Tiril hatte mir vorhin geschrieben und gefragt, wie es lief, also beschloss ich, eine kurze Pause einzulegen, um ihr zu antworten.

Es geht. Ich muss am Freitag
das erste Mal präsentieren.

Und bis dahin musste ich mir noch alle Informationen besorgen, die ich benötigte, um bei Janne Eindruck zu schinden.

Lass mich raten, die Vorstellung, vor wildfremden Menschen zu stehen und etwas zu sagen, lässt dich nachts nicht mehr ruhig schlafen?

Jupp, das trifft es ganz gut. Deswegen muss ich schnell weitermachen, bevor sich der Gedanke in Form eines Schweißausbruches manifestiert. Hab dich lieb.

Ich dich auch, Maus. Und denk dran: Immer schön nackt vorstellen.

Drei … Zwei … Eins …

Vor allem Lucas.

Wie immer war auf meine beste Freundin Verlass, denn seit ich ihr davon erzählt hatte, dass Mr Stensrud mit mir in einer Abteilung arbeitete und damit zur verbotensten aller verbotenen Früchte gehörte, ließ sie keine Gelegenheit aus, um ihn zu erwähnen oder mich aus der Reserve zu locken und herauszufinden, ob da nicht mehr gehen könnte. Nicht dass es jemals infrage gekommen wäre, denn selbst eine Freundschaft würde sich angesichts unserer Konstellation als schwierig erweisen.

Verärgert runzelte ich die Stirn. Als könnte ich mit ihm befreundet sein. Mein einziger Lichtblick war, dass ich nicht allein im Großraumbüro saß und Lucas' Büro in meinem Rücken lag. Andernfalls wäre ich vermutlich durchgedreht.

»Hi, Elli, darf ich dich um einen Gefallen bitten?«, riss mich eine weibliche Stimme aus meinen wassertrüben Gedanken.

Verschreckt sah ich auf und begegnete Lilianas strahlendem Lächeln. Sie war eine der Assistentinnen der Geschäftsleitung, genau genommen meines Vaters, und auf ihre eigene Art ein Sonnenschein.

»Oh, hi. Also … womit kann ich helfen?«, fragte ich unsicher und schielte in Richtung der Präsentation, die weit mehr als nur den letzten Schliff benötigte und laut meinen Namen schrie.

»Ich soll in *Bergen*, dem großen Konferenzraum, die Tische für ein Meeting mit dem Senior und Senior-Senior vorbereiten und ich bin noch nicht ganz fertig. Gleichzeitig soll ich das Essen abholen, weil der Caterer nicht liefert, aus welchen Gründen auch immer. Das haben sie mir gerade telefonisch mitgeteilt und ich bin ein bisschen verzweifelt, weil ich keine Ahnung habe, wie ich das alles in einer Stunde schaffen soll.« Besorgnis schwamm in ihren babyblauen Augen, wechselte sich mit der schieren Panik in ihrer Stimme ab und ihre Mundwinkel hingen herunter wie die Köpfe von Tirils Balkonblumen. Mir schwante Übles. Liliana sah aus wie ein Hundewelpe, der schwanzwedelnd nach einem Quietscheball verlangte.

»Ich weiß, du hast auch zu tun, aber du bist Trainee und neu hier und kannst vielleicht am ehesten einen Moment entbehren, um mir zu helfen?«

Oh, sie ist gut. Und ich mit großer Wahrscheinlichkeit das beste Opfer für diesen Überfall. Nie im Leben würde ich ihr die Bitte abschlagen.

Mir entwich ein leises Seufzen. »Okay, was kann ich tun?«

Begeistert klatschte Liliana in die Hände und ihre Miene hellte sich schlagartig auf. »Im Ernst? Du hilfst mir? Du bist ein Schatz! Kannst du in die Innenstadt zu MOMOs fahren und die vorbereiteten Häppchen abholen? Das wäre perfekt!«

Spontan hatte ich einen Einfall. Lösungsorientiert. »Könntest du nicht einen Taxifahrer oder einen anderen Lieferdienst beauftragen?«, wagte ich einen Versuch, das Unheil von mir abzuwenden. Ich war stolz auf mich.

Prompt machte sie ein zerknirschtes Gesicht. »Das haben wir schon zweimal versucht und es ging immer schief. Ich vertraue da niemandem mehr, denn wenn es nicht klappt, fällt das auf mich zurück.« *Natürlich, aber warum gehst du dann nicht selbst und lässt mich den Konferenzraum vorbereiten?*, fragte ich mich, traute mich jedoch nicht, es laut auszusprechen, denn Liliana fuhr bereits fort: »Du würdest mir den Arsch retten, ehrlich. Und unten steht schon ein Taxi bereit. Damit hast du was gut bei mir. Vielleicht einen Keks.« Sie kicherte entzückt, was sie irgendwie noch niedlicher machte.

Ich schaute auf den Bildschirm, wo die Präsentation um meine Aufmerksamkeit buhlte, dann in Lilianas verzweifelte Miene. Schließlich stand ich auf, schnappte mir meinen Blazer, den ich über meinen Schreibtischstuhl gehängt hatte, und lächelte sie aufmunternd an.

»Das kriegen wir hin, keine Sorge.«

»Oh, du bist die Beste! Hab vielen Dank!«

Mit einem strahlenden Lächeln schwebte sie in ihrem hübschen Hosenanzug, der ihre beeindruckende Figur betonte, davon. Ich starrte ihr kurz hinterher, bis die Löcher in der Luft zu groß wurden. Dann nahm ich meine Tasche, griff nach meinem Handy und machte mich auf den Weg zum Aufzug. Pure Erleichterung durchströmte mich, sobald ich sah, dass die Kabine leer war. Kurz darauf rutschte ich auf den Rücksitz des Taxis, das mich glücklicherweise ohne Probleme zur richtigen Adresse brachte.

»Würden Sie noch einmal warten und den Tachometer

laufen lassen?«, bat ich den Taxifahrer, doch er schüttelte den Kopf. »Bitte bezahlen.«

Verständlich. Woher sollte er wissen, ob ich auch wiederkommen würde?

Also beglich ich die Rechnung, sah ihn jedoch bittend an. »Ich bin gleich zurück. Würden Sie kurz warten?«

Er nickte mit mürrischer Miene.

Schließlich stieg ich aus und betrat ein schickes Lokal mit hübschen cremefarbenen Sitzgarnituren und schwarzen Deko-Elementen, die mit den Eichenholztischen harmonierten. Vor mir diskutierte eine Gruppe Touristen in einer anderen Sprache und schlechtem Englisch darüber, welchen der freien Tische sie nehmen sollten. *Großartig.*

Nervös tippelte ich von einem Bein auf das andere.

»Hi, bin gleich bei dir«, flötete die Kellnerin mit einem gestressten Ausdruck, aber einem sattelfesten Lächeln auf ihren gepiercten Lippen, und raste wie ein Schnellzug an mir vorbei, bevor ich einhaken konnte.

»Nur eine Kleinigkeit, geht ganz schnell«, kam mir ein junger Mann zuvor, der genauso gestresst aussah wie die Kellnerin. Er schob sich an mir vorbei und nahm sie mit einem freundlichen Ausdruck in Beschlag. Verdutzt schaute ich dabei zu, wie die beiden vertraut miteinander sprachen, dann verschwand sie und kehrte erst nach geschlagenen fünf Minuten zurück. Mit einer Großbestellung auf drei Tüten verteilt.

Meine Anspannung wuchs von Sekunde zu Sekunde. Ein nervöses Kribbeln breitete sich in meinem Nacken aus, flammende Hitze stieg mir in den Kopf.

»Danke dir«, sagte er nicht unhöflich in meine Richtung, aber selbst das konnte nicht über die Tatsache hinwegtäuschen, dass er sich einfach vorgedrängelt hatte. Wahrscheinlich war er jede Woche hier, um Kurier für seine Firma zu spielen, die kein hauseigenes Catering besaß. Gedanklich machte ich mir eine Notiz. *Farfar nach einer eigenen Küche und einem Budget dafür fragen.*

»Entschuldigung«, versuchte ich es zaghaft, denn mir fehlte die benötigte Schlagkraft der Autorität meiner Familie in der Stimme. Also wurde ich übergangen. Nicht böswillig. Ich blieb einfach unsichtbar.

Irgendwann hatte ich mich absichtlich für das Unsichtbarsein entschieden. Weil es oft bequemer und einfacher war, als mich Konflikten zu stellen. Wegducken. Keinen Schlag kassieren.

»Entschuldigung«, versuchte ich es noch einmal, als die Kellnerin wieder an mir vorbeikam.

»Zwei Minuten, tut mir leid für die Verzögerung«, sagte sie mit einem bedauernden Lächeln und verschwand wieder nach hinten. Allerdings kam sie schneller wieder, als ich gedacht hätte.

»Sorry, jetzt.« Ihre zerknirschte Miene glättete die aufschäumende Frustration. Wahrscheinlich war sie einfach wahnsinnig überfordert, versuchte, fünf Tische gleichzeitig zu bedienen und auf die Bedürfnisse der Gäste einzugehen, ohne dabei etwas von ihrer Freundlichkeit einzubüßen.

»Kein Problem«, sagte ich deswegen eine Spur zu fröhlich und meinte es so. Sie gab auch nur ihr Bestes. »Ich bin hier, um die Bestellung für KOSGEN abzuholen.«

»Oh, hättest du das gleich gesagt«, erwiderte sie und lachte. »Ich dachte, du willst etwas bestellen.«

»Ich kam irgendwie nicht dazu …«

»Macht ja nichts. Moment, bin gleich wieder da.« Noch im Satz flog sie davon und tauchte kurz darauf mit mehreren

Tüten wieder auf, die ich unmöglich alle allein tragen konnte. »Brauchst du Hilfe?«

Ich schüttelte bloß den Kopf. »Das geht schon.«

»Macht dann 43.000 Kronen.«

Mist. Ich hatte Liliana nicht gefragt, wie ich das mit der Rechnung handhaben sollte. Also zückte ich meine schwarze Kreditkarte und schob sie über den Tresen. Der Blick der Kellnerin verweilte kurz auf meinem Namen und kehrte neugierig zu meinem Gesicht zurück. Falls sie eine Verbindung zwischen KOSGEN und meinem Nachnamen – Skogen – hergestellt hatte, ließ sie sich nichts anmerken. Meine Brüder waren auch wesentlich berühmter als ich. Was schlicht und ergreifend daran lag, dass ein Großteil meiner Familie, allen voran mein Onkel und seine berüchtigten Koks-Skandale, für eine einschlägige Bekanntheit gesorgt hatten. Daher war das Interesse an den Sprösslingen dieses Familienzweigs schon von Geburt an groß gewesen. Doch im Gegensatz zu meinen Cousins teilte ich keine Jachtausfahrten vor der Küste Sardiniens oder der Côte d'Azur auf Social Media.

»Danke schön«, sagte ich und wandte mich zum Gehen.

»Jederzeit wieder. Und jetzt weiß ich ja, dass du die Bestellungen für KOSGEN holst«, hörte ich sie noch sagen, bevor ich das schicke Restaurant verließ. Draußen sah ich mich nach dem Taxi um, denn an der Stelle, wo ich ausgestiegen war, herrschte gähnende Leere. Als hätte sich ein Loch im Boden aufgetan und meine Mitfahrgelegenheit verschluckt.

Fluchend stellte ich die viel zu schweren Taschen zwischen meinen Füßen ab und wählte die Nummer des Taxiservices. In der Zentrale wurde ich vertröstet. Zu viel los. Es war eine Messe in der Stadt, weswegen die meisten Wagen aktuell stark ausgelastet waren.

Konnte nur noch besser werden.

Wurde es nicht.

Es begann zu tröpfeln.

Ich schnappte mir die Bestellungen und zog mich unter das breite Vordach des Restaurants zurück. Erst jetzt schielte ich auf die Uhrzeitanzeige auf meinem Smartphone. *Pokker*, die Konferenz begann in drei Minuten. Also probierte ich es bei einem anderen Taxiservice.

»Tut mir leid, wir haben gerade eine Wartezeit von zwanzig Minuten«, dröhnte die männliche Stimme am anderen Ende der Leitung. »Es ist viel los wegen …«

»Der Messe, ich weiß.« Seufzend schloss ich die Augen und dachte angestrengt nach. »Könntest du trotzdem ein Taxi zum MOMOs schicken? *Edvard Storms gate?*«

»Ja, aber wie gesagt, es kann dauern. Das tut mir auch sehr leid.«

»Hauptsache, es kommt eins«, erwiderte ich, dankbar für jeden Strohhalm.

Nachdem ich aufgelegt hatte, schwappte eine Welle Resignation über mir zusammen. Mein Bauch fühlte sich an, als hätte ich zu viel Keksteig genascht, und mir wurde plötzlich übel. Der Regen nahm zu. Ich hatte keine Jacke, geschweige denn einen Regenschirm. Notgedrungen schaute ich in meine Kontaktliste und überlegte, ob mir irgendjemand in der Gegend helfen könnte, als mein Blick auf Mars Namen fiel. Mein Kopf schnellte hoch. Wie weit war es bis zum königlichen Palast? Höchstens zwei, drei Minuten zu Fuß. Sofort flogen meine Finger über das Display.

Kurze Frage: Bist du zufällig zu Hause?

Seine Antwort erfolgte prompt.

Was ist passiert?

Ich stehe vor MOMOs, warte schon ewig auf ein Taxi, es regnet und ich muss eigentlich JETZT schon wieder zurück im Büro sein. Keine Ahnung, wie ich hier wegkommen soll, und wenn ich um die Ecke schiele, sehe ich eure Flagge wehen. Bist du da?

Du willst also, dass dich ein Prinz aus deinen Nöten rettet?

Grinsend verdrehte ich die Augen.

Ja, ich bin eine holde Maid in Nöten. Bitte, bitte, lieber Prinz, rette mich.

Ich würde, aber ich bin leider beruflich in Morena. Es ist nur meine Familie da.

Der kleine Inselstaat im Mittelmeer war nicht nur aufgrund der steuerlichen Vorteile *der* High-Society-Bunker Europas.

Du meinst, du besuchst deine Cousine und machst Party mit Formel-1-Fahrern?

So in etwa. Soll ich Ines fragen, ob sie dir jemanden schicken kann? Das dauert aber vermutlich auch eine Weile.

Geistesgegenwärtig rechnete ich die Zeit nach und tippte:

Dann kann ich auch weiter auf das Taxi warten. Aber danke! Ich weiß dein Angebot zu schätzen.

Für dich alles, Kleines.

Bei dem Kosenamen wurde mir warm ums Herz, weil ich wusste, wie Mar das meinte. Er war wie ein zweiter großer Bruder, der alles und jeden auseinandernehmen würde, wenn es um mein Seelenheil ging. Sowohl in seiner als auch in Sanders Gegenwart fühlte ich mich sicher wie ein Känguru-baby im Mutterbeutel.

In diesem Augenblick bog tatsächlich ein Taxi um die Ecke und wurde vor dem Restaurant langsamer. Die Scheibe senkte sich mit einem surrenden Geräusch.

»Elli Hanssen«, erklang eine fragende Stimme aus dem Innern.

»Ja«, rief ich erleichtert, schnappte mir die Bestellungen und hastete zum Taxi, aus dem der Fahrer bereits heraussprang. Er öffnete den Kofferraum und half mir, die Tüten zu verstauen.

Eine gefühlte Ewigkeit später hatten wir endlich das Firmengelände erreicht. Ich bezahlte für die Fahrt und sprintete mit rasendem Puls ins Gebäude.

Mist, verdammter. Den Blick auf die Uhrzeit hätte ich mir sparen können. Mein Herz sank mir bis in die Kniekehlen.

Ich war nicht nur spät dran, sondern richtig übel zu spät. Im Fahrstuhl drückte ich hektisch immer wieder auf den Knopf für die vierte Etage, in der Hoffnung, dass sich die Türen schneller wieder schlossen. Taten sie nicht.

Als die Türen endlich meiner ausgestoßenen Bitte nachkamen, schob sich eine männliche Hand dazwischen und im nächsten Augenblick fand ich mich Lucas gegenüber, der mich genauso überrascht anschaute wie ich ihn.

»Natürlich«, hörte ich ihn murmeln, ehe er mir den Rücken zukehrte. Sofort flammten meine Wangen auf und mein Herzschlag pochte in meiner Kehle – *Wumm-Wumm-Wumm* –, während ich seinen breiten Rücken anstarrte und ihn verfluchte, mich verfluchte, den Job verfluchte.

Und da war es. Dieses Gefühl, klein zu sein. Unbedeutend. Zu schüchtern, zu leise, zu *fucking* alles nur nicht ich selbst. Oder war ich das und gestand es mir nur nicht ein? Dass es okay war, so zu sein, wie ich war?

In einer Parallelwelt hätte ich Lucas damit konfrontiert, dass er mich damals einfach fallen gelassen hatte.

In einer Parallelwelt hätte ich Liliana nett, aber bestimmt abgesagt.

In einer Parallelwelt hätte ich mich im Restaurant nicht zur Seite schieben lassen.

In einer Parallelwelt müsste ich mich nicht hinter dem Namen meiner Mutter verstecken, aus Angst, dass die Leute mich dann anders behandelten. Ich könnte einfach darüberstehen wie meine Brüder.

Aber ich hatte Angst. Und diese Angst war in meiner Vorstellung übermächtig groß und Furcht einflößend. Schlagartig fühlte ich mich in meine Kindheit zurückversetzt. Als ich nachts wach gelegen und die unheimlichen Schattenmonster in meinem Zimmer beobachtet hatte. Wie sie größer geworden waren, sich bewegten.

Erst als ich Lucas' Gesicht direkt vor meinem sah, blinzelte ich und kehrte in die Realität zurück. Da war der sanfte Druck von Fingern. Wärme. Seine Stimme wie eine Decke in einer kalten Herbstnacht.

»Elli.«

Es war mein Name und doch auch nicht. Aus seinem Mund klang es wie ein Sicherheitsnetz, obwohl ich mich im freien Fall befand. Aber ich würde nicht auf dem Boden aufschlagen.

»Elli, alles in Ordnung?«

Die Besorgnis in seinem Blick mischte sich in den fragenden Tonfall.

»Alles geht schief«, murmelte ich erstickt und spürte, wie sich Tränen anbahnten. Wie sich meine Kehle verengte, als würde jemand zudrücken. Wie meine Stimme versagte, piepsig wurde wie die einer Maus. Ich wollte im Erdboden versinken. Ausgerechnet vor Lucas war ich so schwach.

»Du bist alles andere als schwach.«

O Gott, hatte ich das etwa laut ausgesprochen? Hatte ich Lucas Stensrud mein Innerstes offenbart? Mein Magen vollführte einen Looping, um dann in schwindelerregender Geschwindigkeit ins Bodenlose zu stürzen.

»Elli. Du bist alles andere als schwach«, wiederholte er. »Im Gegenteil. Du bist …«

Am Rand meines überreizten Bewusstseins nahm ich wahr, wie sein Brustkorb sich in einem langen Atemzug dehnte. Ein Knistern legte sich um uns, hüllte uns ein, als würden wir auf einem Feld stehen, während um uns herum ein Gewitter tobte.

Bitte nicht. Eine Woche war ich hier und schaffte es nicht, meine absolute Unfähigkeit zu verstecken. *Warum bin ich so?*

Mein verfluchtes Herz beruhigte sich einfach nicht.

Räuspernd trat Lucas einen Schritt nach hinten, brachte Abstand zwischen uns. In meinem Kopf schwirrte und summte es. Die Türen öffneten sich und Lucas warf mir einen letzten Blick zu, den ich nicht deuten konnte. War es Mitleid? Sehnsucht? Panik? In seinem harten Gesicht hatte sich etwas verändert. Als hätte sich die Sonne durch eine dichte Wolkendecke gebahnt. Ich hielt den Atem an, weil diese Weichheit in seinen Zügen so schön war, dass mir erneut schwindlig wurde. Aber aus einem völlig anderen Grund.

Dann war er verschwunden. Flüchtete förmlich, ließ mich und mein Chaos zurück und ich wollte nur noch weinen, weinen, weinen.

»Du bist zu spät«, ertönte keine Sekunde später Lilianas aufgelöste und von Panik zersetzte Stimme, die alles zerschnitt. Den Augenblick, meine Sorgen, meinen Untergang.

Seltsamerweise katapultierte mich das zurück in die Realität, sodass ich die Schultern straffte und wie auf Knopfdruck lächelte. »Ich weiß, es …«

»Egal, alles gut. Du hast mir ja einen Gefallen getan«, unterbrach sie mich und nahm mir eine Tüte ab. »Komm, sie haben schon angefangen. Hungrig. Du wirst dich gleich fühlen wie ein Lamm, das in eine Höhle voller Löwen geführt wird. Also durchhalten, bis du wieder draußen bist«, wies sie mich an und rauschte durch das Großraumbüro in Richtung Konferenzraum. Eine gewisse Erleichterung erfasste mich, weil das Schlimmste überstanden war.

Leise klopfte Liliana an die Tür, wartete keine Reaktion ab und schob sich hinein. Ich folgte ihr.

»Auf die freien Tische rechts«, raunte mir Liliana zu und ich schlich ihr hinterher, spürte ein Kribbeln im Nacken und wandte leicht den Kopf. Ein helles Augenpaar war auf mich gerichtet und beobachtete mich aufmerksam. Mein Herz verkrampfte sich, als hätte es jemand in eine Faust gepresst. Ich stolperte über meine Füße, fing mich jedoch wieder. Meine Wangen brannten.

Großvaters stählerner Blick folgte mir durch den Raum, während er mit ausdrucksloser Miene weiterredete. Zum Glück saß *far* mit dem Rücken zu mir, andernfalls hätte mich seine fragende Miene wahrscheinlich in Tränen ausbrechen lassen.

Aber ich wusste, was *farfar* dachte. Ich wusste, dass der schlauste Mensch, den ich kannte, nur zwei kurze Gedankengänge brauchte, um eins und eins zusammenzuzählen. Ich wusste, dass er eine einzige Enttäuschung in mir sah, und das schmerzte mehr, als ich mir vermutlich jemals eingestehen würde.

Golden

8

LUCAS

Selbst zwei Tage später spürte ich immer noch Ellis Zittern wie eine Vibration unter meinen Fingerspitzen. Jedes Mal, wenn ich daran dachte, wie elendig und verletzt sie ausgesehen hatte, schnürte sich mir die Kehle zu. So kannte ich sie gar nicht.

Etwas Mächtiges rollte durch meine Brust, was ich wissentlich ignorierte. Stattdessen verbarrikadierte ich mich hinter meinem Schreibtisch und holte mein Smartphone hervor. Ich ging die Kontaktliste durch und blieb bei einem Namen hängen, den ich die komplette letzte Woche ignoriert hatte.

Steht die Date-Night noch? Ich bin um 19:00 Uhr da.

Nachdem ich die Nachricht getippt hatte, starrte ich einige Sekunden darauf und kämpfte gegen das dumpfe Gefühl in meiner Brust. Dann löschte ich die Worte. Tippte sie wieder ein. Eigentlich hatte ich absagen wollen. Aber jetzt war es sowieso zu spät.

Also drückte ich auf Senden, ehe mich das protestierende Ziehen in meinem Magen davon abhalten konnte.

Ich brauchte Ablenkung. Dringend.

Denn da war Elli in meinem Kopf, viel zu präsent, als hätte sie sich in meinem Hirn eingenistet. Ich fühlte mich wie der größte Vollpfosten, weil ihre Anwesenheit nur dazu führte, dass ich nichts auf die Reihe bekam. Dabei war es abzusehen gewesen. Schließlich würde die Firma eines Tages auch ihr gehören. Nur hatte ich immer gedacht, dass sie nie ein Teil davon sein wollte.

»Klopf, klopf«, ertönte zu allem Überfluss Rabias Stimme, die jetzt so gar nicht zu dem Chaos passte, das wie ein Presslufthammer meinen Schädel bearbeitete. »Der Senior fragt, ob du einen Augenblick Zeit hättest.«

Mein Magen krampfte sich wie ein Klumpen Blei zusammen. Ich brachte nur ein abgehacktes Nicken zustande. Ohne ein Wort stand ich auf und ging aus dem Büro, vorbei an den anderen, die alle in ihre Arbeit vertieft waren. Lediglich Ellis Platz war verwaist.

Aus dem kleinen Druckerzimmer klangen Geräusche und ich erhaschte einen Blick auf Ellis schmächtige Gestalt in einem schlichten Hosenanzug, der aber ohne jeden Zweifel mehr kostete als meine Monatsmiete. Augenblicklich verlangsamte ich meine Schritte und beobachtete stirnrunzelnd, wie Elli sich mit dem Drucker abmühte. Ihre Unterlippe war eingesogen, das Haar steckte in einer großen Spange. Ihre Bewegungsabläufe waren so eingerostet wie Eriks erste Kampfrunde. Etwas ließ mich zögern.

Dann ging mir auf, was es war. Der Ausdruck ihrer Augen. Sonst fröhlich und strahlend, wirkte ihr Blick heute wie ein verregneter Herbsttag. Verwaschen. Grau. Außerdem schien sie förmlich mit ihrem Anzug zu verschmelzen. Als verschluckte er sie buchstäblich. Da war eine Unsicherheit, die nicht zu ihr passte, alles wirkte etwas fahrig. In mir braute sich ein Sturm zusammen. Das gefiel mir gar nicht.

An der einzigen geschlossenen Bürotür angekommen, klopfte ich kurz an und wartete, bis *er* mich hereinbat. Meine Brust schmerzte, fühlte sich eng an. Mein Magen rebellierte. Wie jedes Mal, wenn ich hier war. Aber ich hatte mir geschworen, nie wieder schwach zu sein. Nicht vor *ihm*. Ich wollte ihm die Stirn bieten. Über mich hinauswachsen. Ebenbürtig erscheinen.

»Lucas«, sagte Aasmund Skogen in einem versöhnlichen Tonfall, ohne mich anzusehen.

Ich fühlte mich wieder wie mit achtzehn, sechs Jahre zurückversetzt an jenen Abend, der alles mit Elli zum Einsturz gebracht hatte. Weil seine Worte eine Fleischwunde in meinem Herzen verursacht und es zum Stillstand gebracht hatten.

Jetzt hielt ich den Kopf gerade, die Schulter nach hinten gedrückt, ein sicherer Stand. Der alte Geschäftsführer von KOSGEN war immer noch in seine Arbeit vertieft und obwohl er saß, strahlte er eine Kraft und Ruhe aus, für die ich ihn insgeheim immer bewundert hatte. Trotzdem war da die Wut. Der Hass. Die Frustration. Niemals mehr zu sein als der Junge mit den malerischen Träumen, die in einen alten Schuhkarton passten.

So war das manchmal mit Träumen. Man konnte erst wachsen, wenn man sie ziehen ließ.

»Du wolltest mich sprechen?«, fragte ich in die tickende Stille hinein. Trotz seiner Position und seiner einschüchternden Präsenz war es üblich, auch Aasmund Skogen zu duzen. Dafür wäre die Frage unter normalen Umständen schon eine zu viel gewesen, aber ich wusste, dass hinter seinen stahlharten Zügen und dem intelligenten Blick ein Mann lauerte, der es schätzte, wenn man vor ihm nicht in die Knie ging. Diesen Fehler hatte ich bereits ein Mal gemacht. Und ich wollte ihn nicht wiederholen.

Er sah mich nicht an. »Du hast den Vorschlag mit dem Dinkelschokoladenkeks gemacht, oder?«

Schlagartig herrschte in mir eine gespenstische Ruhe. Alles fokussierte sich auf diesen Moment. Darauf hatte ich gewartet. So lange.

»Ja.«

»Wir sollten das in einer größeren Runde diskutieren«, fuhr er beinahe beiläufig fort.

Mein sonst nutzloses Herz polterte in meiner Brust. Bisher waren alle Vorschläge abgelehnt worden.

»Deine Analyse zu *Knåd* ist zwar ausbaufähig, aber du bist auf eine Marktlücke gestoßen. Offenbar haben sie das verschlafen und ich will, dass wir ihnen bis nächsten Herbst zuvorkommen.«

In meinem Kopf überschlugen sich die Gedanken. »Ein neues Produkt?«

»Eventuell. Ich möchte es zumindest auf die Agenda setzen und sehen, wie die Reaktionen sind, wenn wir den Marktwert testen.«

»Okay.« Ich ließ mir nicht in die Karten schauen, aber innerlich jubelte ich.

»Alles Weitere können wir beim Meeting besprechen. Ich hatte nur gerade einen Augenblick Zeit.«

Es war ihm wichtig. Sonst hätte er noch gewartet. Die Nervosität drang bis in meine Fingerspitzen. All die Jahre hatte ich auf diese Möglichkeit gewartet, jetzt war sie zum Greifen nah.

Mit einem beflügelten Gefühl verließ ich das Büro.

Das änderte sich schlagartig, als ich Ellis Gesicht sah. Etwas in mir zerbrach bei ihrem Anblick.

»Elli, könntest du mir bitte noch mal helfen?«, hörte ich Lilianas Stimme von der Seite und während ich meinen Weg an den Schreibtischen vorbei fortsetzte, sah ich, wie Ellis Schultern ein wenig nach vorn sackten, sie aber ein tapferes Lächeln aufsetzte.

»Ja klar«, hörte ich sie sagen.

Moment mal. Wo waren ihre Krallen? Wo war ihre Schlagfertigkeit? Wo war die Elli, die sich *mir* gegenüber offenbarte? Die nicht die Lider senkte und sich einfach vor den Karren spannen ließ?

Kurzerhand änderte ich meine Richtung und steuerte Jannes heilige vier Wände an. Mit einem Blick auf die Uhr vergewisserte ich mich, dass ich ihn nicht störte, und betrat schließlich sein Büro.

»Was kann ich für dich tun?«, fragte er und hob den Blick. Janne war nicht nur gut in dem, was er tat, er besaß auch ein gutes Gespür für Personalführung. Er wusste genau, bei wem er welche Knöpfe drücken musste, um alle zu persönlichen Höchstleistungen zu animieren, ohne jemanden zu überfordern.

»Steck Elli zu mir ins Büro.« Die Worte verließen meinen Mund, ehe ich den Gedanken zu Ende gesponnen hatte.

»Wie bitte?« Jannes Miene verwandelte sich in ein fettes Fragezeichen und ich konnte ihn verstehen. Keine Ahnung, welcher Teufel mich geritten hatte. Aber wenn es um diese Frau ging …

Ich straffte die Schultern. »Ist mir egal, welchen Vorwand du benutzt. Aber lass sie bei mir im Büro arbeiten.«

»Wirst du etwa weich, Lucas?«

»Nein.«

»Stehst du auf sie?«

»Nein«, erwiderte ich eine Spur zu heftig.

»Du willst sie also einfach so in dein Büro holen?«

Mein manchmal durchschimmerndes Temperament war noch nie meine Stärke gewesen und eine taktische Wortwahl hatte ich wohl auch verlernt. So viel zu meinem grandiosen Plan, mich tunlichst von Elli fernzuhalten.

»Kannst du das arrangieren oder nicht?« Ich knurrte fast.

»Willst du mir vielleicht erklären, was los ist? Soll ich mich mit der Personalabteilung in Verbindung setzen?« Janne lehnte sich in seinem Stuhl zurück und schien das Ganze ziemlich witzig zu finden, jedenfalls zuckten seine Mundwinkel mehrfach, als unterdrückte er ein Grinsen.

»Sie soll ihre Arbeit machen, das kann sie da draußen nicht, weil sie zu nett ist. Sie kann keine Bitte ablehnen, erfüllt jede Gefälligkeit, die von ihr verlangt wird. Wie soll ich sie ›unter meine Fittiche nehmen‹, wenn sie nicht einmal dazu kommt, die Präsentation fertig zu machen? Ich habe keine Lust, dass es später auf mich zurückfällt, wenn sie ihren Job verkackt«, erläuterte ich monoton, auch wenn das nur der halben Wahrheit entsprach. Die andere Hälfte wagte ich nicht genauer zu ergründen.

»Ich sag doch, du wirst weich. Oder du willst lediglich deinen Arsch retten.«

»Vergiss es einfach.« Ich drehte mich bereits um, als ich Janne lachen hörte.

»Na schön. Ich schaue, was sich machen lässt.«

»Verrat ihr nicht, dass es von mir kommt, ja?«, sagte ich über die Schulter und sah sein verwundertes Nicken.

Es stand mir nicht zu, Elli zu bevormunden oder zu beschützen, das konnte sie eigentlich allein. Aber sie sollte erst mal ihre Klingen schärfen, bevor sie sich in die Schlacht stürzte. Dass sie Klingen besaß, hatte ich bereits am eigenen Leib erfahren. Weshalb sie nicht vor den anderen für sich einstand, blieb mir ein Rätsel. Im Moment hatte ich eher den Eindruck, dass sie unterging und keine Ahnung hatte, wie sie Land gewinnen konnte.

Ich wollte ihr eine Verschnaufpause verschaffen. Mehr nicht.

Wenigstens das war ich ihr schuldig, nachdem ich unsere ganze Freundschaft einfach weggeworfen hatte. Das Beste, was mir in meinem Leben passiert war.

Als ich endlich vor dem Gebäudekomplex parkte, keine zwei Gehminuten vom Ullevål-Universitätsklinikum entfernt, sodass man die Sirenen öfter hörte, als einem lieb war, und mir den Helm abnahm, war es bereits dunkel. Die klare Luft des angenehm frischen Septembers drang in meine Atemwege und ich inhalierte tief die leicht salzige Note, die mich daran erinnerte, was frei sein bedeutete. Ich mochte dieses Gefühl, das mich hier in Oslo umgab. Die Irrungen einer Großstadt und gleichzeitig die Natur vor der Haustür.

Den Helm unter den Arm geklemmt setzte ich meinen Weg fort und tippte eine schnelle Nachricht.

Bin da.

Keine dreißig Sekunden später ertönte der Türbuzzer, also stemmte ich mich dagegen und stieg die Treppen in den dritten Stock hinauf, wo mich eine offene Tür erwartete. Auf einer selbst gebauten Holzablage standen mehrere Schuhe in unterschiedlichen Größen. Ein aufgehängter Blätterkranz mit herbstlichen Ornamenten und Hagebutten ließ mich unwillkürlich lächeln. Wenn sie das nächste Mal bei mir war und meine Bude auseinandernahm, konnte ich mir bestimmt wieder einiges anhören. Von wegen Junggeselle ohne Seele in der Wohnung und so.

»Hey, du«, flüsterte eine Stimme und gleich darauf tauchte ein hübsches, mondförmiges Gesicht im Türrahmen auf. Stark getuschte Wimpern, die sich wie ein Fächer nach oben bogen. Sie schenkte mir ein freches, katzenartiges Lächeln, wobei sie eine Mundhälfte etwas mehr verzog als die andere. Ich hatte ihr Lächeln schon immer gemocht. Vielleicht, weil es mich jedes Mal willkommen hieß.

»Ich dachte schon, du hast heute keine Zeit.«

Ich ließ meinen Blick über das bauchfreie Top und die schwarze Schlaghose wandern und stieß einen leisen, anerkennenden Pfiff aus. »Der Kerl, der dich zur Frau hat, ist ein verdammter Glückspilz.«

»Sag das ruhig lauter, damit er es hört«, erwiderte die Frau meines besten Freundes und ihre Augen strahlten vor Vergnügen, ehe sie mich in eine herzliche Umarmung schloss, die ich zögernd erwiderte.

»Alles Gute zum Hochzeitstag«, schob ich leise hinterher und bereute es in derselben Sekunde, denn ich wusste, dass ich damit die perfekte Steilvorlage bot. Natürlich stieg Freya sofort darauf ein und tätschelte mir liebevoll die Wange, als wäre sie meine Großtante und nicht genauso alt wie ich. Sie war gerade einmal dreiundzwanzig und bereits seit zwei Jahren verheiratet. Aber Mimi war auch schon fast vier, was sie streng genommen sogar zu einer Teenie-Mama machte.

»Das aus deinem Mund ist ja fast wie ein Essay an die Liebe, Luc. Was ist los? Hat dich irgendjemand nicht mit seinem Spielzeug spielen lassen?«

»Du bist schlimmer als Erik«, erwiderte ich trocken und machte einen Schritt nach hinten, um etwas Abstand zwischen uns zu bringen. Freya besaß das verteufelte Talent, mich viel zu gut zu durchschauen.

»Erik hat erzählt, dass du Elli wiedergesehen hast.«

»Natürlich hat er das.« Ich würde den Drecksack umbringen. Zum Glück hatte ich ihm noch nicht auf die Nase gebunden, dass sie bei KOSGEN angefangen hatte.

Freya legte den Kopf schief und machte sich mit einem breiten Haarband einen losen Dutt. Zwei Strähnen ihrer dunkelbraunen Haare ließ sie um ihr Gesicht kringeln. »Wenn du darüber reden willst«, bot sie an, aber ich schüttelte den Kopf.

»Erst mal nicht. Aber danke.«

Zu meiner Rettung tauchte in diesem Augenblick mein bester Freund auf. Er schob seine Hand in den rechten Ärmel der Lederjacke und griff nach seinem Helm, den er auf einer Stange im Flur befestigt hatte. Gleichzeitig schwenkte er ein Babyphone mit Display, auf dem die Umrisse eines Kinderbettchens zu erkennen waren. Mimi schlief bereits friedlich.

»Sie ist tatsächlich vor zehn Minuten eingeschlafen. Ich hatte schon damit gerechnet, dass du wieder draußen warten musst.«

»Du hättest ihn letztes Mal auch ruhig reinbitten können«, murrte Freya und stupste Erik in die Seite, während sie mir einen entschuldigenden Blick zuwarf.

»Das Problem liegt darin, dass Mimi sich zu sehr freut, dich zu sehen. Da würde der ganze Einschlafprozess vermutlich noch mal eine Stunde länger dauern.«

»Wir haben Mimi aber natürlich gesagt, dass du auf sie aufpasst, falls sie heute Nacht wach werden sollte. Glaube ich aber nicht.«

Verärgert schnalzte Erik mit der Zunge, der gerade einen zweiten Helm aus dem Regalbrett im Flur gezogen hatte. *»Don't jinx it, woman.«*

»Mist.« Freya schlug sich die Hand vor den Mund. »Egal, falls was ist: Handy ist auf laut, wir sind auf Abruf. Du kannst auch versuchen, sie wieder ins Bett zu bringen. Frisch aufgebrühter Tee steht bereit, das beruhigt sie immer noch. Da reichen …«

»… ein paar Schlucke, ich weiß. Zur Not lese ich ihr etwas vor, damit sie wieder einschläft. Schlafwindel wechseln nur bei Bedarf, sie gibt selbst Bescheid. Ansonsten wach halten und beschäftigen, bis ihr kommt. Keine Sorge, ist nicht mein erstes Rodeo«, gab ich brummend von mir und erntete dafür ein strahlendes Lächeln von Freya, das mein verschrumpeltes Inneres wie eine verdorrte Blume aufgehen ließ.

»Du bist ein Schatz, Brummi.«

»Brummi?«

»Gefällt dir *Grumpy Boy* etwa besser?« Skeptisch hob Freya eine Augenbraue.

Langsam schüttelte ich den Kopf und unterdrückte ein Schmunzeln.

»Danke, dass du das machst. Du bist ein Schatz.« Sie stellte sich auf die Zehenspitzen und drückte mir einen Kuss auf die Wange.

Jetzt lächelte ich richtig. »Erzählt es bloß nicht weiter. Ich habe einen Ruf zu verlieren.«

»Keine Panik.« Freya seufzte. »Vertrauensvolle und bezahlbare Babysitter werden gerade überall händeringend gesucht. Ich wäre lebensmüde, deine Nummer herauszurücken.«

»Ich bin vor allem günstiger – ihr bezahlt mich nämlich gar nicht – und Mimi mag mich. Jackpot, würde ich sagen.«

Freya und Erik tauschten einen telepathischen *Wir-sind-verheiratet-und-kommunizieren-auch-ganz-ohne-Worte*-Blick und ich runzelte die Stirn, überlegte fieberhaft, was ich Falsches gesagt haben könnte. »Was?«

»Nichts«, flöteten jetzt beide unisono und ich fragte mich einmal mehr, seit wann mein Knurren nicht mehr dieselbe Wirkung erzielte wie noch vor ein paar Monaten. Vielleicht war ich wirklich weich geworden. Weichgespült vor lauter freundschaftlicher Liebe.

»Ihr könnt mich auch mal. Lasst euch das Essen dieses Mal wenigstens warm schmecken.«

»Dein Sexleben möchte ich sehen, wenn du eine Frau und ein Kind hast, Luc«, hielt Erik augenrollend dagegen, was mir seltsamerweise einen kleinen, heftigen Stich verpasste. Frau und Kind? Auf meiner Agenda stand das ungefähr an letzter Stelle. Und trotzdem vermisste ich das Gefühl, jemanden an meiner Seite zu haben. Bedingungslos. Ohne Kompromisse. Guten Sex, weil man sich blind verstand. Weil man alles von sich geben wollte. Belanglose Gespräche, die dennoch etwas Tiefgründiges hatten und Spuren hinterließen. Das Gefühl, gebraucht zu werden und gleichzeitig etwas zu erhalten. Etwas, das mich wieder zu einem Menschen aus Fleisch und Blut machte, mich aus dem Zombiedasein einer schlechten Horroradaption befreite.

Ich schüttelte den Gedanken ab.

Lachend gingen meine Freunde die Treppen hinunter. Erik gab Freya einen verspielten Klaps auf den Hintern und raunte etwas Unanständiges, das ich allerdings nicht verstand, weil ich meine Ohren sicherheitshalber auf Durchzug gestellt hatte. Mit einem Lächeln schloss ich die Tür hinter ihnen, hüllte mich in die Stille des Abends und ging ins gemütlich eingerichtete Wohnzimmer: mintgrüne Wände, Holzelemente, cremefarbene Kissen. Freya hatte schon immer ein Händchen für Inneneinrichtungen gehabt. Kleine Holzrahmen mit Figurenzeichnungen hingen über dem Sofa, überall waren kleine Pflanzen aufgestellt. Ich klaubte ein paar bunte Bauklötze auf, die noch auf dem weichen Teppich verstreut lagen, und legte sie in Mimis Spielkiste hinter dem Ecksofa. Mit einem Wasser aus der Küche und dem Babyphone auf der Anrichte schaltete ich *Peaky Blinders* an, eine meiner Lieblingsserien, die ich bereits zweimal komplett durchgeschaut hatte.

Nach knapp zwei Stunden hielt ich inne und drückte auf Pause. Da war ein Geräusch. Oder doch nicht? Ich wollte die Folge gerade weiterlaufen lassen, als ich eine Kinderstimme im Flur hörte. Schnell machte ich den Bildschirm aus.

»Mama?«, fragte da auch schon Mimi.

Mein Herz klopfte sofort schneller. Fluchend schaute ich auf das Babyphone, das irgendwann ausgegangen war, ohne dass ich es bemerkt hatte. Das schlechte Gewissen übermannte mich und ich presste die Kiefer zusammen.

Verdammt. Es lag in meiner Verantwortung, auf sie aufzupassen, und ich hatte nicht auf das Babyphone geachtet.

Keine zwei Sekunden später tauchte das verschlafene Gesicht meines Patenkindes auf. Müde rieb sie sich über die Augen. Die dunkelbraunen Haare waren zu zwei Zöpfen geflochten und sie trug ihren Bärenpyjama, den ich ihr zum dritten Geburtstag geschenkt hatte. Mir wurde ganz warm in der Brust.

»Hey, Prinzessin«, sagte ich mit einem Frosch im Hals.

»Onkel Luc ist da. Mama und Papa kommen etwas später, sie sind noch beim Essen.«

»Ich habe Durst.«

»Soll ich dir einen Tee bringen?«

Sie nickte langsam und ich sprang auf. Meine Hand zitterte leicht, als ich die lauwarme Kräutermischung eingoss. So sollte das nicht laufen. Es war zwar nichts passiert, aber ich wollte, dass meine Freunde mir vertrauen konnten. Immer.

»Bist du vom Durst aufgewacht?«, fragte ich Mimi und reichte ihr den Becher, den sie mit beiden Händen fest umschloss und in mehreren Zügen austrank.

»Ja. Und jetzt muss ich Pipi, Onkel Luc.«

»Abgemacht, Krümel. Und ich bring dir eine neue Schlafwindel, okay?«

Wieder nickte Mimi. Sie gab mir das Glas zurück und tapste durch den schlecht beleuchteten Flur auf die Toilette, während ich die Ersatzwindel aus dem Badezimmer holte und auf die Ablage neben dem Waschbecken legte. Inzwischen war sie alt genug, sie selbst anzuziehen, was sie auch tat, nachdem ich sie ans Spülen erinnert und sie die Hände gewaschen hatte.

»Möchtest du wieder in dein Bett?«

»Nein, ich will warten. Darf ich bei dir bleiben, Luc?« Ich liebte es, wenn Mimi mich Luc nannte. Es klang immer wie *Look*.

Langsam ging ich vor ihr in die Hocke. »Soll ich dir ein bisschen was vorlesen? Mama und Papa kommen bald wieder nach Hause. Wie wäre es mit *Prinz Misku*? Da gibt es die Geschichte mit dem Geburtstag. Die hat dir doch letztes Mal so gut gefallen.«

»O ja!« Mimi nickte begeistert, ihre großen Augen glühten vor kindlicher Freude. Es rührte mein Herz, ihren ungefilterten Enthusiasmus zu sehen, der mir jedes Mal entgegenschlug, wenn wir etwas gemeinsam unternahmen. Ich holte das Buch und setzte mich auf das Sofa. Mimi kletterte neben mich, hob ganz selbstverständlich meinen Arm und kroch darunter. Während ich mit verstellter Stimme von Kakadus und Geburtstagsgeschenken vorlas, spielte sie mit meiner Hand. Ihre Finger auf meiner Haut waren wie Schmetterlingsküsse. Etwas in mir war stolz und erfüllt und zufrieden.

Also las ich.

Und las.

Und las …

»Hrmmh.« Ein Räuspern ließ mich aufschrecken. »Hey, Schlafmütze.«

Blinzelnd hob ich den Kopf. Die Wärme an meiner Seite war verschwunden und ich sah gerade noch, wie Freya Mimi aus dem Wohnzimmer trug. Sie beschützte. Mein Puls pumpte mir bis zum Hals, ich war eingeschlafen. Weggepennt. Beim Aufpassen.

»Zieh nicht so ein Gesicht, alles in Ordnung.«

Ich fuhr von der Couch hoch, mitten in einem wirren Gedankenstrom, der noch in einer anderen Welt steckte. »*Pokker*, entschuldige, ich …«

»Ich sagte, alles in Ordnung, Luc.« Etwas in seiner Stimme beruhigte mich augenblicklich, als hätte er mir mit seinen Worten über den Rücken gestrichen.

Bevor ich etwas erwidern konnte, kam Freya wieder herein. Sie lächelte. Selig. Verträumt. Schwebte regelrecht und mein Herzschlag sprang nicht mehr im Dreieck. Ich wischte mir die schweißnassen Hände an der Hose ab und faltete die Decke, die ich über mich und Mimi gelegt hatte.

»Die Frau, die dich mal als Partner bekommt, ist ein verdammter Glückspilz«, wiederholte Freya meine Worte von vorhin.

Erik grinste mich mit einer solchen Wärme an, dass sich mein Brustkorb schlagartig verengte.

»Du hättest nicht im Voraus zahlen müssen, Pissnelke«, sagte mein bester Freund und schlug mir auf den Rücken. »Und erzähl mir nichts von guter Fee oder Zufall oder sonst was. Du wusstest als Einziger, dass wir ins *Rest* gehen. Das war eine schöne Überraschung. Jetzt schraubt meine Frau die Ansprüche hoch, vielen Dank auch.«

Ich lachte, was so eingerostet und falsch klang, dass mich dieses ungewohnte Geräusch tatsächlich für eine Sekunde aus dem Konzept brachte. »Irgendetwas wollte ich euch zum Hochzeitstag schenken«, sagte ich so neutral wie möglich.

»Du hast uns den Abend geschenkt, das wissen wir, Luc, vielen Dank.« Die Zuneigung in Freyas Augen ließ mich den Kopf senken. Weil ich nicht gut damit umgehen konnte. Weder, so geliebt zu werden, noch, ein Kompliment zu bekommen.

Räuspernd trat ich einen Schritt zur Seite. »Ich mach mich dann mal auf den Weg.«

Mit wenigen Sätzen verabschiedete ich mich von meinen Freunden. Ihr Glück brodelte wie ein übersprudelnder Kochtopf. Sie wirkten verliebter denn je, die Augenringe waren blasser, als hätte dieser Abend in vertrauter Zweisamkeit Wunder für ihre Beziehung gewirkt.

Draußen schaute ich zum ersten Mal seit Stunden wieder auf mein Handy. Zwei Anrufe in Abwesenheit. Mein Herz, das sich seit einiger Zeit wieder in meiner Brust regte, gefror auf der Stelle.

Baba. Mein Vater.

9

ELLI

»Bringst du mir noch einen Cappuccino, Elli, wenn du gerade auf dem Weg bist?«, flötete Agnes von ihrem Schreibtischplatz aus, als ich mit noch nassen Händen von den Toilettenräumen zurückkehrte.

Es war Ende der zweiten Woche und ich hielt inne, weil ich mich fragte, was zum Teufel ich da eigentlich tat. Es fühlte sich an, als würde ich mit verbundenen Augen am Rand eines Abgrunds balancieren, und meine Nettigkeit hatte dazu geführt, dass ich mich von einem Kuhfladen in den nächsten stürzte.

Dabei meinte es niemand böse. Ich setzte nur keine Grenzen. Also konnten die anderen in der Abteilung auch keine überqueren. Sie gingen einfach so weit, wie sie konnten.

Meine Hände krampften sich in meinen grauen Karorock.

Komm schon. Sag, du musst dringend noch die Präsentation fertig machen. Aber Agnes hatte recht. Ich war auf dem Weg. Es war nur ein Katzensprung zur Kaffeemaschine. Nur drei weitere verlorene Minuten. Vielleicht noch ein Small Talk. Aber nicht mehr. Eine Kleinigkeit.

»Elli, ganz kurz. Hast du einen Moment?«, ertönte Jannes Stimme von der Seite und obwohl er ganz nett wirkte, lauerte ein knallharter Geschäftsmann hinter seinen haselnussbraunen Augen. Mein Mund war auf einmal wie zugekleistert und ich nickte mechanisch, spürte, wie sich die Hitze in meinen Wangen ausbreitete.

Ich hasste es.

Ich hasste es, wie sehr die Worte in meinem Kopf tanzten und sich weigerten, ausgesprochen zu werden. Ich hasste es, dass ich mich klein fühlte, nicht das sagen konnte, was mir auf der Zunge lag.

Mit Ausnahme meiner Familie, Tiril und ja – ich schnaubte innerlich –, sogar Lucas. Bei allen anderen schaffte ich es einfach nicht, ich selbst zu sein. Als umklammerten mich unsichtbare Hände, steckten mich unter eine Glocke und ließen mir keinen Raum zum Atmen.

Vertraulich nahm mich Janne beiseite, führte mich zu seinem Büro, aber ging nicht hinein. Etwas ungestörter waren wir trotzdem.

»Wie kommst du klar?«

Sag's ihm. Sag ihm die Wahrheit. Aber das ging nicht.

»Eigentlich ganz gut. Alle sind so nett. Und es macht Spaß, ich muss … ich muss nur noch ein bisschen mehr in die Arbeit hineinfinden.«

Er hob die Brauen, musterte mich kurz und nickte dann. »Gut. Wenn du dich wohlfühlst. Aber das ist nicht der Grund, weshalb ich mit dir sprechen wollte«, fuhr er fort. »Sara kommt früher als erwartet aus der Elternzeit zurück und wir benötigen kurzfristig einen Arbeitsplatz. Da du sowieso mit Lucas zusammenarbeitest, habe ich veranlasst, einen zweiten Schreibtisch – zumindest übergangsweise – bei ihm im Büro aufzustellen. Ich hoffe, das ist in Ordnung.«

In mir sammelte sich Kälte, durchströmte mich, jeden Winkel, bis ich glaubte, aus Eis zu bestehen. Meine Augen weiteten sich vor Überraschung und ich zwang meine Lippen, sich zu öffnen, doch es drang kein Ton heraus.

Komm schon, Elli.

»Ja klar. Kein Problem«, antwortete die *People Pleaserin* in mir endlich, aber eigentlich hätte ich am liebsten all das gesagt, was in meinem Kopf wie ein wilder Schwarm Vögel durcheinanderflog.

Wie soll ich mit Lucas auf engstem Raum zusammenarbeiten? Es direkt neben ihm aushalten? Nicht ständig daran denken, dass er mich nach meinem sechzehnten Geburtstag einfach fallen gelassen hat?

»Kann dir jemand mit deinen Sachen helfen?«, fragte Janne freundlich, aber ich merkte, wie er auf die Uhr hinter mir schielte. Vermutlich war er mit den Gedanken ganz woanders. Wahrscheinlich bei seinem nächsten Termin.

Also schüttelte ich den Kopf. »Nein, schon okay. Soll ich … soll ich direkt umziehen?«

»Wie du möchtest. Sara kommt erst am Donnerstag wieder, aber du kannst auch heute schon wechseln, sowie Sven den Schreibtisch aufgestellt hat. Lucas ist informiert.«

Sobald sich Janne verabschiedet hatte, stand ich kurz mit steifen Beinen da, bevor ich mir meinen Weg durch die Gänge des großflächigen Büros bahnte. Früher, als ich noch ein Kind gewesen und offiziell Skogen als Nachnamen genutzt hatte, war mir die Wirkung des Namens oft aufgefallen. Als hätte ich einen magischen Zauberstab, mit dem ich Wasser teilen konnte. Jetzt umschiffte ich alle, die in meinem Weg standen, wie Felsen inmitten eines Fjords.

Lucas saß in seinem Büro und stand gerade auf, als ich gegen die Holztür klopfte und kurz im Türrahmen stehen blieb, ehe ich eintrat. Einen winzigen Stolperherzschlag lang ertappte ich mich dabei, seine eindrucksvolle Gestalt mit dem Blick einzufangen. Die breiten Schultern, wie sein Bizeps spannte, wie perfekt seine Haare im Nacken ausrasiert waren, die harte Linie seines kantigen Unterkiefers und die Bartstoppeln. Müdigkeit stand ihm ins Gesicht geschrieben, seine Lider mit den unverschämt langen Wimpern hingen auf Halbmast, als hätte er die ganze Nacht kein Auge zugemacht. Da war auch ein ernster Zug um seinen Mund, der ihn grimmig wirken ließ. Am liebsten hätte ich mit den Fingerspitzen darübergestrichen, um diese Härte zu glätten.

Meine Hand ballte sich zur Faust.

Sobald sich unsere Blicke trafen, schlug mein Magen einen Purzelbaum und ich verfluchte mich für meine körperliche Reaktion auf ihn. In seinen Augen glomm ein Funke auf, wie ein Feuer, das entfacht wurde, und etwas in mir vollführte einen dämlichen Freudentanz, weil mein naives Herz sich an eine Zeit erinnerte, in der ich alles für einen solchen Blick getan hätte.

Jetzt brannten meine Wangen, als wäre ich in Brennnesseln gefallen.

Zum Glück sah Lucas als Erster wieder weg, zerschlug damit die Intimität ohne gesprochene Worte. Er schenkte sich ein Glas Wasser nach, das auf seinem voluminösen Schreibtisch stand. Verstohlen sah ich mich um. Das Büro war ordentlich und sauber, es roch angenehm und in einer Ecke stand eine große Pflanze in einem schwarzen Topf. Insgesamt waren die Farben eher gedeckt, fast düster.

Fast wie seine Seele, dachte ich, meinte es aber eigentlich nicht so. Denn im Grunde wollte er das alle nur glauben lassen.

»Hi«, sagte ich so würdevoll wie möglich und drückte den

Rücken durch, was ich in der nächsten Sekunde bereute, denn ich trug eine eng anliegende, schwarze Bluse, die meine kleinen Brüste besser zur Geltung brachte, aber nicht betonte. Lucas beobachtete mich, während er trank, und mir wurde noch heißer, weil ich seinen durchdringenden Blick nicht deuten konnte.

»Janne sagt, ich soll mich bei dir einquartieren. Eine Kollegin kommt wohl früher aus der Elternzeit zurück.«

»Ich habe es schon gehört«, antwortete Lucas, ohne mich anzuschauen, und seine Stimme rieb wie Schmirgelpapier über meine Haut. »Was willst du?«

Am liebsten hätte ich meine Arme vor der Brust verschränkt, um mir die Illusion von ein wenig Sicherheit vorzugaukeln, aber die Blöße wollte ich mir nicht geben.

»Nur mit dir abklären, ob das für dich in Ordnung ist.«

Er hob die Brauen, blickte mich jedoch nicht an. Das Glas hielt er noch in der Hand und ich ertappte mich dabei, wie ich die feinen Härchen seiner gebräunten Unterarme betrachtete, die im Ärmel seines Hemdes verschwanden. »Warum sollte es nicht in Ordnung sein?«

Jetzt war ich diejenige, die seine Mimik imitierte. »Weil du ziemlich deutlich gemacht hast, was du von der ganzen Sache hältst.«

»Ich nehme an, mit *der ganzen Sache* meinst du, dass ich dich vor meiner Nase habe, obwohl ich am liebsten auf einem anderen Kontinent wäre?«

Diese simple Frage schnitt wie ein Fleischmesser in mein Herz. *Fy faen*, er musste mich wirklich abgrundtief verabscheuen, wenn ihm der Gedanke, Zeit mit mir zu verbringen, so sehr missfiel.

»Aber ich kann professionell damit umgehen«, fuhr er fort.

»Und wenn Janne mich bittet, mein Büro mit dir zu teilen, bis Sara einen geeigneteren Platz gefunden hat, schön, dann ist es eben so. Hast du die Präsentation so aufgebaut, wie ich es dir erklärt habe?«, wechselte er abrupt das Thema, während ich vor Wut kochte. Dieser arrogante …

»Natürlich«, presste ich hervor.

»Wärst du bereit, sie heute Abend Janne und Agnes vorzustellen?«, fragte er beiläufig.

Ich verschluckte mich beinahe an meiner eigenen Spucke. »Ja … ja klar.«

Das wäre meine Chance zu beweisen, dass ich mehr war, mehr konnte. Bisher hatte sich keine Gelegenheit ergeben, die ganze Woche über war ich so gut wie unsichtbar gewesen und Sander war irgendwie untergetaucht. Er konnte mir also keine Hilfestellung geben. Etwas war seltsam bei ihm, aber ich hatte noch keine Gelegenheit gehabt, ihn danach zu fragen. Ich war davon überzeugt, dass es mit Norah zusammenhing.

Der Grund, weshalb ich mich für dieses Traineeprogramm entschieden hatte, lag auf der Hand. Ich wollte Nahkämpfe ausfechten, ehe ich mich mit der Strategie des Krieges befasste. Denn sooft ich den Zauberstab auch schwang und sich das Meer teilte, es war auch hinderlich, wenn andere meinen Namen kannten.

Lucas trank das Glas aus und mir fiel auf, wie perfekt sein Hemd saß und mit welcher Selbstsicherheit er sich durch den Raum bewegte, als er den Schreibtisch umrundete und auf mich zukam.

Er hatte sich so verändert und war trotzdem noch ein bisschen der Junge von damals.

»Bist du dir sicher?« Leiser Zweifel lag in Lucas' Stimme, was mich wütend machte.

»Klar«, schoss ich zurück und zählte innerlich bis drei, bevor ich weniger schnippisch hinzufügte: »Ob du es glaubst oder nicht, ich will das. Ich will wachsen, Erfahrungen sammeln.«

»Warum?«, fragte er trügerisch sanft.

Ich legte die Stirn in Falten. Darüber brauchte ich keine Sekunde lang nachzudenken. »Warum? Ich will wissen, was die Mitarbeitenden denken, was sie erleben, wie sie arbeiten. Ich will die Firma mitgestalten, ohne dass sie Angst haben, mir gegenüber etwas Falsches zu äußern.« Die Worte purzelten einfach so aus meinem Mund. Offen mit Lucas zu reden, war mir schon immer leichtgefallen.

Er blieb unmittelbar vor mir stehen. Mein Herz flatterte wie tausend Kolibriflügelschläge. Seine Nähe vernebelte mein Hirn, das in seiner Gegenwart sowieso nicht richtig funktionierte.

»Du meinst, du bist bereit dazu, Informationen zu sammeln, alles zu analysieren und zu lernen, um am Ende die Firma umzukrempeln?«

»Ganz genau.« Angriffslustig reckte ich das Kinn. Ich spürte seinen Blick wie eine Liebkosung auf der Haut, ein verklingendes Echo voller Sehnsucht. Wie damals. Auf den Stufen vor dem Museum. Verflogene Stunden auf Sitznischen bei *Munch*. Oder im Skulpturenpark. Als mir sein Herzlächeln noch gehört hatte. Jetzt war da nur noch stählerne Härte. Alles an ihm wirkte so unnahbar. Abweisend. Fremd. Als hätte jemand einen Menschen aus Fleisch und Blut durch einen Roboter ersetzt und es juckte mich förmlich in den Fingern, genau das herauszufinden. Zu testen, ob es auch wirklich so war. Wie ich durch seine maschinelle Fassade dringen und Emotionen in ihm auslösen konnte.

»Und du meinst, du kriegst das hin, indem du Cappuccinos

an fremde Plätze bringst und Botengänge erledigst?« Seine Worte brachten mich zu Fall und ich fiel, fiel, fiel immer tiefer, bis der Boden in Sichtweite geriet.

»Du …« Ich biss mir auf die Zunge. Er genoss das. Dieser Mistkerl genoss es, mich leiden zu sehen! Wut loderte in mir auf, wild und heftig.

»Ich *was*?«

»Du … du bist …«

Er lehnte sich nach hinten und erst jetzt bemerkte ich, dass ich einen angriffslustigen Schritt auf ihn zu gemacht hatte. Adrenalin durchdrang jede Vene, jede Ader, floss wie ein Strom durch mich hindurch und ich fühlte mich stärker.

Bis ich den Kopf hob und ihm finster ins Gesicht starrte. Lucas' Blick glühte, schwelte wie das Feuer im Kamin unserer *hytte*.

»Du bist ein Arsch, Lucas.«

Täuschte ich mich oder lag da der sanfte Anflug eines Lächelns um seine Mundwinkel? Ein Phantom seines Herzlächelns, das mein eigenes Herz plötzlich ins Straucheln brachte. Mir wurde eiskalt, dann wieder heiß. Ich runzelte die Stirn. Was war das? Bildete ich mir das nur ein?

»Du kriegst das mit der Präsentation hin, wenn du ernsthaft daran arbeitest und dich nicht ständig von anderen einspannen lässt.«

Es klopfte an der Tür und Agnes schob ihren Kopf herein. Wenn ich gedacht hatte, dass Lucas mich grimmig und kalt anschaute, war das *kein* Vergleich zu dem Messerblick, den er seiner Kollegin zuwarf, die entschuldigend lächelte und den Mund aufklappte, um etwas zu sagen.

»Nicht jetzt«, ließ er sie gar nicht erst zu Wort kommen. Nun murmelte Agnes tatsächlich eine knappe Entschuldigung und verschwand gleich darauf wieder. Ohne Vorwarnung ließ Lucas mich stehen, kehrte mit langen Schritten an seinen Schreibtisch zurück und setzte sich.

»Willst du Wurzeln schlagen?«

Mit einem Ruck löste ich mich aus meiner Erstarrung, drehte mich mit verhärteten Muskeln um und ging in Richtung Tür.

»Behalt das bei«, erklang Lucas' Stimme und ich hielt inne, wandte mich ihm noch einmal zu und sah, wie er auf seiner Maus herumklickte und den Bildschirm anvisierte, als wäre ich gar nicht mehr da.

Ich runzelte die Stirn. »Was genau meinst du?«

»Deine Schlagfertigkeit, Elli. Behalt das einfach bei.« Mit diesen Worten widmete er sich wieder seiner Arbeit und ignorierte mich, während ich mit offenem Mund dastand und meine Schlagfertigkeit wie weggeblasen war.

Hatte ich mich gerade verhört?

Sicher war ich mir nicht. Und ich wusste nicht, was ich von alldem halten sollte.

Den ganzen Vormittag ging ich die einzelnen Punkte der Präsentation für das große Meeting durch, schaute mir jede Seite an und hämmerte die Slides in meinen Kopf, bis er rauchte. Ich war überzeugt davon, alles selbst im Schlaf zu beherrschen. Inzwischen saß ich in Lucas' Büro und seine Nähe trug nicht gerade dazu bei, mich besser konzentrieren zu können.

Aber die bloße Vorstellung, dass ich nicht nur vor Lucas,

Janne und Agnes, sondern dem gesamten Team präsentieren würde, trieb mir die Schweißperlen auf die Stirn und ich ließ den Kugelschreiber immer wieder gegen die ausgebreiteten Unterlagen auf dem Schreibtisch knallen. *Klack-Klack-Klack-Klack-Klack.*

Die Nervosität fraß mich förmlich auf.

Dabei war die erste, wesentlich unwichtigere Präsentation einigermaßen gut gelaufen. Etwas holprig zwar, als wäre ich wie Bambi über eine Eisfläche geschlittert, aber es hatte mich nicht zerlegt. Nicht komplett zumindest.

Als ich auf Toilette ging, kam mir ausgerechnet Liliana entgegen und strahlte mich an, als hätte sie einen Mordanschlag auf mich vor. Innerlich verkrampfte ich, aber irgendwie fühlte es sich auch falsch an, Groll gegen sie zu hegen. Immerhin war sie sehr nett und behandelte mich wie jede andere Kollegin auch – und nicht, wie sie vermutlich die zukünftige Erbin des Unternehmens behandeln würde.

Also verscheuchte ich das klamme Gefühl, das sich um mein Herz wickelte, und lächelte zurück. »Ja?«

»Hast du einen Moment Zeit?«

Ich fischte nach einer Ausrede, als ich die körperliche Nähe einer muskelbepackten Mauer in Hemd und schwarzer Jeans direkt neben mir spürte. Ein Kribbeln breitete sich von meinem Scheitel bis zu meinen Zehenspitzen aus. Auch ohne den Kopf zu drehen und ihn anzusehen, wusste ich, dass es Lucas Stensrud war. Alles in mir polte sich in seine Richtung, als wäre er ein verdammter Magnet und ich hätte meine Kompassnadel auf ihn gerichtet. Angestrengt zwang ich mich, weiter in Lilianas hübsches Gesicht zu blicken, die den Mund zu einem überraschten O geöffnet hatte.

»Hat sie nicht.« Das tiefe Timbre, wie ein entferntes Donnergrollen so dicht an meinem Ohr, jagte mir einen warmen Schauder über den Rücken. *Ups.* Verärgert presste ich die Schenkel zusammen. *Verdammt.* Wenn irgendjemand herausfand, wofür ich einen kleinen Kink – eine spezielle Vorliebe – hatte, würde diese ganze *Wir-arbeiten-professionell-in-einem-Büro*-Sache schneller zu einem Problem heranwachsen, als gedacht. Zumindest für mich.

»Hat sie nicht?«, wiederholte Liliana verwirrt.

»Ich brauche Elli in meinem Büro.«

Seine. Fucking. Stimme.

Noch immer hatte ich nichts gesagt, aber Lucas' bestimmender Tonfall duldete auch keinen Widerspruch, trotzdem ließ sich unsere Kollegin nicht so leicht abwimmeln.

»In deinem Büro?«

Lucas atmete einmal tief durch, als würde sein Geduldsfaden auf eine Zerreißprobe gestellt werden, und sein Brustkorb dehnte sich, sodass ich seine Hitze wie einen Heizstrahler an meiner Seite spürte.

»Ja. Elli arbeitet in meinem Team. Und Sara kommt am Donnerstag zurück. Wir hätten dann keinen Platz für sie. Es ist also besser so. Wenn du uns jetzt entschuldigst.«

»Ah, verstehe«, erwiderte Liliana und klang, als hätte sie nicht den blassesten Schimmer, was Lucas ihr gerade erklärt hatte.

Er seufzte resigniert. »Ich habe einfach keine Lust, nach der Präsentation nachher beschissen dazustehen, nur weil Elli nicht dazu kommt, alles vorzubereiten. Sie ist mir zugeteilt. Es fällt auf mich zurück, wenn sie keine gute Arbeit macht.«

Ich verspürte einen kurzen, heftigen Stich in der Brust und versuchte, es auf die Aufregung zu schieben. Nicht darauf, dass mich Lucas' Worte verletzten und wie nach einem Sprung in den Oslofjord sämtliche unanständige Tagträume-Szenarios wegspülten, denen ich mich schon viel zu oft hingegeben hatte.

Als ich mich gerade abwenden wollte, spürte ich Lucas' Hand auf meinem Rücken, als wollte er sicherstellen, dass ich auch *wirklich* mit in sein Büro kam, um mich brav der Präsentationsvorbereitung zu widmen. Wie ein elektrischer Impuls jagte die Berührung durch mich hindurch. Ruckartig zog er seine Finger zurück, als hätte er sich verbrannt.

»Alles gut?«

»Bestens«, zischte ich. »Den Zusatz hättest du dir aber sparen können.«

Ich marschierte los und spürte Lucas unmittelbar hinter mir. Seine durchdringenden Schritte hallten in meinen Ohren wider. Endlich erreichte ich sein Büro und hätte ihm am liebsten die Tür vor der Nase zugeknallt.

»Welchen Zusatz?«

»Du bist unmöglich, Lucas Stensrud«, spie ich aus, bevor ich auch nur einen Gedankensplitter zu fassen bekam, und fuhr zu ihm herum. Er war hinter mir ins Büro getreten und hatte die Tür bereits geschlossen. »Du denkst nur an dich selbst. Das hätte ich schon damals merken müssen. Herzlichen Glückwunsch, die wichtigste Person in deinem Universum bist du. Wie konnte ich jemals glauben …« Erst jetzt kam ich wieder zu Sinnen und biss mir auf die Zunge. Täuschte ich mich oder zuckte so etwas wie Reue oder Schmerz über seine verteufelt gut aussehenden Züge?

»Du machst einen entscheidenden Fehler, Elli«, sagte er jetzt gefährlich ruhig. Als kostete es ihn seine ganze Willenskraft, mich nicht hinter seine eiskalte Fassade blicken zu lassen. »Du denkst immer noch, dass ich einer von den Guten bin. Das bin ich nicht. Du hast recht, mir geht es nur um meinen eigenen Arsch. Versau es mir nicht.«

»Keine Sorge«, hielt ich prompt dagegen und fragte mich, woher diese Elli kam. Wo ich sie sonst versteckt hielt und wieso ich bei anderen nicht den Mut aufbrachte, stärker, direkter und ein bisschen wie die Wunschvorstellung in meinem Kopf zu sein. Wieso fiel es mir so schwer, für mich einzustehen? Wenn ich mich nicht selbst schützte, wer tat es dann? »Ich werde es schon nicht versauen.«

Aber ich täuschte mich.

Ich versaute es.

Ich wusste es in der Sekunde, in der ich *Bergen*, den Konferenzraum, betrat und meinen Großvater dort sitzen sah. Erwartungsvoll. Janne war auch da. Und Agnes. Beide lächelten mich zuversichtlich an. Sander und mein Vater fehlten, deren Anwesenheit es vielleicht einfacher gemacht hätte, aber vermutlich redete ich mir das auch nur ein. Lucas folgte mir auf dem Fuß. Wie sehr wünschte ich mir, es ihm und den anderen zu beweisen.

Aber da war wieder diese Sperre in meinem Kopf.

Mit zitternden Fingern baute ich meinen Laptop auf. Öffnete die Präsentation.

Du schaffst das.

Alle starrten mich erwartungsvoll an, mein Puls raste. Verknotete Zunge. Gleichzeitig schlug mein Herz so schnell und heftig, dass ich glaubte, alle müssten es hören.

Als ich kurz den Blick hob, bemerkte ich es: die Veränderung in ihrem Blick, den fragenden Ausdruck. In nur einer Millisekunde fiel mein Kartenhaus in sich zusammen und begrub all meine Pläne und Hoffnungen unter sich. Den Mut, den ich mir eingeredet hatte.

Zu oft hatte ich es gesehen. Wie aus Interesse und Neugierde entweder Mitleid oder Abscheu wurde, weil die meisten ihre Gesichtszüge nicht unter Kontrolle hatten. Ihre Gedanken standen ihnen so deutlich auf der Stirn geschrieben, dass meine Wangen vor Scham glühten. Alles in mir bebte vor Anspannung und mein Mund blieb geschlossen, als würde er sich weigern, mich aus der Situation zu erlösen.

Dabei wäre es ganz einfach. Schließlich kannte ich jedes einzelne Wort der Präsentation in- und auswendig. Ich hatte mich vorbereitet.

Lucas' dunkler Blick traf mich unerwartet. In seinem Gesicht stand nicht dieselbe Reaktion wie bei Janne und Agnes. Es schien, als wollte er mir einen Rettungsring zuwerfen, um mich aus diesen brodelnden Fluten zu ziehen, die mich zu verschlingen drohten.

Atme, sagten seine warmen Augen und der ruhige, gütige Ausdruck in ihnen erinnerte mich an jenen Lucas, den ich an einer Abzweigung meines Lebens verloren hatte.

Am liebsten wäre ich in Tränen ausgebrochen.

Aber das war mein Kampf. Ich wollte gewinnen.

Es kribbelte in meiner Nase. Großvater räusperte sich und ich zwang mich, nicht einfach aus dem Raum zu rennen. Ich brachte es nicht über mich, in Großvaters Richtung zu blicken, aus Angst vor dem, was ich in seiner Miene lesen würde.

Es ging weiter. Es musste weitergehen.

Irgendwann wäre auch diese Vollkatastrophe vorbei. Selbst wenn ich zerbrach, meine Träume unter einem Scherbenmeer aus Zweifeln begrub. Es ging vorbei.

Irgendwann.

Golden

10

LUCAS

Verdammt, sie ging unter. Buchstäblich.

Ich musste all meine mentale Kraft aufbringen, um nicht aufzuspringen, sie in den Arm zu nehmen und vor den irritierten Blicken zu schützen. Der Drang war so heftig, dass ich meine Fußballen auf den Boden drückte. Stattdessen schaute ich mich lieber um. Das war sicherer.

Die Wände waren in einem sanften Grauton gestrichen, standen im Kontrast mit dem hellen Parkettholzboden, der das warme, gedämpfte Licht reflektierte. Dank der großen Panoramafenster, die einen weiten Blick über den Oslofjord ermöglichten, absorbierte der Raum die Ruhe des Wassers und füllte sich mit dem natürlichen Abendlicht, das von draußen hereindrang.

Trotzdem kam mir auf einmal alles beengend vor, schnürten sich mir die Atemwege zu.

Ich sah wieder zu Elli, die förmlich in ihrem übergroßen Blazer versank.

Komm schon, Kätzchen, zeig deine Krallen, feuerte ich sie mental an.

Keine Ahnung, woran es lag, doch sie schien mich nicht

wahrzunehmen, blendete mich völlig aus. Dafür sprang ihr Blick immer wieder panisch zu ihrem Großvater, der seine unbeteiligte Miene nicht aufrecht halten konnte. War es Enttäuschung? Resignation?

Selbst mir rollten sich bei seinem Blick die Zehennägel auf.

Schlagartig wurde es merklich kühler im Konferenzraum. Niemand eilte Elli zu Hilfe, die sich nach einer gefühlten Ewigkeit aus der Starre gelöst hatte und um Kopf und Kragen redete. Einen Slide zu weit nach vorn sprang. Hektisch einen Notausgang suchte und sich dabei noch weiter verhedderte. Wie eine Fliege in einem überdimensionalen Spinnennetz. Fressen oder gefressen werden.

Fuck, Kätzchen … Du schaffst das.

Aber das tat sie nicht.

Und ich konnte mir das nicht länger mit ansehen, weil es mich selbst zu sehr schmerzte. Wie der Anruf von Baba, den ich in den hintersten Winkel meiner Seele verbannt hatte. Mit ihm zu sprechen, erinnerte mich daran, wie sehr mir die emotionale Nähe zu ihm fehlte. Weil er nichts anderes konnte als arbeiten. In gewisser Weise waren wir uns so ähnlich. Er zeigte seine Liebe dadurch, dass er alles darangesetzt hatte, mir ein besseres Leben zu bieten. Inzwischen verdiente ich mein eigenes Geld und schickte meiner Familie einen Großteil davon zu, damit es meine zwei jüngeren Schwestern, Maya und Livia, leichter hatten, denn im Gegensatz zu mir waren sie noch Kinder. Sie hatten Schule, Ausbildung oder Studium noch vor sich und sollten sich nicht fragen müssen, ob sie ins Kino gehen oder einen Schulausflug mitmachen durften. Sie wohnten knapp eine Stunde von Oslo entfernt und meine Eltern rackerten sich ab und schufteten trotz meiner Unterstützung hart.

Vielleicht strengte ich mich deswegen so an, weil ich ihre Mühen, ihre Sorgen nicht versickern lassen wollte. Babas Rückenschmerzen, die schlaflosen Nächte, die Abwesenheit. Geistig wie körperlich. Doppelschichten, im Dunkeln aufstehen und aus der Wohnung treten, im Dunkeln zurückkehren.

Sie sollten nicht umsonst alles gegeben haben.

Ich wollte es ihnen gern zurückzahlen. Es besser machen. Das zurückgeben, was sie für mich geopfert hatten. Zeit. Freiheit. Gesundheit.

»Ich glaube, ich muss an der Stelle kurz unterbrechen«, sagte ich deswegen und räusperte mich. Elli schleuderte einen entsetzten Blick in meine Richtung, aber ich schaffte es, mein Pokerface zu bewahren, und erhob mich in einer einzigen, fließenden Bewegung. Langsam ging ich zu ihr nach vorn, lenkte die Blicke der anderen auf mich und schirmte sie vor ihnen ab.

»Tu das nicht«, bat sie leise, sodass es niemand außer mir hören konnte. Das Zittern in ihrer Stimme war wie eine Starthilfe für mein eingerostetes Herz. Aber sie musste da durch. Sie musste durchs Feuer gehen, um als geschliffener Diamant wieder herauszukommen.

»Du lässt mir keine andere Wahl«, erwiderte ich ebenso leise und mit einer Ruhe, die mich selbst anekelte. Ein Seitenblick auf Aasmund Skogen genügte, um zu wissen, dass ich mich auf sehr, sehr dünnem Eis bewegte.

Plötzlich fühlte ich mich wieder wie mit achtzehn. Ein paar Wochen vor meinem neunzehnten Geburtstag. Ich durfte nicht vergessen, dass ich niemals Teil ihrer Welt sein würde. Dass ich, egal, wie sehr ich mich anstrengte, immer Lucas Stensrud bleiben würde. Ein bedeutungsloser Name und eine bedeutungslose Identität.

Und sie war immer noch Ellinor Skogen, Tochter eines der reichsten Unternehmer des Landes. Darüber konnte die Schutzhülle aus falschen Buchstaben auch nicht hinwegtäuschen.

Mir war klar, dass Aasmund Skogen es nicht vergessen hatte.

Ich auch nicht. Niemals.

Schließlich hatte ich an dem Tag meine beste Freundin verloren. Das Mädchen mit dem goldenen Herzen, das Mädchen, das ich mit geschlossenen Augen hätte malen können, das mich in meinen Träumen begleitet und verfolgt hatte.

Golden.

Im Stillen verfluchte ich mich für diesen Gedanken, denn er stand für alles, was ich nach Ellis Geburtstag verloren hatte. Allen voran mich selbst.

»Vielen Dank, Elli«, kroch es nun über meine Lippen. Geschäftsmäßig, distanziert, obwohl mein Puls raste und mein Herz wild pochte. »Ab hier übernehme ich. Du kannst dich ruhig wieder setzen.«

Es war ein Schlag in die Fresse. Ich wusste das. Sie wusste das. Die anderen wussten es auch. Wie betäubt stakste sie zurück an ihren Platz, selbst ihr sonst so schönes Lächeln war von ihren vollen Lippen gewichen. Weggewischt wie eine verbrauchte Notiz am Whiteboard. Da war eine Leere in ihrem Blick, die sich in meinem Inneren spiegelte, und ich fragte mich kurz, ob es ein Fehler gewesen war einzuschreiten.

»Wie Elli bereits richtig erläutert hat, ist *Knåd* ein strategischer Fehler unterlaufen«, führte ich aus, ohne Elli dabei anzusehen. Stattdessen konzentrierte ich mich auf die anderen Anwesenden. »Im letzten Bilanzjahr haben wir die Nachfrage nach Keksen mit weißer Schokolade im Auge behalten, aber besonders gefragt waren Dinkelkekse der Marken *EST* und

Bahrer, die deutlich höhere Absatzzahlen erreicht haben, besonders in der homogenen Altersgruppe zwischen neunzehn und fünfunddreißig Jahren. Analysen haben gezeigt, dass der Schwerpunkt ebenso auf Familien mit Kindern liegt. Anhand der Verkaufszahlen in Universitätsstädten konnten wir das auch auf Studierende herunterbrechen.« Geschickt kaperte ich Ellis Präsentation, die so viele lose Fäden aufgerollt hatte, dass ich erst einmal wieder etwas Struktur in alles bringen musste. Dann wechselte ich zu meiner eigenen Präsentation, die sich auf andere Schwerpunkte, insbesondere die rückläufigen Absatzzahlen des *Himmelsk*-Kekses, beschränkte. In den letzten Wochen und Monaten hatte ich meine komplette Energie in die Analyse gesteckt, weil ich das Potenzial erkannte, den *Himmelsk*-Verkauf durch eine Umstellung auf Dinkelkekse wieder anzukurbeln. Denn ich wollte nach oben. Wollte mehr. Dazugehören. Endlich.

Es fiel mir nicht schwer, mich auf die wesentlichen Punkte zu konzentrieren, wäre da nicht Ellis Anwesenheit gewesen. Sie war nur noch ein Schatten ihrer selbst und etwas in mir regte sich bei ihrem Anblick. Keine Ahnung, ob es mein stummes Herz war. Als ich schließlich endete, herrschte einen Moment lang Stille. Dann hob Aasmund Skogen den Kopf und sah mich durchdringend an.

»Dinkelkekse. Wie hoch war der prozentuale Gesamtanteil des Marktumsatzes?«

Für die Antwort brauchte ich nicht einmal einen Blick in die Unterlagen zu werfen. Ich ratterte alle Zahlen der einzelnen Unternehmen herunter und sah, wie er zufrieden die Lippen schürzte. Das teure marineblaue Sakko saß perfekt über dem maßgeschneiderten Hemd. Noch vor zwei Jahren hätte mir die ungeteilte Aufmerksamkeit dieses Mannes eine beschissene Angst eingejagt. Inzwischen hielt ich diesem alles einnehmenden Fokus stand.

Schweigen. Er begutachtete das Handout vor sich, blätterte auf die nächste Seite, schien nach etwas zu suchen. Die Uhr tickte, Sekunden fühlten sich wie Stunden an. Dann nickte er endlich.

»Danke, Lucas. Aber wir nehmen es wieder runter von der Agenda. Wir sind noch nicht so weit. Nächster Punkt?«

Kollektives Ausatmen.

Das war's. Das Urteil war gefallen.

Dieses Mal verbarg ich meine Überraschung nicht. »Weshalb?«

Unmerklich schüttelte Janne den Kopf, aber da war es schon zu spät. Aasmund Skogen mochte es nicht, wenn seine Worte infrage gestellt wurden. Doch das war mir im Moment egal.

Ich hatte Wochen und Monate investiert, denn ich wollte KOSGEN voranbringen. Die Firma musste sich weiterentwickeln. Es wäre ein Fehler, sich diese Chance entgehen zu lassen.

»Die Marktanteile sind für den Aufwand zu gering. Wir müssten zu viel investieren. Uns fehlt ein Rezept und die entsprechende Zeit, bis nächsten Herbst ein passendes Produkt auszuarbeiten. Wir setzen lieber auf unsere altbewährten Kekse und können an anderer Stelle noch einmal darüber reden, eine Spezial-Edition zu produzieren.«

»Ich glaube, dass es funktionieren könnte«, widersprach ich vehement, aber kontrolliert, obwohl in mir ein Sturm tobte. »Unsere *Skyer*-Produktpalette in Richtung Dinkelkekse auszubauen, ist eine Marktlücke, die wir uns nicht entgehen lassen sollten, was die Zahlen ausnahmslos belegen.«

Aasmund Skogen lehnte sich in dem bequemen Sitz zurück

und visierte mich an, als wäre ich eine Dartscheibe. »Mit welchen finanziellen Mitteln? Uns steht die Übernahme von MUS bevor. Außerdem haben wir keine Kapazitäten für die Entwicklung eines Kekses, der nicht in unserem Portfolio steht. Er müsste geschmacklich entweder neu angelegt werden oder sich an einem bestehenden Produkt orientieren, als Ableger einer Kekssorte. Aber auch das müsste erst ausgetestet werden.«

»Das … das könnte ich übernehmen«, erklang es vom anderen Ende des Tisches und alle Köpfe drehten sich in Ellis Richtung, deren Hautton dem eines Krebses glich. Rötliche Flecken bildeten sich entlang ihres Dekolletés. Aber da war dieser Funke, ein schwaches Licht voller Mut.

»Nein. Das Thema ist durch«, schmetterte der Senior ihren Vorschlag ab. Die Kälte in seiner Stimme hätte arktischen Temperaturen Konkurrenz machen können. »Was ist der nächste Punkt auf der Agenda, Janne?«, wandte er sich jetzt an meinen Chef, der seine Notizen neu anordnete und sich in seinem Stuhl aufrichtete, als hätte man ein Spotlight auf ihn gelenkt.

Damit war ich aus der Audienz entlassen und setzte mich fassungslos zurück auf meinen Platz. Meine Gedanken fuhren im Kreis. Es fühlte sich an, als hätte man mir mit einem Vorschlaghammer eins übergezogen.

Die ganze Arbeit der letzten Wochen. Verschwendete Zeit?

In der nächsten Stunde verschwamm alles. Als hätte ich zu viele Farben auf einmal gemischt. Auch die Geräusche drangen nur noch gedämpft an mein Ohr.

Äußerlich bewahrte ich eine neutrale Miene, blieb beherrscht. Niemals würde ich mir die Blöße geben.

Schließlich verabschiedete sich Aasmund förmlich von der

Runde. Dann heftete sich sein Blick kurz auf Elli, die blass um die Nase geworden war. Er nickte kurz, doch sie reagierte kaum, anschließend verließ er den Konferenzraum. Kollektives Ausatmen, die zweite. Ich knöpfte die Hemdsärmel auf und schob sie nach oben.

Es juckte mich in den Fingern. Früher hatte ich gemalt, um den inneren Druck rauszulassen. Heute würde ich eine Runde auf dem Bike drehen müssen. Oder Erik fragen, ob er Zeit für eine Trainingseinheit hätte.

Agnes fasste alles zusammen, schob sich immer wieder die Brille auf der Nase zurecht und war um einen enthusiastischen Tonfall bemüht. Meine Laune verschlechterte sich von Sekunde zu Sekunde. Es war zum Kotzen. Es wäre meine Chance gewesen, mich endlich zu beweisen. Alles umsonst. Wieder eine verpasste Möglichkeit.

Inzwischen war es spät geworden. Draußen war es bereits dunkel.

»Agnes, leitest du das Protokoll an alle weiter?«, bat Janne, suchte seine Sachen zusammen und erhob sich. Trotz seiner gelassenen Ausstrahlung wirkte er etwas mitgenommen, die dunklen Augenringe sprachen Bände und der ernste Zug um den Mund tat sein Übriges. Auch ihm hatte der Ausgang der Präsentation nicht gefallen.

»Wir unterhalten uns morgen«, raunte er mir im Vorbeigehen zu und schlug mir mit der flachen Hand auf die Schulter. Das einzige Zugeständnis, das ich bekommen würde.

»Schönen Feierabend euch«, sagte Janne dann.

Elli sprang wie nach einem Startschuss auf, ohne ein Wort zu sagen. Rasch entschuldigte ich mich bei den anderen, wobei ich Elli ignorierte, und verschwand auf die Toilette. Ich spritzte mir Wasser ins Gesicht, um wieder auf Normaltemperatur zu kommen. Als ich ins Büro zurückkehrte, packte Elli gerade ihre Sachen zusammen. Die anderen Plätze draußen vor der Tür waren bereits verwaist. Das Deckenlicht wirkte in der gespenstischen Stille steril wie in einem OP-Saal. Auf der anderen Seite des Stockwerks ging ein Staubsauger an, die Putzkräfte traten bereits ihren Dienst an.

Leise schloss ich die Tür hinter mir.

Ellis Handgriffe waren schnell, fahrig, fast schon verärgert. Obwohl sie es vermied, in meine Richtung zu schauen, wusste ich auch so, dass sie mich längst bemerkt hatte. Ihr Anblick schmerzte. Körperlich. Als hätte ich mich auf ein Bett voller heißer Nadeln gelegt.

Aber es war besser, wenn sie mich weiterhin für einen rücksichtslosen Wichser hielt, denn genau das war ich.

Mit einer Hand fuhr ich mir übers Gesicht und stieß ein müdes Seufzen aus. »Ich musste reingrätschen.«

»Gar nichts musstest du«, fauchte Elli und fuhr auf dem Absatz zu mir herum. Uns trennten zwei Meter, aber selbst aus der Entfernung sah ich die Verletzlichkeit ihrer weichen Züge und den gleichzeitig lodernden Kampfeswillen, der hinter ihren Sturmaugen lauerte. Stolz füllte meine Brust und noch etwas anderes, das ich besser nicht näher ergründete.

Scheinbar gelangweilt legte ich den Kopf schief. »Ich habe dich gewarnt: Ich bin nicht nett. Keine Ahnung, was du dir in deinem hübschen Köpfchen zusammengereimt hast.«

»Zwischen *nicht nett* und *Arschloch* liegen eigentlich Welten.« Entrüstet zerrte sie ihren Laptop von ihrem Tisch und stopfte ihn in ihre Handtasche. »Du hast dich total verändert. Ich kann nicht glauben, dass ich dich mal *gemocht* habe.« Sie spie das Wort förmlich aus, als wäre es voller Schleim.

»Du bist im Konferenzraum untergegangen.«

Und ich konnte das keine Sekunde länger ertragen, Kätzchen, dachte ich traurig.

Bei meinen Worten hielt Elli inne. Sie riss eine überdimensionale Haarklammer vom Henkel ihrer Tasche und steckte sich die blonden Haare nach oben. Mein Blick verweilte völlig unpassend auf ihrem nun freiliegenden Nacken und ich spürte, wie Blut durch meine Adern schoss. Vor sechs Jahren war ihr Hals noch nicht so anziehend gewesen, aber jetzt hätte ich am liebsten mit dem Daumen darübergestrichen und den pochenden Puls darunter gefühlt.

Hastig schüttelte ich die aufsteigenden Bilder ab. Absolut unangemessen. Und dämlich.

Reiß dich zusammen.

»Ja, ich bin vielleicht untergegangen, aber du hast mich noch tiefer runtergezogen. Was du gemacht hast, war schlimmer, Lucas. Du hast mich gedemütigt. Als wäre ich ein kleines Kind, das Hilfe braucht. Ich …« Ihre Stimme brach und gleichzeitig zuckte mein in Stücke gerissenes Herz. Es gab so vieles, was ich gern von mir gegeben hätte, aber ich blieb stumm. Wie ein Fisch auf dem Trockenen.

»Du hast kein Herz, Lucas Stensrud.« Bei diesen Worten sah sie mich direkt an und ihr Blick ging so tief, dass ich ihn am Rand der Abgründe meiner Seele spürte. Unmerklich fuhr ich zusammen, hoffte, dass sie es nicht bemerkte, um den Schmerz zu verbergen, den sie an die Oberfläche zerrte. Weil ich es verdiente. Ich verdiente, dass sie mich so sah.

»Du kannst kein Herz haben, sonst hättest du das vor sechs Jahren nicht gemacht, und auch heute nicht.«

Die Verletzlichkeit in ihren sanften Zügen schnürte mir augenblicklich die Kehle zu. Es kostete mich meine ganze Kraft, ihr nicht die Wahrheit vor die Füße zu spucken.

Es kostete mich alles.

Und weil ich mir selbst nicht traute, sagte ich weiterhin nichts, ließ sie einfach weiterreden.

»Deine Ideen für die Firma sind toll«, schimpfte sie. »Deine Ideen sind sogar großartig! Sonst hätte mein Opa die Präsentation nicht mit auf die Agenda genommen. Aber weißt du, was deiner Idee fehlt? Auch das Herz. Die Seele ...« Zur Unterstreichung ihrer Worte wedelte sie mit den Händen, als würde sie eine lästige Fliege verscheuchen wollen. Ich hatte sie nie lebhafter gesehen. Nie so voller Elan. Und ich wollte mehr. Mehr von dieser blühenden Elli, dieser wütenden Elli, dieser zauberhaften Elli.

»Weißt du eigentlich, wie wir zu unseren Rezepten gekommen sind? Hast du eine Ahnung, wie viel Liebe darin steckt? Mein Urgroßvater hat das ganze Unternehmen aufgebaut, aber es waren die Frauen in der Familie, die für den Erfolg jedes einzelnen Rezeptes gesorgt haben. Ein KOSGEN-Keks ist nicht einfach nur ein Stück Gebäck, sondern ein Stück Zuhause. Ein Stück Heimat. Ein Stück *Ich möchte mich fallen lassen und den Stress ausblenden, ich möchte einfach kurz vergessen.* Das macht unsere Kekse aus. Und wenn du mit deinen tollen Marktanalysen kommst, mit deinen Spitzenideen, wenn du *Knåd* auseinandernimmst, weil sie irgendeine Marktlücke verschlafen haben, dann fehlt eine wichtige Komponente. Aber die wirst du nicht ausgleichen können, indem du besonders intensive Marktforschung betreibst.«

Das saß. Alles davon. Hatte Elli recht? Hatte ich mit meinem Ehrgeiz meine Kreativität erstickt? War es das, was ich verloren hatte? War es das, was während all der verlängerten Arbeitszeiten, der draufgegangenen Zeit und vergeudeten Momente gänzlich abhandengekommen war?

»Trotzdem wäre ich gern ein bisschen mehr wie du«, drang es nun erstickt über ihre Lippen, als hätte sie ihre gesamte Energie in den vorherigen Monolog gesteckt, als wäre jetzt nichts mehr übrig. Ruckartig hob Elli das Kinn und ihr intensiver Blick traf mich mit voller Wucht.

»Zeig es mir.«

»Was?«, fragte ich perplex und versuchte, nicht im stürmischen Grau ihrer großen Augen zu versinken, die jetzt voller Elan funkelten. Auf einmal war da diese Entschlossenheit, die meinen Herzschlag beschleunigte. Ich sah, wie sie mit sich rang, bis der Teil in ihr siegte, den ich gern öfter sehen wollte.

»Zeig mir, wie ich so werden kann wie du. Emotionslos. Stark. Ohne Gewissen. Ich will nicht mehr untergehen. Ich will es lernen.«

11

ELLI

Hatte ich völlig den Verstand verloren?

Jeder Zentimeter meiner Haut spannte und kribbelte, doch aus irgendeinem unerfindlichen Grund blieb ich standhaft. Ich hatte nicht den blassesten Schimmer, woher ich auf einmal diese wilde Kraft nahm, die durch mich hindurchströmte.

»Wovon sprichst du?« Lucas sah ehrlich verwirrt aus. Seine Maske war verrutscht. Einfach so. Und es war nicht viel mehr nötig gewesen als ein Ausbruch meinerseits.

Jetzt nahmen meine Gedanken Fahrt auf und formten einen Plan, der plötzlich so klar und deutlich vor mir lag, als hätte ich ein Bild vor Augen. »Ich möchte etwas bewegen. Ich möchte endlich … ich möchte endlich gesehen und gehört werden. Ich möchte stark sein.«

Lucas murmelte etwas, das sich nach *Das bist du doch längst* anhörte, aber ich hatte mich so sehr in Rage geredet, dass ich glaubte, mich verhört zu haben.

Wild gestikulierend riss ich die Hände in die Luft. »Ich habe … genaue Vorstellungen. Ich möchte wachsen, lernen, etwas in der Firma bewegen, ohne dass alle vor Angst zusammenzucken oder nicht den Mund aufmachen, weil ich eine

Skogen bin. Und ich möchte, dass sie mich ernst nehmen. Mich. Elli. Ohne dass sie wissen, wer ich wirklich bin.«

»Das ist aber ganz schön viel auf einmal, *Ellinor Skogen*. Ich habe keinen Zauberstab in meiner Hose, mit dem ich dir all deine Wünsche erfüllen könnte.« Als er meinen entsetzten Blick bei der Zweideutigkeit seiner Worte bemerkte, verzogen sich seine Lippen zu einem zynischen Lächeln, das nichts mit seinem Herzlächeln gemein hatte. Seine Stimme wurde einige Nuancen tiefer. »Nicht das, was du jetzt denkst, Kätzchen.«

Ich runzelte die Stirn und merkte, wie ich bis zu den Haarwurzeln errötete. Vor Ärger. Nur deswegen. Trotzdem verspürte ich bei dem geschnurrten Kosenamen aus seinem schönen Mund so etwas wie ein heftiges Ziehen im Unterleib, gegen das ich absolut machtlos war.

»Wie hast du mich gerade genannt?«, fragte ich deswegen kratzbürstiger als beabsichtigt.

»Ich mag es, wenn du deine Krallen auspackst.« Das Lächeln verschwand und seine Mimik wurde wieder so abweisend und ausdruckslos wie vorher. »Aber nein. Ich werde dir nicht helfen.«

»Warum nicht?«

»Weil es keine gute Idee ist, wenn wir noch mehr miteinander zu tun haben als ohnehin schon.«

Dieser eine Satz versetzte mir einen heftigen Stich. Er musste eine ziemlich geringe Meinung von mir haben, wenn ihm der Gedanke so zusetzte. Die Traurigkeit in seinen dunklen Augen bildete ich mir bestimmt ein.

»Glaub mir, du bist die letzte Person auf dem Planeten, die ich um Hilfe bitten will. Aber …« Ich holte tief Luft. »Aber so irrational und unlogisch sich das auch anhört, ich hab das

Gefühl, dass ich in deiner Gegenwart direkt und ehrlich sein kann. Und ein bisschen … ein bisschen mutiger vielleicht.« Es lag an dem, was wir miteinander geteilt hatten. Winzige Herzschlagaugenblicke, so intensiv und eindringlich, dass mir oft die Luft weggeblieben war. Kurz blitzten Bilder durch meinen Geist. Gesprächsfetzen, die an seidenen Erinnerungsfäden hingen. Dieser eine Moment im Regen, *Ekebergparken*. Mein Herz schlug schneller.

Gott, was war ich verknallt gewesen.

Mit einer Lässigkeit, die beinahe an Arroganz grenzte, verschränkte Lucas die Arme vor der Brust und lenkte meine Aufmerksamkeit auf die sehnigen, von schwarzen Härchen überzogenen Unterarme. Rasch hob ich wieder den Blick.

»Was hätte ich davon?«, wollte er wissen.

Meine Gedanken stolperten über meine Zunge. »Keine Ahnung.« Mir fiel nichts ein. »Ich weiß es nicht. Ich … ich …«

»Und wie genau kann ich dir helfen?«, unterbrach Lucas mein Gestammel.

»Bring es mir bei«, sagte ich etwas atemlos, aus Angst, dass mich der Mut wieder verließ. »Radikaler zu sein. Direkter. Ich kenne niemanden, der bei meinem Großvater an genau der richtigen Stelle eine Nachfrage platziert. Du bist strategisch so gut. Ich möchte es lernen. Ich möchte lernen, Grenzen zu setzen. Und vor anderen Leuten zu reden, als würde der Raum mir gehören.«

»Eigentlich tust du das gerade.«

Verwundert blinzelte ich Lucas an. Hatte er einen Scherz gemacht? Misstrauisch beäugte ich seine ausdruckslose Miene, diesen mürrischen Blick und den harten Zug um seinen sinnlichen Mund, der in mir den unbändigen Wunsch auslöste, einmal mit den Fingerspitzen darüberzustreichen.

»Das meine ich nicht und das weißt du. Ich wäre gern … ich wäre gern einfach etwas stärker.«

»Elli.« In diesem einen Wort steckte so viel Bedauern, dass die Hoffnung, die in mir schwelte, mit einem Schlag meinen Körper verließ. Resignation machte sich in mir breit und ich fühlte mich auf einmal ausgehöhlt. Wieder klein.

Was hatte ich mir eigentlich dabei gedacht? Lucas Stensrud um Hilfe zu bitten, wo ich ihm doch vor ein paar Minuten noch an den Kopf geworfen hatte, dass er kein Herz besaß? Und er hatte mehr als deutlich gemacht, was er von mir hielt. Vor Scham und Demütigung brannten meine Wangen, mein Herz flatterte in meiner Brust und am liebsten wäre ich in Tränen ausgebrochen.

»Vergiss es einfach. Wie hatte mir auch nur für eine Sekunde entfallen können, dass Lucas Stensrud an niemanden denkt, außer an sich selbst.« Ohne ihn anzuschauen, schnappte ich mir meine Tasche und rauschte aus dem Raum. Meine Schritte hallten laut durch die düstere Leere der verwaisten Bürofläche, knallten wie Gewehrschüsse durch den langen Gang. Der Aufzug brauchte eine gefühlte Ewigkeit und ich hätte am liebsten vor Frustration gebrüllt. Wut kochte in mir hoch.

Ich hätte es besser wissen müssen.

Genervt drückte ich immer wieder auf den Knopf. Das Klacken hallte in meinen Ohren. Aber nichts passierte.

»Elli.«

O nein.

Endlich sprangen die Türen auf. Ich schob mich hinein und als ich mich umdrehte, sah ich Lucas auf mich zukommen. Mit ausholenden Schritten. Einnehmend. Dieser entschlossene Ausdruck auf seinen markanten Zügen stellte seltsame

Dinge mit mir an und ich umklammerte meine Handtasche etwas fester. Ich hätte mich selbst belügen müssen, wenn ich nicht zugab, wie verdammt gut er gerade aussah.

Die hochgekrempelten Ärmel. Die Anzughose. Das weiße Hemd, das sich um seinen muskulösen Brustkorb spannte. Das Feuer, das in seinen dunklen Augen loderte. Ich bekam weiche Knie.

Leider hatte ich eine ziemlich peinliche Schwäche für Männer, die wussten, was sie wollten.

Und sein Ziel war eindeutig dieser sich viel zu langsam schließende Aufzug.

»Elli«, wiederholte er, als er im letzten Moment die Kabine betrat, bevor sich die Türen schlossen. Die Art, wie er meinen Namen betonte, setzte alles in mir in Brand, mischte sich unter den schwelenden Zorn.

»Ich bin wirklich ein Arschloch, Elli.« Es klang nicht abwertend, lediglich wie eine Feststellung und irgendetwas in mir rührte sich bei seinen Worten.

»Danke. Selbsterkenntnis ist ein Weg zur Besserung.«

Lucas machte einen weiteren Schritt auf mich zu, sein intensiver Blick nagelte mich förmlich fest. »Du hast recht. Genau genommen bin ich ein ziemlich egoistisches Arschloch und nur auf meinen eigenen Vorteil aus. Und vielleicht habe ich deswegen einen Vorschlag für dich. Einen Deal.«

Noch ein Schritt. Unwillkürlich wich ich ein Stück nach hinten und spürte die kühle Wand im Rücken. Die Luft um uns herum begann zu knistern, lud sich elektrisch auf. Erst als Lucas ein wenig den Kopf senkte, merkte ich, dass ich die ganze Zeit über den Atem angehalten hatte.

»Und der wäre?«, brachte ich krächzend hervor.

Sein Mund verzog sich zu einem höhnischen Grinsen, was

ihn so attraktiv machte, dass ich automatisch die Schenkel zusammenpresste. *Dieser Mistkerl!*

»Du bist meine Eintrittskarte in die Welt nach oben.«

Ich blinzelte. »Wie meinst du das?«

Wieder beugte er sich ein kleines bisschen weiter in meine Richtung, sein drahtiger Oberkörper kam dabei meinem gefährlich nah. *Nicht nah genug.* Sein herber Duft drang in meine Nase, vernebelte mein Hirn, jeden klaren Gedanken.

»Ich helfe dir. Wenn du mir hilfst. Wenn du dafür sorgst, dass ich in deinen Kreisen gesehen und anerkannt werde. Du nimmst mich mit auf Veranstaltungen. Öffnest mir Türen. Sagen wir … bis zum neuen Jahr?«

Ein Kloß bildete sich in meinem Hals und ich schluckte schwer. In meinem Kopf drehte sich alles, aber eins wusste ich mit einhundertprozentiger Wahrscheinlichkeit: Das hier war vermutlich meine Chance.

»In Ordnung. Aber wir brauchen Regeln.«

»Regeln.«

»Wie stellst du dir das vor? Sollen wir … eine Art Fake-Beziehung führen? So richtig kitschig wie in einer dieser 90er-Jahre-RomComs?«

Interessiert legte Lucas den Kopf schief und betrachtete mich so eingehend, dass ich eine Gänsehaut bekam. Er war so nah, dass ich die Narbe in seiner fast schwarzen Braue bemerkte. Die Krümmung seiner ansonsten geraden Nase. Herbstlaubaugen. Je nach Lichteinfall wirkten sie dunkler und heller. Jetzt erinnerten sie mich an ein goldenes Blättermeer.

Er wirkte durchaus überrascht, als hätte er gar nicht so weit gedacht. Abrupt richtete er sich auf und fuhr sich mit einer Hand durch das nachtschwarze Haar. Es war, als hätte er mir eine Sauerstoffmaske gereicht, denn ich hatte das Gefühl, endlich wieder atmen zu können.

»Vergiss es.« Es klang so endgültig. Unerschütterlich.

Verwirrt starrte ich ihn an, registrierte den inneren Kampf, den er mit sich auszufechten schien. »Bitte?«

»Nein, vergiss es. Daran habe ich nicht gedacht«, murmelte er jetzt mehr zu sich selbst, als an mich gewandt.

»Hast du etwa Angst?«, fragte ich beinahe panisch, weil ich meine Felle davonschwimmen sah, und machte einen Schritt auf ihn zu. Folgte ihm. Wollte ihn aufhalten.

Lucas versteifte sich augenblicklich und warf mir einen misstrauischen Blick zu. »Angst?«

»Keine Ahnung.« Ich zuckte mit den Achseln. »Dass mehr daraus werden könnte. Aber du musst dir keine Sorgen machen. Ich bin … Zwischen uns wird niemals etwas … Echtes laufen.«

Weil du mich niemals wollen würdest, dachte ich und spürte bei diesem Gedanken einen fetten Wermutstropfen, der sich anfühlte, als hätte man mir etwas Wichtiges weggenommen. »Wir können es abstecken. Die Regeln, meine ich. Händchenhalten in der Öffentlichkeit.« Ich schluckte. »Kein Küssen. So etwas eben.«

Mein Versuch, cool und unbeschwert rüberzukommen, scheiterte kläglich, weil sich meine Stimme anhörte, als hätte ich einen Heliumballon verschluckt.

»Oh, Elli, fang keine Spielchen an, die du nicht gewinnen kannst.« Der summende Laut, die Art, wie er die Silben betonte, fuhr mir direkt in den Unterleib und ich spürte auf einmal ein Brennen in mir. War es Wut? War es … Ich wusste es nicht.

»Du brauchst dir keine Sorgen zu machen«, wiederholte ich.

Dieses Mal deutlich fester. Als würde ich es auch wirklich so meinen. In Lucas' Augen blitzte es überrascht auf. Also nahm ich meinen ganzen Mut zusammen und machte noch einen Schritt auf ihn zu.

»Da ist nichts. Da wird nichts sein.« Ein weiterer Schritt.

Lucas wurde vollkommen regungslos, lediglich mit seinem Blick verfolgte er meine Bewegungen.

»Ich will nichts von dir und du willst nichts von mir. Es wäre nur der Deal. Ich nehme dich mit. Wo auch immer du hinwillst.«

»Ins TEAROOM Oslo.«

Ich schluckte. »Du weißt genauso gut wie ich, dass es nahezu unmöglich ist, eine Einladung zu erhalten.«

»Du hast eine.«

Punkt für Lucas.

»Aber dann müssen wir es durchziehen. Bis nach Silvester, wenn die neuen Plätze vergeben werden.«

»Einverstanden. Und was deine kleinen Regeln angeht …« Sein Blick senkte sich auf meine Lippen und mir wurde unsäglich heiß. »Du meinst also wirklich, ich muss mir keine Sorgen machen?«

Himmel, er schnurrte fast! Aber ich blieb standhaft.

»Nein, musst du nicht.«

»Auch nicht, wenn ich das hier mache, um eine besonders glaubhafte Show abzuliefern?« Unendlich sanft und mit einer Zärtlichkeit, die ich ihm nicht zugetraut hätte, fuhr Lucas mit dem Handrücken an meinen Knöcheln entlang und verschränkte seine Finger mit meinen, was ein heftiges Ziehen in meinem Unterleib auslöste. Ich schob es auf meine Nervosität.

»Nein«, flüsterte ich, dieses Mal nach einem kurzen Zögern.

Meine Lider flatterten verräterisch, als sich Lucas weiter zu mir beugte, die andere Hand an meine Hüfte legte und mich in Richtung Kabinenwand bugsierte, bis ich erneut mit dem Rücken dagegenstieß. Die Kühle des Handlaufs traf auf meinen erhitzten Körper und ich zwang mich, die stählerne Kraft seiner Oberschenkel zu ignorieren. Und alles, was sich da noch hart und einsatzbereit anfühlte.

Verärgert biss ich mir auf die Unterlippe, während mein Herz zu schnell in meiner Brust pochte.

»Lügnerin«, raunte er dicht an meinem Ohr. Verzweifelt presste ich die Beine noch etwas fester zusammen, wurde gänzlich von seinem maskulinen Duft eingehüllt. Vom Klang seiner tiefen Stimme, die wie zäher Sirup meine Synapsen besetzte. Insgeheim hoffte ich so sehr, dass ich die ganze Scharade irgendwie überstehen würde. Sicher war ich mir nicht, denn ich traute weder mir noch meiner kreischenden Libido.

»Und ich gehe keine Deals mit Lügnerinnen ein«, sagte er kalt und löste sich von mir. Dort, wo er mich bis eben berührt hatte, stand alles in Flammen. Gleichzeitig fühlte ich mich seltsam leer. Als würde ein Teil von mir fehlen.

»Ich lüge nicht«, stieß ich aus, packte sein Handgelenk und mit der anderen Hand seinen Nacken und zog ihn zu mir herunter. Ich vergrub meine Finger in seinem Haar, dann presste ich zum Beweis meinen Mund auf seinen.

Wie eine Explosion prallten unsere Lippen aufeinander. Seine waren erstaunlich weich und was eigentlich unschuldig und geschäftsmäßig sein sollte, verwandelte sich in einem Sekundenbruchteil in ein Inferno. Ich musste ein sehnsuchtsvolles Seufzen ausgestoßen haben, denn plötzlich erwachte Lucas zum Leben.

Eine Hand legte sich besitzergreifend an meinen Hals und

sein Daumen strich daran entlang, sodass ich weiche Knie bekam. Verlangen rollte über mich hinweg, begrub mich förmlich unter sich. Ich spürte Lucas' Körper an meinem, die Hitze, die er ausstrahlte. Ich liebte das Gefühl, wie viel größer und stärker er war, wie er mich vor sämtlichen Blicken abschirmen konnte, wenn er es wollte, wie ich unter ihm verschwand.

Seltsamerweise hatte ich mich nie sicherer gefühlt. Oder geborgener.

Als wäre seine Umarmung mein Nest, mein sicherer Hafen.

Ein katzenhafter Laut drang über meine Lippen, was Lucas erwiderte, indem er seinen Griff an meinem Hals verstärkte und die Hüfte vorschob. *Grundgütiger.* Ein Grollen vibrierte in seinem Brustkorb, ich spürte seine Anspannung, wie er sich nur mit Mühe zurückhielt.

Wem machte ich eigentlich etwas vor?

Das hier war eindeutig eine Nummer zu groß für mich. Im wahrsten Sinne des Wortes.

Federleicht strich Lucas mit der Zungenspitze über meinen Mund und ich öffnete ihn, um den Kuss zu vertiefen. Ein Stöhnen entwand sich meinen Lippen. Er schmeckte nach Zimt und Schokolade, Erinnerungen an Weihnachten wurden geweckt und ich kam mir vor, als hätte ich gerade ein Geschenk erhalten.

Wie viele Nächte hatte ich mir einen Kuss mit Lucas ausgemalt? Wie oft hatte ich mich nach seiner Berührung gesehnt? Jeden Blick analysiert und meinen Freundinnen im Detail von jeder Geste und jedem Wort berichtet?

Jetzt war es so weit.

Und es war noch besser, als ich es mir Stunden um Stunden ausgemalt hatte.

»Okay, und was genau läuft hier?«, erklang Sanders Stimme eindeutig erheitert hinter Lucas.

Ertappt und hektisch fuhren wir auseinander, nachdem mein Bruder unseren Kuss unterbrochen hatte und nun mit einem süffisanten Grinsen zwischen uns hin und her schaute. Ich hatte nicht einmal bemerkt, dass sich die Fahrstuhltüren geöffnet hatten. Blut rauschte in meinen Ohren und ich tauchte mit Verzögerung aus meinem Kusstunnel auf, registrierte, wie sich Lucas fast schon beschützend vor mich schob.

Ein heftiger Ruck ging durch meinen Bauch.

Allerdings konnte ich Lucas' harte Züge nicht richtig deuten. War es Reue? Abscheu? Mein Herz machte einen Satz, um sich dann wie ein Igel zusammenzurollen – und ich ahnte, dass ich entgegen meiner Versicherung ein ganz, ganz gefährliches Spiel begonnen hatte.

Ein Spiel, das ich niemals gewinnen würde.

Aber jetzt gab es kein Zurück mehr.

Sanders Auftauchen besiegelte den Startschuss.

Also griff ich nach Lucas' Hand, schob meine hinein, die so viel kleiner und nicht so schwielig war wie seine, fühlte, wie Sicherheit mich umfing, und schaute meinen Bruder herausfordernd an. »Mach keine große Sache daraus. Lucas und ich sind zusammen.«

Golden

12

LUCAS

Das kühle Bier konnte den Brand in meinem Inneren nicht löschen. Meine Sinne wurden vom Lärm und dem Geräuschpegel des Pubs geflutet. Es roch nach fettigem Fingerfood und viel zu viel Aftershave, aber selbst das störte mich nicht wirklich. Missmutig nahm ich noch einen Schluck und starrte ins Leere, zeigte Eriks breitem Grinsen die kalte Schulter und fragte mich einmal mehr, wie ich mich in diese Situation manövriert hatte.

»Und dann hat sie dich geküsst? Einfach so?«, versuchte er, das Gespräch am Laufen zu halten.

»Mhm.«

»Und du hast den Kuss erwidert? So … mit Zunge?«

Jetzt warf ich meinem besten Freund über den klebenden Bartresen einen genervten Blick zu, den dieser mit einem Schmunzeln erwiderte. Obwohl er sich redlich bemühte, zuckten seine Mundwinkel, als würden sie unter Strom stehen, was seiner bärtigen Wildtierjägererscheinung den Charme eines Teddybären verlieh.

»Ich wette, es ist in der Hose ziemlich eng geworden.«

Ich stöhnte auf. »Ach, halt die Klappe.«

Das dröhnende Lachen purzelte förmlich aus ihm heraus und er schlug mir auf die Schulter. »Komm schon, Luc. Du musst zugeben, die Situation ist wirklich äußerst amüsant.«

»Ja, haha. Ich lach mich tot.« Mit zwei Fingern massierte ich mir die Nasenwurzel und schloss für einen kurzen Moment die Augen. »Das Ganze ist so witzig, dass es mich meinen Job und mein Ansehen kosten könnte.«

»Ach ja, dein ach so tolles Ansehen, für das du dein ganzes Leben geschuftet hast. Nimm's mir nicht übel, aber immerhin hast du deine personifizierte Traumfrau geküsst. Zumindest, wenn ich deinen früheren Erzählungen glauben darf. Ich persönlich wüsste sofort, was mir wichtiger wäre. Mein Scheißruf oder die Lippen meiner Angebeteten.«

Dieses Mal brachte mein eisiger Blick ihn zum Schweigen, aber nach seinen Worten donnerte mein Herz viel zu stürmisch gegen meine Rippen. Wenn er wüsste, wie gefährlich nah er damit der Wahrheit kam, die ich mir niemals eingestehen würde. Ellinor Skogen war so unerreichbar wie der Mond und mindestens genauso schön.

Einen bitteren Augenblick lang gestattete ich mir, an den Kuss zurückzudenken. Wie weich sie in meinen Armen geworden war, das kitzelnde Stöhnen an meinen Lippen. Die Art, wie sie sich mir entgegengebogen hatte. Ihre kleine Zungenspitze, die um meine getanzt war. Ihr berauschender Duft. Wie fest sich ihre Brüste an meinen Oberkörper gepresst hatten.

Ich war auf der Stelle steinhart geworden.

Aber das war nicht alles. Der Kuss hatte wie ein Kleber für die Herzscherben in mir gewirkt. Und ich wusste nicht, was schlimmer war. Die Tatsache, dass ich mir wünschte, es würde wieder und wieder passieren, oder dass ich mich nicht im Griff gehabt hatte. Am liebsten wäre ich vor ihr auf die Knie gegangen. Ich konnte ihr nicht das bieten, was sie verdiente. Jemanden, der verlässlich war. Jemanden, der an ihrer Seite stand. Für sie einstand.

Du bist so ein Heuchler, dachte ich und verzog angewidert das Gesicht.

Elli verdiente etwas Besseres als mich. Aber ja, ich war verdammt noch mal viel zu egoistisch gewesen und dadurch nicht in der Lage, sie abzuweisen.

»Scheiße, Mann. Dich hat es schlimmer erwischt, als ich dachte.«

»Die ganze Sache ist nur Mittel zum Zweck.« Ich straffte die Schultern. Keine Ahnung, weshalb ich es Erik erzählt hatte. Aber irrwitzigerweise tat es richtig gut, einen Freund zu haben, der Bescheid wusste, mit dem ich Dinge aus meinem langweiligen Leben teilen konnte.

»Genau. Und ich könnte mir nichts Entspannteres vorstellen, als ein Praktikum in Mimis Kindergarten zu machen.«

Ich visierte meinen besten Freund an, um zu verdeutlichen, dass ich es ernst meinte. »Sie ist meine Eintrittskarte. Mein Sprungbrett. Mehr nicht.« Zynisch verzog ich den Mund. »Ja, vielleicht ist sie meine projizierte Wunschvorstellung von damals. Aber das war einmal, ist lange vorbei. Sie gehört einfach zu einer der mächtigsten Familien des Landes.«

Was will sie dann von jemandem wie mir?

»Wie seid ihr verblieben? Ich meine, nachdem sie deinem zukünftigen Chef und Schwager in Spe verkündet hat, dass ihr zusammen seid?« Erik gluckste fast.

»Sie hat mir einen Kuss auf die Wange gegeben und ist mit ihrem Bruder mitgegangen.«

Wir sprechen uns noch, hatte sie gesagt und war wie eine Königin davongeschwebt. Das war vorgestern gewesen. Gestern hatte ich einen längst überfälligen Urlaubstag genommen, den ich damit verbracht hatte, Eriks Bruder Per bei seinem Umzug zu helfen. Daraus war ein Jensen-Fest geworden, inklusive Mama Juno und den Großvätern. Im Grunde das, was ich bei meiner eigenen Familie vermisste, seit wir uns so entfremdet hatten. Ich spürte, wie sich ein bitterer Geschmack auf meine Zunge legte, und verscheuchte jeden Gedanken an meine Familie. »Seitdem habe ich nichts von ihr gehört.«

Um nicht noch mehr an Ellis zarte Haut, ihren Geruch und ihre Lippen auf meinen zu denken, wechselte ich das Thema und fragte Erik nach der Arbeit, während ich abwesend das Fußballspiel im Fernseher über uns verfolgte.

Als ich zur Toilette musste, holte ich auf dem Weg dorthin kurz mein Handy heraus. Eine neue Nachricht von einer unbekannten Nummer.

Hast du heute Abend schon etwas vor?
Elli

Auf einmal schlug mir das Herz bis zum Hals. Ein paar harmlose Zeilen von ihr und ich verwandelte mich wieder in einen Teenager. Großartig. Ich checkte die Zeit. Sie hatte mir vor über einer Stunde geschrieben. Verdammt.

Warum?

Ihre Antwort folgte prompt.

Weil ich auf eine Vernissage eingeladen bin und noch kein Plus 1 habe. Willst du mit?

Zischend sog ich die Luft ein, lehnte mich gegen die Wand im Gang, der in den hinteren Teil des Pubs und zu den Toiletten führte, und blendete die Gesprächsfetzen und die laute Musik im Hintergrund aus.

Meine Gedanken bewegten sich in einer Abwärtsspirale. Ausgerechnet eine Vernissage. Sehnsucht stieg in mir auf und ich spürte, wie sich sämtliche Muskeln anspannten. Sofort war da wieder dieser Druck auf der Brust, das Aufblitzen von begrabenen Träumen.

Museen. Kunst. Das, was uns zusammengeführt hatte. Elli mit den dünnen Beinen und dem weiten Pullover, Kopfhörer in den Ohren, den Fotoapparat vor sich im Schoß. Ich war damals im Skaterpark an ihr vorbeigerollt und hatte den Blick nicht von ihr abwenden können. Ein schüchternes Lächeln, ein versteckter Augenaufschlag und mein Herz hatte ihr gehört.

Als wir uns zum dritten Mal zufällig dort begegnet waren, hatte ich sie angesprochen. Sie war süß und unschuldig gewesen, Musik und Kunst, Alltag, Leben – wir hatten uns unterhalten und unterhalten und unterhalten. Bis die Sonne untergegangen und sie fluchend aufgebrochen war, weil sie längst zu Hause erwartet wurde, während auf mich niemand wartete. Ob ich nach Hause kam oder nicht, spielte keine Rolle, es war unwichtig, niemand bemerkte es.

Unser beliebtester Treffpunkt war das *Astrup Fearnley Museet* geworden. Und der Skaterpark, in dem wir uns kennengelernt hatten.

Uns trennten drei Jahre, aber es fiel mir nicht schwer, darüber hinwegzusehen, weil sie so kluge Dinge gesagt und ich mich von ihr verstanden und gesehen gefühlt hatte. Da war niemals mehr gewesen, obwohl ich mich bei dem Gedanken ertappt hatte. Sie war zu jung gewesen. Wir hatten viel Zeit miteinander verbracht, außerhalb meiner und ihrer Welt. Erst an ihrem sechzehnten Geburtstag hatte ich die Wahrheit über ihre Familie und ihre Identität erfahren, was das Kartenhaus zum Einsturz gebracht hatte.

All die Arbeit, die schlaflosen Nächte, das perfekte Studium. All das und ich war immer noch nicht Teil dieser Gesellschaft, dabei wünschte ich mir nichts sehnlicher.

Wann soll ich da sein?

Am besten jetzt.

Dresscode?

Casual Chick.

Gib mir vierzig Minuten.

Ich parkte meine V2 am Rand der Fußgängerzone, wo sich eine Menge Taxis an der Wendeplatte in eine Schlange einreihten. Zu meiner Rechten ragte Skur13 in die Höhe, ein mit Disney-Graffiti bemaltes Industriegebäude, in dem sich eine riesige Indoor-Skaterhalle befand, und ich nahm den Helm ab, ehe ich mich an der bekannten Hafenpromenade entlang auf den Weg zu der Adresse machte, die Elli mir geschickt hatte.

Natürlich wohnt sie hier, dachte ich und es fühlte sich an, als würde ein imaginäres Männchen mit einer spitzen Nadel mein Herz bearbeiten. Andererseits war ich froh, dass ich nicht zum luxuriösen Anwesen der Skogens hatte fahren müssen, sonst hätte ich dem Geschäftsführer noch meine Absichten mit seiner Tochter erklären müssen. Und ich war mir sicher, dass dieses Gespräch ziemlich niederschmetternd ausgegangen wäre.

Jetzt, im Spätherbst, war das hochmoderne Hafenviertel mit den beliebten Bars, Cafés und todschicken Restaurants rund um Aker Brygge und Tjuvholmen nicht mehr so überlaufen, aber es gab immer noch genügend Leute, die ihren Feierabend in einem der schicken Nobelrestaurants verbrachten oder After-Work-Partys auf dem Schiff oder in Lokalen mit modernem industriellen Holzinterior feierten.

Vorbei an angelegten Booten und Jachten bahnte ich mir meinen Weg durch die Dunkelheit, hörte das leise Plätschern und Rauschen des Oslofjords und nahm das leicht salzige Aroma wahr, das sich unter den Duft von gebratenen Zwiebeln und Fisch mischte.

Ich bin da, schrieb ich Elli zwei Minuten später, als ich vor ihrem teuren Gebäudekomplex angekommen war. Nervosität ergriff von mir Besitz. Nachdenklich starrte ich in den klaren, aber kalten Nachthimmel und war froh über die schwarze Lederjacke, die ich um die Jahreszeit am liebsten anzog.

Mein Handy klingelte. Baba. Für einen Moment saugte sich mein Herz randvoll mit Schwere. Aber ich konnte diesem Gespräch nicht ewig aus dem Weg gehen, nur weil es sich unbequem anfühlte.

»Baba.«

»Hallo, mein Sohn.«

Diesen Klang hatte ich vermisst. Wenn mein Vater mich

mein Sohn nannte, schwang darin immer eine große Portion Stolz mit. Doch das beschämte mich auch. Weil ich ihm noch nicht das Leben bieten konnte, was er verdient hätte. Weil es für ihn einfach ausreichte, dass ich sein Sohn war, obwohl ich doch nicht genug tat.

»Wie geht's dir? Was machst du?«

»Gut«, erwiderte ich ausweichend. »Ich bin auf dem Weg zu einer Ausstellungseröffnung. Wie geht's dir? Deinem Knie?«

»Besser. Ich war beim Arzt, er hat mir eine Salbe verschrieben. Wenn das nicht hilft, will er es sich noch mal anschauen.«

Bei dem Gedanken an schmerzende Knie kam mir meine Oma in den Sinn. Ich mochte die Art, wie sie singend Norwegisch sprach. Als Kind hatte ich mich für ihre Aussprache geschämt, hatte nicht gewollt, dass sie mich von der Schule abholte, aus Angst, jemand würde sich über sie und zwangsläufig über mich lustig machen. Wie das in dem Alter eben üblich war.

Jetzt verspürte ich eine tiefe Abscheu. Mir selbst und meinen Gedanken gegenüber, dabei hatte ich doch nur dazugehören wollen. Meine Eltern hatten mir extra einen europäischen Vornamen und nur einen arabischen Zweitnamen gegeben. Wir hatten zu Hause so gut wie nur Norwegisch gesprochen, kaum Arabisch. Auch der Kontakt zur weitläufigen Familie meiner Großmutter, die noch im Libanon oder in Deutschland und Amerika lebte, war weniger geworden, je mehr wir unseren Lebensstil an unsere neue Heimat angepasst hatten. Vielleicht war meine Sehnsucht und die Frage nach meinen Wurzeln deswegen mit der Zeit größer geworden. Mit jedem Jahr, das verstrich.

»Das freut mich zu hören. Hauptsache, es geht dir gut.«

»Willst du nächste Woche Sonntag zu Besuch kommen? Wir könnten Maqlube essen und das Spiel schauen.«

Bei dem Gedanken an das Rezept meiner Oma lief mir sofort das Wasser im Mund zusammen. »Arsenal? Ja klar. Gern.«

»Oh, wie schön.«

In diesem Augenblick ging die Tür zum Gebäude auf und Elli schlüpfte heraus. Ihr Anblick ließ mein Herz höher schlagen. »Ich muss auflegen.«

»Pass auf dich auf, mein Sohn. Ich liebe dich.«

»Ich dich auch.«

Elli trat auf mich zu, eine kleine Handtasche mit beiden Händen fest umklammert und zaghaft lächelnd, was meine Aufmerksamkeit sofort auf ihre Lippen lenkte. Also zwang ich mich, ihr Outfit in Augenschein zu nehmen. Ein Fehler.

In meinem Brustkorb wurde es enger.

Sie sah wunderschön aus. Auf ihre elfenhafte, königliche Weise. Schwarze Jeans, ein eng anliegendes, khakifarbenes Top und ein passender Oversize-Blazer mit Karomuster. Es war das erste Mal seit dem Kuss, dass ich sie wiedersah, und ich musste gegen den Impuls ankämpfen, sie einfach wieder an meine Brust zu ziehen, wo sie sich so perfekt angefühlt hatte. Irgendwie genau richtig.

»Hi«, sagte sie verlegen, sobald sie vor mir stand. Ich kam mir vor wie bei einem ersten Date. Was es theoretisch auch war. Kein echtes Date. *Heilige Scheiße.* Worauf hatte ich mich da nur eingelassen? In ihrer Nähe war ich absolut nicht zurechnungsfähig, ich traute mir selbst nicht über den Weg. Also setzte ich eine gleichgültige Miene auf, um sie und mich zu schützen, und nickte ihr zu. »Können wir los?«

Der freundliche Ausdruck auf ihrem Gesicht verpuffte schlagartig. Stattdessen verengte sie ihre nebelgrauen Augen zu zwei schmalen Schlitzen, die Mundwinkel bogen sich verächtlich nach unten und ich bereute es fast, dieses Arschloch heraushängen zu lassen.

»Also so läuft das jetzt?«

Fuck. Ich liebte es, wenn sie ihre Krallen ausfuhr. Wenn Elli wüsste, dass sie mich damit um den Finger wickeln konnte, hätte sie vermutlich ganz andere Dinge gesagt.

»Ich weiß nicht, was du meinst«, gab ich zurück und verlagerte das Gewicht auf das andere Bein.

»Du sollst mir ja keine Blumen mitbringen, Lucas. Aber ich will nicht den ganzen Abend das Gefühl haben, ich würde dich zu etwas zwingen. Du könntest wenigstens so tun, als wäre meine Gesellschaft nicht ganz so unerträglich. Ich hab's verstanden: Du magst mich nicht. Schon klar. Aber können wir uns trotzdem wie zwei erwachsene Menschen mit der Situation arrangieren?«

Oh, Kätzchen, du bist so was von auf dem Holzweg, dachte ich und die leise Traurigkeit, die ihre Worte benetzt hatte, drang wie ein Dolchstoß in mich.

»In Ordnung«, erwiderte ich und meinte es tatsächlich so. Ich wollte sie nicht verletzen. Ich wollte nur verhindern, dass sie mir noch mehr unter die Haut ging, als es ohnehin der Fall war.

»Wo hast du geparkt?«

Mit dem Kopf deutete ich zwischen die Häuserfassaden und wir setzten uns gleichzeitig in Bewegung. Es war seltsam, neben Elli zu laufen. Vertraut und als wären nicht sechs Jahre vergangen. »Skur13.«

»Ausgerechnet dort hast du einen Parkplatz gefunden? Normalerweise ist alles bis auf den letzten Platz voll und man muss einen Kilometer von hier parken.«

Ich hob meinen Helm, den sie bisher noch nicht bemerkt hatte. Sofort wurde Ellis Miene weich und verträumt, was mich dazu veranlasste, den Kopf wegzudrehen, weil ich den Anblick nicht ertrug. Automatisch beschleunigte ich meinen Schritt, während sie mühelos mithielt.

»Du hast den Motorradführerschein gemacht.«

»Jupp.«

»Das freut mich für dich.«

Sie klang so aufrichtig. So begeistert. So Elli.

»Es war immer dein Traum. Was haben denn deine Eltern gesagt?«

»Sie wissen es nicht«, gab ich zu und spürte ein gewisses Unbehagen dabei. »Ich will nicht, dass sie sich Sorgen machen. Vermutlich würden sie keine Nacht ein Auge zumachen. Aber wie du schon sagtest, es ist mein Traum.«

»Das kann ich verstehen.« Ihr Blick schweifte in die Ferne, sie hing ihren Gedanken nach und ich fragte mich, was ihr durch den Kopf ging. Ich musste mir auf die Zunge beißen und ballte automatisch eine Hand zur Faust. Schweigend gingen wir weiter. Aber es war kein unangenehmes Schweigen. Es war wie früher.

Manchmal hatten wir Stunden nebeneinander auf einer der Bänke im *Vigeland*-Skulpturenpark verbracht. Ich zeichnend, sie lesend. Wir hatten kein Wort gesagt, weil das Schweigen so angenehm war, dass es sich manchmal so anfühlte, als würden wir denselben Gedanken einfach teilen.

Sobald wir am Parkplatz ankamen, blieb Elli vor meiner Maschine stehen und drehte sich begeistert zu mir um. Mit leuchtenden Augen sah sie zu mir hoch, ein Ausdruck, den ich schon lange nicht mehr in meiner Gegenwart bei ihr gesehen hatte und der mein kaltes Inneres wärmte.

»Wir fahren damit?« Beinahe ehrfurchtsvoll strich sie über den schwarzen Tank bis hinunter zum Sitz.

»Eigentlich ist bei der Panigale kein Soziusplatz vorgesehen. Aber ich hatte mir damals alle Zusatzteile besorgt und in Eriks Werkstatt einbauen lassen. Eine Fachwerkstatt für Motorräder.«

»Erik?«

»Mein bester Freund«, erwiderte ich ausweichend. Verdammt. Zwei Minuten in einer Unterhaltung mit Elli und schon entlockte sie mir wesentlich mehr, als ich eigentlich preisgeben wollte.

»Ahhh …« Sie lächelte mich an und ich starrte geblendet zurück, denn dieses Lächeln war völlig echt, aufrichtig. Nach dem, was ich mit ihr abgezogen hatte, war es das Letzte, was ich verdiente. »Und deshalb kann ich mitfahren.«

»Ja.« Ich räusperte mich und fühlte mich plötzlich wie ein Teenager. Schwungvoll wandte sie sich der Maschine zu, sah mich im nächsten Moment jedoch fragend über die Schulter hinweg an. »Was muss ich beachten als deine Beifahrerin? Irgendwelche speziellen Regeln?«

»Damit du als Sozia keinen Unfall verursachst? Erkläre ich dir gleich. Moment, zuerst …« Ich stellte meinen Rucksack, an dem auch der Ersatzhelm befestigt war, auf den Boden und holte die Schutzjacke heraus, die ich mir von Freya ausgeborgt hatte. »Die müsste passen.«

Elli beäugte die Jacke und ich sah, wie sich die Zahnrädchen hinter ihrer hübschen Stirn drehten. Ein winziges, niedliches Nasekräuseln verriet sie, also fügte ich hinzu: »Ist von Eriks Frau. Freya.«

»Ich habe … Ich habe doch nicht …«

»Zieh sie an«, unterbrach ich ihr Gestammel. Ich drückte ihr die Jacke in die Hand und Elli schlüpfte kommentarlos hinein. An den Ärmeln war sie etwas zu lang, ansonsten saß sie wie angegossen. »Komm mal her«, sagte ich dann.

Ein trotziges und gleichzeitig neugieriges Funkeln trat in ihre Augen. Täuschte ich mich oder gefiel es ihr, wenn ich sie zu etwas aufforderte?

Oh, Elli, bring mich nicht auf dumme Gedanken …

Schon lag da diese knisternde Spannung in der Luft, als wäre sie statisch aufgeladen. Wie vor einem Gewitter, das sich mit voller Wucht entlud.

Also hob ich rasch den Ersatzhelm. »Jetzt den hier.«

Ihre Zungenspitze befeuchtete ihre Lippen und da war diese zarte Röte, die ich trotz des schummrigen Lichts der Laternen eindeutig auf ihren Wangen wahrnahm. Ihr Brustkorb hob und senkte sich schneller. Und auch mir wurde schlagartig wärmer.

»Es kann kurz drücken, aber das ist gewollt. Einfach den Kopf rein.«

»So?«, wollte sie wissen und quetschte sich in den Helm. Das Visier war hochgeklappt, sodass ihre Sturmaugen jetzt noch intensiver wirkten.

»Sorry wegen deiner Frisur«, raunte ich und zog sie an der Unterkante des Helmes etwas näher zu mir. Sie gab der Bewegung nach und prallte beinahe gegen mich. Im letzten Moment stützte sie sich mit der flachen Hand an meiner Brust ab. Obwohl ich meine Lederjacke über dem Flanellhemd trug, spürte ich die Berührung, als würde sie sich durch die Klamottenschichten brennen.

»Zeigst du gerade so etwas wie Verantwortungsbewusstsein, Lucas Stensrud?«, fragte sie und ich hörte das Lächeln in ihrer Stimme.

Mechanisch schloss ich den Gurt unter ihrem Kinn. »Nein.« Ruckartig trat ich einen Schritt nach hinten. »Ich will nur sicherstellen, dass wir keinen unpassenden Eindruck hinterlassen, wenn wir gemeinsam dort auftauchen.«

Gott, ich bin manchmal so ein Arsch.

»Und was gibt es noch zu beachten?« Jetzt klang sie frostig. Besser so. Sicherer für mich.

»Möchtest du mal kurz vorne sitzen? Sonst steigst du besser nach mir auf. Es ist eine recht sportliche Maschine und das Wichtigste ist …«, ich stockte, fing mich aber gleich darauf wieder, »… dass du mir vertraust. Der Helm hat keinen Funk, deswegen können wir uns während der Fahrt nicht unterhalten. Wenn es dir zu schnell wird oder du dich unwohl fühlst, klopf mir bitte zweimal auf die Schulter. Du musst dich auf mich einlassen, okay?«

Elli nickte ernst. »Und was darf ich nicht tun?«

»Du solltest dich unter keinen Umständen in die andere Richtung lehnen oder gegen mich arbeiten. Wir müssen eine Einheit bilden. Wenn ich mich in eine Kurve lehne, machst du das auch. Am besten legst du die Arme fest um mich und bleibst eng an mir dran. Die Füße lässt du auf den Stützen, ja?«

Je länger ich sprach, desto genervter war ich von der Situation. Hatte ich völlig den Verstand verloren? Ich war doch sonst immer allem zwei Schritte voraus, wieso hatte ich das nicht antizipiert? Bei der Aussicht, dass sich Elli eng an mich schmiegen würde, brach mir kalter Schweiß aus.

»Bekomme ich hin. Und ja, ich würde gern mal vorne sitzen.«

Ich hielt die Maschine fest. »Schwing das rechte Bein zuerst über den Sitz. Am besten stellst du deinen Fuß dafür auf die Fußraste. Das silberne Teil da.«

Elli folgte bereits meiner Anweisung, während ich mich dicht neben den Tank stellte und das Lenkrad festhielt, damit sie sich nicht aus Versehen verletzte.

»O mein Gott, das ist … Das Gefühl ist bombastisch.«

Ich konnte nicht anders, als sie einfach anzustarren. Es war so herrlich normal, sie in meiner Nähe zu wissen, als hätte es diese klaffende Lücke in unserem Lebenslauf niemals gegeben. Auf manchen Ebenen mochte sie sich verändert haben, aber sie versprühte noch immer diese unglaubliche Lebensfreude.

Jetzt beugte sie sich vor und umschloss das Lenkrad mit beiden Händen. Ihre Hose betonte dabei ihre Oberschenkel und ihr Po rutschte durch die Schalung des Sitzes etwas nach oben. Automatisch fiel mein Blick darauf und ich spürte gleichzeitig, wie mir unerträglich heiß wurde. Das Blut rauschte durch meine Adern bis in tiefere Regionen.

Herregud. Ich hatte mir meine eigene Hölle geschaffen. Meine Kiefer mahlten und ich musste mich zwingen, den Blick abzuwenden. Was ich auch tat. Viel zu spät.

Vermutlich hatte sich das Bild in meine Netzhaut eingebrannt und würde mich bis in meine Träume verfolgen.

»Vielleicht sollten wir doch ein Taxi nehmen.«

»Nein«, wiegelte Elli vehement ab und klappte das Visier herunter. »Lass uns fahren.«

13

ELLI

Freiheit.

Wenn ich ein Wort hätte auswählen müssen, um das Fahrgefühl zu beschreiben, wäre es Freiheit gewesen. Diese superkitschige Art von Freiheit, wenn man das erste Mal in einen noch warmen *kanelbolle* biss und sich der Geschmack wie eine zimtige Explosion im Mund verteilte, sodass man keine Ahnung hatte, wie man zuvor ohne ausgekommen war.

Aber da war auch noch etwas anderes.

Unter dem Helm grinste ich wie ein Honigkuchenpferd von einem Ohr zum anderen, Adrenalin raste durch mich hindurch. Ich tat nie etwas Unüberlegtes. Oder Wildes. Ich war nicht wie meine Brüder. Nicht wie Sander, der in seiner Jugend über die Stränge geschlagen, Grenzen ausgetestet und den Bogen absichtlich überspannt hatte. Und ich war nicht wie Theo, schamlos und gleichzeitig unheimlich diszipliniert.

Ich war Elli. Immer perfekt. Eingemauert in ein Kostüm aus Nettigkeit, auch wenn es diese andere Seite in mir gab, die ich kaum jemandem zeigte. Aber die ebenfalls Elli war.

Weshalb war es so schwer, beides zuzulassen?

Mit den Armen umklammerte ich Lucas' Bauchmitte, presste

mich fest an ihn und behielt den Straßenverlauf im Auge, um möglichst keinen Fehler zu machen. Ich spürte seine Körperwärme, genoss das Gefühl, auch wenn es sich verboten anfühlte. Und dennoch gut. Irgendwie … genau richtig.

Ihm auf diese Weise nah zu sein, stellte fragwürdige Dinge mit mir an. Dinge, die ich am besten gleich wieder ausblendete. Ich würde diesen Deal durchziehen, ohne meinen dämlichen Hormonen die Kontrolle zu überlassen.

Ja, hinter Lucas zu sitzen, fühlte sich fantastisch an. Ja, ihn zu berühren, mit den Schenkeln an ihn gepresst zu sein, ließ mein Kopfkino von FSK 6 auf FSK 18 hüpfen. Ja, vielleicht lehnte ich mich ein wenig zu sehr an ihn. Ja, vielleicht wollte ich das Gefühl ein wenig länger bewahren, für meine Träume und die Momente, in denen ich in eine Wunschwelt abtauchte, in der es keine Realität gab, sondern nur meine romantisierte Vorstellungskraft.

Aber auch das war okay. Solange ich das alles richtig einordnete. Denn ich fühlte mich leicht und schwerelos, während wir durch die vertraute Dunkelheit von Oslos Straßen fuhren. Vorbei an modernen Wohnkomplexen, durch Tunnel, in denen der Motor wie ein knatternder Donner in meinen Ohren widerhallte.

Die Fahrtzeit verflog viel zu schnell.

Wir erreichten das Hotel, in dessen Veranstaltungsgebäude die heutige Vernissage stattfinden würde, mit einer kleinen Verspätung, denn schon zwei Straßenkreuzungen zuvor hatte sich der Verkehr verdichtet. Nur weil Lucas sich immer wieder an einzelnen Autos vorbeigeschlängelt hatte, konnten wir etwas Zeit gutmachen.

Als ich schließlich vom Motorrad abstieg, vibrierte mein ganzer Körper und meine Beine fühlten sich wie Gummi an.

Ich wollte gerade den ersten unsicheren Schritt machen, da spürte ich eine große, warme Hand im Rücken, die mich stützte.

»Alles in Ordnung?«, fragte er und trat vor mich.

»Na klar«, gab ich für meine Verhältnisse ziemlich schnippisch zurück und zuckte überrascht zusammen, als Lucas behutsam unter meinen Helm griff und den Verschluss öffnete. Mein Herz machte einen Hüpfer und ich hasste es dafür.

»Es hat dir gefallen, oder?«, fragte er leise. Auf einmal lag diese verträumte Sanftheit in seinen Zügen, sodass ich gar nicht anders konnte, als ihn anzustarren, weil der Anblick mich so überraschte – und gleichzeitig bewegte.

Da war er. *Mein* Lucas.

»Wie kommst du darauf, dass es mir gefallen hat?«

Sein Blick verweilte auf meinem Mund. »Du strahlst.«

Mehr sagte er nicht.

»Ja … es hat mir sogar sehr gefallen«, brachte ich schließlich hervor. »Es war … total schön. Ich wusste nicht, dass Motorrad fahren so schön sein kann.«

»Es gibt kein besseres Gefühl.« Seine Miene verschloss sich wieder, was mich mit Bedauern erfüllte. Als hätte ich einen Blick in einen hübsch dekorierten Raum erhaschen dürfen und wäre in der nächsten Sekunde schon wieder ausgesperrt worden. Er sah auf das Hauptgebäude, das von schwarzen Scheinwerfern angestrahlt wurde, die Batman-like ihr Licht in den Himmel warfen. Vor dem roten Teppich, hinter dem mehrere Banner mit Sponsorenmarketing aufgestellt worden waren, tummelten sich Fotografen, die alle Neueintreffenden ablichteten. Security und Mitarbeitende teilten sich mit unzähligen Schaulustigen den Platz vor dem abgesperrten Bereich.

Lucas befestigte den zweiten Helm an seinem Rucksack und schulterte ihn.

»Bereit?«, fragte ich.

Er nickte knapp. »Natürlich.«

Wie selbstverständlich griff ich nach seiner Hand und zog ihn hinter mir her, wobei ich mir das Grinsen verkneifen musste, weil er so verwirrt aus der Wäsche schaute, als hätte ich ihm gerade verkündet, er müsse im Blitzlichtgewitter einen Striptease veranstalten.

»Bloß nicht lächeln«, wies ich ihn an und zog ein übertrieben seriöses Gesicht.

»Was?«

»Bloß nicht lächeln. Wir wollen seriös und unnahbar rüberkommen, nicht, als wäre das ein zweites Weihnachten. Solltest du hinkriegen.«

Lucas runzelte die Stirn und sah dabei so knuffig ernst aus, dass ich nur mit Mühe das Prusten unterdrücken konnte, das in mir aufstieg. Dann erreichten wir den seitlichen Eingang und auch ich wurde ernster.

»Name?«, fragte die junge Frau in dem hübschen Blazer, die eine Schleife im Haar trug und Rehaugen hatte.

»Ellinor Skogen und Begleiter.«

Geschäftsmäßig hakte sie unsere Namen auf ihrer Liste am Klemmbrett ab, als plötzlich zwei Klickgeräusche ertönten, kombiniert mit Blitzen. Mein Blick scannte die Fotografenmeute, die eigentlich genaustens über die Abmachungen informiert sein müsste, die hinter den Kulissen getroffen worden waren. Keine Sekunde später baute sich ein bulliger Typ vor ihnen auf und eine Fotografin deutete auf einen Kerl, der nicht älter als zwanzig zu sein schien. Nachdem er darüber aufgeklärt worden war, welche Geldstrafen ihm drohten, löschte er die beiden Fotos von uns und hob entschuldigend die Hand in meine Richtung.

»Ich habe mich schon gewundert, weshalb es von dir kaum offizielle Fotos gibt«, meinte Lucas, der die Szene schweigend beobachtet hatte. Alles in allem hatte es nicht länger als dreißig Sekunden gedauert.

»Seit der Sache mit … nach der Sache mit der Fast-Entführung habe ich mich mit dem Nachnamen meiner Mutter im Internat in der Schweiz angemeldet und bin dabei geblieben.«

»Aber an Abenden wie heute machst du von dem Fotoverbot Gebrauch?«, fragte er ernsthaft interessiert.

»Ja … es sind auch … Viele Menschen hier kenne ich, seit ich klein bin, und ich fühle mich einfach wohler als unter … Fremden«, gestand ich und fragte dann: »Wollen wir?«

Lucas nickte und die Dame mit dem Klemmbrett gab dem Securitytypen ein Zeichen. Er hatte bisher genauso geschäftsmäßig geschaut wie Lucas, doch als er Lucas nun erblickte, weiteten sich seine Augen. In seiner stahlharten Fassade tauchte so etwas wie ein Lichtstreifen am Horizont auf und sein säuerliches Gesicht erhellte sich.

»Hey, Luc.«

»Hadi«, begrüßte Lucas ihn und wirkte ehrlich erfreut.

»Interessierst du dich für … so was?«

Ein Hauch von Schmerz zuckte für einen Sekundenbruchteil über Lucas' gut aussehende Züge, so schnell, dass ich glaubte, mich getäuscht zu haben.

»Kunst? Nicht wirklich. Aber ich bin heute Abend eingeladen. *Plus eins.*«

»Hey, ich stehe direkt neben dir«, sagte ich spaßeshalber und schneller, als ich es von mir gewohnt war. Lockerer. »Du könntest mich auch einfach vorstellen.« Gespielt missbilligend schnalzte ich mit der Zunge und war selbst erstaunt darüber, wie einfach das ging. Woher kam das? Es sah mir doch sonst nicht ähnlich, einfach das Wort zu übernehmen. Lag es an Lucas' Gegenwart, dass ich mich ungezwungener fühlte?

»Hi, ich bin Elli, freut mich«, fuhr ich deswegen lachend fort und reichte Hadi die Hand.

Auch er wirkte davon überrascht, genau wie Lucas. Aber ich verstand nicht, wieso.

»Hadi.« Er schien nicht so recht zu wissen, was er machen sollte, denn er hielt etwas verdattert meine Hand, die ich schüttelte.

Lucas' Ausdruck verdüsterte sich und als sich die Blicke der zwei begegneten, löste sich Hadi aus seiner Starre. Fast schon ruckartig zog er seine Hand zurück und rieb sich verlegen den Nacken.

»Hab dich lange nicht mehr gesehen«, kam es brummend von Lucas.

Hadi feixte beinahe erleichtert. »Du weißt doch, wie es ist. Ich habe anderes zu tun und trainiere nicht mehr so oft. Gehe jetzt lieber ins Studio.« Er hob den Arm und spannte den beeindruckenden Bizeps an, der sich unter dem eng anliegenden, schwarzen Langarmshirt abzeichnete. »Macht mehr her. Außerdem kann ich mich kaum mit Mr Diszipliniert vergleichen.«

Jetzt war ich neugierig. »Woher kennt ihr euch denn?«

»Luc ist so ziemlich der beste Kämpfer bei uns im Verein, wenn man mal von Jensen absieht. Aber er ist sich zu schade, bei Wettkämpfen anzutreten, obwohl er durchaus eine Chance hätte.« Weil ich verwirrt aussehen musste, fügte er erklärend hinzu: »Kickboxen.«

Sofort spulte mein Hirn in schneller Abfolge mögliche

Kampfbilder ab. Wobei winzige Zeitlupenmomente aufploppten. Lucas oberkörperfrei. Mit winzigen Schweißperlen bedeckt. Seine arbeitenden Muskeln in verschiedenen Positionen. Keine Ahnung, weshalb er in meiner Vorstellung auf einmal halb nackt war. Sehr wahrscheinlich trainierte er ganz normal in Sportkleidung.

Ich blinzelte und sah, wie die beiden mich belustigt betrachteten.

»Mhm, was?«, fragte ich mit einiger Verzögerung.

Erst jetzt realisierte ich, dass ich für einige Sekunden in meinem Tagtraum gefangen gewesen war. Großartig. Gar nicht peinlich. Zum Glück konnten sie nicht in meinen Kopf hineinschauen, andernfalls hätte ich ein Loch graben und hineinspringen müssen. Dafür spürte ich, wie ich bis unter die Haarwurzeln errötete, aber auch hier war das Schicksal auf meiner Seite. Im Stillen bedankte ich mich für die schlechte Beleuchtung.

»Ich meinte gerade, du kannst gern mal vorbeikommen. Wir bieten auch Frauenkurse an.«

Ein Lachen perlte von meinen Lippen. »Ich und *kämpfen*? Niemals!«

Wir unterhielten uns noch ein bisschen, ehe Lucas völlig natürlich seine Hand auf meinen Rücken legte, sich von Hadi verabschiedete und mich sanft in Richtung des roten Teppichs schob. Der frühere Lucas hätte das niemals gemacht. Aber das hier war auch nicht mein Lucas von früher, rief ich mir ins Gedächtnis.

»Muss ich etwas beachten?«, raunte er mir zu.

Seine Lippen streiften mein Ohr, als er sich zu mir beugte, was prompt eine Gänsehaut bei mir auslöste. Automatisch strich ich mir über den Unterarm.

»Sei bei den Leuten einfach … du selbst, wenn du etwas wirklich möchtest«, erwiderte ich und in den Tiefen seiner Augen blitzte ein Funkeln auf, das mir für einen kurzen Moment den Atem raubte.

»Du meinst, charmant und interessiert?«

»Ja. Weniger verbissen und zynisch.« Ich nickte in Richtung des Banners. »Da lang.«

Wieder übernahm Lucas die Führung. Er schien instinktiv zu wissen, wie wir gehen mussten, und ließ seine Hand an Ort und Stelle. Seine Hitze brannte förmlich Löcher in mein Outfit, das ich auf Tirils Rat hin spontan zusammengeworfen hatte: schwarze Ankle Boots, Basic-Top mit Spitze, ein grüner Blazer mit Karomuster.

Und ich ließ mich führen. Ich mochte das. Ich mochte es, mich auf eine Art fallen zu lassen, die mir dennoch das Gefühl gab, stark und unabhängig zu sein.

»Du hast Hadi begrüßt«, sagte Lucas in unser Schweigen hinein, als wir an den geöffneten Doppeltüren ankamen, vor denen weitere Securityleute standen.

Verwirrt runzelte ich die Stirn und warf Lucas einen schnellen Blick zu. »Warum sollte ich nicht?«

»Du …« Lucas schüttelte den Kopf, als wollte er einen Gedanken loswerden. »Obwohl er nicht zu den Gästen gehört, hast du ihn so behandelt, wie du alle behandelst.«

»Und?« Ich hatte immer noch keinen blassen Schimmer, worauf er hinauswollte.

Ein Muskel an Lucas' Kiefer zuckte. »Ob du es glaubst oder nicht, das ist eher unüblich … in deinen Kreisen.«

»Mit Leuten zu sprechen?«, fragte ich perplex.

»Mit Leuten *auf Augenhöhe* zu sprechen.«

»Namen«, unterbrach uns in diesem Augenblick ein mürrisch dreinblickender Typ mit Headset im Ohr. Lucas runzelte die Stirn und nahm die Hand von meinem Rücken, was ein sehnsuchtsvolles Ziehen in mir auslöste. Grundgütiger. Ich musste wirklich auf mich aufpassen, wenn ich das bis Silvester durchhalten wollte.

»Ellinor Skogen und Lucas Stensrud«, erwiderte ich mit fester Stimme. Nachdem unsere Namen ein zweites Mal mit der Anwesenheitsliste abgeglichen worden waren, betraten wir das Gebäude.

»Du hast meinen Namen angegeben«, sagte Lucas, sobald wir drin waren.

»Ja, musste sein.«

»Gästeliste?«

»Sie wollen vorher einen Backgroundcheck machen.«

Lucas hob die Brauen und warf mir einen skeptischen Blick zu. »Für eine Vernissage?«

Ich antwortete nicht darauf. Wärme umfing mich, der Eingangsbereich musste beheizt sein, obwohl die Außentemperatur für Ende September eher an mediterrane Sommernächte erinnerte. Erst jetzt fiel mir auf, wie sehr mich der Fahrtwind durchgefroren hatte. Trotz dicker Jacke.

»Es ist nicht dasselbe wie früher«, meinte ich und ließ meinen Blick über die Ausstellungsräume gleiten, die durch verschiedene offene Türen zum Entdecken einluden. »Wir waren damals in anderen Galerien. Das war … immer ein bisschen magisch, weil Zeit keine Rolle gespielt hat. Ich habe das Gefühl, je älter ich werde, desto schneller dreht sich die Uhr. Und desto mehr weiß ich diese Stillstandmomente von damals zu schätzen.«

Bei meinen Worten huschte so etwas wie Bedauern über sein Gesicht, dann verschloss sich seine Miene wieder. Falls er von meiner plötzlichen Offenheit überrascht war, ließ er sich nichts anmerken. »Das stimmt. Alles davon.«

Es lag mir förmlich auf der Zunge, ihn zu fragen, ob er immer noch malte. Aber es stand mir vielleicht gar nicht zu, ihm diese Frage zu stellen. Ich hatte ihn und sein Talent immer bewundert. Die Ausgeglichenheit, die völlige Ruhe, die er während der Arbeit ausgestrahlt hatte. Ich hatte es geliebt, an einem unserer Aussichtspunkte ein Buch zu lesen, während er mit Bleistiften bewaffnet Momentaufnahmen eingefangen hatte.

Erneut schweigend setzten wir unseren Weg fort.

Alles war hübsch dekoriert, Blumengestecke hingen an den leeren Wänden, die opulenten Pflanzen verliehen dem Raum Frische und Eleganz. Unterstrichen wurde die Atmosphäre von einer kribbelnden Erwartungshaltung, die in der Luft lag, weil sich alle Anwesenden bewusst waren, dass ein besonderer Abend bevorstand. Das Servicepersonal schwebte mit Getränketabletts an uns vorbei. Musik dröhnte aus versteckten Boxen, sämtliche Lichter waren gedimmt und an mehreren mit Hussen verzierten Stehtischen unterhielten sich unterschiedliche Personengrüppchen. Ich entdeckte bekannte Gesichter aus der Wirtschaft, der Politik oder der gehobenen Gesellschaft Oslos und war mir durchaus bewusst, dass sich einige Blicke auch auf mich und Lucas richteten.

Also hakte ich mich bei ihm unter, um die Scharade aufrechtzuerhalten. Immerhin sollten wir hier als Pärchen durchgehen, was mein Herz plötzlich schneller schlagen ließ. Für einen Moment hatte ich das tatsächlich fast vergessen.

Lucas nahm mir die geborgte Jacke ab und gab sie zusammen mit seinem Rucksack, den Helmen und seiner Lederjacke an der Garderobe ab. Verstohlen beobachtete ich ihn von der Seite. Er musste sich frisch rasiert haben, was seine ausgeprägte Kinnpartie noch mehr betonte und die Wangenknochen schon fast spitz hervorstechen ließ. Mein Blick wanderte über die etwas zu große Unterlippe. Die markante Nase. Die buschigen Brauen.

Verdammt, er sah gut aus. Auf eine unverschämt attraktive Weise.

Ich seufzte leise, während die Dame an der Garderobe Kärtchen verteilte.

Wäre da nur nicht sein schrecklicher Charakter. Diese Arschlochfassade. Diese unmögliche Arroganz. Aber genau das wollte ich von ihm lernen – abgebrüht und unnahbar zu sein, um endlich Grenzen setzen zu können.

Er wirkte mir gegenüber auch immer etwas abweisend. Unterkühlt. Als würde ihn meine Nähe fast körperlich krank machen. Und das schmerzte mehr, als ich mir eingestehen wollte.

Wir gingen in Richtung Haupthalle, wobei Lucas wieder in sein Abstand suchendes Verhaltensmuster schlüpfte, was mich nervte.

»Gib dir für heute wenigstens ein bisschen Mühe«, raunte ich ihm halblaut zu, bevor ich den Intendanten des Nationalmuseums und seinen Mann mit einem Kopfnicken und einem Lächeln grüßte. »Wir wollen glaubhaft erscheinen.«

Lucas blieb stehen. Langsam wandte er sich mir zu und nagelte mich mit seinem intensiven Blick fest. »Was meinst du?«

Wut stieg in mir auf. Wieso behandelte er mich so seltsam? Bevor ich darüber nachdenken konnte, schlüpften die Wörter aus meinem Mund. »Ich weiß, meine Nähe ist für dich schwer zu ertragen, aus welchem Grund auch immer, aber wir wollen das bis Silvester durchziehen.« Ich senkte die Stimme. »Wenn du Mitglied im TEAROOM Oslo werden möchtest, wäre es schön, in der Öffentlichkeit wenigstens ein bisschen so zu wirken, als wären wir zusammen.«

Er knirschte mit den Zähnen, verzog jedoch keine Miene.

Also fuhr ich fort: »Ich weiß nicht, ob du auf irgendetwas Rücksicht nehmen möchtest oder was sonst dein verdammtes Problem ist. Aber glaub mir, ich bin ein großes Mädchen und kann durchaus auf mich aufpassen.«

Täuschte ich mich oder leuchteten seine Augen bei meinen Worten etwas auf? Er schien mit sich zu kämpfen, ich sah die Anspannung in seinen Schultern, wie er sich kraftvoll zurückhielt, und allein der Gedanke, dass er es tat, stellte höchst fragwürdige Dinge mit mir an.

»Du bist also ein großes Mädchen?«

Pokker, so wie Lucas das betonte, klang es eindeutig zweideutig.

»Ich dachte, du willst lernen, wie du häufiger die Krallen ausfahren kannst.«

Also reckte ich das Kinn. »In deiner Gegenwart klappt das schon ganz gut. Es geht mir mehr um die Allgemeinheit. Um die Leute im Büro, wo mein verdammter Name nicht wie eine blutige Hand in einem Piranhabecken auf alle wirkt. Oder in Situationen, wenn … wenn ich in diese Panik verfalle, sodass nichts mehr geht.«

Das schien ihm einzuleuchten, denn er nickte, während sich seine Augen auf etwas hinter mir richteten.

»Wie soll das heute Abend ablaufen?«

»Wir drehen eine Runde. Hören uns die Eröffnungsrede an. Trinken teuren Champagner, essen sündhafte Canapés und unterhalten uns mit allen möglichen Menschen, wobei ich dich immer als meinen Freund Lucas vorstellen werde.«

Wieder nur ein Nicken. Und dieser grimmig verzogene Mund, ohne jedes Lächeln, trieb mich noch in den Wahnsinn!

»Stell dir vor, ich wäre dein Date.«

Lucas blinzelte und starrte mich an, als hätte ich soeben verkündet, zukünftig nur noch nackt ins Büro kommen zu wollen. »Wie bitte?«

»Stell dir vor, ich bin die Frau, die du schon lange nach einem Date fragen wolltest«, sagte ich so ungezwungen wie möglich, auch wenn mein Herz immer schneller pochte, einen Wettkampf mit meinen zitternden Nervenenden veranstaltete. »Stell dir vor, ich hätte zugestimmt. Das *ist* unser erstes Date. Verhalte dich so. Wie würdest du mit mir umgehen? Wie würdest du mit mir reden? Was würdest du tun?« Ich tippte mehrfach mit der flachen Hand gegen seinen gestählten Brustkorb, der sich unter dem geöffneten Flanellhemd hob und senkte. »Dann bringen wir das ganze Schauspiel auch glaubhaft rüber.«

Mehrere Herzschläge lang verlor sich Lucas' Blick in meinem und ich fragte mich, was ihm wohl durch den Kopf ging, an wen er dachte. Für einen Sekundenbruchteil verspürte ich einen brennenden Stich, dann war das Gefühl verschwunden. Es stand mir nicht zu, darüber nachzudenken, für wen sein Herz schlug. Aber da war plötzlich diese Wärme in seinen Augen.

So hat er dich auch einmal angesehen, wisperte eine Stimme in meinem Kopf.

Dann ging ein Ruck durch seinen Körper, seine komplette Haltung veränderte sich. Als hätte ich einen Schalter betätigt. Bedauern erfüllte mich, denn ich erkannte, dass er wieder auf Abstand ging. Was auch immer ihn dazu gebracht hatte, so nett zu mir zu sein, war auf einmal verschwunden.

Dr. Jekyll & Mr. Hyde.

»Ich glaube nicht, dass ich das kann, Elli.« Seine Worte hallten wie ein dumpfes Echo immer und immer wieder in mir nach. »Das wird schon schwer genug. Wir kriegen das auch so hin.«

»Mhm.« Ich konnte meine Enttäuschung nicht verbergen.

»Willst du etwas trinken?«, fragte er.

Ich schaffte es nicht, ihm in die Augen zu sehen. »Unbedingt.«

Gentlemanlike schnappte sich Lucas ein Flötenglas mit perlendem Champagnerinhalt von einem Tablett und reichte es mir, wobei er selbst zum Orangensaft griff.

Ich hob die Augenbrauen. »Du trinkst nichts?«

Er schüttelte den Kopf. »Nein, ich fahre noch.«

Stimmt.

»Wunderbar«, erwiderte ich einen Tick zu enthusiastisch und wunderte mich selbst darüber. Wahrscheinlich war es pure Verzweiflung. »Bleibt mehr für mich.«

Das brauchte ich dringend, wenn ich den Abend überstehen wollte.

»Okay, ich hoffe, da kommt nicht die Person, von der ich glaube, dass sie es ist?« Lucas verengte die Augen.

Seine komplette Ausstrahlung bekam etwas Kämpferisches und ich nippte an meinem Champagner, den ich genau in dieser Sekunde zu meinem heutigen Date auserkor. Im Ernst, ich würde einen fantastischen Abend haben.

Dann drehte ich mich um, weil mich der Grund für seinen Stimmungswandel von unterirdisch ins Arktische interessierte. Lucas' Miene wurde geradezu mordlüstern beim Anblick der Entourage an Menschen, die soeben die Galerie betreten hatten.

»Du hättest mich vorwarnen können.«

Neugierig scannte ich die Gruppe, hauptsächlich Männer in Anzügen, die sehr wichtig und geschäftsmäßig aussahen. Drei von ihnen stachen besonders heraus, die anderen um sie herum wirkten angespannt und ein Wispern ging von Raum zu Raum, von Tisch zu Tisch. Die komplette Atmosphäre veränderte sich. Jeder schien den Hals zu verrenken und den Rücken durchzudrücken, nur nicht zu auffällig.

»Hätte ich?«, fragte ich unschuldig.

In diesem Augenblick betrat der beste Freund meines Bruders den Raum – Mar oder besser gesagt *Kronprinz Marius Olav von Norwegen.*

Lucas drehte sich mit zornig funkelnden Augen zu mir um. »Der Kronprinz? Du hättest mich wirklich vorwarnen können.«

Ich nahm noch einen Schluck von meinem Champagner, der im Mund und Hals kitzelte wie ein Brausebonbon und meine Zunge noch mehr löste. »Dann weißt du es jetzt, *Babe.*«

Golden

14

LUCAS

Der Abend war mein Untergang. Der ganze Deal war ein einziger Fehler. Ich wusste es in der Sekunde, in der ich Ellis Hände um meine Hüfte gespürt hatte, ihre Oberschenkel dicht an meine gepresst.

Zum Glück konnte sie nicht hören, wie heftig mein Herz in meiner Brust donnerte. Vermutlich hätte sie mich ausgelacht.

»Sollen wir jetzt Kosenamen abstecken, Kätzchen?«, fragte ich, ohne den Blick von ihrem schönen Gesicht abzuwenden. Wenn sie so entrüstet schaute, war sie atemberaubend und ich musste mich wirklich zusammenreißen, sie nicht einfach hier und jetzt zu küssen.

»Denk nicht einmal daran. Das gehört nicht zum Deal.«

»Was gehört denn dann dazu?«, hörte ich mich viel zu tief, viel zu sinnlich fragen und verfluchte die Situation noch etwas mehr.

Es half auch nicht gerade, dass ich mich in einem Teufelskreis befand. Einerseits gehorchten mir meine Finger nicht. Ich ertappte mich dabei, dass ich sie berühren wollte, berühren *musste*. Andererseits hielt ich sie verbal auf Abstand, weil es das Einzige war, das meinen Verstand noch irgendwie zusammenhielt.

Fuck. Ich bin so was von geliefert.

Wie sollte ich das bis nach Neujahr durchhalten, wenn ich gefühlt jetzt schon kollabierte?

Aber ich wollte Elli fliegen sehen. Ich wünschte mir inständig, dass sie ihr volles Potenzial ausschöpfte, dass sie über sich hinauswuchs und dadurch ihre Ziele erreichte. Mein Preis war die Eintrittskarte in ihre Welt. Mehr nicht.

Gleichzeitig durchströmte mich ein Triumphgefühl. Die Menschen, die sich auf der Vernissage tummelten, kamen mir größtenteils bekannt vor. Aber unter normalen Umständen hätte ich mich niemals auf einer Veranstaltung wie dieser aufhalten können.

Doch genau dafür hatte ich mein Leben lang gekämpft, Träume begraben und mich durchgebissen, Jobs angenommen, um das Studium finanzieren zu können, Partys ausgeschlagen, um für Prüfungen zu lernen.

Und jetzt war ich hier. Weil Ellinor Skogen mich auf eine Namensliste gesetzt hatte.

Trotzdem verspürte ich beim Auftritt der nach außen hin zweitwichtigsten Person unseres Landes ein gewisses Unbehagen. Ich beobachtete, wie Kronprinz Marius die Galerie für sich einnahm. Als wäre das sein fucking Königreich. Was es genau genommen auch war. Gleichzeitig war er weniger formell und viel legerer gekleidet, als ich es von ihm erwartet hätte. Schwarzes Hemd, schwarze Hose und weiße Sneaker. Lediglich die Wand aus unauffällig-auffälligen Menschen in seiner Umgebung und seine viel zu hübsche Visage verrieten ihn. Dabei strahlte er eine natürliche Selbstsicherheit aus, als wäre es vollkommen in Ordnung, seine Umlaufbahn zu kreuzen, obwohl wir aus völlig unterschiedlichen Galaxien stammten.

Elli schien meine innere Anspannung zu spüren, denn sie legte beruhigend eine Hand auf meinen Unterarm, was mich augenblicklich etwas abkühlte. Faszinierend, was eine simple Geste von ihr mit mir anstellte. Katastrophal für jede weitere Berührung, die noch bevorstand. Es war, als würde sie die kleinen Herzscherben mit Kleister bearbeiten.

Und sie tat es, weil es ihrem Charakter entsprach, sich emotional für andere einzusetzen. Denn ich sah und spürte, wie stinksauer sie war. Diese kleine Falte in der Stirn, das ärgerliche Glitzern in ihren Augen. Trotzdem stellte sie ihre Gefühle hintenan, weil sie mitbekam, wie mich etwas wurmte.

Dabei war ich erst heiß. Dann kalt. Dann einfach *Arschloch*.

Aber ich musste sie immer wieder daran erinnern, damit sie mir nicht zu nahe kam. Doch obwohl ich mich nicht für eine Variante entscheiden konnte und sie auf Abstand hielt, war da dieses Licht in Elli, das es ihr unmöglich machte, mir die kalte Schulter zu zeigen. Was ich absolut verdient hätte.

Auf jeden Fall wollte ich unter keinen Umständen in Ellis Gegenwart Small Talk mit Kronprinz Marius halten.

»Wollen wir uns ein bisschen umsehen?«, fragte ich deshalb.

Ellis schön geschwungene Brauen sprangen augenblicklich nach oben. »Du willst abhauen, bevor er uns entdeckt, oder?«

Gott, ich liebte ihre wache Intelligenz.

»Ja.« Es klang wie ein wütendes Knurren.

»Hat er dir etwas getan?«

Nein, aber du hast mit ihm geflirtet. »Ich kenne ihn kaum.«

»Ich könnte euch vorstellen. Mar ist großartig«, erwiderte Elli mit leuchtenden Augen und meiner Auffassung nach eine Spur zu enthusiastisch. »Wenn man bedenkt, welche Verantwortung er trägt und wie er damit groß geworden ist, hat er das Herz am rechten Fleck. Er ist sich seiner Privilegien und Aufgaben bewusst, würde seine Macht aber nie ausnutzen oder missbrauchen.«

Im hintersten, dunkelsten Winkel meiner Seele erwachte ein kleines Männchen namens Eifersucht und ich zwang mich, tief durchzuatmen, bevor ich eine Antwort gab, die ich bereuen würde. »Das freut mich für ihn.«

»Du magst ihn nicht sonderlich, oder?« Ein verschmitztes Lächeln legte sich um ihre vollen Lippen.

»Können wir?«, brummte ich.

»Okay.« Ich sollte nicht so verdammt erleichtert sein.

»Los geht's«, sagte sie und trank mit einem langen Zug ihren Champagner aus. »Darf ich dir das geben?«, fragte sie eine Servicekraft, die ihr das Glas aus der Hand nahm.

Aus eigener Erfahrung wusste ich, wie hilfreich es war, wenn man nicht einfach etwas auf ein halb volles Tablett geknallt bekam, sodass es aus dem Gleichgewicht geriet. Elli wusste das offenbar auch. Sie behandelte jeden Menschen mit Respekt.

Wie von unsichtbaren Fäden gezogen, wanderte meine Hand zum wiederholten Mal auf ihren Rücken und ich spürte, wie sich Elli in die Berührung legte. Ich war einfach nicht stark genug, verdammt.

Sobald wir den ersten Galerieraum betraten, wurde es merklich ruhiger. Hier war viel weniger los, denn alle drängten zur Sonnenseite der Macht. Niemanden hielt es in den verborgenen Schatten, dem eigentlichen Grund, weshalb wir gekommen waren: der Kunst.

Zum ersten Mal gestattete ich mir, die ausgestellten Bilder zu betrachten. Es war ein zeitgenössischer, figurativer Stil.

Acryl auf Leinwand. Ich mochte die Harmonie der Farben und das Gefühl, das sie in mir auslösten. Gleichzeitig jagte mir der Anblick eine beschissene Angst ein.

Angst. Wovor?

Einem Spiegel dessen, was hätte sein können?

Elli schlenderte vor ein großes Gemälde, das in der Mitte des Raumes hing, und blieb neben einer gepolsterten Holzbank stehen, um alles auf sich wirken zu lassen. Zwei Pärchen verließen den Raum, sodass wir allein waren. Aus den Lautsprechern drang leise Musik, es roch frisch und nach Blumen.

Ich stellte mich neben Elli. Etwas zu nah, aber ich konnte nicht anders. Ich war absolut machtlos gegen den Wunsch, sie zu spüren.

»Deine Bilder haben immer etwas mit mir gemacht«, hörte ich Elli leise sagen und ich merkte, wie sich etwas um mein zerbrochenes Herz legte. Meine Hand ballte sich zur Faust, aber der Druck in mir wuchs trotzdem. Wie ein Luftballon, der mit zu viel Luft gefüllt wurde.

»Was meinst du?«

»Ich finde es schön, keine Frage«, fuhr sie fort, den Blick nach wie vor auf das mächtige Gemälde gerichtet. »Es ist beeindruckend und imposant und strahlt eine gewisse Energie aus. Aber deine Bilder, vor allem deine Zeichnungen, hatten immer eine intime Traurigkeit. Du hast auf diese ganz besondere Art Augenblicke eingefangen, mit einer Ehrlichkeit, die mich tief berührt hat.«

Das saß. Und zwar heftig. In meinem Hals steckte plötzlich ein gewaltiger Kloß.

»Du hast aufgehört, oder?«

Leugnen war zwecklos. »Ja.«

»Warum?«

»Weil ich gemerkt habe, dass es nichts bringt. Es ist nicht real. Man kann keine Rechnungen mit Träumen bezahlen.« Es klang bitter.

»Du hast wegen des Geldes nicht weitergemacht?« Ihre Enttäuschung brannte wie Säure auf meiner Seele. Es fühlte sich an, als würde sie mich dafür verurteilen, was mich mehr traf, als ich mir eingestehen wollte.

Herregud. Es stand ihr nicht zu, sich ein Urteil darüber zu bilden.

»Ich weiß, für dich ist das unvorstellbar, aber du hast keine Familie im Nacken, die du später einmal versorgen musst. Keine zwei jüngeren Schwestern, die noch zur Schule gehen und in einer Dreizimmerwohnung leben, während deine Eltern zwei Jobs gleichzeitig annehmen müssen, um irgendwie über die Runden zu kommen. Du warst nach der Schule nicht ständig auf dich allein gestellt«, erwiderte ich eine Spur zu heftig und eine Spur zu ehrlich. Das Gespräch bewegte sich in eine Richtung, die mir unter die Haut ging. Zu schnell. Zu intensiv. Zu viel.

Ich sah, wie sich ihre Hände verkrampften. »Du hast recht. Ich habe keine Ahnung, wie es ist, für Alltägliches zu kämpfen«, kam es in einem besänftigenden Tonfall von Elli. Sie starrte immer noch nach vorn, sah mich nicht an. »Trotzdem weiß ich, wie es ist, ohne Eltern aufzuwachsen, weil sie immer arbeiten. Die körperlich anwesend sind, aber mental an einem anderen Ort. Mit den Gedanken beim nächsten Coup, beim nächsten Launch, bei einer neuen Kekssorte oder der Übernahme einer anderen Firma. Bei der nächsten Dinnerparty, dem nächsten Event, während ich in einem Internat weit weg von zu Hause stecke. Ich habe keine Ahnung, wie es ist, die ganze Zeit mit Sorgen aufzuwachsen, aber ich kenne das Gefühl, wenn alles andere wichtiger erscheint als man selbst.«

»Es ist nicht dasselbe.«

»Ich weiß«, sagte sie augenblicklich und wandte sich mir zu. Das Grau ihrer Augen wirkte jetzt wie ein verhangener Wolkenhimmel, durch den sich die Sonne brach. »Aber unsere Eltern waren getrieben. Die einen von der Existenzangst, die anderen von der Gesellschaft. Das Ergebnis bleibt dasselbe. Und ich glaube, sie haben trotz allem etwas gemeinsam.« Elli machte eine bedeutungsvolle Pause und mein Herz schlug schmerzhaft heftig gegen meine Rippen. »Sie haben es getan, damit wir eine Wahl haben, was unsere Zukunft betrifft. Meinst du nicht?«

Verdammt. Ihre Worte schnitten scharf wie ein Messer. »Kann gut sein …«

»Die Frage ist, was du mit deiner Wahl machst, Lucas«, fuhr sie unerbittlich fort.

Da war nichts mehr von der stillen, leisen, ruhigen Elli. Neben mir stand eine Frau, die ihre Meinung sagte und für ihre Prinzipien einstand. Gott, sie war so viel stärker, als sie glaubte.

»Deine Eltern haben hart dafür gekämpft, damit du frei entscheiden kannst.«

Das traf direkt ins Schwarze. Aber so war es früher schon mit Elli gewesen. Wir hatten über alles diskutiert. Als wir uns kennengelernt hatten, war ich antriebslos und ohne Ziele gewesen, doch sie hatte an mich geglaubt und mir den Mut gegeben, selbst an mich zu glauben. Bis dahin hatte ich meine Nachmittage auf der Halfpipe und mit Zocken verbracht. Zeit vergeudet, Zeit verschwendet, Zeit verloren, bis die Tage zu einem Einheitsbrei verschwommen waren. Klar, hatte ich ein bisschen gezeichnet, gemalt, mit Farben jongliert. Aber nicht so exzessiv wie in den Jahren, als Elli Teil meines Lebens gewesen war.

Ich hatte auch nie ernsthaft daran gedacht, die Arbeit an meinen Bildern professionell anzugehen. Mehr daraus zu machen. Sie hatte mir diesen Traum mit einem enthusiastischen Lächeln in die Hand gedrückt und ich hatte die Idee geliebt, sie beschützt. Doch irgendwann hatte sich die Realität wie eine dunkle Masse über den Traum gestülpt und alles unter sich begraben.

Ellis Unvoreingenommenheit und ihr Blick auf die Welt hatten meinen Horizont verändert. Jetzt fühlte es sich an, als würde sie mir eine verbale Ohrfeige verpassen.

Bevor ich zu einer weitaus weniger klugen Antwort ansetzen konnte, bemerkte ich aus dem Augenwinkel, wie sich uns jemand näherte.

»Ellinor! Wie schön, dich zu sehen!«, rief die elegante Dame Anfang vierzig. Sie trug ein tailliertes dunkelgrünes Kleid, das aus purer Seide zu bestehen schien und genau über ihren schwarzen, massiven Boots endete. Hinter ihrer randlosen Brille wirkten ihre Augen groß und genauso grün wie das Kleid, was durch ihre dunkelbraunen Haare noch betont wurde.

»Astra!« Sofort schaltete Elli um, die Furche auf ihrer Stirn verschwand und machte einem strahlenden Lächeln Platz, das in mir den Wunsch weckte, es noch einmal zu sehen. Und noch einmal. Und noch mal – bis es die Dunkelheit in meinem Innern verscheucht hatte und nichts mehr davon übrig war. Die beiden begrüßten sich mit einem Kuss auf die Wange, ehe Astra sich mir zuwandte und mich neugierig von oben bis unten musterte. Sie hatte einen wachen Blick und mir war durchaus bewusst, dass sie vermutlich meinen Wert in Nettovermögen maß. Mein Outfit. Meinen Haarschnitt. Meine Körperhaltung. So war das meistens.

»Und wer ist das?«, fragte sie, wobei sie ernsthaft neugierig klang, was meinen inneren Schutzwall ein wenig bröckeln ließ. Entweder war sie eine gute Schauspielerin oder sie meinte es wirklich ehrlich. Sicher war ich mir nicht.

»Darf ich dir meinen Freund Lucas vorstellen?«

Meinen Freund.

Die Worte aus Ellis schönem Mund ließen mein Herz höher schlagen und ich reichte der Frau mit dem diamantenbesetzten Collier und dem goldenen Cartier-Armband die Hand. Fast automatisch fiel ihr Blick auf mein leeres Handgelenk, allerdings bogen sich ihre Mundwinkel wider Erwarten nicht nach unten, wie ich es schon oft erlebt hatte.

»Hallo, freut mich, dich kennenzulernen. Ellis Freund. Wie wundervoll!«

Ich verzog keine Miene. »Gleichfalls.«

»Astra ist eine Freundin meiner Mama. Sie arbeitet für das Kulturministerium. Und Hakon, ihr Mann, leitet die Oper«, erklärte Elli mir in einem Tonfall, der mich aufhorchen ließ. Ohne zu stottern. Kein Rotwerden.

»Die Oper?«, hakte ich freundlich nach und spürte, wie die Alarmglocken in meinem Innern etwas weniger laut schrillten.

Ein stolzer Ausdruck huschte über Astras Gesicht und die winzigen Falten um ihre Augen bildeten kleine Fächer. »Ja, genau. Ich bin froh, dass er endlich Intendant geworden ist. Es war sein Lebenstraum. Zwanzig Jahre durfte ich mir das anhören, nun hat sich dieser Wunsch erfüllt. Dafür bekomme ich nun jeden Abend zu hören, wie chaotisch die Arbeit ist, aber dass er nach dem ganzen Drama wenigstens glücklich sterben kann.« Sie lachte glockenhell und wandte sich wieder an Elli. »Und du? Bist du fertig mit deinem Studium?«

»Ja, endlich.« Elli wirkte in Gegenwart der Frau locker und ungezwungen, was Astra gleich noch sympathischer machte. Nicht viele Leute schafften es, dass Elli ihr wahres Wesen offenbarte.

»Was machst du jetzt?«, fragte Astra ehrlich interessiert.

»Ich bin Trainee bei KOSGEN.«

Astra klatschte in die Hände. »Du hast dich wirklich getraut! Das freut mich sehr. Ich sage ja immer: Folge deinem Herzen. Für alles andere ist das Leben zu kurz, Liebes. Ich hoffe, du mischst den Laden ordentlich auf und bringst ein bisschen molekularen Wind in die heiligen Hallen. Wir haben dich übrigens beim Dinner vermisst.« Sie warf einen Blick über die Schulter und sah dann zwischen uns hin und her. »Vielleicht haben wir nachher noch die Gelegenheit, etwas ausführlicher zu sprechen. Falls nicht, warum kommt ihr zwei nicht zur nächsten Premiere? Oder vielleicht sehen wir uns beim großen Jubiläum?« Sie zwinkerte mir zu. »Es hat mich gefreut, Lucas. Pass gut auf unser Mädchen auf.«

Damit rauschte sie davon und ließ mich verdattert zurück, was Elli dazu veranlasste, verzückt zu kichern. »Astra ist eine Naturgewalt, mit ihr wird es niemals langweilig.«

»Du magst sie«, stellte ich fest, fasziniert von dem Leuchten in ihren Augen und diesem schiefen Lächeln, das auf absurde Weise schön war. Nicht gespielt, sondern echt.

Elli verdrehte die Augen. »Woran du das nur gemerkt hast.«

»Weil du in ihrer Anwesenheit so … unverkrampft warst.«

»Sie hat mir schon die Windeln gewechselt, als wir auf dem Geburtstag von Onkel Fred auf seiner Jacht an der Côte d'Azur umhergeschippert sind.«

Skeptisch hob ich die Brauen. »Zufällig die Koksnase Onkel Fred, mit dem deine gesamte Familie keinen Kontakt mehr hat?«

»Genau der.«

»Was meinte sie eigentlich mit *molekularem Wind*? Kennst du dich mit molekularer Küche aus?«, fragte ich interessiert.

Als ich in Ellis Gesicht sah, verschlug es mir beinahe den Atem, so ernst und aufrichtig war der Ausdruck in ihren Augen, als sie mich ansah.

Alarmiert runzelte ich die Stirn. »Was ist los?«

»Ich habe vergessen, wie aufmerksam du bist«, sagte sie mehr zu sich selbst als zu mir und etwas in der Art, wie sie es sagte, löste in mir den Wunsch aus, sie in den Arm zu nehmen.

Was ich nicht tat. Besser so. Denn ich traute mir selbst nicht über den Weg. Vermutlich hätte ich sie nicht mehr losgelassen.

»Also?«, hakte ich nach.

Sie seufzte leise. »Und ich habe vergessen, wie hartnäckig du sein kannst. Ein Schwerpunkt während meines Studiums war molekulare Küche.«

»Was hast du studiert?«

»Lebensmitteltechnik.« Als sie meinen Blick bemerkte, verdrehte sie erneut die Augen. »Ja, Essen liegt mir im Blut. Ich wollte vielleicht in die Forschung gehen. Wobei es insgeheim eine Möglichkeit war, mir ein Hintertürchen offen zu halten. Falls ich doch bei KOSGEN einsteige. Übrigens, nach deiner Theorie, dass ich Astra gegenüber so offen war, weil ich sie mag … müsste ich dich doch auch mögen«, murmelte sie und stockte, als ihr bewusst wurde, dass sie ihre Gedanken laut ausgesprochen hatte. Eine zauberhafte Röte stieg ihr in die hellen Wangen und mein Herz klopfte schneller, aber ich sagte kein Wort.

Elli verengte die Augen, bevor sie sich suchend umblickte. »Okay. Ich glaube, ich brauche mehr Alkohol.« Kurzerhand marschierte sie auf einen der Kellner zu, der am anderen Eingang der offenen Räume stand.

Automatisch folgten meine Augen den Bewegungen ihrer Rundungen. Meine Kiefermuskeln spannten sich an, dann ging ich ihr hinterher, darauf bedacht, meinen Blick nicht noch tiefer wandern zu lassen. Sicher war sicher.

»Erkennst du eigentlich jemanden unter den Gästen?«, fragte Elli und schaute in den großen Hauptsaal, wo sich immer mehr Personen einfanden und den Geräuschpegel in die Höhe trieben. Teure Herrenuhren blitzten an Handgelenken auf und der Schmuck der meisten Damen würde mein Jahresgehalt bei Weitem übersteigen.

Ich durfte nicht vergessen, wo ich mich befand. Im Haifischbecken der Macht.

»Erleuchte mich.«

»Bürgermeisterin. Kuratorin.« Elli deutete unauffällig in die Richtung und trank einen Schluck aus ihrem neuen Glas. »Astras Mann, der Intendant. Das Pärchen da vorn sind die Kinder des CEO von LEXUS. Das dort drüben ist die Frau von Edvard Mikkelsen, dem Fußballer. Es sind auch ein paar andere Spielerfrauen hier, die du bestimmt schon mal in Klatschzeitschriften gesehen hast.« Als sie meinen entgeisterten Blick bemerkte, entschlüpfte ihr ein Lachen. »Oder auf Social Media. Wenn du im TEAROOM aufgenommen werden willst, hältst du dich am besten an Annika Miller. Sie ist eine Socialite und hat das TEAROOM in Oslo und Stockholm letztes Jahr eröffnet. Annikas Mann ist Premier in England geworden.«

Mir brummte der Schädel. »Ich brauche ein Handbuch.«

Elli lächelte mich an. »Dafür hast du ja mich. Es gibt Leute, die genau wissen, wer mit wem und wann und wo anbandelt. Irgendwie kriegen sie immer den Fuß in die Tür. Kontakte sind alles. Deswegen bin ich so froh, in der Firma einfach … ich sein zu können.« Sie nahm noch einen Schluck von ihrem Champagner. »Oder zumindest eine Version davon.«

Aus einem Reflex heraus schob ich zwei Finger unter ihr Kinn und hob es an, damit ich für einen kurzen Moment in ihren grauen Augen versinken konnte, denn ich ertrug die Traurigkeit nicht, die sich wieder auf ihre Züge gelegt hatte. Zwar war ich nicht der Mann, der sie eines Tages glücklich machen würde, aber ich konnte wenigstens dafür sorgen, dass sie sich selbst fand.

»Ich finde, du machst das verdammt gut, Kätzchen«, sagte ich rau.

In ihrem Blick flackerte es und für einen Sekundenbruchteil sprang er zu meinen Lippen, dann wieder nach oben. Aber mehr brauchte es nicht. Sofort heizte sich die Atmosphäre zwischen uns auf. Da lag wieder dieses unterschwellige Knistern in der Luft und mir wurde heiß. Als hätte jemand ein brennendes Streichholz in einen Benzinkanister geworfen.

»Entschuldige mich bitte kurz«, bat ich sie, trat reserviert einen Schritt nach hinten und sah, wie sich ihre Miene ein weiteres Mal veränderte. Das war mehr, als ich aushielt. Also drehte ich mich auf dem Absatz um und durchquerte mit langen Schritten die Räumlichkeiten.

Auf dem Weg zu den Toiletten beschimpfte ich mich innerlich. Ich durfte nicht den Kopf verlieren. Nicht, wenn das Ziel, auf das ich so lange und so hart hingearbeitet hatte, in greifbarer Nähe lag. Nur ein paar Wochen, ein paar Veranstaltungen, dann hätte ich es geschafft.

Als ich fünf Minuten später zurückkehrte, war Elli verschwunden. Ich drehte eine Runde durch die Galerie, begleitet von nervtötender Hintergrundmusik. Hier und da streifte mich ein Blick, ansonsten wurde ich ignoriert. Dafür war ich zu unbekannt. Zu uninteressant. Mein Herzschlag beschleunigte sich, während ich mich innerlich darauf vorbereitete, dass Elli es sich mit dem Deal anders überlegt hatte.

Gerade als ich aufgeben und die Fliege machen wollte, entdeckte ich sie. Aber sie war nicht allein.

In mir breitete sich eine gespenstische Stille aus und mein eben noch schneller Puls fuhr in den Keller, als hätte jemand einen Kübel Eiswasser über mir ausgekippt. Meine Augen fixierten ihren Hinterkopf, die weichen Strähnen, wie sie kokett lachte und den Kopf schief legte, um zu einem Mann hochzuschauen.

Natürlich war es der verdammte Kronprinz höchstpersönlich, der in seinem schwarzen Hemd und mit dem gewinnbringenden Lächeln zum Kotzen schön aussah. Nicht zu vergessen: Er war der Thronerbe und würde irgendwann einmal das Land regieren.

Die zwei standen etwas abseits in der Ecke eines Nebenraums vor dem kleinen Porträt einer Frau in warmen Rottönen. Die Entourage des Prinzen war nirgendwo zu sehen.

Es war unverkennbar, wie harmonisch sie als Paar wirkten. Wie vertraut. Wie eine Einheit. Und ich war absolut machtlos gegen die lodernde Eifersucht, die plötzlich in mir aufstieg. Die Wut. Die Frustration, dass ich es nicht sein konnte, nicht sein würde.

Natürlich hatte ich nicht das Recht, so zu empfinden. Aber irgendein animalischer Teil in mir wollte hinübermarschieren, sie über meine Schulter werfen und mit ihr aus dieser Galerie verschwinden, um sie aus ihrer Jeans zu schälen und vor ihr in die Knie zu gehen.

Ein pochender Kopfschmerz setzte sein, alles dröhnte. Meine Beine bewegten sich von selbst und ehe ich mich's versah, näherte ich mich den beiden. Ellis Lachen klang wie purer Hohn in meinen Ohren. Sie wirkte so aufrichtig und gelöst, herzlich und voller Leben und ich verfluchte mich dafür, dass nicht ich derjenige war, der sie so glücklich machte.

Noch hatten sie mich nicht bemerkt, waren zu sehr in ihre Unterhaltung vertieft, doch in diesem Augenblick schwenkte Marius' Blick an Elli vorbei zu mir und er verengte die Augen. Seine gesamte Haltung nahm eine Bedrohlichkeit an, die mich an den Abend unserer letzten Begegnung erinnerte. Feindseligkeit tropfte aus jeder seiner royalen Poren und ich spürte, wie ich mich selbst anspannte. Adrenalin pumpte durch meine Venen, als würde ich mich für einen Kampf bereit machen.

»Was willst *du* denn hier?«

Du. Es war ein *Du*, in dem so viel mehr mitschwang. Misstrauen. Abscheu. Als wäre ich Abschaum. Als wäre ich nicht viel mehr wert als der Dreck unter seinen königlichen Sportschuhen.

»Dasselbe könnte ich auch fragen.« Langsam lenkte ich meine Aufmerksamkeit auf seine Hand, die er vertrauensvoll auf Ellis Unterarm gelegt hatte. Es gab zwei Optionen: Eine sah meine Faust in seinem gemeißelten Gesicht vor, die andere …

»Ich will eure Unterhaltung auch gar nicht stören«, sagte ich lapidar. Elli starrte mich mit weit aufgerissenen Augen an, als ich mich zu ihr beugte, meine Hand in ihrem Haar vergrub und ihr einen Kuss auf den Mund drückte. Ihre Lider flatterten und auch ich schloss automatisch die Augen. Sämtliche Sinne fokussierten sich auf diesen kurzen Augenblick. Die Weichheit ihrer Lippen. Das leise Stöhnen, das in ihrer Kehle aufstieg und in meinen Brustkorb wanderte. Das heftige Donnern meines Herzschlags, der zarte Duft ihres Parfüms in meiner Nase.

Schwer atmend löste ich mich von ihr und musste sämtliche Willenskraft aufbringen, um sie nicht näher heranzuziehen und Marius Olav eine Show zu liefern. Ich wollte nicht nur einen flüchtigen, gestohlenen Kuss, der sich anfühlte, als würde er jede einzelne Scherbe in meinem Innern zum Singen bringen.

Ich wollte mehr. Ich wollte Elli.

Aber vor allen Dingen wollte ich diesem Mistkerl deutlich machen, zu wem Elli gehörte.

»Ich bin nebenan, falls du mich suchst«, raunte ich ihr ins Ohr und ging davon.

Ohne mich umzudrehen. Ich wusste auch so, dass beide mir hinterherstarrten.

15

ELLI

»Und dann?«, klang Tirils Stimme gedämpft durch den blickdichten Samtvorhang, hinter dem sie gerade einen Body und eine tief sitzende Kim-Possible-Hose anprobierte. Der Bereich der Umkleidekabinen war mit einem Glastisch und drei großen, bequemen Sesseln ausgestattet. Auf einem davon hatte ich Platz genommen und wir waren zum Glück unter uns. Die Luxusstraße *Prinsens gate* war mit hübschen Lichtern verziert, die kahler werdenden Laubbäume vibrierten förmlich in warmen Rot- und Brauntönen mit vereinzelten senfgelben Tupfern dazwischen.

»Er hat mich geküsst.« Allein die Erinnerung daran ließ meinen Bauch kribbeln.

»Hat er nicht?!« Ihr Kopf tauchte zwischen Wand und Vorhang auf und ihr Lächeln hatte etwas Freches. »Mit Zunge oder ohne?«

Die hübsche Verkäuferin, die gerade zwei neue exklusive Teile brachte, verkniff sich ein Grinsen und bewahrte eine neutrale Miene, trotzdem glomm mein Kopf auf wie eine verdammte Weihnachtskugel. Großartig.

»Tiril«, zischte ich, was nur dazu führte, dass sie herzlich lachte, bevor sie wieder in der Kabine verschwand. Keine Sekunde später tauchte sie abermals auf. Der schwarze Bottega-Veneta-Body stand ihr ausgesprochen gut. Er sah sexy aus und ließ genügend Spielraum für Fantasie – mit anderen Worten genau das, was ich niemals anziehen würde.

»Heiß«, kommentierte ich trocken und pfiff leise durch die Zähne.

Prüfend drehte sich Tiril im Kreis vor den vielen Spiegeln, um sich von allen Seiten zu begutachten, und sah ausnahmsweise zufrieden aus. »Ja, du hast recht. Heiß. Aber ich weiß nicht … Ist es nicht zu viel?«

»Wofür?«

»Das zweite Date mit dem Koch.«

Ich riss die Augen auf. »O mein Gott, das hast du mir gar nicht erzählt!«

»Ich war nicht sicher, ob ich zusagen soll …« Nervosität flackerte über ihr Gesicht und endlich fiel bei mir der Groschen. Deswegen hatte sie unbedingt noch etwas shoppen wollen. Deswegen die drängende Sprachnachricht.

»Du magst ihn«, stellte ich überrascht fest.

Tiril hatte lockere Dates und Bekanntschaften. Sie datete, weil sie Gespräche, guten Sex und Unternehmungen liebte. Nicht, weil sie eine feste Beziehung suchte. Aber das hier? Dieser ganz bestimmte Ausdruck in ihren Zügen? Das war mir neu.

Ertappt zog sie ihre Unterlippe zwischen die Zähne. »Ja, er ist süß. Wandelnde Green Flag. Von wegen cholerischer Koch. Dabei hat mich meine Menschenkenntnis bisher nicht im Stich gelassen. Außerdem ist er kein reicher Typ, der mir erzählen will, was ihm Papi als Letztes geschenkt hat oder wie viel PS sein neustes Spielzeug hat. Ich mag es, wie er für seine

Leidenschaft brennt. Und dass er etwas mit seinen Händen tut.«

»Du klingst wie die Protagonistin aus dem Buch, das ich zuletzt gelesen habe«, erwiderte ich und strahlte bis über beide Ohren. »Und das freut mich so sehr! Weißt du was?«, fügte ich mit einem Geistesblitz hinzu. »Was hältst du von Cocktails morgen Abend? Oder Popcorn und *Stolz & Vorurteil* bei mir? Dann kannst du mir mehr über ihn erzählen, weil ich gleich noch mit meiner Familie zum Abendessen verabredet bin.«

Tiril verdrehte die Augen und schob sich eine dunkle Haarsträhne aus dem Gesicht. »Da gebe ich dir einmal den kleinen Finger und du nimmst dir direkt die ausgestreckte Hand.«

»Komm schon.« Ich machte einen Schmollmund. »Wir sehen uns gerade viel zu selten, weil ich bis zum Hals in Arbeit stecke und danach einfach tot bin. Und dir geht es auch nicht anders.«

Tiril überlegte kurz. »Okay, einverstanden. Aber zurück zu dir und dem Kuss. Mit oder ohne Zunge?«

Bei dem Gedanken daran wurde mir entsetzlich heiß. Dabei hatte der Kuss nicht länger als drei Sekunden gedauert, obwohl es mir vorgekommen war wie eine halbe Ewigkeit.

»Ohne.«

»Und was hat Mar gesagt, nachdem Lucas verschwunden ist?«

Stöhnend vergrub ich mein Gesicht zwischen den Händen. »Er hat gefragt, ob ich mir sicher bin, worauf ich mich einlasse. Und ich habe *Yes, Daddy* geantwortet, woraufhin er in Gelächter ausgebrochen ist. O Mann, du bist wie so ein Trüffelschweinchen, weißt du das? Du lässt echt nicht locker.«

»Els, dein Liebesleben ist der größte und schönste Trüffel, den ich erschnüffeln könnte.«

Bei der Zuneigung in ihrer Stimme hob ich den Kopf und begegnete ihrem liebevollen Blick, der mein Herz wärmte. Ich war so dankbar, dass Tiril hartnäckig geblieben war und über meine Schüchternheit hinweggesehen hatte, bis ich mich endlich auf die Freundschaft einlassen konnte.

Dann wurde ich jedoch stutzig. Hatte sie gerade *Liebesleben* gesagt?

»Also … Lucas und ich sind …« Ich senkte die Stimme, denn wer wusste schon, was die Verkäuferin hörte oder wer als Nächstes den Laden betrat. Wobei es eines der höchsten Gebote aller Angestellten war, nicht zu tratschen. Sonst wären sie ihre High-End-Kundschaft ganz schnell los. »Wir sind ja nicht richtig zusammen, also ist es im Grunde genommen auch kein Liebesleben.«

Tiril schenkte mir einen *Wem-willst-du-eigentlich-etwas-vormachen*-Blick, den ich mit gutem Gewissen ignorierte.

»Ach, komm. Es ist immerhin *dein* Lucas.«

Zähne knirschend visierte ich einen Punkt hinter ihr an. »Er war menschlich so ein Arsch. Ist er immer noch.«

Tiril schwieg, aber ihr zweifelnder Blick sprach Bände. *Ist er das wirklich oder tut er nur so?*, schien sie damit zu sagen, also fuhr ich schnell fort: »Außerdem findet er mich unausstehlich. Er ist so kühl. Und abweisend. Also, er geht auf Abstand oder versucht, mich auf Abstand zu halten. Zumindest emotional. Der Kuss war auch nur Show, wahrscheinlich wollte er sein Revier markieren.«

Meine beste Freundin prustete lautstark los. »Hörst du dir selbst zu? Dich unausstehlich finden? Das wäre nichts anderes, als Angst vor einem Plüschhasen zu haben.«

»Die können ganz schön gruselig sein. Ich sage nur *Friedhof der Kuscheltiere*«, gab ich zu bedenken und versuchte, das

Gehörte in Einklang mit dem Erlebten zu bringen. Hatte Tiril recht? Andererseits gab mir Lucas in keiner Weise das Gefühl, dass er unsere Freundschaft vermisste. Himmel, ich war mir nicht einmal sicher, ob sie ihm überhaupt etwas bedeutet hatte. Und auch wenn ich es ungern zugab, schmerzte das fast mehr als die Tatsache, dass er mich eine Armlänge von sich fernhielt.

Wie ein Stein hing die Frage nach dem Warum in meinem Magen. Warum hatte er mich damals eiskalt aus seinem Leben gestrichen? Warum hatte er unsere Freundschaft ohne ein Wort weggeschmissen wie eine Tüte Müll, die man entsorgen musste, ehe sich das ganze Haus mit einem bestialischen Gestank füllte?

Plötzlich spürte ich, wie sich eine Hand in meine schob und sie aufmunternd drückte. Voller Wärme sah Tiril mich an und in ihre Miene trat ein kämpferischer Ausdruck. »Du bist wundervoll und du solltest dir nichts anderes einreden lassen. Wenn dir Lucas das Gefühl gegeben hat oder gibt, dass du nicht wertvoll bist, dann hast du recht: Scheiß auf ihn. Vergiss ihn. Nimm das mit, was du von ihm lernen willst, und hau ihn dann in die Tonne.« Sie ließ meine Hand wieder los. »Auf der anderen Seite könntest du das auch ausnutzen, um vielleicht ein bisschen aus dir herauszukommen und …« Sie stoppte mitten im Satz, als würde sie über etwas nachdenken.

Ich runzelte die Stirn. »Was meinst du?«

Sie schüttelte nur den Kopf und klatschte in die Hände, deutete auf den Body und wechselte abrupt das Thema. »Ich bin mir nicht sicher, ob ich das beim Date tragen möchte. Das ist eher etwas für …« Tiril unterbrach sich und ihre Augen blitzten teuflisch. »Der Geburtstag von Sander ist in ein paar Wochen, oder?«

»Jaaa«, sagte ich gedehnt und misstrauisch.

»Es geht nach Morena, weil er gemeinsam mit Mar feiert, oder?«

Stimmt, das hatte ich ganz vergessen. Oder aufgrund der vielen Arbeit in den letzten Wochen nicht mehr daran gedacht. »Mist. Ja, ich muss noch ein Geschenk besorgen.«

»Lass das mal meine Sorge sein. Ich organisiere etwas für Mar und du für deinen Bruder, einverstanden? Der Body wäre doch bestimmt auch was für den Club, oder?«

»Tiril.«

Verschmitzt hob sie zwei Finger zum Schwur. »Ich verspreche, dass ich nicht mit deinem Bruder flirten werde. Außerdem trifft er sich doch mit jemandem, oder?«

»Ja, Norah. Ich glaube, es ist wirklich ernst. Ich habe sie bisher nur kurz kennengelernt, aber sie wird auf jeden Fall auf dem Geburtstag sein. Und Sander zieht sich gerade sehr aus den Aufgaben in der Firma zurück.«

Tiril lächelte verträumt. »Sehr schön. Es freut mich für ihn, dass er eine Frau gefunden hat, auf die er sich endlich einlassen kann. Macht es dir wenigstens ein bisschen Spaß, bei KOSGEN zu arbeiten?«

Bei der Frage versteifte sich etwas in mir und die Schwere der Aufgaben, die mir zugeteilt worden waren, das Traineeprogramm und der Umgang mit der Belegschaft lasteten auf einmal wie ein Tonnengewicht auf meinen Schultern. »Im Grunde genommen schon. Aber ich komme nicht dazu, mich wirklich einzubringen, weil ich ständig für andere Dinge eingespannt werde, die nichts mit meinem eigentlichen Job zu tun haben.«

»Deswegen der Deal mit Lucas.«

»Deswegen der Deal mit Lucas«, wiederholte ich und seufzte

leise. »Ich würde so gern diesen neuen Weg mit den Dinkelkeksen einschlagen. Wir haben die *Skyer*-Produktreihe, der aber inzwischen diese wolkige, himmlische Leichtigkeit fehlt. Können Kekse in die Jahre kommen? Klar, es gibt die Klassiker, die immer mit KOSGEN in Verbindung gebracht werden, aber alles, was neu auf dem Markt ist, bleibt nicht so schnell haften. Wozu habe ich denn studiert? Ich möchte Ideen einbringen, die Produktentwicklung vorantreiben. Stattdessen mache ich Kaffee, stehe am Kopierer und erledige Botendienste.«

»Dein Großvater hat die Keksinnovation abgeschmettert, oder?«

Frustriert kaute ich auf meiner Lippe herum. »Ja. Auch wenn ich den Grund nicht verstehe. KOSGEN stagniert. Das zeigen nicht nur die Zahlen, sondern auch die älter gewordene Zielgruppe. Wir erreichen die jüngeren Leute nicht mehr. *Knåd* macht das viel besser«, fuhr ich leidenschaftlich fort und riss die Hände in die Luft. »Sie haben mit den saisonalen Schokoladenkreationen neue Marktanteile gewonnen und punkten damit vor allem bei den Jüngeren.« Ich schüttelte den Kopf. »Sorry, ich langweile dich sicher damit.«

»Nein, gar nicht. Ich finde es nur so faszinierend, wie du vor mir redest und wie du in der Firma auftrittst.«

Das versetzte mir einen Stich, denn es traf einen wunden Punkt. Tiril schien zu spüren, dass mir ihre Worte nahegingen, denn plötzlich bekam meine beste Freundin diesen ganz bestimmten Ausdruck, der mich unruhig auf dem Sitz herumrutschen ließ. Als hätte sie gerade eine tollkühne Idee. Und das verhieß meistens nichts Gutes. Zumindest für mich nicht.

»Nein«, wiegelte ich deswegen schnell ab und schüttelte den Kopf, sodass der Zopf, den ich mit einer weißen Schleife zusammengebunden hatte und der zu meinem cremefarbenen Oversized-Kaschmirpullover und den Stiefeln passte, hin und her schwang. »Egal, was du vorschlägst, ich sage jetzt schon Nein.«

Mit einem Grinsen ging Tiril vor mir in die Hocke. »Wie wäre es, wenn du dir auch etwas gönnst? Worin du dich sexy und begehrenswert fühlst? Für den Geburtstag. Und sei es nur ein Teil, das du unter deiner Kleidung trägst. Es muss keiner sehen, es geht nur um das Gefühl. Du willst doch eine Veränderung, ein bisschen stärker werden. Vielleicht geht ein bisschen Selbstbewusstsein auch mit einem kleinen Schubs in diese Richtung einher.« Sie lächelte. »Du bist großartig, wie du bist, Els«, betonte sie. »Du solltest dich nur ein bisschen aus deiner Komfortzone herausbewegen, mal etwas ausprobieren.«

Mein erster Impuls war es, direkt zu widersprechen, aber dann ließ ich die Worte meiner Freundin für einen Moment auf mich wirken. Sie hatte einen wahren Kern getroffen. Wenn ich etwas gegen meine Schüchternheit tun wollte, wäre es ein guter Schritt, ein wenig selbstbewusster zu werden. Ich legte die Stirn in Falten und lauschte in mich hinein. Da war keine aufbäumende Ablehnung, sondern nur Neugierde.

Tiril bemerkte mein Zögern und sprang augenblicklich auf die Beine. »Bin gleich wieder da.«

Warum eigentlich nicht? Ich wollte Veränderungen. Ich wollte mich weiterentwickeln. Es ging nicht darum, dass ich mein komplettes Wesen auf den Kopf stellte, sondern mit kleinen Schritten dafür sorgte, irgendwann für mich einstehen zu können. Vielleicht war Tirils Vorschlag gar keine schlechte Idee.

Zwei Minuten später war sie mit verschiedenen Kleiderbügeln zurück, an denen sündhafte Outfits hingen. Ein schwarzes Kleid. Ein süßer Minirock aus Leder. Zwei Bodys in verschiedenen Farben. Und mein persönliches Highlight: Unterwäsche, die mehr zu enthüllen als zu verstecken schien. Mein Blick fiel auf das Preisschild und mich befiel ein schlechtes Gewissen, weil die Teile genauso viel kosteten, wie ich als Trainee im Monat verdiente.

Meine jährlichen Ausschüttungen, die auf einem ETF-Konto landeten, zuckten dagegen bei dieser Ziffer nicht einmal mit der Wimper.

»Na? Naaaa?« Tänzelnd hielt mir meine beste Freundin die Auswahl vor die Nase und schwenkte die Sachen hin und her, um sie mir besonders schmackhaft zu machen.

Ich seufzte leise. »Anprobieren kann ja nicht schaden.«

Jubelnd schob Tiril den Vorhang der zweiten Umkleidekabine auf, als die Verkäuferin mit zwei Sektgläsern und einer kleinen Auswahl an Häppchen um die Ecke kam. Stör-Kaviar auf mit Butter bestrichenem, französischem Baguette, Garnelenspießchen mit Mangostückchen und Falafelbällchen mit einer Süß-Sauer-Soße.

»Du wirst es nicht bereuen«, versicherte mir Tiril und hängte die Teile an einen Haken, ehe sie mich von dem Sessel hochzog, in die geräumige Kabine schob und den Vorhang hinter mir zuzog. »Versprochen.«

Sicher war ich mir nicht, aber einen Versuch war es wert.

16

LUCAS

»Onkel Luc?«, piepste Mimi, während Erik und ich in seiner Garage die Bikes auf Hochglanz polierten. Das Mikrofasertuch fühlte sich weich zwischen meinen Fingern an, es roch nach Motoröl und Abgasen. Ich richtete mich auf, um nach meinem Patenkind zu sehen, und meine Gelenke fühlten sich an, als hätte ich sie zuvor zu *kanelboller* verknotet.

»Ja, Krümel?« Ich hockte mich hin und wischte mir die Hände an dem inzwischen nicht mehr ganz so weißen Lappen ab, der aus der hinteren Tasche meiner Jeans ragte.

»Kommst du zu meinem Geburtstag?«

Mein hartes, zersplittertes Herz regte sich bei dieser Frage. »Na klar.«

»Kommt deine Freundin auch? Mama sagt, du hast eine Freundin.«

Ärgerlich funkelte ich über Mimis Kopf hinweg meinen besten Freund an, der sich auf einmal sehr für die Schmutzablagerungen an seiner Motorradkette interessierte und es vermied, in meine Richtung zu schauen. Alles in mir spannte sich automatisch an und ich musste mich ernsthaft zusammenreißen, um ihn nicht vor seiner geliebten Tochter rundlaufen zu lassen. Wenn er dachte, das würde kein Nachspiel haben, dann täuschte er sich gewaltig. Ich sah deutlich das Grinsen, das er zu verbergen versuchte.

»Es ist doch ein Kindergeburtstag«, versuchte ich, mich herauszureden, aber Mimi sah mich mit ihren großen Augen so unschuldig an, dass etwas in mir schmolz.

»Ja, aber darf ich sie sehen?« Echte Neugierde spiegelte sich auf ihrem süßen Gesicht und sie hob die Finger. »Ich werde doch so alt. Da sollen alle mit Geburtstag feiern.«

Keine Ahnung, welche Logik hinter dieser Argumentation steckte und was sie sich dabei dachte, aber ich konnte ihr diese Bitte unmöglich abschlagen.

»Wenn es dir wichtig ist, werde ich sie fragen, aber ich weiß nicht, ob sie Zeit hat.« Meine letzte Rettung. Selbstverständlich würde ich mein Wort halten und Elli fragen, auch wenn ich insgeheim hoffte, dass sie etwas Besseres zu tun hatte. Irgendetwas Wichtiges. Weltbewegendes. Aber wie ich Elli kannte, würde sie für ein paar glänzende Kinderaugen wahrscheinlich alle Pläne über den Haufen werfen. Innerlich verfluchte ich Erik und Freya.

»Wie heißt deine Freundin?«

»Ellinor.« Lautstark pochte mein Herz gegen meine Rippen. Keine Ahnung, weshalb.

»Das ist aber ein lustiger Name.« Mimi kicherte verzückt.

»Sie wird Elli genannt«, fügte ich hinzu und richtete mich wieder auf. »Hast du denn einen Wunsch zu deinem Geburtstag?«

»Ja, ein Motorrad.« Voller kindlicher Freude leuchteten ihre Augen auf.

»Ich glaube, da musst du noch ein bisschen warten. Etwas Kleineres vielleicht?«

»Können wir rutschen gehen?«

»Bestimmt.« Ich lächelte voller Wärme. »Und wir finden ein schönes Geschenk für dich.«

Sie nickte entschlossen. »Okay. Ich gehe jetzt spielen.«

»Mach das, Krümel«, sagte ich noch, da stapfte Mimi bereits zur Tür hinaus, wo ich einen Blick auf Freya erhaschte. Sie winkte nur kurz und verschwand mit eingezogenem Kopf. Das schlechte Gewissen stand ihr in fetten Buchstaben auf die Stirn geschrieben. Zu Recht.

Mit verschränkten Armen drehte ich mich zu meinem besten Freund um, der in seinen Bart hineinlachte und sich mit einer Hand über die Glatze fuhr.

»Im Ernst jetzt?«, fragte ich grummelnd.

»Sie hat gestern Abend unser Gespräch mitbekommen, als wir dachten, dass sie einer Geschichte zuhört. Die Kleine hat ihre Ohren überall. Jedenfalls hat es Freya nicht übers Herz gebracht, sie anzulügen, und Mimi wollte deine Freundin sofort einladen. Sorry, Luc.«

Meine Miene blieb stoisch. »Du weißt, dass ich Mimi nichts ausschlagen kann.«

»Das ist mir durchaus bewusst«, erwiderte Erik. »Geht mir genauso. Sie wickelt uns gnadenlos um den Finger. Ich frage mich, woher sie das wohl hat …«

»Es ist keine gute Idee, wenn wir das Ganze vermischen«, gab ich zu bedenken. »Es ist nicht echt. Ihr seid meine Freunde.«

»Und?«

»Elli ist das nicht.«

»Meinst du, ja?«, fragte Erik voller Skepsis.

»Ja.« Allein die Vorstellung, Elli könnte vertraut mit Freya zusammensitzen, inmitten einer Horde drei- und vierjähriger

Kinder, verursachte ein mulmiges Gefühl in meinem Magen. Ein Gefühl, das ich ganz sicher nicht näher ergründen wollte.

Schlimm genug, dass ich gestern Abend die Kiste mit den Acrylfarben in einem Anfall verletzlicher Sentimentalität vom Schrank geholt und ausprobiert hatte. Für ein paar Sekunden hatten sich der Pinsel und die Stifte zwischen meinen Fingern wie Nachhausekommen angefühlt, doch geblieben war nur ein dumpfer Schmerz.

Sich für einen Weg zu entscheiden und nicht voller Zweifel auf die Weggabelung zurückzublicken, erforderte Kraft. Schließlich fragte man sich immer wieder, was hätte sein können. Wohin der andere Weg geführt hätte. Das Problem mit dem Erwachsenwerden war, dass die Möglichkeiten schrumpften, die Perspektiven weniger wurden. Man konnte nicht einfach zurück auf LOS gehen und von vorn anfangen.

Eriks Blick sprach Bände. Am liebsten hätte ich den Mittelfinger ausgepackt.

»Du kannst mich mal, Jensen. Ernsthaft. Ich weiß, dass sich deine diabolische Seite gemeinsame Pärchenabende ausmalt, aber die Vorstellung kannst du dir sonst wohin stecken.«

Mein bester Freund machte sich nicht einmal die Mühe, seine Erheiterung zu verbergen. Seine Augen funkelten, als hätte ich ihm gerade verkündet, Tickets für das anstehende Formel-1-Rennen in den USA inklusive Flug besorgt zu haben. Seit mit Hendrik Sandmann wieder ein norwegischer Fahrer in der Königsklasse unterwegs war, verpasste er kaum ein Wochenende.

»Man wird doch wohl noch träumen dürfen«, antwortete er. »Freya trifft sich übrigens mit zwei Freundinnen im Kino und wollte fragen, ob wir unsere Trainingssession verschieben können.«

»Auf wann?«

»Nächsten Donnerstag.«

Im Kopf ging ich meinen Kalender durch, aber eigentlich stand nichts auf dem Plan. »Kein Problem.«

In diesem Augenblick klingelte mein Diensthandy und ich nahm mit einem kurzen Blick auf das Display ab. »Aleksander?«

»Hey, störe ich?«

Stirnrunzelnd checkte ich die Uhrzeit. 18:30 Uhr an einem Mittwoch. Unter normalen Umständen hätten sämtliche Themen, die Aleksander Skogen mit mir besprechen wollte, auch bis zum nächsten Morgen Zeit gehabt. Das machte mich stutzig. Ich ging alle möglichen Gründe für seinen Anruf durch, kam jedoch zu keinem zufriedenstellenden Ergebnis.

»Eigentlich nicht«, erwiderte ich wahrheitsgemäß. »Was gibt's?«

»Hast du Zeit, dich auf einen Feierabenddrink zu treffen? Oder zum Abendessen?«

Jetzt wurde ich wirklich misstrauisch. »Worum geht es denn?«

»Keine Sorge. Ich werde dich nicht überfallen.« Sander lachte am anderen Ende der Leitung. »Und ich verspreche, es hat nichts mit Elli zu tun, falls das deine Sorge ist. Ich möchte einfach unter vier Augen mit dir sprechen. Mehr nicht.«

Da ich mit meiner Maschine sowieso fast fertig war, stimmte ich zu. »Okay.«

»Hast du Hunger?«

»Hab noch nichts gegessen.«

Ich hörte das Schmunzeln in seiner Stimme. »Magst du chinesische Küche?«

Als ich mein Motorrad in der Nähe der Osloer Domkirche gegenüber mehrerer Touristenfallen voller Trolle und Ständern mit Kühlschrankmagneten parkte, war es draußen stockfinster. Im Spätherbst und Winter erinnerte die Beleuchtung in der Innenstadt Oslos an kitschige Weihnachtsfilme und verströmte eine Gemütlichkeit, die mich immer an Familie erinnerte. Jetzt wirkten die Lichter und die Dekoration noch etwas matt, dennoch musste ich an meine Eltern und Schwestern denken, die ich viel zu sehr vernachlässigte, und ein heftiger Schmerz durchzuckte mich.

Am Sonntag würde ich sie nach fast drei Monaten wiedersehen, obwohl sie lediglich etwas über eine Stunde Fahrt entfernt in Fredrikstad wohnten. Gewissensbisse ließen mich schneller laufen, vorbei an den prunkvollen klassizistischen Gebäuden, die mir mit ihrer Erhabenheit immer ein Gefühl von Machtlosigkeit vermittelten.

Aleksanders beeindruckende Gestalt stand neben einer geschlossenen schwarzen Tür mit weißer Aufschrift: *2K18 Shanghai*. Wer sich nicht auskannte, würde niemals darauf kommen, dass sich dahinter ein Kellerrestaurant befand.

»Danke, dass du es einrichten konntest.« Er reichte mir freundschaftlich die Hand und deutete auf die Tür. Aleksander Skogen hatte diese ungezwungene Art, die es jedem leicht machte, ihn zu mögen. »Warst du schon mal hier?«

Nicht meine Preiskategorie, lag mir bereits auf der Zunge, aber ich schluckte die Antwort herunter und schüttelte stattdessen den Kopf. »Nein, noch nie.«

»Macht nichts. Magst du es scharf?«

»Je schärfer, desto besser.«

»Okay, dann schauen wir mal, ob wir etwas auf der Karte finden.«

Ich folgte ihm eine steile Treppe hinunter, die uns in ein Kellergewölbe führte. Entlang der Wand verlief eine sehr lange Bar, hinter der mindestens fünf Leute arbeiteten. Das Licht der schwarzen Lampen an der Decke war gedimmt, sodass alles in eine einladende Atmosphäre getaucht war, es gab überall Nischen und Stützbalken, die den Raum teilten und für ein bisschen Privatsphäre sorgten. Kein Wunder, dass jemand wie Aleksander Skogen gern hierherkam. Schließlich war er in der Stadt durchaus bekannt. Vermutlich auch darüber hinaus. Denn im Gegensatz zu Elli, die sich komplett aus der Öffentlichkeit heraushielt, waren die beiden Skogen-Brüder das Aushängeschild des Unternehmens und prägten die Online-Schlagzeilen der Klatschpresse, so wie es früher andere Familienmitglieder getan hatten, vor allem ihr Onkel. Es gab genügend Videos der *Keksprinzen* aus Clubs und von der Straße, in denen sie nach ihrem Aussehen bewertet wurden, wer mit ihnen unterwegs war, was sie trugen.

Was zum Teufel wollte er mit mir besprechen? Dass es nicht um Elli ging, hatte er bereits erwähnt. Aber was war es dann?

Eine Kellnerin brachte uns zu einem abgelegenen Platz und es roch fantastisch, als ein weiterer Kellner mit zwei heißen Platten an uns vorbeiging, die verdächtig nach Szechuan-Mala-Wok aussahen. Sander setzte sich mit dem Rücken zum Speiseraum, ich nahm an der Wand Platz. Auf der Karte standen eine Menge Gerichte, die ich noch nicht kannte. Obwohl ich mir nichts anmerken ließ, schien Aleksanders Menschenkenntnis ihn nicht im Stich zu lassen. Mit einem Grinsen beugte er sich nach vorn. »Gibt es irgendetwas, das du nicht essen würdest?«

»Bei der Ochsenzunge bin ich raus. Ansonsten bin ich offen für alles.«

»Okay, dann lass mich eine Auswahl bestellen. Und wenn dir etwas nicht schmeckt, können wir tauschen.«

Fasziniert beobachtete ich, wie ungezwungen Aleksander die Bestellung aufgab und sich anschließend zurücklehnte, während eine nette Kellnerin bereits die Getränke brachte. In diesem Moment klingelte sein Smartphone und als er einen Blick darauf warf, wurde sein Gesicht weich. *Sanfter Ausdruck.* Das traf es am besten und für eine Sekunde verkrampfte sich etwas in mir. Mit welcher Selbstverständlichkeit er seine Gefühle zeigte, war … irritierend.

Erst Erik, jetzt er.

Obwohl ich es mir für mich selbst nicht vorstellen konnte, gab es vermutlich nichts Friedvolleres, als sich vollkommen auf eine Person einzulassen, sodass man seine Emotionen nicht verstecken musste.

»Entschuldige, da muss ich kurz rangehen«, sagte er an mich gewandt und nahm den Anruf entgegen. *»Kjære.«* *Liebling.* Selbst die Art, wie er es aussprach, war von tiefer Zärtlichkeit erfüllt. Ich hätte fast neidisch werden können. Fast. »Ich bin noch mit Lucas essen. Ja, ich melde mich später, viel Spaß mit Ada. Sag liebe Grüße, ich freue mich auf den Mario-Kart-Abend.« Er lachte über etwas, das die Person am anderen Ende der Leitung zu ihm sagte. »Keine Chance. Bis später.«

Er legte auf. »Das war Norah. Meine Freundin.« Seine Lippen teilten sich zu einem glücklichen, frechen Lächeln. »Wenn sie wüsste, dass einer meiner besten Freunde nächstes Jahr vermutlich Reserve Driver für *ED* wird, würde sie ausrasten.«

Natürlich kannte er einen Formel-1-Fahrer. Neben dem norwegischen Thronfolger, mit dem er gemeinsam auf eine Grundschule gegangen war, und sämtlichen Hotelerben, die zu seinem engsten Kreis zählten, war das vermutlich nicht weiter verwunderlich. »Du sagst es ihr nicht?«

Aleksander schüttelte immer noch grinsend den Kopf. »Ich möchte ihr Gesicht sehen, wenn sie ihn kennenlernt. Sie weiß, dass er in Deutschland wohnt und wir uns aus europäischen Karting-Zeiten kennen, als wir noch jünger waren.«

Das klang so weit von meiner Lebensrealität entfernt, dass ich für einen Moment sprachlos war.

»Natürlich habe ich ihr einiges von ihm erzählt, nur dieses kleine Detail habe ich ausgelassen.«

»Wann lernt sie ihn denn kennen?«

»Vermutlich um Silvester herum, wir schließen uns der Clique seiner Freundin an.« Aleksander schien meinen Gesichtsausdruck richtig zu deuten, denn er nahm einen Schluck von seinem alkoholfreien Cocktail und fügte hinzu: »Weit weniger Jetset, als es klingt. Wir treffen uns in einer Familienhütte in den Bergen in Österreich.«

Ich schwieg und trank ebenfalls. Für ein paar Sekunden hingen wir beide unseren Gedanken nach, dann ergriff Aleksander erneut das Wort. »Okay, es gibt einen Grund, weshalb ich mich mit dir treffen wollte.«

»Ach ja?«

Wieder blitzten seine Zähne auf. »Ich wollte es dir persönlich sagen, bevor du es über den Flurfunk erfährst.« Verlegen fuhr sich Aleksander Skogen durch sein dunkles Haar und grinste mich jungenhaft an. »Du wirst bei KOSGEN vorläufig ohne mich auskommen müssen. Ich habe mit dem Senior meine Exitstrategie besprochen und werde mich aus dem

Business zurückziehen, um etwas Eigenes aufzubauen. Etwas, das mir Spaß macht.«

Das kam überraschend und ich konnte meine Verwunderung nicht verbergen. Zum Glück brachte die Kellnerin in diesem Augenblick einen Vorspeisenteller mit scharfem Hühnchen, gebratenem Kabeljau, frittierten Garnelen und verschiedenen Soßen, sodass ich mir eine Antwort erst einmal sparte. Es roch fantastisch, intensiv und voller Aromen, die mich in eine andere kulinarische Welt katapultierten.

»Was wirst du machen?«, fragte ich und schob mir mit den Stäbchen eine Portion Hühnchen in den Mund, was eine wahre Geschmacksexplosion auslöste. *Jeden. Verdammten. Cent. Wert.*

»Was ich dir hier erzähle, ist streng vertraulich. Deshalb muss ich dich bitten, später eine Geheimhaltungsvereinbarung zu unterzeichnen.«

Ich zuckte nicht einmal mit der Wimper. »Kein Problem.«

»Okay, ich maile dir den Vertrag zu.« Aleksander nahm einen Happen von seinem Kabeljau. »Ich habe vor, in der Trekking- und Reisebranche einzusteigen. Mir einen eigenen Namen zu machen und zu schauen, wohin mich das führt.«

Sofort kam mir sein Verschwinden während des Skandals in den Sinn. »Das hast du also gemacht, als du vor ein paar Wochen abgetaucht bist? Neue Pläne geschmiedet?«, schlussfolgerte ich.

»So ungefähr.« Ein Funkeln trat in seine Augen. »Ich habe einfach gemerkt, wie wichtig es ist, dem nachzugehen, was einen glücklich macht. Ich wurde mein Leben lang zum Unternehmensnachfolger erzogen, aber die Firma zu leiten, ist nicht meins. Auch wenn ich mir das ein paar Abschlüsse zu spät eingestanden habe.«

Seine Ehrlichkeit verblüffte mich. Normalerweise war ein Gespräch in seinen Kreisen ein Taktieren, ein Abwägen, welche Karten man zum eigenen Vorteil ausspielte. Andererseits hatte ich einem NDA zugestimmt, also konnte er offen sein, weil ich vertraglich zum Schweigen verpflichtet war.

»Das freut mich für dich, aber versteh mich nicht falsch: Wieso erzählst du mir das?«

Er klaute sich die vorletzte Garnele vom Teller und tunkte sie in eine der dunklen Soßen. »Weil meine Entscheidung weitere Auswirkungen hat, über die ich mit dir sprechen wollte.« Es folgte eine Kunstpause. »Obwohl du es nicht wirklich zeigst, hängt dein Herz an KOSGEN. Mir ist aufgefallen, wie wichtig dir die Weiterentwicklung des Unternehmens ist. Du setzt dich dafür ein, dass wir die nächsten Schritte machen, nicht auf der Stelle treten.«

»Okay …«, sagte ich gedehnt.

»Ich habe mich lange gefragt, woran das liegt. Als Elli bei KOSGEN angefangen hat und mir klar wurde, dass du ihr Lucas von damals bist, hat alles viel mehr Sinn ergeben, denn –«

»Das ist Vergangenheit«, unterbrach ich ihn eine Spur zu ruppig.

Aleksander sah mich durchdringend an. »Wie du meinst. Aber ich weiß, was damals vorgefallen ist. Ich bin in dieser Familie groß geworden und habe manchmal mehr gesehen, als ich sollte. Und ich weiß, wie mein Großvater sein kann, deswegen –«

»Ich sagte, es ist Vergangenheit.« Meine Stimme hätte Glas schneiden können. Auf einmal war die Atmosphäre statisch aufgeladen. Gefährlich. Als hätte jemand Benzin ausgekippt und hielt nun ein brennendes Streichholz in der Hand.

»Zwei Dinge …« Aleksander hob einen Finger. »Erstens, du bist ein Niemand und das meine ich keinesfalls abwertend. Du wirst zehnmal so hart arbeiten müssen, um Anerkennung zu finden. Doch das muss ich dir nicht sagen, weil du es jeden Tag erlebst, habe ich recht?«

Meine Muskeln spannten sich an, ich spürte, wie Wut in mir hochkochte und brodelnd durch meine Venen jagte.

Genüsslich lehnte sich Aleksander zurück. Ihm schien der innere Kampf, den ich austrug, nicht zu entgehen, und er nahm einen zweiten Finger hinzu. »Zweitens musst du für das kämpfen, was dir etwas bedeutet. Nur so wirst du weiterkommen.«

Das nahm mir den Wind aus den Segeln. Plötzlich raste das Herz in meiner Brust. Aber ich schwieg. Ich war zu sprachlos, um etwas zu erwidern.

Also fuhr Aleksander fort: »Die Dinkelkekse. Du hast dich zu leicht abspeisen lassen. Das ist der einzige Tipp, den ich dir geben werde.«

»Du meinst, die neue Produktlinie für *Skyer*? Die Präsentation, die wir vor deinem Großvater gehalten haben?«

»Genau die.« Sander lehnte sich etwas zurück und betrachtete mich abschätzig, aber nicht unfreundlich. »Ich hätte eigentlich nicht gedacht, dass du so schnell aufgibst, wenn dir etwas wichtig ist.« Täuschte ich mich oder schwang in seinen Worten ein leiser Unterton mit?

»Hey.« Ein junger Mann Anfang zwanzig trat an den Tisch, bevor ich antworten konnte, und ich brauchte einen Augenblick, um ihn zu erkennen. *Theodor Skogen*. In der schummrigen Beleuchtung wirkten seine dunkelblonden Haare dunkler, seine Gesichtszüge waren scharf geschnitten und kantig. Lange, gerade Nase, durchdringender Blick. In seinen Augen lag eine unerbittliche Härte und Arroganz, die nichts mit Elli oder Aleksander gemein hatte. Im Hintergrund an der Bar standen ein paar junge Männer, die denselben abweisenden Gesichtsausdruck aufgesetzt hatten. Vermutlich seine Freunde.

»Ich will eure Zweisamkeit nicht stören, weil ich gleich weitermuss. Aber wir haben gerade hier gegessen und beim Rausgehen habe ich euch beiden Turteltäubchen entdeckt.«

»Immerhin bist du so höflich, deinen Hintern herüberzubewegen.« Aleksander hob die Hand und deutete auf Theodor. »Mein Bruder, Theo. Das ist Lucas Stensrud, er arbeitet bei KOSGEN.«

Das greifbare Desinteresse in Theodors Augen erlosch und machte einem Ausdruck Platz, den man als verachtend bezeichnen könnte. Bestenfalls mörderisch.

»Ach?«, fragte er gedehnt und musterte mich von oben bis unten, als wäre ich nichts weiter als ein lästiges Insekt. »Du bist also der Typ, der unseren familiären Sonnenschein vögelt?«

Mein Blut gefror zu Eis. In mir wurde es gefährlich still. Ich registrierte, wie auch Aleksander seine Haltung veränderte und seine Freundlichkeit schlagartig aus seinem Gesicht wich.

»Was willst du?«, knurrte Aleksander.

»Wonach sieht es denn aus? Unser neustes Familienmitglied willkommen heißen«, antwortete Theodor und ließ mich keine Sekunde aus den Augen. Mir hätte klar sein müssen, dass nicht jeder aus der Familie so ungezwungen reagieren würde wie Aleksander. Vor allen Dingen nicht Ellis Großvater, allerdings erwartete ich da noch etwas ganz anderes. »Immer schön zu wissen, wer sich in den Stammbaum zecken möchte.«

Keine Ahnung, woher er die Information hatte. Hatte Elli es ihm gesagt oder war er von selbst darauf gekommen? Zu-

zutrauen wäre ihm eher Letzteres, schließlich hatten wir uns auf der Vernissage nicht gerade diskret verhalten.

Langsam legte ich die Stäbchen zur Seite und schob den Stuhl nach hinten, was Theodor dazu veranlasste, mich ironisch anzulächeln.

»Was willst du, mich etwa bedrohen?«, sagte er lauernd.

Das Eis zersprang, durchlöcherte mich, durchdrang jede einzelne Zelle und ich hörte eine mahnende Stimme in meinem Kopf: *Er will dich bloß provozieren. Lass dich nicht darauf ein. Denk an das, wofür du so hart gearbeitet hast.*

Ohne Hast erhob ich mich, bis wir uns auf Augenhöhe befanden. Erst jetzt fiel mir auf, wie viel jünger Theodor war. Fünf Jahre? War er überhaupt schon zwanzig? Also bremste ich mich etwas. Aber nur etwas.

»Hi, ich glaube, ich sollte mich richtig vorstellen.« Ruhig reichte ich Theodor meine Hand, die er einige Sekunden verdattert anstarrte, bevor er sie ergriff. Mein Händedruck hätte andere in die Knie gezwungen, aber er verzog keine Miene. »Ich bin Luc. Ja, der Typ, der deine Schwester vögelt. Genauer gesagt bin ich mit ihr zusammen, um das klarzustellen. Und wenn du in meiner Gegenwart noch einmal so abfällig von ihr sprichst, ist es mir egal, ob du ihr kleiner Bruder bist oder nicht. Dann klären wir das auf meine Weise.«

17

ELLI

Die Einfahrt des Familienanwesens war bereits festlich geschmückt und während sich die Sonne weiter dem Horizont zuneigte, erstrahlte der Vorplatz in einem funkelnden Meer aus teuren LED-Lichtern.

»Danke fürs Fahren, Gustav«, sagte ich lächelnd nach vorn und stieg aus der Luxus-S-Klasse mit getönten Scheiben. Augenblicklich wurde ich vom kühlen Herbstwind in Empfang genommen und war froh, dass ich meine langen Haare zu einem Zopf geflochten hatte und meine cremefarbene Mütze trug. Meine nudefarbenen Stilettos klackerten über den gepflasterten Boden, während ich mich auf den Weg zu der monströsen schwarzen Tür unserer Familienvilla machte, vorbei an den kugelrunden Buchsbäumen, perfekt getrimmten Lorbeerhecken und dreieckigen Ahornbäumen, deren Blätter in warmen goldgelben Farben und Erdtönen leuchteten.

Bevor ich auf mich aufmerksam machen konnte, ploppte auf meinem Handy eine Nachricht von Lucas auf.

Lass uns noch mal über die
Himmelsk-Dinkelkekse sprechen.

Kein *Hallo*. Kein *Wie geht's*. Einfach nur diese knappe Nachricht und mein Herz schlug trotzdem in einem halsbrecherischen Tempo, als wäre ich gerade die acht Stockwerke in meine Penthousewohnung gesprintet.

Hi, mir geht es auch gut. Danke der Nachfrage. Oh, ein leckeres Abendessen, damit wir uns über die neusten Konzepte unterhalten können? Fabelhafte Idee. Oder lieber Mittagessen? Ich wünsche dir auch einen schönen Sonntag.

Lass uns privat darüber reden. Bei dir, in Ordnung?

Ich überlegte. Momentan fühlte ich mich noch nicht stark genug, Lucas in meine eigenen vier Wände zu lassen. Dafür war meine Seele noch zu sehr von der Tatsache verletzt, dass er unsere Freundschaft einfach weggeschmissen hatte. Zwar hatte der Typ, der Lucas hieß und ähnlich aussah, kaum noch etwas mit meinem ehemaligen besten Freund gemeinsam, aber da war dennoch diese klaffende Wunde. Und meine Wohnung war mein Zufluchtsort. Mein heiliges Reich.

Keine Ahnung, wann ich bereit wäre, mich dort meinen Dämonen der Vergangenheit zu stellen und ihn auf damals anzusprechen, aber jetzt ging es nicht. Noch nicht.

Geht es auch woanders? Ich bin gerade bei meiner Familie angekommen.

Morgen früh im Büro? 30 Minuten früher als sonst?

Okay.

Viel Spaß bei deiner Familie.
Zeig ihnen die Krallen, Kätzchen.

Stirnrunzelnd starrte ich auf die letzte Zeile und versuchte, mir einen Reim auf seine Worte zu machen. Sie ergaben zwar einen zusammenhängenden Satz, blieben aber irgendwie ohne Sinn. War das nett gemeint? Wollte Lucas mich auf eine Weise bloßstellen oder ärgern, die sich mir nicht erschloss? Ich hatte nicht den blassesten Schimmer.

Mit einem Seufzen legte ich meinen Finger auf das Display neben der schwarzen Tür, schob sie auf und betrat den luftigen und gleichzeitig opulenten Eingangsbereich. Ich liebte die Weite, die dank des Lichthofs entstand, die vielen Holzelemente und versteckten Türen zu einem Garderobenzimmer und einem Technikraum, von dem aus ein Weg in den *Panic Room* im Keller führte. Der Gedanke daran ließ meinen Magen in Richtung Kniekehlen sacken, wie immer, wenn ich mich an den Vorfall von damals erinnerte. Zum Glück war ich nie entführt worden, weil Lucas geistesgegenwärtig reagiert und den Entführer überrascht hatte, sonst …

»Elli, Schatz.«

Meine Mutter sah immer noch aus, als könnte sie für ein High End Fashion Magazine posieren, was sie selbstredend nicht tat. Ihre gesamte Aura hatte etwas Ruhiges und gleichzeitig so Machtvolles, dass ich nicht nur Männer in ihrer Gegenwart sprachlos erlebt hatte. Sie schwebte die wenigen Stufen in den Eingangsbereich hinunter und zog mich in eine Umarmung.

»Hi, Mama.« Ich drückte sie an mich und atmete ihren vertrauten Duft ein, der mich immer an die Nächte erinnern würde, in denen sie unter meine Bettdecke gekrochen und bei mir geblieben war, bis die dunklen Schattenmonster sich in unschuldige Kuscheltiere zurückverwandelt hatten.

»Deine Brüder sind schon da. Wieso bist du eigentlich nicht mit ihnen aus der Stadt hergefahren?«

Ich wollte gerade antworten, doch meine Worte wurden vom Lärm kreisender Rotoren verschluckt. Der Helikopter meines Großvaters näherte sich dem Rasenplatz auf der Westseite des Anwesens, wo sich ein genehmigter Privatlandeplatz befand.

»Ich dachte, es wird ein kleines Familienessen, kein Blutbad«, tönte mein jüngerer Bruder Theo, der in diesem Moment um die Ecke kam und mir einen abschätzigen Blick zuwarf. »Oder gibt es etwas, das ich nicht weiß? Wo hast du denn deine bessere Hälfte gelassen, Elli-Schatz?«, fragte er, den Tonfall unserer Mutter nachahmend. Mit seinem weißen Hemd, der weiten schwarzen Hose, der einfachen Silberkette und dem passenden Armband am Handgelenk wirkte Theo so unschuldig. Sein abweisender Gesichtsausdruck sprach jedoch Bände.

In seiner Gegenwart überfiel mich eine bodenlose Unruhe und doch schaffte ich es kaum, mich gegen seine Sprüche zur Wehr zu setzen. Dabei hatte er sich früher nur zu gern in meine Arme verkrochen und mich als große Schwester angehimmelt.

Erst jetzt ging mir auf, was er da eigentlich von sich gegeben hatte. Doch dieses Mal war unsere Mutter schneller. Mit einem aufgeregten Leuchten in ihren kristallblauen Augen wandte sie mir ihre volle Aufmerksamkeit zu.

»Bessere Hälfte?«, echote sie überflüssigerweise, während

mein Herz in meiner Brust rumpelte. »Ist es derselbe Junge, von dem mir Astra erzählt hat?«

»Ich …« Meine Wangen färbten sich knallrot und die Luft sammelte sich in meinem Mund, ohne dass ich einen klaren Satz formen konnte. Es fühlte sich an, als hätte ich Kleister geschluckt.

»Schade«, meinte Theo achselzuckend. »Lucas wäre vermutlich heute Abend eine echte Bereicherung gewesen. Aber es können nicht alle Wünsche in Erfüllung gehen, habe ich recht, Elli-Schatz?«

»Woher … wieso?«, stammelte ich.

Theo zuckte erneut mit den Schultern.

»Du kennst ihn?« Davon wusste ich nichts. Das hatte mir niemand gesagt.

»Ja, ich hatte bereits die Ehre. Netter Typ«, erwiderte er trocken und schlenderte daraufhin mit den Händen in den Hosentaschen vergraben davon, als wäre damit sein Beitrag zur Weltrettung erfüllt. Ich blinzelte völlig verwirrt. Die Fragezeichen auf meiner Stirn mussten in Neonfarben flimmern.

»Du hast tatsächlich einen Freund? Lucas? Astra hat einen Lucas erwähnt. Also ist es derselbe junge Mann?«

»Wer hat einen Freund?«, erklang es in diesem Augenblick durchdringend von der Eingangstür hinter mir und ich versteifte mich, denn es gab nur eine Stimme, die es vermochte, die Zeit anzuhalten.

Aasmund Skogen betrat die Villa und brachte einen Schwall kalte Herbstluft mit, während Lykke, eine der Haushaltshilfen, wie aus dem Nichts erschien und ihm seinen Mantel und den Filzhut abnahm, den er ihr im Vorbeigehen reichte. Trotz seiner fast fünfundsiebzig Jahre wirkte er agil und robust, was nicht zuletzt daran lag, dass er akribisch auf seine Ernährung achtete und so oft wie möglich auf sein Alter abgestimmte Sporteinheiten absolvierte.

Am liebsten hätte ich mich durch den Marmorboden bis auf die andere Seite der Weltkugel gegraben.

»Ach, nichts weiter«, wiegelte ich deswegen ab. Meine Ohren glühten wie zwei Kohlestücke und mein Gesicht musste aussehen, als wäre ich in einen roten Farbtopf gefallen. Glücklicherweise stand mir meine Mutter zur Seite. Geschickt wechselte sie das Thema, während ich Großvaters durchdringenden und intelligenten Blick wie einen Datenscan auf mir spürte. Als hätte er die aufgeschnappten Worte nicht längst verstanden und abgespeichert.

»Hallo, Opa«, sagte ich und umarmte ihn. Seltsam, er fühlte sich gebrechlicher an als sonst und er drückte mich eine Spur zu lange. Als hätte ihm diese körperliche Nähe gefehlt, wie eine Erinnerung an die Zeit, als ich mich in kindlicher Freude in seine Arme gestürzt und nicht den mächtigen Mann und seine Rolle, sondern einfach meinen Großvater gesehen hatte. Aber vielleicht täuschte ich mich auch.

»Wie geht es dir in der Firma, Ellinor?«

Die Frage irritierte mich. Was war denn heute los mit allen? »Wie meinst du das?«

»So unverständlich habe ich das doch nicht formuliert, oder?«

»Ich bin nur überrascht, dass du mich überhaupt danach fragst.« Ich räusperte mich. »Aber eigentlich … ganz gut.« Nervös senkte ich den Blick. Lügen war noch nie meine Stärke gewesen.

»Bist du dir sicher? Die Präsentation lief katastrophal und dass Stensrud am Ende übernommen hat …« Stirnrunzelnd hielt er inne. »Egal, ich will nicht darauf herumreiten. Bist du dir sicher, dass es das ist, was du machen möchtest?«

In mir breitete sich ein dumpfes Gefühl aus. Ich hatte versagt, seinen Namen beschmutzt, obwohl ich ihn nicht einmal öffentlich trug. Was wahrscheinlich der einzige Grund war, weswegen er mich noch nicht hochkant rausgeschmissen hatte. So konnte ich ihm zumindest vor der Belegschaft keine Schande machen.

»Ich … die Dinkelkekse für die *Skyer*-Produktionsreihe waren … Ich finde mich schon noch ein«, sagte ich schließlich und ärgerte mich, weil ich mal wieder nicht das aussprach, was mir eigentlich durch den Kopf ging. Was wichtig und notwendig gewesen wäre. *Die Dinkelkekse sind genau das, was dem Portfolio noch fehlt. Die Idee ist großartig und es würde sich lohnen, sie umzusetzen.*

Aber unter Großvaters Blick fühlte ich mich klein und nicht gesehen, versteckt wie ein Kind.

Dabei wäre es so leicht. Es waren nur Worte auf der Zunge, bereit, ihre Magie zu entfalten. Doch ich schluckte sie herunter und mit ihnen die Möglichkeiten, die sie eröffnen könnten.

Zittrig und mit verkrampften Fingern schaffte ich den Weg in das geräumige Esszimmer, wo bereits meine beiden Brüder und mein Vater am langen Eichenholztisch mit der filigranen und einzigartigen Glasdekoration und dem Festtagsgeschirr Platz genommen hatten. Keramikblumenvasen mit einzelnen Disteln wechselten sich auf dem schlichten Tischläufer mit Windlichtern ab. An der Wand hing ein original Munch, weil Urgroßvater in einem Anfall von patriotischer Nostalgie bei einer Auktion mitgeboten hatte.

Es war immer noch seltsam, dass nicht länger die gesamte

Familie zusammenkam, sondern nur noch unser Teil. Als wäre der andere Familienzweig einfach ausradiert worden. Über meine beiden Cousinen und meinen zweifach geschiedenen Onkel verlor niemals jemand ein Wort. Nicht einmal, wenn er nach einer wilden Partynacht mit einem Playmate in den Schlagzeilen stand.

»Also entweder ist jemand gestorben oder einer von uns soll enterbt werden. Oder weshalb steht heute dieses offizielle Essen an?«, fragte Theo unverblümt in die Runde, bevor wir uns alle hingesetzt hatten.

Aasmund Skogen schnaubte und es klang, als würde er dabei lachen, aber sicher war ich mir nicht.

»Ich werde nicht weiter für KOSGEN arbeiten«, platzte es aus Sander heraus und alle Augen richteten sich auf meinen Bruder, der einen Schluck von seinem sprudelnden Wasser nahm und das Glas langsam wieder absetzte.

Mama riss ihre Hand zum Mund, mein Vater wirkte überrascht und selbst mein kleiner Bruder ließ hinter seine Fassade blicken. Nur das Familienoberhaupt sah irgendwie … zufrieden aus. Ich runzelte die Stirn. Was wurde hier gespielt?

»Oh, Schatz, das ist eine riesige Entscheidung«, setzte meine Mutter an, doch Sander unterbrach sie mit einem sanften Kopfschütteln.

»Die schon längst getroffen ist. Ich werde bei KOSGEN niemals das machen und erreichen, was ich gern möchte. Für mich hat es sich immer angefühlt, als wäre ich in eine Rolle gezwängt worden, die mir nicht passt.« Er seufzte leise. »Und die mir niemals passen wird. Es ist besser, sich das früher einzugestehen als zu spät.«

Mein Herz quoll über vor Stolz, denn er sprach zum ersten Mal vor allen offen an, welchen neuen Weg er einschlagen würde. Und ich spürte, wie mir ohne Vorwarnung Tränen in die Augen stiegen. Sander hatte so lange alles dafür getan, dieser ungewollten Verantwortung gerecht zu werden, und dabei nicht auf sich gehört. Er hatte nicht daran geglaubt, dass ihm irgendetwas Erfüllung bringen könnte. Nicht mal versucht, es herauszufinden.

Manchmal folgte man einem vorgefertigten Weg, weil der Erwartungsdruck zu groß war, die Luft zum Atmen nahm, sodass man andere Möglichkeiten gar nicht erst in Betracht zog. Es war so viel leichter, auf bereits wogenden Wellen mitzusurfen, als eigene entstehen zu lassen. Wer wusste auch schon, ob die eigene Welle zu etwas führte oder ob sie zu früh brach und man wieder von vorn anfangen musste.

»Ich freue mich für dich. Endlich ist die Katze aus dem Sack«, hörte ich mich sagen und lächelte unter Tränen. Nun schien er zu wissen, was er wirklich wollte, musste keine Erwartungen mehr erfüllen. Konnte *sein* Leben führen.

»Klar, wer will schon ein weltweit bekanntes Imperium führen?« Theo verzog selbstironisch den Mund. »Ein Unternehmen auf dem Silbertablett serviert bekommen. Aber du hast dich ja noch nie der Verantwortung gestellt, sondern immer alles auf die leichte Schulter genommen, nicht wahr?«

So war Theo. Er provozierte, wo er konnte. Im Gegensatz zu den meisten anderen Menschen ließ sich Sander jedoch nicht so einfach aus der Reserve locken.

Auch jetzt zierte ein Lächeln seine Lippen. »Dann ist es doch besser, wenn ich die Biege mache, bevor ich noch ein paar Millionen durch Missmanagement in den Sand setze. Du kannst gern für mich einspringen, wenn du alt genug bist.«

»Darauf kannst du deine millionenschweren Treuhandfonds verwetten.« Mit einem zufriedenen Grinsen griff Theo zu dem dekantierten 2020er *Tignanello* und goss sich ein halbes Glas ein. »Du bist undankbar, das warst du schon immer. Lass mich raten. Du wirst irgendetwas Geistreiches machen, dafür deine Firmenanteile verkaufen und das Geld reinvestieren, damit du in ein paar Jahren wieder angekrochen kommen kannst.«

»Würde dir gefallen, oder?« Sander lehnte sich auf seinem Stuhl zurück und wandte sich an unsere Eltern. »Es tut mir leid, dass ich die Bombe ohne Vorankündigung platzen lasse. Aber ich habe es mit Großvater bereits ausdiskutiert. Ach ja, eine Sache gibt es noch.« Sein Blick wanderte über den Tisch zu Aasmund Skogen, der für seine Verhältnisse erstaunlich lange das Zepter des Gesprächs abgegeben hatte und nur stummer Teilnehmer gewesen war. »Du wolltest noch eine Kleinigkeit klarstellen.«

»Das ist richtig«, ergriff nun unser Großvater das Wort und etwas in der Art seines Tonfalls ließ mich aufhorchen. Wie ein Alarmsignal, das plötzlich losschrillte. »Aleksanders Skandal geht auf meine Kosten. Ich hatte das Mädchen bezahlt, dieses Video aufnehmen zu lassen, damit er den richtigen Umgang mit einer prekären Situation lernt. Das war ein Fehler. Ich hatte das Ausmaß nicht bedacht, die Tragweite der Anschuldigungen unterschätzt, genau wie das Chaos, das daraus für Sander und die Familie entstanden ist. Denn es war niemals vorgesehen, dass etwas davon an die Öffentlichkeit gelangt.«

Es wurde so still, dass ich den Wind vor der breiten Glasfront hören konnte, der über dem Oslofjord wehte. Dann redeten meine Eltern gleichzeitig los und Theo brach in schallendes Gelächter aus. Ich schenkte mir ein Glas Wein ein und versuchte, das Gehörte zu verdauen. Wie furchtbar. Nicht nur für Aleksander, der durch den Schmutz gezogen worden war, sondern auch für Tausende Mädchen auf der Welt, die sich aufgrund der falschen Anschuldigungen vielleicht nicht trauen würden, mit ihren eigenen, wahren Erlebnissen den Weg der Konfrontation zu gehen.

Auch das war ein Kampf, den es noch zu kämpfen galt.

Nach ein paar Minuten klatschte Mama in die Hände und sah sich nach Lykke um, damit sie den Küchenchef anwies, mit den Vorspeisen zu beginnen. »Lasst uns erst einmal essen oder gibt es noch weitere Leichen im Keller?«

»Einige, aber die heben wir uns für ein anderes Mal auf«, antwortete Großvater und irgendetwas sagte mir, dass er nicht scherzte.

Am nächsten Morgen war ich immer noch durch den Wind. Weil ich nicht weiter auffallen wollte, entschied ich mich gegen das Angebot meiner Mutter, mich von Gustav zum Firmengebäude fahren zu lassen. Oder noch besser: mit Opa und dem Helikopter zu fliegen, für den es einen Landeplatz auf dem Dach der Produktionshalle gab. Stattdessen war ich in aller Frühe mit einem Uber in die Stadt gefahren und hatte mich in meiner Wohnung umgezogen.

Zu meinen schwarzen Stiefeln und einem dunklen Samtrock trug ich einen meiner liebsten cremefarbenen Oversized-Kaschmirpullover von Prada, den ich mir gern für besonders windreiche Tage aufsparte. Ich liebte es, meinen begehbaren Kleiderschrank zu organisieren. Das verschaffte mir eine innere Ausgeglichenheit. Kein Wunder, dass Tiril mich öfter zu sich einlud, damit ich mich um ihre Chaos-

Klamottenberge kümmerte. Sie konnte zwar gut Geld ausgeben, aber Ordnung war für sie ein regelrechter Endgegner. Genau wie Steinbockmänner, zumindest hatte sie mir das mehrfach nach erfolglosen Dates mitgeteilt.

»Guten Morgen«, flötete Liliana, als ich das noch fast verwaiste Bürostockwerk betrat.

»Oh, toll siehst du aus«, antwortete ich und betrachtete ihren neuen Haarschnitt und die perfekte *Balayage*-Färbung, die ihre Augen betonte und die Feinheit ihrer Gesichtszüge zur Geltung brachte.

»Awww, danke dir.« Verlegen fuhr sie sich mit einer Hand durch die Wellen. »Ich wollte mal etwas Neues ausprobieren. Übrigens, hast du gleich noch zwei Minuten?«

Sofort fuhr ich meine Barrieren hoch, versteifte mich innerlich, aber ich brachte es nicht über mich, ehrlich zu antworten. Also sagte ich: »Ja klar. Ich lege nur kurz meine Sachen im Büro ab, okay?«

»Prima, perfekt.« Liliana lächelte freundlich und ich stakste in Lucas' Büro, in dem es nach frischem Kaffee duftete. Verblüfft registrierte ich die dampfende Tasse auf meinem Schreibtisch und die *kanelboller*, die mich von einem Teller daneben anlachten. Am anderen Schreibtisch saß Lucas Stensrud, so sehr in seine Arbeit vertieft, dass er mich noch nicht bemerkt hatte. Wie auf Kommando beschleunigte sich mein Herz und ich nutzte die Gelegenheit, ihn für einen Moment unverhohlen zu mustern.

Früher hatte ich seine reservierte Ruhe und die wenigen Worte geliebt, heute strahlte er diese einnehmende Macht einer Person aus, die genau wusste, was sie wollte. Ich liebte den Schwung seiner Lippen. Die Asymmetrie seiner markanten Züge. Wie er die Stirn in Falten legte, wenn er nachdachte. Wie er sich völlig auf eine Sache fokussierte, so wie jetzt.

In diesem Augenblick hob er den Kopf, als hätte er meine Anwesenheit gespürt, und die Intensität seines Blickes traf mich mit voller Wucht, sodass ich sogar das Atmen vergaß. Sofort lag da diese immense Spannung in der Luft, Hitze sammelte sich in meinem Bauch. Selbst zu dieser frühen Uhrzeit spürte ich das sehnsuchtsvolle Ziehen in meinem Unterleib.

Siedend heiß fiel mir der Traum von letzter Nacht ein. Finger, Haut auf Haut, Stöhnen, ein bisschen Glück, seine Stimme in meinem Ohr und all das verwoben zu einer bittersüßen, verschwommenen Blase zwischen Realität und Wunsch.

»Ist der … ist der Cappuccino für mich?«, durchbrach ich die gedehnte Stille und fragte mich, weshalb ich mich anhörte, als hätte ich aus Versehen Helium geschluckt.

»Ja.« Mehr sagte er nicht. Er sah mich einfach nur an und ich wusste nicht, was ich tun sollte, wohin mit meinen Händen, wohin mit meinen Gedanken und meinem Herz.

»Das ist … sehr aufmerksam von dir.«

»Wir haben ja auch einiges zu bereden.«

In mir zerbrach die Wunschvorstellung in Tausende Einzelteile. Ich kam mir so dumm vor. Aus der blassen, bittersüßen Erinnerung von letzter Nacht wurde schlagartig knallharte Wirklichkeit, Kälte durchzuckte mich so unvermittelt wie ein Blitz.

Da war er wieder. Dieser neue Lucas, der egoistische Lucas. Natürlich dachte er bei allem an sich selbst und an die Arbeit. Nicht an das, was sich mein schneller schlagendes Herz schon vor Jahren insgeheim ausgemalt hatte.

»Sollen wir anfangen?«

»Klar.« Ich räusperte mich, strich mir die Haare aus der Stirn und setzte mich auf einen der Stühle vor seinem Schreibtisch ihm gegenüber.

»Ich glaube, es ist ein Fehler, wenn wir die Idee mit den *Himmelsk*-Dinkelkeksen fallen lassen«, begann er ohne Einleitung und reichte mir einen Stapel Papiere, auf denen ich Schlagwörter wie *Marktanalyse* und *Absatzzahlen* las. Während Lucas weitersprach, überflog ich die erste Seite. »Ich kann noch keine genaue Richtung benennen, denn es spielen viele verschiedene Faktoren eine Rolle, aber diese neue Produktlinie für *Skyer* komplett auszuschlagen, kommt mir falsch vor.«

»Warum?«

Lucas runzelte die Stirn. »Warum *was*?«

Ich legte die losen Blätter auf dem Schreibtisch ab und faltete die Hände. »Warum kommt es dir falsch vor?«

»Vor allem wegen der Altersstruktur unserer Kundschaft. Kein Produkt aus der Angebotspalette ist bei der jüngeren Zielgruppe in irgendeiner Form relevant. Oder wird konsumiert. Im Gegenteil. KOSGEN-Kekse sterben aus. Ganz einfach.«

»Und du willst nicht, dass sie sterben?«

»Nein.« In seiner Stimme schwang eine Ernsthaftigkeit mit, die ich lange nicht gehört hatte.

»Warum sind dir die Kekse so wichtig?«

»Das ist mein Job.«

»Nur deswegen?«, wollte ich wissen.

Lucas schwieg und in meinem Kopf ploppte ohne Zusammenhang oder Vorwarnung diese eine Frage auf: *Wenn dir die Scheißkekse so wichtig sind, weshalb hast du mich dann damals fallen lassen?* Aber noch kam sie mir nicht über die Lippen, als klammerte sie sich an meiner Zunge fest. Trotzdem geschah irgendetwas in meinem Gesicht, denn Lucas' Blick veränderte sich. Wurde weicher. Fast schon zärtlich. Vielleicht litt ich auch an Halluzinationen.

»Die Dinkelkekse werden nicht ausreichen«, sagte ich deswegen schnell, weil ich ablenken, Zeit schinden und mein dämliches Herz zum Schweigen bringen wollte.

Lucas fuhr sich nachdenklich mit der Hand übers Kinn. »Okay. Wie kommst du darauf?«

»Weil sie langweilig sind«, gab ich unumwunden zu.

»Du meinst geschmacklich«, stellte er fest, weil er meinem Gedankengang gefolgt war.

Ich nickte. »Ich habe verschiedene Rezepte ausprobiert. Den ganzen Sommer lang. Alles Mögliche. Mit viel Zimt, mit wenig Zimt. Ich habe mit alten Rezepten meiner Oma experimentiert, Originalrezepte, die Grundlage für die bekanntesten KOSGEN-Kekse, insbesondere der *Skyer*-Reihe. Aber es hat …«, ich suchte nach den richtigen Worten, »es hat immer das gewisse Etwas gefehlt. Zumindest, wenn es um die klassischen Sorten ging.«

»Was schlägst du also vor?« Lucas lehnte sich nach vorn, ein interessiertes Funkeln lag in seinen dunklen Augen mit den unverschämt langen Wimpern. Für eine Millisekunde verlor ich mich in seinem Blick. Da war diese Leidenschaft, die plötzlich hervorschimmerte und die mich so sehr an den Lucas von damals erinnerte. Der Lucas, der für seine Porträts und Zeichnungen brannte.

»*Knåd* hat fast dreiundsechzig Prozent der gesamten Marktanteile im Schokoladensektor und die Marktlücke mit den Keksen verpennt. Ihre Umsätze sind deutlich höher als unsere, vor allem auf das gesamte Jahr betrachtet, nicht zuletzt deswegen, weil sie während der Sommermonate auf Eis umgestellt haben«, analysierte ich. »Sie –«

»Klopf, klopf«, tönte es plötzlich hinter uns. Als ich mich umdrehte, stand Liliana bereits in der Tür und hob lächelnd eine Hand. Neugierig sah sie zwischen uns hin und her. »Sorry, ich wollte nicht stören.«

Tapfer kämpfte ich die Schüchternheit nieder, die mich wieder einmal zu überwältigen drohte, nachdem ich so abrupt aus meinem Vortrag gerissen worden war. Als hätte man mein Laufband von der höchsten Stufe plötzlich auf null gestellt.

Eigentlich hätte ich erwartet, dass Lucas etwas sagen oder Liliana mit einem dieser geschäftsmäßigen Blicke aus dem Raum schicken würde. Aber zu meiner Überraschung tat er das nicht, sondern schaute sie nur auffordernd an. Freundlich. Himmel, war das etwa ein Lächeln?

Verdattert starrte ich seine Mundwinkel an, die sich so verführerisch nach oben bogen, und am liebsten hätte ich mir eine Ohrfeige verpasst, weil dieser Anblick in mir das dringende Bedürfnis weckte, ihn öfter lächeln zu sehen. Er sah verboten gut aus, wenn er lächelte. Menschlicher.

»Ich wollte fragen, ob ich mir Elli kurz ausborgen könnte«, sagte Liliana. »Ich brauche Hilfe bei ein paar Vorbereitungen für den Vorstandstermin heute Vormittag und sie wollte einspringen.«

Beinahe hätte ich vor Unbehagen das Gesicht verzogen. Aber ich riss mich zusammen. Ignorierte das Ziehen im Brustkorb und meinen steigenden Puls.

Wieder sagte Lucas nichts, was mich nervös auf meinem Sitz herumrutschen ließ. Auch Liliana wirkte etwas irritiert, denn ihre Mundwinkel sanken herab wie verwelkte Blumen.

»Geht das?«, hakte sie nach.

»Klar, kein Problem. Elli kann dir gern helfen«, erwiderte Lucas und lehnte sich in seinem Schreibtischstuhl zurück.

Ich blinzelte. Einmal. Noch einmal.

Hatte ich mich gerade verhört? Hatte Lucas einfach für mich das Wort ergriffen und eine Entscheidung getroffen, als wäre er mein Chef? Wut züngelte wie kleine Flammen in mir hoch.

»Oh, prima«, antwortete Liliana begeistert. »Es dauert auch nicht lange. Vielleicht eine Stunde. Wenn wir uns beeilen, geht es bestimmt schneller.« Moment. *So lange?!*

»Wunderbar, das hört sich doch gut an. Oder was meinst du, Elli?« Lucas wandte mir mit funkelnden Augen seine Aufmerksamkeit zu und sah höchst zufrieden aus.

»Ich … also …«, setzte ich an und wusste auf einmal nicht mehr, wie ich meine Stimme richtig benutzte.

»Wir können auch später weiterreden«, sagte er, wieder ganz in seiner Rolle. Geschäftsmäßig. Distanziert.

»Nein, Lucas. Ich glaube, das können wir nicht«, brachte ich endlich hervor, mein Hirn qualmte vor Zorn. O Gott, ich war so *wütend*. Was bildete sich dieser arrogante Arsch eigentlich ein? Mich so zu bevormunden, obwohl er ganz genau wusste, wie wichtig dieses Gespräch war! »Wir waren mitten in einer entscheidenden Unterhaltung und ehrlich gesagt ist das mein Hauptjob. Ich verstehe auch nicht, wie du dazu kommst, über meinen Kopf hinweg zu entscheiden, wie und wem ich helfen kann! Ich habe gerade keine Zeit dafür!«, schnappte ich aufgebracht und sah, wie er abwartend die muskulösen Arme vor der breiten Brust kreuzte.

Schwer atmend holte ich Luft und drehte mich wieder zu Liliana um, die mich verblüfft aus kugelrunden Augen anstarrte.

Aber ich war so sehr in Rage, dass ich darauf keine Rücksicht nahm. »Es tut mir wirklich leid, ich würde dir gern helfen, aber es geht im Moment nicht. Lucas und ich müssen etwas klären, das wichtiger ist. Vielleicht kann ich dir nachher noch unter die Arme greifen, wenn ich dazu komme. Allerdings kann ich das nicht versprechen.«

»Das ist … in Ordnung. Denke ich«, stammelte sie. »Also, ich krieg das schon irgendwie hin.« Ohne ein weiteres Wort zu sagen, zog sie sichtlich verwundert die Tür hinter sich zu.

Wir waren wieder allein. Und in mir brodelte ein Vulkan.

»Sag mal, spinnst du?«, fuhr ich Lucas an. Mein Brustkorb hob und senkte sich heftig, meine Wangen brannten.

»Was meinst du?«, fragte er in einem herausfordernden Tonfall und ich hätte ihm dafür gern die Augen ausgekratzt. Um nicht über den Schreibtisch zu hechten und genau das zu tun, ballte ich die Fäuste.

»Mach das nie wieder!« Trotzig hob ich das Kinn. »Nie wieder. Verstanden?«

Lucas verzog keine Miene. »Was? Dich bevormunden? Dir das Gefühl geben, klein zu sein und keine Entscheidungen für dich selbst treffen zu können?«

»Genau das«, knurrte ich und fixierte ihn. In diesem Augenblick hasste ich ihn vielleicht sogar. Es gab nichts Schlimmeres, als nicht für voll genommen zu werden. Erst recht von ihm. »Ich bin kein kleines Mädchen!«

»Nein, das bist du nicht«, erwiderte Lucas rau und mit einigen Sekunden Verzögerung. Plötzlich knisterte die Luft zwischen uns, obwohl uns gut ein Meter trennte. Er senkte die Stimme. »Und um was wollen wir wetten, dass du brav mitgegangen wärst und keine Grenze gesetzt hättest, Kätzchen?«

»Wie bitte?«, fuhr ich auf, spürte jedoch erste Zweifel in mir. Leise, pochend.

Die gesamte überschäumende Energie wich schlagartig aus

meinem Körper und ich starrte Lucas sprachlos an, der sich mit einer fließenden Bewegung erhob und langsam den Schreibtisch umrundete. Gemächlich stützte er sich mit einer Hand auf der Arbeitsplatte vor mir ab und beugte sich zu mir herunter, sodass ich seinen Atem an meinem Ohr spürte.

Seine Präsenz machte mich wahnsinnig. Seine Nähe machte mich wahnsinnig und mein Herz hämmerte, hämmerte, hämmerte in meiner Brust.

»Ich mag es, wenn du deine Krallen zeigst. Mach das öfter. Nicht nur bei mir.«

Da war es. Sein Herzlächeln. Ohne Vorwarnung.

Es traf mich so heftig, dass mir kurz schwindelig wurde. Lucas' Gesicht schwebte genau vor meinem. Der Drang, mich nach vorn zu lehnen und ihn zu küssen, war überwältigend.

Er hat mich mit Absicht provoziert, schoss es mir durch den Kopf, als ich die Wahrheit erkannte. Ein Beben durchlief mich. *Er hat mich mit Absicht provoziert, damit ich eine Grenze setze.*

Vielleicht war er doch kein so egoistisches Arschloch, wie ich dachte.

Lucas räusperte sich und brachte Abstand zwischen uns. Der Augenblick zersplitterte und schnitt in mein Herz, weil ich durcheinander war, weil Lucas alles durcheinanderbrachte. Weil ich mich nicht mehr auf meine Gefühle verlassen konnte, nicht wusste, ob ich ihn hassen oder doch einfach küssen sollte. Weil er mich verwirrte und ich Klarheit bevorzugte.

»Ich bin gleich wieder da. Dann können wir weiter über *Himmelsk*-Dinkelkekse sprechen«, murmelte er und trat den Rückzug an. Ich verfolgte ihn mit den Augen. Sah die Anspannung in seinen breiten Schultern.

Was zum Henker war das gewesen?

Golden

18
LUCAS

Die nächsten Tage waren die reinste Tortur.

Dieser eine Moment im Büro, als mir Elli ihre gesamte Wut entgegengeschleudert hatte, ging mir einfach nicht aus dem Kopf. Zwar arrangierten wir uns irgendwie, aber hauptsächlich tänzelten wir umeinander herum, als wären wir Vögel im Balzfieber.

Jedes Mal, wenn ich ihrem wachen Blick begegnete, wuchs in mir das Bedürfnis, sie einfach auf den Schreibtisch zu legen, diesen verdammten Rock nach oben zu schieben und zu testen, ob sie genauso himmlisch schmeckte, wie ich es mir Nacht für Nacht in meinen Träumen ausmalte.

Jeden Morgen fühlte ich mich beschissen.

Es half auch nicht, ständig ihren blumigen Duft in der Nase zu haben. Ich brauchte nur die Augen zu schließen, schon roch ich sie. Oder ich musste zusehen, wie sie sich über ihren Schreibtisch beugte, um an irgendwelche Unterlagen zu gelangen. Von den Momenten, in denen ich an ihr vorbeiging und einen viel zu verlockenden Blick in ihren Ausschnitt werfen konnte, ganz zu schweigen.

Die viel zu vielen kalten Duschen, in denen ich mir auf

peinliche Weise wie ein Teenager Erleichterung verschaffte, brachten mein Blut auch nicht wieder auf Normaltemperatur. Im Gegenteil.

Ich war süchtig. Süchtig nach Elli, ihrem Lächeln, der Art, wie sie nachdachte, wie sie alles um sich herum zum Leuchten brachte und mir ein Schmunzeln entlockte. Ich war süchtig danach, ihre andere Seite zum Vorschein zu bringen, an dieser ruhigen Oberfläche zu kratzen und zu entdecken, was sich noch darunter verbarg. Sie war ein verdammtes Geschenk, das ich unter allen Umständen auspacken und von allen Seiten betrachten wollte.

Also ging ich auf Abstand. Wurde noch abweisender. Noch kühler, zumindest während der Bürozeiten, denn hier versuchten wir, uns professionell zu verhalten. Verschloss meine Miene, mein Herz und meine Gefühle. Ich spürte, wie sehr Elli das beschäftigte, doch es war besser so. Sicherer. Immer noch. Ich war ihr ohnehin hoffnungslos verfallen. Es half auch nicht, dass Erik mich bei jeder sich ihm bietenden Gelegenheit aufzog. Ob bei einer Trainingseinheit oder wenn wir einen sonnigen Tag nutzten, um unsere Motorräder vor dem Winter noch mal auszuführen.

Draußen wurde es langsam ungemütlicher und die Tage etwas unruhiger, was am vielen Regen lag, der sich mit Schneeflocken abwechselte. Elli gab mir eine Liste mit Veranstaltungen, die wir als Paar besuchen konnten. Unverfängliche Dates wie eine Store-Eröffnung oder ein Gala-Abend.

Außerdem rückte Mimis Geburtstag näher und ich hatte es immer noch nicht über mich gebracht, Elli zu fragen, ob sie mich begleiten wollte. Auch die Dinkelkekse ließen uns nicht los, aber neben der ganzen Arbeit hatten wir kaum Zeit, uns mit einem umfassenden Konzept zu befassen.

»Astra hat gefragt, ob wir zu einem Umtrunk in die Oper kommen möchten. Ich bin mir sicher, dass Annika auch dort sein wird«, sagte Elli eines Abends kurz vor Feierabend. Ich war gerade damit beschäftigt gewesen, mich mental an einen anderen Ort zu katapultieren, nachdem sie sich mit einer dieser großen Spangen die Haare im Nacken hochgesteckt und dabei ihren schlanken Hals entblößt hatte. Immer wieder hatte ich zu ihr gestarrt und mir vorgestellt, sie dort zu küssen. Sie zu berühren.

»Was hast du gesagt?« Ich konnte nicht verhindern, dass sich meine Stimme belegt anhörte.

Elli runzelte die Stirn. »Hast du mir überhaupt zugehört?«

»Mhm.«

»Du könntest dich wenigstens bemühen. So tun, als ob. Du weißt schon, höflichkeitshalber. Schließlich willst du ein Teil von TEAROOM werden, nicht ich.«

Inzwischen war mir die Mitgliedschaft wirklich egal. Das Einzige, was ich wollte, befand sich außer Reichweite. Für immer.

»Umtrunk in der Oper. Verstanden.«

»Ich wollte mich übrigens bei dir bedanken.«

»Wofür?«

Elli biss sich auf die Unterlippe. »Deine Methoden sind vielleicht etwas ungewöhnlich, aber ich weiß es zu schätzen, wie du mich aus der Reserve lockst. Erst hatte ich ein schlechtes Gewissen, dass mir Liliana total böse ist und mich für einen Unmenschen hält, aber sie war erstaunlich verständnisvoll und ich habe mir umsonst Sorgen gemacht. Dass ich nicht ständig überall Ja und Amen sage … das ist wirklich etwas besser geworden.«

Nur mit Mühe verkniff ich mir ein Lächeln, denn ich ahnte,

wie viel Überwindung sie dieses Eingeständnis kostete. Schließlich tat ich alles dafür, dass sie in mir das Arschloch sah, das ich war.

»Gern geschehen, Kätzchen.«

Ich konnte ihr förmlich von der Nasenspitze ablesen, dass ihr noch etwas anderes auf der Zunge lag. »Spuck's schon aus.«

»Fehlt dir manchmal das Zeichnen?«, fragte sie aus heiterem Himmel.

Augenblicklich wurde etwas in mir ganz still. »Wie kommst du jetzt darauf?«

Sie seufzte. »Alles, was du tust, ist immer … so mechanisch. Da ist keine … keine Leidenschaft. Zumindest nicht mehr.« Als sie meinen Blick bemerkte, ruderte Elli rasch zurück und riss die Hände in die Luft. »Ich will dir nicht zu nahe treten, aber … früher war das anders, Lucas. Und ich frage mich, woran das liegt. Ob dir vielleicht das Zeichnen fehlt, weil …«

»Du kennst mich nicht«, unterbrach ich sie sanft, aber bestimmt. Ich wollte nicht mit Kanonen auf Spatzen schießen.

Ihre Miene verdüsterte sich. »Stimmt, da hast du recht. Auch das: nicht mehr.« Täuschte ich mich oder schwang da ein Hauch Bedauern mit? »Vielleicht ist es tatsächlich das, was fehlt. Bei den *Himmelsk*-Dinkelkeksen«, fuhr Elli weiter aus und eine eiserne Faust schloss sich um mein Herz.

»Sprich weiter.«

»Deine Analysen waren perfekt. Ohne jeden Zweifel. Aber wenn es um das Produkt geht, fehlt einfach etwas. Ich habe ja im Sommer immer wieder Rezepte ausprobiert und bin an den Keksen mit Schokolade hängen geblieben. Wann hast du das letzte Mal etwas … aus Leidenschaft getan?«

Als ich dich vor ein paar Wochen angesprochen habe, weil ich nicht anders konnte, als du mit Marius geflirtet hast, schoss es mir durch den Kopf, doch ich schüttelte den Gedanken ab. »Worauf willst du hinaus? Was soll ich denn tun? Kekse backen?«

Elli sah aus, als hätte sie eine Erleuchtung, und sie sprang von ihrem Bürostuhl auf. Es war so schön, sie auf diese Weise zu erleben, aber gleichzeitig bekam ich Schiss davor, was ihr Anblick in mir auslöste.

»O mein Gott, das ist es! Wieso bin ich nicht gleich darauf gekommen! Da müssen wir ran.«

»Du meinst, Kekse backen?« Skepsis tränkte meine Worte.

Ihre sturmgrauen Augen strahlten voller Enthusiasmus. »Genau. Was machst du jetzt?«

»Jetzt?«, wiederholte ich perplex.

»Ja. *Jetzt*.«

»Feierabend.«

Elli verdrehte die Augen. »Falsch. Wir gehen einkaufen und fahren dann zu mir.«

»Zu dir?« Unnötigerweise stiegen unpassende Bilder in meinem Geist auf. Wie ihr Schlafzimmer wohl aussah? Es war dunkel und schon spät. Außerdem würde sie bei mir mitfahren müssen, es sei denn, wir teilten uns ein öffentliches Taxi.

Abbruch. Abbruch. Abbruch.

»Ja. Wir sind spontan.« Elli klatschte in die Hände. »Spontanität hilft der Kreativität. Das solltest du am besten wissen. Vielleicht hast du eine Idee, was das Rezept angeht. Oder kannst mir sagen, was ich verbessern soll. Wann hast du das letzte Mal einen unserer Kekse gegessen? Ich wette, noch gar nicht. Weil das Produkt für dich austauschbar ist, habe ich recht? Ich bin so oft während des Herumprobierens stecken geblieben, kam einfach nicht weiter. Das ist jetzt genau das Richtige. Ich spüre das«, sprudelte es förmlich aus ihr heraus und ich fühlte mich völlig überrumpelt.

»Das Richtige.« Noch eine Wiederholung und ich würde einen Keks bekommen, weil ich es schaffte, ganze Wörter nachzuplappern. Doch ich war nicht im negativen Sinne überrumpelt. Eher so, als würde sie mir mit ihrem Enthusiasmus etwas Lebenslust einhauchen. Ich fühlte mich gut.

»Ja.« Elli kicherte und ich schaffte es nicht, den Blick von ihrem strahlenden Gesicht abzuwenden. »Hol deine Jacke.«

Und das tat ich, während ich mich insgeheim fragte, ob Elli womöglich recht hatte. Ob ich meine Leidenschaft und Spontanität verloren hatte und nicht wusste, wie ich sie zurückbekommen sollte.

Irgendetwas sagte mir, dass uns ein neuer Anfang bevorstand.

Es war so seltsam, Elli in einem normalen Umfeld wie einem Lebensmittelladen zu sehen. Mit einer lockeren Selbstverständlichkeit und einer fast beängstigenden Routine griff sie zu den überteuerten Bioprodukten. Ich machte mir keine Illusionen. Wir kamen aus unterschiedlichen Welten. Und das würde immer so bleiben.

Wie sehr ich mich auch anstrengte, wie sehr ich darum kämpfte, ich blieb immer ein Aussätziger. Die für sie herrschenden Mechanismen hatte ich mir nur antrainiert, wie Vokabeln auswendig gelernt.

Ihr natürliches Verhalten verdeutlichte nur, wie verschieden wir waren. Sie verschwendete keinen einzigen Blick auf das Preisschild. Weil sie es nicht musste. Selbstverständlich nicht. Woher sollte sie wissen, was es hieß, jeden Cent auf die Seite zu legen? Sich überlegen zu müssen, ob man sich ein Mittagessen mit Kollegen leisten oder einen Teil des Geldes lieber nach Hause schicken sollte, damit die jüngeren Schwestern vielleicht doch an einem Ausflug teilnehmen konnten, der nicht von der Schule gefördert wurde. Damit die Eltern keine Nachtschicht mehr schieben mussten. Baba war zwar hier geboren, aber meine Oma war damals ohne Familie und mit großen Träumen und Hoffnungen nach Norwegen gekommen, ehe sie meinen Großvater geheiratet hatte. Baba arbeitete hart und oft bis in die Nacht hinein, während sich meine Mutter in den ersten Jahren um uns Kinder gekümmert hatte. Mich hatte sie viel zu jung bekommen, weshalb sie lange Zeit nicht hatte arbeiten können.

»Du grübelst.«

»Manchmal«, gab ich zu.

»Gerade grübelst du.« Elli schenkte mir ein Lächeln und packte verschiedene Mehlsorten in den Einkaufswagen, der sich langsam füllte. »Dann hast du immer diese Falte zwischen den Augen und bist noch mürrischer als sonst.«

»Ich bin nicht mürrisch.«

Elli zog eine ihrer perfekten Augenbrauen in die Höhe und bedachte mich mit einem skeptischen Seitenblick. Verdammt, sie war schön. Nicht nur äußerlich, sondern auch auf diese besondere Weise, die mich kurz innehalten ließ. Es war ihre komplette Ausstrahlung, voller Wärme.

»Natürlich nicht. Und ich schaffe es problemlos, überall meine Meinung zu sagen und nicht auf mir herumtrampeln zu lassen.« Ihre Hand landete auf meinem Unterarm, die Berührung durchdrang den Lederstoff wie ein Feuerhaken, als würde sie sich direkt in meine Haut brennen. »Ich weiß, vieles ist nicht leicht. Aber ich bin froh, dass du mir hilfst. Auch wenn ich ab und zu eine lange Leitung habe und gar nicht sehe, dass du es tust.«

Pokker, ich hatte ihre Herzensgüte nicht verdient. Sie sah mich in einem viel zu guten Licht. Das war ich nicht.

»Ich mache das nicht aus Nettigkeit. Fuß in die Tür. TEAROOM Oslo. Das Einzige, was zählt.«

Ellis Strahlen erlosch, als hätte ich ein Licht ausgeknipst. Ihr Blick wanderte hinüber zur Spirituosenabteilung, die sie kurzerhand ansteuerte, und ich folgte den energischen Bewegungen ihrer Hüfte, die fast schon wütend hin und her schwang und mein Hirn vernebelte.

»Magst du Wein?«, fragte sie mich über die Schulter hinweg, wandte sich dann jedoch wieder um und redete weiter. Als wäre ich nicht da. »Rotwein. Ich brauche Wein. Ich habe keinen in der Wohnung. Wir nehmen was mit.«

»Ich hätte dich eher so eingeschätzt, dass du mit klarem Kopf an die Arbeit gehst.«

»Eigentlich ja. Allerdings habe ich nicht bedacht, was es bedeutet, mit Lucas 2.0 zu backen. Es muss auch für mich etwas herausspringen.« Sie maß mich mit ihrem königlichen Blick, der jeden in die Knie gezwungen hätte. Wahrscheinlich hatte Elli nicht den blassesten Schimmer, welche Wirkung sie haben konnte, obwohl sie es nicht einmal darauf anlegte. Denn wenn es nach mir und meinem inneren Wunsch gegangen wäre, ihr den Himmel auf Erden zu verpassen, hätte ich ihrer stummen Bitte augenblicklich Folge geleistet.

Reiß dich zusammen.

In meinem Kopf hörte ich Erik bereits lachen.

Also griff ich ebenfalls nach einer Flasche, die meine übliche Preisklasse um das Dreifache überstieg. Dabei genoss ich durchaus ein Glas Wein zu einem guten Essen.

»Jetzt doch?«

»Ich will nur auf Nummer sicher gehen.«

An der Kasse holte Elli ihren farblich auf den Trenchcoat abgestimmten Geldbeutel hervor, doch ich war schneller. Ich bezahlte den Einkauf. Das Mehl, die gefühlt tausend Eier, die verschiedenen Schokoladenvarianten. *Fairtrade*, keine günstige, mit Industriezucker versüßte Sorte.

»Du weißt schon, dass dein Großvater viel zu knausrig ist und niemals die Kosten für diese Qualität tragen würde? Nicht in den Mengen, in denen KOSGEN produziert.«

Elli machte ein ernstes Gesicht. »Wir wollen heute den perfekten Keks kreieren. Mit den perfekten Zutaten. Am Ende können wir immer noch Abstriche machen.« Sie reckte das Kinn.

Wenn sie wüsste, wie verdammt süß sie aussah, wenn sie für Dinge kämpfte, die ihr etwas bedeuteten.

»Außerdem ist mein Großvater nicht ewig in der Firma. Und vielleicht ist es an der Zeit, auch grundlegende Veränderungen ins Auge zu fassen. Längerfristig. Er wird jetzt fünfundsiebzig Jahre alt. Im Dezember ist seine Jubiläumsfeier. Ich bin mir fast sicher, dass er seinen Rückzug verkünden wird.«

Das waren Insiderinformationen, die vermutlich in noch größeren Unternehmen wahre Anteilverkäufe losgetreten hätten. Dass sie mir das einfach so erzählte, war ein Zeichen dafür, wie sehr sie mir vertraute. Trotz meiner Versuche, sie weiter fleißig auf Abstand zu halten. Ein Kloß bildete sich in meinem Hals.

»Wärst du bereit, auf einen Großteil deiner jährlichen Ausschüttungen zu verzichten, weil die Renditen nicht mehr so hoch sind?«, fragte ich zweifelnd, während wir alles in eine

Tüte packten. Dabei berührten sich fast unsere Finger und ich kämpfte den gewaltigen Impuls nieder, etwas nachzuhelfen. Wenigstens kurz ihre Haut zu streifen. Als würde es mich seelisch schmerzen, sie nicht anfassen zu können.

»Natürlich. Es wäre eine Investition in die Zukunft.«

Das nahm ich ihr sogar ab.

»Hast du nächsten Samstag etwas vor?«, fragte ich sie ins Blaue hinein, als wir uns auf den Weg nach draußen machten.

Elli überlegte. Aber nur kurz. Der Wind zerrte an ihren Haaren, die sie unter eine teuer aussehende Mütze steckte. Ihre Wangen waren niedlich gerötet, genau wie ihre Nasenspitze. »Nein, eigentlich nichts. Wieso fragst du?«

Großartig. »Mein Patenkind wird vier. Sie möchte dich gern einladen, weil du … meine Freundin bist. Sie hat eine Unterhaltung ihrer Eltern mitgehört, Freya und Erik. Es wäre zu kompliziert gewesen, sie aufzuklären.«

Ellis Augen wurden groß und bekamen diesen ganz besonderen Glanz. Augenblicklich dachte ich an einen Termin beim Urologen für eine Vasektomie, spürte, wie Panik mir die Brust verengte. Nicht, weil ich keine Kinder liebte. Mimi war das beste Beispiel. Sondern weil ich vermutlich ein lausiger Vater wäre und niemandem diese Bürde antun wollte. Oder malte ich schon wieder alles viel zu schwarz?

»Oh, du hast ein Patenkind?«, quietschte sie begeistert. Und genau das machte Elli aus. Ihre Begeisterungsfähigkeit für Banales. »Wie heißt sie denn?«

»Michelle.« Ich räusperte mich. »Aber sie wird Mimi genannt.«

»Mimi.« Elli strahlte. »Wie toll. Und womit spielt sie besonders gern? Hat sie einen Wunsch?«

»Motorräder. Die MotoGP ist total ihr Ding.« Ich schmunzelte. »Wahrscheinlich kein Wunder bei einem Papa und einem Patenonkel, die beide total vernarrt in die Dinger sind.«

»Hat sie denn einen Lieblingsfahrer?«

»Antonio Brambilla.«

Die Begeisterung ließ Ellis Gesicht förmlich aufleuchten. »Oh, wie schön! Okay, ich denk mir etwas Nettes aus. Wann soll ich denn wo sein?«

»Ich hol dich ab«, erwiderte ich ohne Umschweife. »Und die Details schicke ich dir noch zu.«

Wieder nickte Elli und holte anschließend ihr Smartphone hervor.

»Was machst du?«

»Fahrservice rufen.«

»Ich übernehme das«, erwiderte ich wie aus der Pistole geschossen.

»Sei nicht albern, das kann ich auch tun«, antwortete sie und tippte bereits etwas ins Handy. Der Wagen, der schließlich vorfuhr, war eine noble S-Klasse mit getönten Scheiben und einem Fahrer, der aussah, als würde er für einen Limousinenservice arbeiten.

»Danke, Gustav.« Beim Einsteigen drückte Elli kurz seine Hand und ich sah, wie sich die Züge des Mannes vor Zuneigung veränderten. Die beiden mussten sich kennen.

»Kein Problem.« Der schlanke Mann Anfang fünfzig musterte mich, aber es war ein neugieriges und kein aufdringliches Mustern, was ich ihm durchgehen ließ.

»Du arbeitest für die Familie, oder?«, fragte ich ihn leise.

Er nickte. »Seit zweiundzwanzig Jahren.«

Also war er fest angestellt und wurde vermutlich von den Skogens bezahlt. Gedanklich machte ich mir eine Notiz, denn ich würde mich nicht auf Kosten der Familie durch die Stadt kutschieren lassen. Dann nahm ich neben Elli auf der Rückbank aus schwarzem Leder Platz. Es roch angenehm und unsere Oberarme berührten sich. Ich zog meinen nicht weg.

»Okay«, sagte Elli in die Stille hinein, während die Lichter des Straßenverkehrs bunte Schatten auf ihr Gesicht zauberten. »Aber wenn ich dein Plus eins für einen Kindergeburtstag bin, wirst du mich auf den Geburtstag meines Bruders begleiten.«

Mein Herz schlug schneller. »Welcher?«

»Sander. Er feiert in zwei Wochen, gemeinsam mit Mar.«

»Mar, wie Kronprinz Marius Olav?«, fragte ich lauernd und konnte nicht verhindern, dass meine Stimme einen schärferen Tonfall annahm. Allein der Gedanke an ihn trieb mich zur Weißglut. Obwohl es keinen Grund für diese kindischen Besitzansprüche gab, war ich machtlos gegen dieses eindringliche Gefühl. Eifersucht. Verdammt, ich war tatsächlich eifersüchtig.

»Ja, genau«, antwortete Elli jetzt und ein winziges, verspieltes Lächeln tanzte um ihre Mundwinkel. »Ich hol dich ab. Und die Details schicke ich dir noch zu«, ahmte sie meine Worte nach.

Es wäre eine gute Gelegenheit, die richtigen Kontakte zu knüpfen und meinem Ziel, endlich ein Teil ihrer Welt zu sein, nicht mehr vor verschlossenen Türen zu stehen, ein Stück näher zu kommen. Deswegen und nur deswegen stimmte ich zu. Obwohl mir eine leise, mahnende Stimme etwas anderes zuraunte.

Ich steckte schon viel zu tief in der Sache mit Elli drin.

Aber ich konnte jetzt nicht einfach aufhören.

Selbst wenn ich gewollt hätte.

19

ELLI

»Möchtest du etwas trinken?«, fragte ich Lucas so selbstbewusst wie möglich, ohne mich umzudrehen. Das brauchte ich auch gar nicht. Ich war mir seiner Anwesenheit in meiner Penthousewohnung so überdeutlich bewusst, als würde er mit den Fingerspitzen über meinen Nacken streichen und seine Lippen auf meinen Hals pressen.

Hastig schüttelte ich das aufsteigende Bild ab, marschierte in Richtung der offenen Wohnküche und vermied es, ihn anzusehen. Normalerweise war ich stolz darauf, dass man mich nicht so leicht durchschauen konnte, aber ich war mir nicht sicher, ob auch Lucas sich von meinem Pokerface täuschen ließ. Ein Blick in meine Augen und er würde bestimmt wissen, welche Stürme in mir brodelten, als hätten die nordischen Götter sie persönlich heraufbeschworen.

»Ein stilles Wasser. Danke.«

Mit wackligen Knien brachte ich ein knappes Nicken zustande, während ich spürte, wie Lucas mich beobachtete. Als ich zwei Gläser aus dem Hängeschrank holte, durchdrang seine Stimme die aufkeimende Stille.

»Wo soll ich die Einkäufe hinstellen?«

»Gern auf die Anrichte.«

Es war so seltsam, ihn in meinen eigenen vier Wänden zu sehen. Nicht dass es sich falsch anfühlte, es war nur … ungewohnt. Als würde ich ihm etwas Intimes zeigen. Mein Kopfkino sprang erneut an und automatisch wanderte mein Blick zu der halb geschlossenen Schlafzimmertür. Was war nur los mit meinen Gedanken?

Angespannt reichte ich ihm das Wasser. Er stand neben mir an der großen Kochinsel, lehnte sich mit dem Hintern dagegen und sah sich um.

Bei mir war es meistens aufgeräumt. Ich mochte eine schlichte Dekoration mit wenig verspielten Elementen. Die Vase auf der Anrichte beim großen Spiegel zwischen Flur und Wohnraum war ein Geschenk meiner Mama zum Einzug gewesen und ich wusste, dass sie ein halbes Vermögen gekostet hatte.

Ich schielte zu Lucas und goss mir auch Wasser ein. Zum Glück stand er nicht in Anzughose und weißem Hemd vor mir, weil es kein offizielles Meeting gegeben hatte. Dennoch toste das Blut in meinen Ohren. *Nicht gut. Gar nicht gut.*

Seine Präsenz im Penthouse hatte dieselbe Wirkung wie ein Löwe in einem viel zu kleinen Käfig. In den ich freiwillig hineingeklettert war.

Dabei mochte ich die Stärke, die er ausstrahlte. Die Beständigkeit. Selbst seine nervige Arroganz und diese viel zu ungesunde Portion Egoismus. Irgendwie brachte ich das nur nicht mit dem Jungen von damals in Verbindung.

Inzwischen fühlte ich mich in seiner Gegenwart nicht mehr unwohl. Sondern vielmehr … vielmehr sicher. Ohne es zu wollen, stahl sich ein Lächeln auf meine Lippen.

Lucas hatte mir früher schon dieses ganz bestimmte Gefühl von Sicherheit vermittelt. Als wir noch viel jünger gewesen waren. Vielleicht hing es mit der Beinahe-Entführung zusammen.

»Nett.« Er sah mich mit einem offenen Ausdruck an.

»Großvater hat die Wohnung vor ein paar Jahren gekauft und wir haben sie manchmal übers Wochenende genutzt. Ich wohne noch nicht lange hier«, plapperte ich drauflos und fragte mich, warum ich ausgerechnet bei Lucas nicht in diese schreckliche Schüchternheit verfiel. Jetzt hätte sie mir den Hintern gerettet. Eindeutig.

»Bin gleich wieder da«, sagte ich deswegen. »Du kannst ja schon mal Musik anmachen, mein Handy ist verbunden«, fügte ich hinzu und marschierte fluchend in Richtung der Gästetoilette, die mit der mitternachtsschwarzen Schieferoptik, den gleichfarbigen Armaturen und passenden Eichenholzelementen aussah wie aus einem Katalog. Ich ging kurz auf die Toilette und betrachtete mich während des Händewaschens im Spiegel, wobei ich das Bedürfnis unterdrückte, mir Wasser ins Gesicht zu spritzen. Dafür saß mein Make-up zu gut. Passend zu meinem rosafarbenen Kleid hatte ich es heute in warmen Beigetönen gehalten und mein Lidstrich war so perfekt, dass Tiril vermutlich vor Neid erblasst wäre. Aber da war auch dieses Funkeln in meinen Augen, das sich nicht von der Hand weisen ließ.

Hilfe.

»Okay. Das wird schon. Du stehst das durch. Es war deine grandiose Idee, jetzt mach das Beste daraus.«

Durch die geschlossene Tür drang Stimmengewirr aus den *Harmon Kardon* Lautsprecherboxen an der Decke. Lucas war also meinem Vorschlag nachgekommen. Ich lauschte. Nein, das war keine Musik, sondern eindeutig jemand, der sprach. Aber …

Oh.

Mich durchfuhr ein Schreck. Lucas musste den Play-Button auf dem Bildschirm meines Smartphones betätigt haben, woraufhin die Audiodatei weiterlief, und ich hatte vergessen, *was* ich zuletzt gehört hatte. Panik überfiel mich.

Zitternd riss ich die Tür auf, mein Herz hämmerte wild und heftig und mein Mund fühlte sich auf einmal wie ausgedörrt an. Auf wackligen Beinen ging ich weiter, dieser unverwechselbaren Stimme entgegen, die jeden Winkel des Penthouse füllte und eigentlich nur für meine Ohren bestimmt war. Ich war so im Tunnel, dass ich im ersten Moment gar nicht hörte, *was* er sagte.

Nein. Nein, bitte nicht.

Als ich um die Ecke bog, hallte die verführerisch tiefe Stimme des *Voice Actors* auf Englisch durch den offenen Raum und füllte jede Nische mit einem tiefen Timbre. Mir wurde so heiß, dass ich am liebsten rückwärts aus der Wohnung geflüchtet wäre.

»Schau mich an. Genau so. Mach den Mund auf. Weiter. Braves Mädchen.«

O Gott, o Gott, o Gott.

Innerlich starb ich tausend Tode. Millionen Tode. Ich wollte, dass die Erde sich auftat und mich verschlang. Mich bestenfalls nie wieder ausspuckte.

Das war er. Der peinlichste Moment meines gesamten Lebens. Dagegen kam nichts an. Nichts. Aber auch wirklich *gar nichts*!

Zu meinem Entsetzen stand Lucas völlig regungslos da. An der Stelle verharrt, wo ich ihn zurückgelassen hatte. Nachdenklich schwenkte er das Wasserglas in seiner großen Hand und in mir sammelte sich ein Klumpen Blei.

»Warte, bis ich an der Reihe bin … Bist du schon nass für mich?« Er stöhnte. Tief und kehlig. *»Ja. Genau so. Gut so.«*

Mein Magen verkrampfte sich und ich schaffte es irgendwie, noch einen Schritt nach vorn zu machen. Und noch einen.

Niemand wusste, wie sehr ich auf *Audioporn* abfuhr. Selbst Tiril gegenüber war ich bei diesem Thema nie richtig offen gewesen, hatte immer nur Andeutungen gemacht. So aus dem Zusammenhang gerissen klang es wesentlich schlimmer, aber ich hatte nun mal eine Vorliebe für … männliche Stimmen, die meine Vorstellungskraft ankurbelten. Und dann wäre da noch mein … *Praise Kink*. Es machte mich an, wenn ich beim Sex Anweisungen bekam. Nichts, was ich bisher sonderlich mit meinen Ex-Freunden ausgelebt hatte, wir hatten nur ein paarmal darüber gesprochen.

Aber jetzt …

Meine Gedanken überschlugen sich. Das war das Letzte, was ich auf dem Handy gehört hatte. Gestern Abend. Im Bett. Mit Noise-Cancelling-Kopfhörern und meiner Hand zwischen meinen Beinen. In meiner Fantasie hatte sich der namenlose Fremde, der mich in der Bar angesprochen hatte, irgendwann in Lucas verwandelt.

»Lass mich dich schmecken.«

Lucas grunzte und das Geräusch war zu viel für mich. Mit hochrotem Kopf ging ich eilig zur Kücheninsel und schaltete die Aufnahme ab. Die Stille war ohrenbetäubend und ich vergrub mein Gesicht in meinen Händen. Blieb einfach stehen. Rührte mich keinen Millimeter.

»Das ist mir so peinlich«, stöhnte ich. »Du hast keine Ahnung. Ehrlich. Ich will sterben.« Ich traute mich nicht, die Hände wegzunehmen, spürte und hörte jedoch, wie Lucas sich bewegte. Er stellte das Glas ab und kam näher. Alles in mir war zum Zerreißen gespannt.

»Peinlich?«, fragte er und keine Ahnung, wie er das anstellte, aber seine Stimme ließ mich auf der Stelle schmelzen. Er klang beinahe entrüstet. »Ich hoffe, das ist ein Scherz. Elli, sieh mich an.«

Zögernd öffnete ich die Finger einen Spaltbreit und lugte hindurch.

Lucas stand keinen Meter von mir entfernt. Und der Ausdruck auf seinem Gesicht … Eine Gänsehaut überzog meine Arme. Es war eine Mischung aus hungriger Lust und ehrlicher Besorgnis und ich hatte das Gefühl, dass er absichtlich nicht noch näher kam.

»Kjære«, sagte er rau und bei dem intimen Kosenamen durchrieselte mich ein angenehmer Schauder. »Das war mit Abstand das Heißeste, was ich seit Langem gehört habe«, sagte er mit einer Ernsthaftigkeit, die mich überraschte. »Die Vorstellung, dass du …« Er unterbrach sich und sein Kehlkopf sprang hoch und runter, als er heftig schluckte. Ich presste die Schenkel fest zusammen. Fühlte mich hilflos. Ausgeliefert.

»Es ist mir so unangenehm«, stammelte ich und ärgerte mich, wie piepsig ich mich anhörte. »Wirklich. Ich … ich finde … Ich habe …«

»Komm her.« Zu meiner Überraschung streckte Lucas die Arme aus. Es war eine einfühlsame, verletzliche Geste, die mich tief berührte. Weil es so gar nicht zu dem kalten, distanzierten Mann passte, der er eigentlich war. Doch es ging hier nicht um ihn und er merkte, wie sehr ich das brauchte. Eine Rückversicherung, eine Zuflucht, ein bisschen Sicherheit.

Jetzt war es endgültig um mich geschehen. Ich stolperte in seine Umarmung, während er mich an seine Brust zog und mich einschloss, sodass ich mich nicht mehr ganz so verloren fühlte. Aufgefangen.

»Ich möchte jetzt absolut ehrlich zu dir sein, Kätzchen«, murmelte er an meinem Ohr und das brummende Geräusch vibrierte durch meinen gesamten Körper. Heizte die sexuell aufgeladene Atmosphäre weiter auf. »Meinst du, das geht?«

Ich nickte. Zögerlich.

»Es gibt nichts, aber auch gar nichts, wofür du dich schämen musst, in Ordnung? Glaub mir, wenn ich sage, dass es absolut okay ist, bestimmte Vorlieben zu haben. Egal, was es ist. Ich will nicht, dass du dich dafür schämst. Niemals, ja?«

Erneut nickte ich und fühlte mich etwas besser.

»Danke«, wisperte ich und inhalierte seinen herben Duft.

»Nicht dafür.« Es tat so gut, auf diese Weise gehalten zu werden. Es war wie damals. Früher hatten wir uns immer umarmt. Gehalten. Für ein paar Minuten die Nähe des anderen genossen. Das hier fühlte sich so herrlich normal und absolut perfekt an, dass mir ganz schwindelig wurde.

Aber da war noch etwas anderes. Etwas Weitreichenderes.

Mein Atem stockte, als mir bewusst wurde, dass ich nicht mehr das Mädchen von damals war. Und was genau wir da gerade gehört hatten. Die Peinlichkeit drohte mich wieder zu überrollen. Lucas schien das zu spüren, denn er legte seine Lippen an mein Ohr.

Ich erschauderte ein zweites Mal.

»Darauf stehst du also?«

»Ja«, murmelte ich tonlos und holte tief Luft. »Ich habe es vor einer Weile entdeckt und irgendwie … es gefällt mir.«

»Wenn du wüsstest, wie steinhart ich gerade bin, nur weil ich mir ausgemalt habe, wie du es dir zu dieser Stimme besorgst …«

Bei seinen Worten schnappte ich nach Luft. Erst jetzt registrierte ich die gewaltige Beule, die sich gegen meinen Bauch drückte. Meine Knie wurden wieder weich.

Auch das bemerkte Lucas sofort. Er ließ mich los und umfasste mein Gesicht mit beiden Händen, um mir tief in die Augen zu sehen. Und sein Blick … In mir zog sich etwas krampfhaft zusammen, mein Herz tanzte. Er gab mir das Gefühl, verstanden und akzeptiert zu werden.

»Lucas«, brachte ich krächzend hervor, aber er schüttelte den Kopf.

»Ich gehe mich kurz frisch machen. Gib mir zwei Minuten und danach … backen wir deine Dinkelkekse.«

»Ist das denn … wäre das in Ordnung für dich?«, hörte ich mich leise fragen.

»Alles, was du willst.«

Es funktionierte. Keine Ahnung, wie er das machte, aber Lucas schaffte es, diese seltsame Stimmung in eine andere Richtung zu lenken. Eine Richtung, die mir das Gefühl gab, nicht total seltsam oder ein Freak zu sein. Was beruhigend war.

Gleichzeitig war ich überrascht, dass er mich so behutsam und aufmerksam behandelte. Die Art, wie er die Unterhaltung lenkte, dieser ganzen Situation einen Hauch Normalität verlieh. Wir unterhielten uns über Alltägliches. Dinge, die zuvor nie zur Sprache gekommen waren.

Essen. Sport. Ich fragte ihn über das Kickboxen aus, er wollte wissen, ob ich immer noch so gern schwamm. Was mit eigenem Indoor-Pool und Gegenstromanlage niemals ein Problem gewesen war. Ich war mir dieser Privilegien durchaus bewusst, hatte jahrelang ein schlechtes Gewissen verspürt.

Schon bald erfüllte der Duft von Vanilleschoten, Zimt und geschmolzener Butter die Luft und ich schenkte mir vorsichtshalber ein bisschen Wein nach. Was Lucas nicht verborgen blieb, aber er ließ es unkommentiert. Vielleicht weil er selbst ein halbes Glas getrunken hatte.

Trotz seiner Bemühungen lag da diese Spannung in der Luft. Ein Knistern, das sich nicht einfach leugnen ließ. Das Schweigen, das unsere Arbeit begleitete, war nicht unangenehm, sondern tat meiner Seele gut.

Nach dem ersten Glas Wein fühlte ich mich leichter. Nicht dass Alkohol irgendetwas kompensieren konnte, zumindest nicht bei mir. Doch nach einer gewissen Zeit verspürte ich nicht mehr das dringende Bedürfnis, aus meiner eigenen Wohnung zu flüchten.

Ich wurde lockerer. Entspannter. Was zum Großteil allerdings an Lucas lag. Vielleicht hatte er den alten Lucas doch nicht begraben, sondern einfach nur vor mir versteckt gehalten. Eine Seite, die er absichtlich verborgen hielt. Was erneut die Frage aufwarf, weshalb er damals den Kontakt abgebrochen hatte. Sie drängte sich mir stärker auf denn je.

Und da war noch etwas anderes. Warum wollte er unbedingt, dass ich schlecht von ihm dachte?

»Du hast recht«, sagte er nun in meine Gedanken hinein, während er sich die Topfhandschuhe von den Fingern streifte und in einen der noch heißen Dinkelkekse biss, die er gerade aus dem Backofen geholt hatte. »Die schmecken gut, aber ihnen fehlt das gewisse Etwas.«

»Schokolade. Ich sage doch, wir müssen in Richtung Schokolade denken.«

Zweifelnd sah er mich an. »Ich weiß nicht, ob sich der Aufwand lohnt. Wir müssten in Vorleistung gehen, die Produktentwicklung vorantreiben, ohne dass wir wissen, wie das Ergebnis am Ende aussieht. Es wird auch nicht leicht, den Vorstand davon zu überzeugen, dieses Risiko einzugehen. Du weißt, wie sie sind, wahrscheinlich besser als ich.«

Das stimmte, denn mit den meisten Vorstandsmitgliedern hatte ich schon zu tun gehabt, als ich noch nicht einmal richtig laufen gelernt hatte.

»Sie setzen auf Altbewährtes«, fuhr er fort. »Auf Sicherheit. Die aktuelle wirtschaftliche Lage lässt auch nicht besonders viel Spielraum zu.«

»Aber es wäre ein kalkuliertes Risiko«, hielt ich dagegen und schnappte mir ebenfalls einen Keks. Ich pustete und wartete, bis er etwas abgekühlt war, bevor ich mir einen Bissen genehmigte. Die Kombination aus Zimt und Vanille, einer feinen Muskatnussnote und einem Hauch Kardamom erinnerte mich an gemeinsame Abende mit meinen Brüdern vor der Leinwand im Kinozimmer, als wir heimlich Disney-Filme geguckt und gehofft hatten, dass unsere Eltern uns nicht erwischten. Wahrscheinlich hatten sie sehr wohl gewusst, was wir trieben, denn ab und zu waren wir eingeschlafen und auf magische Weise zugedeckt wieder aufgewacht.

Eine sanfte Bewegung in meinem Augenwinkel ließ mich aufschauen und ich begegnete Lucas' offenem Blick. So hatte er mich schon eine ganze Weile nicht mehr angesehen und auf einmal spürte ich ein Kribbeln im Bauch. Wie winzige Sandkörnchen, die sich darin bewegten. Seine Augen senkten sich auf meinen Mund und er strich mit dem Daumen behutsam ein paar Krümel weg.

»Du hattest da etwas«, murmelte er, nur um eine Sekunde

später seine Hand ruckartig zurückzuziehen. Als könnte er die Berührung keinen Herzschlagmoment länger ertragen.

Seine Bewegungen wirkten fahrig, als er die Schüsseln in die Spülmaschine stellte und mir seinen beeindruckenden Rücken zuwandte. Mein Herz pochte und ich versuchte, diese Version von ihm mit dem selbstsicheren Mann in Verbindung zu bringen, den ich sonst vor mir hatte.

Auf einmal kam mir ein Gedanke, der meinen Puls weiter in die Höhe schnellen ließ. Ich verwarf ihn wieder und beobachtete Lucas weiter. Diesen starken, beeindruckenden Menschen, der sein Leben selbst in die Hand nahm und vor nichts und niemandem Angst zu haben schien.

Wieso wich er meinem Blick aus?

Ich runzelte die Stirn. Wieder drängte sich der Gedanke auf, dass ich für seine Unruhe verantwortlich war, und diesmal traute ich mich, ihn genauer zu betrachten.

Machte *ich* ihn etwa nervös?

Nein. Nein, das konnte nicht sein.

»Lass es uns mit der Schokolade versuchen.« Lucas sah mich nicht an.

»Okay«, rutschte es über meine Lippen. »Die üblichen Varianten habe ich schon ausprobiert. Weiße Schokolade, Zartbitter, Vollmilch. Aber ich fürchte, das ist es noch nicht. Wie du gesagt hast, es fehlt das gewisse Etwas.« Grübelnd biss ich auf die Innenseite meiner Unterlippe. »Es ist noch nicht … perfekt.«

»Lass uns einen Schritt nach dem anderen machen. Nicht alles muss gleich perfekt sein.«

Wer war dieser Kerl und was hatte er mit Lucas Stensrud gemacht?

Mit fachmännischen Handgriffen nahm Lucas die passenden Schüsseln und das kleine Töpfchen, um die Schokolade zu schmelzen, während ich ihn fasziniert dabei beobachtete. In seinen Bewegungsabläufen lag eine gewisse Routine, so als würde er das nicht zum ersten Mal machen, was mir schon während des Backens aufgefallen war.

»Du arbeitest gern in der Küche, oder?«

Ein langer Atemzug dehnte seinen muskulösen Brustkorb. Er schien mit sich zu kämpfen, ob er die nächsten Worte aussprechen sollte oder nicht, aber das Bedürfnis, sich mitzuteilen, war stärker.

»Als ich mit dem Malen aufgehört habe, ist eine Seite von mir weggebrochen. Ich glaube, ich wollte etwas finden, das die Arbeit mit den Händen kompensiert. Deswegen koche ich inzwischen recht gern und viel.«

Ich nahm meinen ganzen Mut zusammen. »Warum hast du aufgehört? Du warst so talentiert.«

Doch dieses Mal errichtete Lucas eine eiserne Mauer des Schweigens um sich herum, was mich enttäuscht aufseufzen ließ. Natürlich. Welche Antwort hatte ich auch erwartet? Sobald es an die Substanz ging, machte er einen Rückzieher. Bloß keine Gefühle zulassen. Bloß nicht zu viel preisgeben.

»Du hast es behalten?«

Als ich mich umdrehte, stand Lucas auf der anderen Seite der Kochinsel, am filigranen Regal, das ich auf dem Birkelunden-Flohmarkt entdeckt hatte. Seine Finger strichen über eine Porträtzeichnung von mir, die er mir zu meinem sechzehnten Geburtstag geschenkt hatte. Mein Herz setzte einen Schlag aus. *Scheiße.* Daran hatte ich nicht gedacht.

Ein Wunder, dass er das Bild nicht früher entdeckt hatte.

»Ja.« Ein Wort. Mehr wagte ich nicht zu sagen. Es war auch so zu machtvoll.

Ja, weil du es gezeichnet hast.

Ja, weil du es mir geschenkt hast.

Ja, weil es die letzte gute Erinnerung ist, die ich an dich habe.

»Ich hätte gedacht, du hast es … längst weggeschmissen.« Gedankenverloren glitten seine Fingerkuppen über den gerillten Rahmen. Ich wusste noch genau, welches Gefühl mich beim Anblick dieser Zeichnung durchströmt hatte. Meine Augen leuchteten. Einzelne Strähnen fielen mir lose in die Stirn und das Lächeln auf meinen Lippen war ehrlich und so vertraut wie kein Zweites.

Ein Versprechen, eine Versuchung, ein Eingeständnis. Es war das Lächeln, das ich nur Lucas geschenkt hatte. Immer schon.

Ihn jetzt – sechs Jahre später – mit dem Porträt zu sehen, wühlte mich auf. Schäumende Wellen schabten an meinem Herzen, ließen die Steine darum einstürzen.

»Niemals.« Ich räusperte mich. »Ich hätte es niemals wegschmeißen können.«

Ruckartig hob er den Kopf und starrte mich so eindringlich an, dass mir entsetzlich heiß wurde. Sein Brustkorb hob und senkte sich in einem einzigen, langen Atemzug. Auch in seinen dunklen Augen kämpften die unterschiedlichsten Emotionen um die Oberhand. Allen voran Verwirrung und Angst. Angst *wovor*?

Seit unserer ersten Begegnung vor ein paar Wochen hatte Lucas niemals so viele Gefühle gezeigt, aber jetzt bröckelte seine Fassade. Vielleicht zum ersten Mal kam sein Inneres zum Vorschein, als würde ein Vorhang den Blick auf eine Theaterbühne freigeben.

Zaghaft machte ich einen Schritt auf ihn zu. Fühlte mich mutig und stark. Mutig, mich dem Mann zu stellen, der damals für all mein Leid verantwortlich gewesen war, für das zerbrochene Herz, die Stunden, die ich leise schluchzend in meinem Kokon unter der Bettdecke verbracht hatte.

Ob der Wein dabei half? Vielleicht. Wahrscheinlich.

»Nicht.« Er hob die Hand und machte eine abwehrende Handbewegung. Seine simple Bitte drang beinahe stählern über seine schönen Lippen.

Doch ich ließ mich nicht abbringen. Dieses Mal nicht. Ich wollte Antworten. Jetzt. Sofort. Bevor mich der Mut verließ. Bevor ich wieder zu der Elli wurde, die sich verkroch, sich versteckte, andere für sie handeln ließ. Ich wollte begreifen, nur ein einziges Mal, warum Lucas unsere Freundschaft weggeworfen hatte, warum er gegangen war.

»Wieso bist du damals einfach gegangen?«, warf ich die Worte in den Raum und sah zu, wie sie um uns herum explodierten. »Warum hast du mich geghostet?«

In mir splitterte etwas, schnitt in meine Seele und ich war wieder sechzehn. Wieder zu Hause. Schrieb ihm wieder Nachrichten, die er nicht beantwortete. Die in der Stille verendeten, sich in einer endlosen Leere verloren und mich von innen aushöhlten. Hässlich, allein, verloren. So hatte ich mich gefühlt und war gleichzeitig am Boden zerstört gewesen, weil ich den Menschen, der mir so viel bedeutet hatte, einfach zurücklassen musste. Ohne Antworten.

»Elli …«

»Nein, du musst es mir sagen.« Ich erkannte meine Stimme nicht wieder. »Ich will es wissen. Das bist du mir schuldig, Lucas. Wenigstens das!«

»Ich weiß nicht, was du hören willst.«

»Die Wahrheit!«, schleuderte ich ihm entgegen. »Ich will die Wahrheit hören, verdammt!«

Golden

20

LUCAS

Ihre Nasenflügel blähten sich auf, als Elli abgehackt die Luft ausstieß, ihr Brustkorb sich in einem heftigen Atemzug senkte. Ich konnte die unverhohlene Wut in ihren stürmischen Augen glitzern sehen, das Kräuseln ihrer Lippen, das einem Zähnefletschen glich.

Sie war nie anbetungswürdiger gewesen.

Etwas in mir zog sich schmerzhaft zusammen, weil ich für diese Reaktion verantwortlich war, und ich musste meine gesamte Willenskraft aufbringen, um nicht meine Hände nach ihr auszustrecken und sie in eine Umarmung zu ziehen. Wie gern hätte ich ihr gesagt, dass alles gut werden würde. Dass sie an meiner Seite sicher war.

Lügner.

Ich war noch nie gut genug für sie gewesen und würde es vermutlich auch niemals sein, egal, wie sehr ich mich anstrengte, ein Teil von Ellis Welt zu werden. Es war, als würde ich alles durch eine Glasscheibe beobachten, ohne jemals die andere Seite zu erreichen.

Deswegen war ich das Arschloch geworden, dem niemand das Wasser reichen konnte. Deswegen sperrte ich meine

Gefühle fein säuberlich in die hinterste Kammer meines Seins.

»Du warst mein bester Freund, Lucas.« Die Worte waren nicht mehr als ein Windhauch, so leise, dass ich glaubte, sie falsch verstanden zu haben. Aber das konnte nicht sein, denn mein Herz zog sich mit einer Heftigkeit zusammen, die mir augenblicklich die Luft aus der Lunge presste.

Elli starrte zu mir hoch. Tausend Emotionen lagen in ihren Augen, schienen um die Oberhand zu kämpfen. Enttäuschung, Wut, Resignation. Am schlimmsten war der rohe Schmerz darin.

Du bist dafür verantwortlich. Du hast ihr wehgetan.

Meine Kehle verengte sich gefährlich und ich wagte es nicht, ihr zu antworten, weil ich meiner Stimme nicht über den Weg traute.

Wie eine Königin stand sie vor mir und mit einem Mal überkam mich Stolz, weil sie sich mir stellte, weil sie das Kinn nach oben reckte und mich herausfordernd ansah. Und sie hielt nichts zurück. Ließ mich alles sehen. Alles spüren. All die Empfindungen, die in ihr tobten.

»Du warst mein bester Freund und du bist einfach gegangen«, fuhr sie fort. »Von einem Tag auf den anderen. Du bist einfach aus meinem Leben verschwunden. Hast mich ausgeschlossen, als wäre ich dir nie wichtig gewesen. Wieso? Ich kann es immer noch nicht verstehen.« Sie holte rasselnd Luft, nachdem die Worte aus ihr herausgebrochen waren, und ihr Anblick zerriss mir beinahe das Herz.

Nein, nicht beinahe.

Verdammt.

Elli hatte mein Herz schon immer besessen und genau aus diesem Grund hatte ich mich von ihr ferngehalten. Hatte

Abstand gesucht. *War aus ihrem Leben verschwunden*, wie sie es so treffend formuliert hatte.

»Du hast mich verletzt wie kein anderer Mensch davor. Ich habe dir vertraut. *Pokker*, Lucas, es war ein Tag nach meinem sechzehnten Geburtstag!«

Es tat weh. Es tat scheiße weh, all das aus ihrem Mund zu hören. Zu begreifen, wie schmerzhaft der Verlust für sie gewesen war. Aber es war doch nur zu ihrem Besten. Damit sie jemanden finden konnte, der an ihre Seite passte, sie glücklich machte …

»Du musst mich wirklich verabscheuen, wenn du …« Ihre Augen sprühten Funken und ihre Miene wirkte gleichzeitig niedergeschlagen. So traurig.

Was?

Ich lachte dröhnend auf. »Das kannst du doch nicht ernsthaft denken …«, entfuhr es mir, bevor ich mich davon abhalten konnte.

Sie fixierte mich. »Was soll ich denn denken, hm? Welche Schlüsse würdest du ziehen, wenn ich aus heiterem Himmel aus deinem Leben verschwinde? Ohne eine Nachricht. Ohne eine Antwort, nachdem wir fast täglich miteinander zu tun hatten. Ich muss dir scheißegal gewesen sein.«

Verzweifelt raufte ich mir die Haare, spürte, wie die Wahrheit an meinen Lippen zerrte. Aber ich konnte es ihr nicht sagen. Nicht jetzt. Noch nicht. Niemals.

Das hatte ich mir geschworen. Deswegen war ich abgehauen.

»Eher das Gegenteil«, flüsterte ich so leise, dass Elli es vermutlich gar nicht hörte, denn sie redete weiter, völlig in Rage. »Das würde auch zu diesem neuen Lucas Stensrud passen, den ich nicht mit dem einfühlsamen Menschen in Verbindung bringen kann, der du damals gewesen bist. Mit dem Jungen, der stundenlang mit mir in der Kälte ausgeharrt hat, weil wir den Moment genossen haben. Die Nachmittage auf der kalten Parkbank, schweigend. Dieser Junge hätte unsere Freundschaft niemals einfach so weggeworfen, aber genau das hast du getan, Lucas.«

Ich schloss die Augen, weil ich ihren Anblick nicht länger ertrug. Stürmisch hämmerte mein Herz gegen meine Rippen. Bilder drängten sich in meinen Kopf, ein Film aus Momentaufnahmen voller Gefühle und dem Wunsch, sie zu küssen. Am schlimmsten war es an jenem Nachmittag im Juni gewesen, als wir uns im strömenden Regen an einer Trikken-Station untergestellt hatten. Sie hatte ihre kalten Hände unter meinem Pullover vergraben und ich meine Arme um sie geschlungen. Ihr Blick war voller Sommerregenküsse gewesen, es hatten nur zwei Wimpernschläge gefehlt, dann hätte ich mich der Versuchung hingegeben. Eine Woche vor ihrem Geburtstag.

Ich riss die Augen auf. Elli stand unmittelbar vor mir und war noch nicht fertig. Wild gestikulierend hob sie die Hände, warf mir all ihre Emotionen entgegen und ließ mich darin ertrinken.

»Dein Verschwinden hat mir gezeigt, wie wenig ich dir bedeute. Hättest du auch nur ein Fünkchen Empathie in dir, hättest du mich niemals so verarscht. Was muss ich dir also wert gewesen sein?«

Die Bitterkeit in ihrem Lachen ließ mich zusammenzucken und ich wurde unruhig, spürte, wie mich Panik überrollte.

»Genau. Nämlich nichts«, schloss sie und ihr Zorn wurde zu meinem Nährboden.

Dröhnend wummerte die blecherne Stille zwischen uns.

Ich wollte sie zum Schweigen bringen. Ihr zeigen, wie falsch sie lag. Wie sehr sie sich täuschte.

»Scheiß drauf«, presste ich atemlos hervor und zog sie mit einer Hand an der Hüfte zu mir, während ich die andere in ihrem weichen Haar vergrub. Elli stieß einen überraschten Laut aus, eine Mischung aus Stöhnen und Fluchen, dann klammerte sie sich an mich, als würde sie alles genauso spüren, genauso brauchen wie ich.

In der nächsten Sekunde prallten unsere Lippen aufeinander. Gierig, als wäre der Kuss der Sauerstoff, den wir zum Atmen brauchten. Unsere Zähne schrammten aneinander und ich konnte an nichts anderes mehr denken als daran, wie fantastisch sie sich in meinen Armen anfühlte. Als wäre sie hineingegossen worden.

Ungestüm packte Elli mich am Hals, bog sich mir entgegen, presste ihren Körper an meinen. Adrenalin jagte durch mich hindurch und ich hob sie hoch, betrunken vom Augenblick, benebelt von ihrem Geschmack auf meiner Zunge. Sie stieß kleine, katzenhafte Laute aus, die mich beinahe an den Rand der Verzweiflung brachten, und die Welt um uns herum versank, nahm die Realität mit, all die offenen Fragen, bis nur noch wir beide übrig blieben.

Unser Stöhnen füllte den Raum, während Elli ganz selbstverständlich ihre schlanken Beine um mich legte, mein Gesicht festhielt, als könnte ich jeden Moment flüchten. Mit einer Hand stützte ich ihren Rücken, mit der anderen schob ich ihre Haare zur Seite und küsste sie weiter. Tiefer dieses Mal, umkreiste ihre Zunge. Drängend rieb sie sich an mir, was mich wahnsinnig machte.

Die Erinnerung daran, was die Vorstellung von ihr auf ihrem Bett mit dieser Sprecherstimme im Ohr mit mir angestellt hatte, blitzte in meinen Gedanken auf, und augenblicklich wurde ich wieder hart.

Fuck.

Sie war so sexy. So stark und gleichzeitig so verletzlich. Ich wollte ihr den Himmel auf Erden verpassen. Wenigstens ein einziges Mal.

»Lucas«, stieß Elli beinahe verzweifelt, fast schon wütend hervor. »Bitte.«

Okay, zweimal.

Zielsicher bugsierte ich uns beide vorwärts, ins erstbeste Zimmer hinein, und hoffte, dass es das Schlafzimmer war.

Wir stolperten in die schützende Umarmung der Dunkelheit. Von draußen drangen das Mondlicht und das Flackern der Lichter der Uferpromenade herein, die Fenster waren fast bodentief und wahrscheinlich sehr gut einsehbar. Doch das war mir egal.

Behutsam setzte ich sie ab, ließ mich auf das Bett sinken und zog ihr das Kleid aus, unterbrach den Kuss nur für wenige Sekunden.

»Warte, warte …«, murmelte sie, rutschte nach hinten und sah mich an, als würde sie sich diesen Moment gut einprägen wollen, betrachtete mich gierig und dieser Blick haute mich um. Alles an ihr haute mich um.

»Zieh dich aus«, befahl ich mit rauchiger Stimme und ihre Lider flatterten. Ich sah, wie ihre Atmung kurz stockte, und erahnte, dass ihr diese süße Röte in ihre Wangen schoss. Mein Schwanz pulsierte in meiner Hose, aber ich ließ sie nicht aus den Augen. Sie stand auf Anweisungen?

Gut. Konnte sie haben.

»Alles. Bis auf deinen Slip.«

Langsam griff Elli hinter sich, ihr Blick war dunkel und verhangen, sie leckte sich mit der Zungenspitze über die Lippen, berauscht vom Augenblick. Mir war alles andere egal. Wer wir waren. Unsere Namen. Ich konnte an nichts anderes mehr denken als daran, sie zu spüren.

Wenn ich ihr schon nicht mit Worten klarmachen konnte, wie viel sie mir bedeutete, wollte ich es ihr wenigstens zeigen.

Ihre Brüste waren klein und rund, die Nippel dunkler als erwartet und der Anblick war so hinreißend, dass ich kurz davor war, einfach zu explodieren. Schmerzhaft spürte ich meinen Schaft gegen die Shorts drücken, aber ich behielt die Jeans an. Jetzt ging es um sie. Um Elli.

Ihre Strumpfhose folgte, indem sie die Hüften anhob und sich herausschälte und ich mochte es, wie sie mich mit ihrem königlichen Blick in die Knie zwang. Wortwörtlich.

Also positionierte ich mich vor dem Bett, zog sie mit den Händen zu mir und betrachtete sie eingehend. Als würde ich diese Möglichkeit nie wieder bekommen.

»Perfekt«, stöhnte ich und vergrub meinen Kopf zwischen ihren Schenkeln, hauchte Küsse auf die Innenseite. Liebte es, wie sie erschauerte. Gemächlich schob ich ihre Beine mit meinen Schultern auseinander.

»Lucas«, brachte sie erneut hervor und der kehlige Klang war beinahe zu viel für mich. So hatte ich sie noch nie gehört. Ich war wie berauscht, jetzt schon süchtig. Erst dann bemerkte ich das Kätzchenmotiv auf ihrem Slip und stieß ein heiseres Lachen aus. Ellis Blick war lustvoll verhangen, doch nun sah sie mich verlegen an.

»Wie passend«, kommentierte ich und biss spielerisch in den Slip. Ihr Stöhnen echote bis in meine Eier, die sich zusammenzogen.

»Ich wusste nicht … ich habe …«, begann sie und ich richtete mich ein wenig auf, beugte mich zu ihr, umfasste ihren Nacken und küsste sie stürmisch. Zeigte ihr, wie sehr es mich anmachte, dass sie hier lag. Dass nichts falsch war. Dass sie gar nichts falsch machen konnte, weil sie absolut perfekt war.

Dass ich sie genauso wollte. Mit allem, was zu ihr gehörte.

Ich lächelte an ihren Lippen. »Kätzchen, alles ist gut. Du bist verdammt sexy. Auch mit Katzenunterwäsche. Vielleicht sogar noch mehr …«

»Wirklich?« Die Zweifel in ihrer Stimme brachten mich beinahe um.

Also griff ich nach ihrer Hand und führte sie an meinen Schritt. Ihre Augen weiteten sich vor Verblüffung, als sie die mächtige Erektion spürte.

»*Kjære*, wenn ich sage, verdammt sexy, dann meine ich das auch so. Es gibt keine Frau auf der Welt, die so etwas mit mir anstellt. Du hast ja keine Ahnung.« Vermutlich war dieses Eingeständnis zu viel, aber ihr unsicherer, verwirrter Anblick machte etwas mit mir. »Lass es mich dir beweisen …«

Wieder ging ich auf Tauchgang, liebkoste sie durch den feuchten Slip hindurch, knabberte an der Innenseite ihrer Oberschenkel, bis sie sich unter mir wand. Mit den Händen strich ich über ihren flachen Bauch, massierte und zwickte, aber nur ganz leicht, weil ich spürte, wie sehr ihr festere Berührungen gefielen.

Dann schob ich den Stoff beiseite. Meine Zunge glitt vor und ich nahm einen Finger dazu, um ihre Klitoris zu berühren. Ellis Atmung wurde hektischer. Alles in ihr wurde unruhig, sie bewegte sich hin und her, rang und kämpfte.

»Lucas«, stöhnte sie und ich konnte fühlen, wie sich der Druck in ihr aufbaute. Wie sich ihre Fersen tief in die Matratze gruben, wie sie am liebsten davongelaufen und gleichzeitig näher gekommen wäre. Mit einem Aufseufzen bog sie sich meiner Berührung entgegen.

Ich machte weiter, bewegte meine Hand und Zunge in einem schnellen, bittersüßen Rhythmus, saugte und leckte. Weiter, immer weiter. Gleichzeitig nahm ich diesen Anblick in mir auf, mein Herz donnerte in meiner Brust, meine Muskeln waren zum Zerreißen gespannt und ich wollte nur noch eins: sie endlich spüren.

Ich hob meinen Kopf, hörte jedoch nicht auf, sondern lehnte mich über sie, ließ meine andere Hand an ihre Kehle wandern. Wartete auf ihre Reaktion. Und als sie selig lächelnd die Lider schloss, drückte ich leicht zu, umfasste ihren Hals mit festem Griff und ließ sie keine Sekunde aus den Augen. Ich wollte es sehen. Wollte alles sehen.

»Oh … mein … Gott«, stöhnte sie, umklammerte meinen Unterarm, als wäre er ein Rettungsring, und meine Erektion zuckte in meiner Hose.

»Komm für mich«, befahl ich leise.

»Gleich«, wisperte Elli heiser und sie war nie schöner, nie anbetungswürdiger gewesen als in diesem Augenblick. Ihre Augen wanderten nach hinten, ihre Lider schlossen sich flatternd und ich beobachtete jede Regung, jede noch so kleine Veränderung, nahm alles auf, wollte es für immer bewahren, vakuumieren.

»Gleich …«

Meine Bewegungen wurden etwas schneller, ich erhöhte den Druck, beugte mich über sie und küsste sie noch einmal heftig. Ihre Zunge umkreiste meine, ihr Stöhnen wurde zu meinem Stöhnen und ich hatte keine Ahnung, wie ich das weiter durchhalten sollte.

»Ja«, hauchte ich an ihren Lippen, während sie unter mir zuckte, rieb weiter, kleine Kreise, ließ sie höher fliegen, weiter und dann, endlich, spürte ich, wie sie explodierte. Elli warf ihren Kopf nach hinten und ich erstickte ihren Aufschrei mit einem tiefen Kuss.

Sie gehörte zu mir.

Sie gehörte mir.

Ohne den Kuss zu unterbrechen, öffnete ich den oberen Knopf meiner Hose, zog sie mit den Shorts hinunter, nur ein bisschen, sodass meine Erektion heraussprang.

»Lucas … ja … bitte«, flehte Elli und ihre Finger gruben sich in meine Seite, als sie mich näher zu sich zog.

»Gib mir dreißig Sekunden, Kätzchen«, murmelte ich an ihrem süßen Mund, richtete mich auf und holte aus dem Geldbeutel in meinem Mantel, der an der Garderobe hing, ein Kondom. Als ich ins Schlafzimmer zurückkehrte, war Elli etwas weiter ans Bettende gerutscht, noch immer lag da dieser entzückend hungrige Ausdruck auf ihren ebenmäßigen Zügen und sie biss sich auf die Unterlippe. Da war keine Unsicherheit mehr. Nur tiefe Zufriedenheit.

»Du bist wunderschön«, sagte ich und die Wahrheit sprang mit einer Aufrichtigkeit über meine Lippen, die mich selbst erschreckte.

»Du … auch«, murmelte sie und senkte mit einem verlegenen Lächeln den Blick. »Darf ich … darf ich ihn anfassen?«

Das Lachen rollte durch meine Brust. »Du darfst gleich noch ganz andere Dinge damit anstellen, wenn du willst.«

Sie leckte sich über die Lippen und ich wurde mit einem Schlag wieder ernst. »Wenn du mich so ansiehst und so etwas machst, kann ich nur nicht dafür garantieren, dass das hier länger als eine Minute dauert.«

»Lucas?« Elli schaute mich direkt an. »Ich will … ich will, dass du mich vögelst.«

»Du bist mein Untergang«, brachte ich hervor, zog mich aus, rollte mir das Kondom über und positionierte mich zwischen ihren Beinen. Immer wieder strich ich an ihrem intimsten Punkt entlang, küsste ihren Hals und die empfindsame Stelle neben ihrem Ohr, ehe ich zu ihrem Mund zurückkehrte. Ich ließ mir weiter Zeit, auch wenn alles in mir danach schrie, endlich einen Schritt weiterzugehen.

Aber noch nicht. Nicht sofort.

»Bitte«, bat sie erneut an meinem Mund und ich hielt ihren glasigen Blick fest, während sie die Beine um meine Hüften schlang und mit den Fersen auf meinen Po drückte. »Bitte.«

Dieses Mal konnte ich nicht widerstehen. Ich küsste sie und drang gleichzeitig in sie ein. Stirn an Stirn atmeten wir beide heftig ein und aus, die Luft füllte sich mit dem Geruch nach Sex und Schweiß und ich fühlte mich seltsam befreit und angekommen.

Der Augenblick war so surreal, dass ich für einen Moment das Gefühl hatte, alles aus der Vogelperspektive zu betrachten.

Unsere eng umschlungenen Körper.

Langsam bewegte ich mich in ihr, stieß in sie. Einmal, noch einmal. Ich verlor das Zeitgefühl, während mein Blut raste und es in meinen Ohren dröhnte. Ich fühlte mich, als wäre ich in einem Rausch, die Luft knisterte und Ellis von meinem Mund erstickte Laute trieben mich weiter an. Also erhöhte ich das Tempo, zog mich zurück und senkte mich wieder auf sie herab. Schneller. Härter.

Meine Muskeln spannten sich an und ich spürte, wie ich mich dem Orgasmus näherte, wie er mich mitzureißen drohte. Nicht für eine Sekunde ließ ich Elli aus den Augen und ich liebte den verzückten Gesichtsausdruck, die Art, wie sie immer wieder die Lider schloss und sich dem Moment hingab.

Irgendetwas sagte mir, dass sie es sonst nicht tat. Dass sie sonst niemandem genug vertraute, um sich gehen zu lassen. Nicht nachzudenken. Nicht zu hinterfragen.

Und dass sie es bei mir konnte, ließ meine Brust anschwellen.

Wieder kreiste mein Daumen, ich erhöhte den Druck und die Geschwindigkeit, bis Elli kleine, lustvolle Geräusche machte, die mich beinah kommen ließen.

»Dreh dich um.«

Kommentarlos rollte sich Elli auf den Bauch, hielt sich am Bettgestell fest und streckte mir ihren fantastischen Hintern entgegen, was mir ein Grollen entlockte.

Wieder stieß ich in sie. Schneller.

Wir wurden beide mitgerissen, trieben höher und weiter. Ich näherte mich dem Höhepunkt, alles in mir lechzte nach Erlösung. Mit einem lauten Stöhnen kam ich in ihr, ließ mein Gewicht auf sie sinken und knabberte an ihrer Schulter, während Sternchen vor meinen Augen tanzten.

Heilige Scheiße.

Mein Brustkorb bewegte sich in einem unregelmäßigen Takt und mein Herz drohte zu zerspringen.

Elli kicherte. Es war ein glückliches, befreites Geräusch, das mich in kalten Angstschweiß ausbrechen ließ, während die Realität wieder auf mich einprasselte.

Heilige Scheiße.

Ich hatte ein Problem.

Wie sollte ich jemals wieder ohne Ellinor Skogen auskommen?

21

ELLI

»*Oh. Mein. Gott.*« Tiril hielt mitten in der Bewegung inne, ihr Chanel-Bourgeoisie-Lipgloss schwebte in der Luft und sie blinzelte mich so ungläubig an, als hätte ich eben verkündet, den Galdhøppiggen besteigen zu wollen. Zum Glück war sonst niemand in der Toilette des Cafés, wo wir nach unserem Lunch im *Koie Ramen Munch*, unmittelbar neben dem Museum, das Lucas und ich früher so oft besucht hatten, einen kleinen Zwischenstopp machten. »Ihr hattet Sex.«

Leugnen war zwecklos, denn ich spürte bereits, wie sich Wärme in meinem Gesicht ausbreitete und mich wie eine Warnlampe aufleuchten ließ.

Der Abend mit Lucas lag jetzt zwei Tage zurück und obwohl wir uns seitdem weder gesprochen noch gesehen hatten, fühlte es sich so an, als wäre ich zu weicher Butter zerschmolzen. Einen Tag danach war ich noch wund gewesen, aber auf eine gute Weise, und ich hatte mich immer wieder dabei ertappt, wie ich debil grinsend Löcher in die Luft gestarrt hatte. Kein gutes Zeichen. Zumindest nicht für mich und mein viel zu naives Herz. Dennoch konnte ich an nichts anderes denken, als wieder mit ihm zu schlafen.

Eine äußerst gefährliche Kombination.

»Woher weißt du das?«, seufzte ich und steckte den Kamm wieder in die Hermès-Handtasche, die perfekt zu meinem heutigen Outfit passte: enge Leggings in Lederoptik zu einem hellen Strickkleid, das ich letzten Herbst an einem Musicalpremierenwochenende gemeinsam mit Tiril im Londoner Harrods ergattert hatte.

Mit spitzem Finger deutete meine Freundin auf mein Gesicht. »Du hast diesen Ausdruck. Den du eigentlich nie hast. Und du strahlst. O wow, es war gut, oder? Wie gut?«

»Wolltest du nicht gerade von deinem zweiten Date erzählen?«, startete ich einen Ablenkungsversuch, aber meine beste Freundin schüttelte vehement den Kopf, bevor sie ihre Schleife im Spiegel korrigierte.

»Vergiss es. Dieser Anblick bei dir ist eine Rarität. Eigentlich sollte ich ein Foto schießen und ans Museum verkaufen. *Elli Skogen wurde flachgelegt und hat es genossen, Part I.*«

»Kein Wunder, dass meine Brüder Angst vor dir haben, bei deinem losen Mundwerk.« Ich lachte und verdrehte die Augen. »Du machst mich echt fertig.«

»Els!«

Stöhnend vergrub ich mein Gesicht zwischen den Händen und spürte, wie mir noch mehr Hitze in die Wangen kroch. Mein Hals war bestimmt ganz rot und fleckig. »Es war fantastisch. Ernsthaft. Richtig gut … wie im Film. Leidenschaftlich und intensiv und …« Weiter sprach ich nicht, ich konnte nicht, aber Tiril stieß auch so ein begeistertes Quieken aus und umarmte mich stürmisch.

»Das freut mich unglaublich für dich!«

Ihr sprudelnder Enthusiasmus ließ mein Herz schneller klopfen. Trotzdem nagten leise Zweifel an mir.

»Na ja, es war nur Sex. An der Situation hat es nichts geändert. Ich weiß immer noch nicht, wieso er mich geghostet hat. Ich weiß immer noch nicht, was er wirklich von mir hält, obwohl er im Bett so großartige Sachen gesagt hat. Und dann ist da diese unheimlich einfühlsame, süße Seite, die mich an den Lucas von damals erinnert.« Mit einem frustrierten Laut zuckte ich mit den Achseln. »Ist er eine Green Flag, die sich als Red Flag ausgibt? Oder ist er eigentlich doch Letzteres und ich klammere mich nur an die Vorstellung von damals? Ich meine, er hat mich einfach verlassen. Von einem auf den anderen Tag. Wird er das wieder tun? Was, wenn er es wieder tut?« Ich hatte mich regelrecht in Rage geredet und merkte, wie gut es tat, meine Gedankenspiralen und Gefühle mit meiner besten Freundin zu teilen. Gleichzeitig spürte ich einen brennenden Schmerz tief in der Brust und musste aufpassen, dass mir nicht die Tränen in die Augen stiegen. Glück und Unglück lagen manchmal nur einen Fingerbreit voneinander entfernt, ein falscher Schritt und man stolperte auf die andere Seite. »Wäre da nicht die Sache mit der Arbeit … Keine Ahnung, wo wir mit den Keksen stehen und wie es mit den neuen Rezepten weitergeht, ob wir das wirklich angehen sollten. Und dann die Fake-Dating-Beziehung. Wir haben nicht wirklich darüber geredet, bevor er gegangen ist, und seitdem habe ich nicht mit ihm gesprochen. Jetzt ist Sonntag. Morgen geht die neue Bürowoche los und übernächsten Samstag hat sein Patenkind Geburtstag. Wie soll ich mich denn da verhalten?«

Tiril blinzelte mich an, als hätte ich eben verkündet, Musicaldarstellerin werden zu wollen. »Ich glaube, so viel habe ich dich noch nie am Stück reden gehört«, meinte sie schließlich, griff nach meinen Händen und drückte sie einmal fest. Ich war wahrscheinlich noch nie dankbarer für diese empathische Frau als in diesem Moment. »Hör zu: Ich weiß, du hast Panik, weil Lucas damals einfach gegangen ist. Aber das ist sechs Jahre her und seitdem ist einiges passiert. Selbst du hast dich in den vergangenen Wochen verändert. Ich meine, ist dir eigentlich klar, dass ich in letzter Zeit in keinem Restaurant mehr zuerst oder für uns beide bestellen musste?«

Oh. Ich dachte darüber nach. Tiril hatte recht. Das war mir nicht klar gewesen. Es war nur eine Kleinigkeit, für andere vermutlich nicht einmal der Rede wert, aber für mich bedeutete es eine Menge. Schließlich kämpfte ich schon so lange mit meiner Schüchternheit, das ließ sich nicht von einem Tag auf den anderen ändern. Es war harte Arbeit, man musste dranbleiben und an sich glauben, durfte nicht der Versuchung nachgeben, den leichteren Weg zu gehen. Manchmal war es wichtig, sich auch größeren Hindernissen zu stellen, mehr Geröll und Gestein zu überwinden, wenn der scheinbar schwierigere Weg zum persönlichen Glück führen konnte.

»Das … das ist mir gar nicht aufgefallen«, murmelte ich verwundert.

»Auch heute warst du viel lockerer und offener.« Tiril zwinkerte mir verschmitzt zu. »Vielleicht ist der Sex ein netter Bonus, der dich dazu bringt, noch mehr aus dir herauszukommen. Du musst dich nicht verstecken, Els. Aber du sollst auch nicht dein komplettes Wesen verändern, du bist großartig, so leise und einfach du. Aber du darfst auch gern etwas selbstbewusster sein, wenn es darum geht, für dich selbst einzustehen. Oder zumindest mal Nein zu sagen. An den richtigen Stellen.«

Bei ihren Worten rührte sich etwas in meinem Herzen. »Danke«, hauchte ich mit einem Kloß im Hals, der mir das Schlucken erschwerte. »Du bist die Beste.«

»Nein, du. Deswegen hast du jedes Glück der Welt verdient, du Herz. Und seid ihr nächste Woche nicht bei Astra zum Umtrunk eingeladen? Da wird auch Annika Miller ihr Unwesen treiben, oder?«

Ich nickte. »Ja.«

»Dann bekommst du für Lucas bestimmt den Fuß in die Tür zum TEAROOM.«

Leichtes Unbehagen beschlich mich. »Was, wenn das wirklich alles ist, was er will?« Ich biss mir auf die Unterlippe.

Tiril schnaubte. »Dann ist er ein Dummkopf. Wer dich haben kann und gehen lässt, der hat sie nicht mehr alle.«

»Du lernst ihn übrigens auch bald kennen«, fügte ich hinzu und sah, wie die Augen meiner Freundin bei diesen Worten aufleuchteten. Jetzt war ich mir nicht mehr sicher, ob das eine gute Idee war.

»Oh, wann?«

»An Sanders Geburtstag.«

»Auf nach Morena.« Begeistert klatschte Tiril in die Hände, sodass die goldenen Armreifen an ihrem Handgelenk klirrend gegeneinanderstießen. »Oh, dann werde ich ihm so richtig schön auf den Zahn fühlen.«

»Bitte nicht.«

»Keine Sorge«, sagte sie in einem Tonfall, der ganze Gletscher zum Schmelzen bringen könnte. »Ich werde ihn schon am Leben lassen.«

»Ich weiß nicht, inwieweit mich das beruhigen soll«, murmelte ich und wir kehrten ins Café zurück. Wir bezahlten unseren sündigen Moccachino und ich begutachtete die schmackhafte Auslage. Das *Godt Brød Munch Brygge* hatte nicht nur die besten Kaffeebohnen und Baristas, die Kunstwerke in den Milchschaum zauberten, sondern auch sündige *kanelboller*, für die Sander vermutlich morden würde. Wenn meine Überraschung für Mimi klappte, wollte ich ihm etwas Gutes tun, weil er mir dabei half, und das würde meine Schuld auf jeden Fall begleichen.

In diesem Augenblick dudelte mein Handy los und ich lächelte, nachdem ich einen Blick auf das Display geworfen hatte.

»Du hast gerochen, dass ich an dich gedacht habe, oder?«, begrüßte ich meinen Bruder, nachdem ich abgenommen hatte.

»Ja.«

»Hat es geklappt?«

»Jupp. Aber du hast keine Ahnung, wie weit sich Henning dafür aus dem Fenster lehnen musste«, antwortete er. An seinem Tonfall hörte ich jedoch heraus, dass er mich nur ein bisschen aufziehen wollte.

»Danke. Du bist ein Schatz. Bist du heute Abend bei Norah?«

»Ja, wieso?«, fragte er neugierig.

»Dann bringe ich euch später auf dem Weg nach Hause noch ein kleines Dankeschön vorbei, einverstanden?«

»Klar, bis später!«

Als mein Bruder wieder aufgelegt hatte, steckte ich zufrieden das Handy wieder ein. Wenigstens eine Sache, die auf jeden Fall klappen würde und über die ich mir keine Gedanken mehr machen musste. Blieb immer noch Lucas Stensrud und seine vermaledeite Zunge, die mir nicht aus dem Kopf ging.

Tiril stieß mich in die Seite. »Du hast schon wieder diesen Gesichtsausdruck. Lass mich raten, du hast gerade an ihn gedacht?«

Ich errötete bis unter die Haarwurzeln. »Vielleicht, vielleicht auch nicht«, erwiderte ich ausweichend und war froh, als Tiril lachend das Thema wechselte.

Wir redeten nicht darüber. Es war wie der Tanz zweier Schwertkämpfer vor dem ersten Schlag. Stattdessen verfielen wir in einen konzentrierten Arbeitsrhythmus, was mir gefiel. Es war in Ordnung, denn damit konnte ich umgehen.

Trotzdem hatte sich etwas verändert. In der Luft lag nicht länger nur ein Knistern, sondern das Brodeln zweier unterschiedlicher Wetterfronten, die bald aufeinandertrafen. Hin und wieder streifte er mich wie zufällig im Vorbeigehen oder beugte sich in passenden Momenten etwas zu sehr über mich, sodass wir uns berührten, was jedes Mal einen wahren Schmetterlingssturm in meinem Bauch auslöste. Konnte er sich etwa nicht davon abhalten, mir noch einmal nahe zu sein?

Es trieb mich an den Rand der Verzweiflung – die gesamte Situation und die Tatsache, dass wir hier eingepfercht in seinem Büro saßen und immer noch nicht miteinander geredet hatten.

Auch der Gedanke an die Dinkelkekse ließ mich nicht los. Ich wusste, dass ein entscheidender Faktor fehlte. Und genau das hatte meinen Großvater davon abgehalten, dem Projekt grünes Licht zu geben.

Es war kein Problem, mit Lucas eine Unterhaltung darüber zu führen. Kein Problem, mich mit ihm über neue Ideen oder anstehende Meetings auszutauschen. Genau genommen sprachen wir über *alles andere* außer diese unerträgliche sexuelle Dynamik, die seit dem Backabend bei mir im Penthouse noch intensiver als zuvor zwischen uns herrschte. Als hätten wir eine mentale Linie gezogen, die wir mit Worten nicht überqueren durften.

Wann immer Lucas ebenfalls im Büro war, weil er nicht gerade in einem anderen Termin steckte, spürte ich seine Nähe buchstäblich auf der Haut. Mein ganzer Körper vibrierte. Selbst wenn ich nicht in seine Richtung schaute, lag da diese unausgesprochene Spannung zwischen uns, die nicht von der Hand zu weisen war. Jedes Mal, wenn sich unsere Blicke trafen, musste ich die Schenkel fest zusammenpressen und aufpassen, dass ich nicht zu schnurren anfing. Von wegen *Kätzchen* und so …

Die Anziehung war definitiv nicht zu leugnen, selbst wenn ich es gewollt hätte. Genauso gut hätte ich behaupten können, dass die Erde plötzlich eine Scheibe war. Oder eine Bowlingkugel. Oder eigentlich nur aus Knete bestand.

Am Donnerstag hielt ich es nicht länger aus.

»Wir müssen darüber reden«, sagte ich in die Stille hinein und wandte mich Lucas zu.

Bedächtig senkte er den Stift, mit dem er auf den Unterlagen gekritzelt hatte, und sah mich ausdruckslos an. Draußen stürmte es, das heftige Prasseln des Regens knallte gegen die Fensterscheibe und der Himmel sah aus, als hätte man ihn mit schwarzer Farbe übergossen. Heulend pfiff der Wind um die Gebäudefassaden des Industriegebiets und die Bäume vor dem Firmengelände wiegten sich heftig hin und her.

»Worüber?«, fragte er gedehnt.

»Dich. Mich.« Ich lief knallrot an. »Den … den … du weißt schon.« Himmel, wieso machte er es mir so schwer?

In den Tiefen von Lucas' dunkelbraunen Augen glomm ein diebisches Blitzen auf. Genüsslich lehnte er sich in seinem Schreibtischstuhl zurück und stützte seine Hände auf den

Lehnen ab. »Wenn du es beim Namen nennen kannst, können wir uns gern darüber unterhalten.«

Das brachte mich direkt wieder auf hundertachtzig. Was hatte dieser Kerl nur an sich, dass ich mich zwischen Himmel und Hölle bewegte?! »Ich kann *es* beim Namen nennen.«

»Dann mach es doch einfach.«

Punkt für ihn.

Wütend funkelte ich ihn an. »Du weißt genau …« Moment, war das eine seiner Übungen? War das wieder nur eines dieser Spielchen, um mich aus der Reserve zu locken, damit ich über meinen eigenen Schatten sprang und meine Schüchternheit überwand?

Gut. Ich konnte es wenigstens versuchen.

Langsam stand ich auf, vergewisserte mich mit einem Blick über die Schulter, dass niemand in der Nähe war, und öffnete dann einen Knopf an meinem seidenen Hemdkleid, sodass ein Hauch Dekolleté zu sehen war. Lucas' Blick nahm schlagartig eine andere Intensität an und ich sah, wie sein Kiefer sich dabei anspannte.

»Elli«, grollte er drohend. »Was zum Teufel machst du da?«

»Okay, vielleicht hast du recht«, murmelte ich, keine Ahnung, woher auf einmal dieser doppeldeutige Klang in meiner Stimme kam. Rauchig, verführerisch. »Vielleicht kann ich es nicht aussprechen. Aber dafür könnte ich es dir … zeigen.«

Egal, welcher Protest auf seinen Lippen lag, seine Worte erstarben in der Sekunde, als ich noch einen Knopf aufmachte und den Stoff unter meinen schwarzen Spitzen-BH schob, den ich mir vor einer Weile bei LaPerla gekauft hatte. Lucas konnte die Augen nicht von mir abwenden und ich spürte ein so heftiges Machtgefühl in mir aufkeimen, dass ich mich einen Augenblick lang wie beflügelt fühlte.

Wer war diese Person und was hatte sie mit Elli gemacht?

Mir gefiel das. Mir gefiel, wie er mich ansah, wie er mich beobachtete, wie er mich berührt und sich meiner angenommen hatte. Während des Vorspiels hatte er seine Bedürfnisse zurrückgestellt, den Fokus komplett auf mich gerichtet, und mir drängte sich der Wunsch auf, ihm auf die gleiche Weise Lust zu verschaffen. Vielleicht mussten wir ja wirklich nicht über die Dinge reden, weil es alles verkomplizierte. Vielleicht war es besser, allem einen natürlichen Verlauf zu geben.

Sacht schob ich meine Hand unter das Kleid, zwischen meine Beine, in die Strumpfhose hinein, direkt über meinen Slip, gewagter, als jemals zuvor, heftiger, kühner, mutiger, und mir entschlüpfte ein kleines Stöhnen.

Ruckartig erhob sich Lucas von seinem Stuhl, er sprang förmlich auf, als hätte ich ein Startsignal gegeben. Mit ein paar wenigen, raumgreifenden Schritten umrundete er den Schreibtisch und war bei mir. Dann packte er mein Kinn, senkte seinen Mund auf meinen, wild und hungrig.

Der Kuss ließ einen Schwarm Schmetterlinge in meinem Bauch aufstieben und ich lehnte mich hinein, stupste mit der Zungenspitze gegen seine. Lucas' Brustkorb vibrierte förmlich, als ich den Kuss vertiefte.

»Nicht ohne mich«, knurrte er an meinen Lippen und ein sehnsuchtsvolles Ziehen fuhr mir in den Unterleib, als er seine große Hand über meine legte, was gleichzeitig den Druck erhöhte. »Was machst du nur mit mir? Ich kann mich einfach nicht von dir fernhalten.«

Automatisch schlossen sich meine Lider, ich gab mich dem Gefühl und den Empfindungen hin, die ich seit Tagen herbeigesehnt hatte. Als wäre ich die ganze Zeit kurz vor dem Verdursten gewesen.

Jäh traf mich ein kühler Luftzug und ich öffnete blinzelnd die Augen. Lucas stand schwer atmend einen guten Meter Abstand von mir entfernt. Huschte da Reue über sein Gesicht? Der Anblick zerriss etwas in mir.

»Elli … Elli, ich kann das nicht«, stieß er aus und wischte sich mit einer Hand übers Gesicht, als wollte er den Kuss zwischen uns verscheuchen. »Wir können das nicht. Es hat nichts mit dir zu tun und ich bin ein Arsch, weil ich einem klärenden Gespräch aus dem Weg gegangen bin. Aber wir müssen das professionell durchziehen. Wir haben einen Deal, der mir sehr wichtig ist. Was ich mir davon erhoffe, ist genau das, wofür ich jahrelang hart gearbeitet habe.«

Ich zuckte zurück, als hätte er mich geschlagen. Was absolut bescheuert war, denn er hatte mir nie irgendwelche Versprechungen gemacht. All das zwischen uns war auf meinem Mist gewachsen, aus meiner Unsicherheit heraus, nicht, weil er mich zu irgendetwas gedrängt oder mich erpresst hatte.

»Das verstehe ich«, brachte ich deswegen hervor und schloss die beiden Knöpfe, bevor ich mir über den Rock strich und meine Frisur richtete, um etwas Zeit zu gewinnen. »Ich verstehe es. Wirklich. Aber … da ist diese … Spannung und ich schlafe auch nicht mit jedem …« Auf einmal brannten Tränen hinter meinen Lidern und meine Nase juckte so heftig, dass ich abrupt abbrach.

Lucas registrierte den Gefühlswandel und kam wieder auf mich zu. Er nahm mich in den Arm, als wäre es das Natürlichste der Welt, und allein diese Reaktion reichte aus, um bei mir alle Dämme brechen zu lassen.

»Elli, ja, wir hatten Sex. Und der Sex war fantastisch. So etwas darf auch mal passieren, ohne dass man danach alles zerdenkt und zerredet«, murmelte er an meinem Scheitel und die Art, wie er mich hielt, vermittelte mir ein Gefühl von Geborgenheit. Es war so schön, wenn er diese Seite zeigte. Eine Seite, die er viel zu selten offenbarte.

Nach außen hin war er mürrisch und ernst, verlor kaum eine Silbe zu viel. Aber das hier?

»Da hast du recht.« Ich seufzte leise und lauschte dem abklingenden Sturm in mir.

»Außerdem hast du schon so großartige Fortschritte gemacht, in zwei Wochen steht die nächste größere Präsentation an und ich weiß, dass du sie alle umhauen wirst.«

Ich vergrub meinen Kopf an seiner Brust. »Ich habe das Gefühl, ich drehe mich im Kreis«, stöhnte ich frustriert und blies mir eine Haarsträhne aus der Stirn. »Mit dir geht es. Auch außerhalb der Firma. Tiril hat mich darauf aufmerksam gemacht, dass ich weniger schüchtern bin, wenn wir zusammen unterwegs sind. Aber sobald ich wieder in diesem Arbeitsumfeld bin, verfalle ich in alte Muster.«

Lucas nahm mein Gesicht zwischen seine Hände und betrachtete mich aufmerksam mit einer Mischung aus Sorge und Stolz. »Du könntest sie alle in die Tasche stecken, das ist dir hoffentlich bewusst, oder? Du hast eine so starke und ruhige Ausstrahlung, du stehst dir manchmal nur selbst im Weg.«

Dieser Mann machte mich noch verrückt. Einerseits war er so schrecklich einfühlsam und verständnisvoll, andererseits setzte er sämtliche Hebel in Bewegung, um mich weiter auf Abstand zu halten. Ich wurde einfach nicht schlau aus ihm.

Plötzlich erhellten sich seine Züge, wurden weich, beinahe liebevoll, und ich versuchte zu begreifen, woher das auf einmal kam.

»Was hast du heute Abend vor?«, wollte er wissen.

»Nichts?«, erwiderte ich verwirrt.

»Gib mir fünf Minuten, ich muss kurz etwas klären.«

Sein Herzlächeln, dann verschwand Lucas aus dem Raum und ließ mich ratlos zurück. Nach jedem Gespräch mit ihm kam es mir so vor, als hätten sich zehn weitere Unklarheiten gebildet. Wie eine Tür, die man aufstieß, und dahinter lagen zehn weitere.

Womöglich war es genau das, diese verwirrende Mischung aus Freundschaft, alten Gefühlen und sexueller Neugierde, die uns einwickelte wie ein unsichtbarer Kokon. Und vielleicht war es wirklich das Beste, einfach zu schauen, wohin es sich entwickelte, ohne alles zu sezieren.

Trotzdem blieb die Frage nach dem Warum. Warum war er damals gegangen?

Ich beschloss, ihn bald noch einmal darauf anzusprechen. Ihn festzunageln. Das war er mir schuldig.

Immer noch klopfte mein Herz viel zu stark. Gerade wollte ich mich wieder an meinen Platz setzen, um an der nächsten Präsentation zu feilen, da fiel mir etwas auf seinem Schreibtisch ins Auge. Eine Zeichnung. Ich von der Seite, versunken in Arbeit. Eine Haarsträhne fiel mir ins Gesicht und der Ausdruck auf meinen Zügen war konzentriert und nachdenklich. Auf diesem Bild strahlte ich etwas Herrschaftliches aus, versprühte eine Aura, die ich noch nie an mir wahrgenommen hatte.

In der rechten unteren Ecke stand sogar sein Kürzel, *Golden*. Er musste es in der Eile und gedankenverloren gezeichnet haben, es wirkte aber genauso schön wie damals.

Lächelnd strich ich darüber. Vielleicht brannte ja doch noch ein kleines Feuer in Lucas. Vielleicht musste ich es nur weiter entfachen.

22
LUCAS

Der Fahrtwind schnitt jetzt, Ende Oktober, wie Rasierklingen. Es roch nach Regen und Herbstlaub, nach Freiheit und Vergessen. Ich liebte das Gefühl, auf dem Bike zu sitzen, den PS-starken Motor unter mir zu spüren, mit der Maschine eins zu werden.

Noch mehr liebte ich es jedoch, wenn Elli hinter mir saß. Es fühlte sich gefährlich gut an, was alles nur erschwerte. Denn am Ende durfte es kein *uns* geben. Es hatte sich nichts an meinem Standpunkt geändert. Elli war wundervoll und ich war ihrer nicht würdig. Nie gewesen.

Ich schaltete in den zweiten Gang und rollte auf den Parkplatz des Trainingsgeländes. Ich wartete, bis sie abgestiegen war, wobei ich es vermied, zu genau hinzuschauen, wie sie sich den Helm vom Kopf zog. Zum Glück hatte ich von meiner Position aus nicht sehen können, wie sie heruntergeklettert war. Andernfalls hätte ich vermutlich wieder nächtelang davon geträumt. Genauso wie von den Lauten, die sie von sich gegeben hatte, als sie gekommen war. Wesentlich schlimmer war allerdings etwas anderes. Elli gab mir das Gefühl, genau richtig zu sein, auf meine Weise. Sie forderte mich, reizte mich, es gefiel mir, dass sie eine andere Seite in mir zum Vorschein brachte und ich dasselbe für sie tat.

Staunend sah sie sich das rustikale Industriegebäude von außen an, ehe wir hineingingen. Vor fast zehn Jahren war es in eine Sporthalle umfunktioniert worden. Ich begrüßte meine Jungs mit einem knappen Kopfnicken und wies ihr den Weg zu den Umkleidekabinen.

»Okay, deine Geheimniskrämerei in allen Ehren, aber was genau machen wir hier?« Sie warf einen skeptischen Blick auf die Sportkleidung und Schuhe, die ich ihr in die Hand gedrückt hatte. Ich hatte im Vorfeld schon am Telefon geklärt, ob es Klamotten in ihrer Größe gab. Wenn wir uns schon bei Wind und Wetter durch Oslos Feierabendverkehr schlängelten, dann wenigstens nicht umsonst.

»Müsste dir passen, Schuhgröße achtunddreißig, oder?«, meinte ich. »Ansonsten lass dich überraschen.«

»Ich … weiß nicht, ob ich für Boxen besonders geeignet bin«, erwiderte Elli und presste kurz die Lippen aufeinander. Nervosität flackerte über ihr Gesicht. »Wenn ich ehrlich bin, würde ich am liebsten die Flucht antreten.«

»Sträubst du dich dagegen, weil du es nicht kennst? Weil du Angst vor dem Ungewissen hast? Oder weil die Situation dich überfordert?«

»Beides.« Gehetzt schaute sie sich um und ich folgte ihrem Blick, versuchte, die Halle mit den vier einzelnen Ringen, der verspiegelten Nordseite, der Fraktion mit den vielen herabhängenden Boxsäcken, den Sitzbänken und schwarzen Ablagen aus ihren Augen zu betrachten. Die hohen, klaren Lichter an der Decke waren gedimmt, zwei Automaten mit Proteinzusätzen, Energiekugeln, Snacks und Getränken standen an den schwarz gestrichenen Wänden, die Atmosphäre war insgesamt eher düster gehalten. Schwarz-rote Bodenmatten säumten die Halle. Immer wieder betraten oder verließen durchtrainierte Männer und Frauen mit ernsten Mienen die Umkleiden, Sporttaschen und Rucksäcke über ihre muskelbepackten Schultern geworfen.

»Die Jungs sind harmlos. Wie plüschige Teddybären«, kommentierte ich achselzuckend. »Warte, bis du Erik kennenlernst.«

»*Die Jungs* sehen aus, als könnten sie mit bloßen Händen Bäume entwurzeln«, gab Elli schlagfertig zurück und ich liebte es. Sie hatte keine Scheu, mir die Stirn zu bieten.

In diesem Augenblick trat Hadi, der Security von der Vernissage, um die Ecke und winkte uns beiden zu, woraufhin sich ihre Miene schlagartig erhellte.

»Für alle, die ich persönlich kenne, würde ich meine Hand ins Feuer legen«, fuhr ich deswegen fort. »Außerdem bist du mit mir hier.« Ich spürte, wie sich meine Züge verhärteten. »Sollte irgendjemand dafür sorgen, dass du dich unwohl fühlst, bekommt er es mit mir zu tun.«

Und ich werde ihn in Stücke reißen.

»Aber …«

»Sieh es als Übung. Ein weiterer kleiner Schritt, deine innere Stärke nach außen zu tragen.«

Sie hob die Augenbrauen und betrachtete mich skeptisch. »Du hältst mich für stark?«

Die Zweifel in ihrer Frage berührten mich. »Du bist stark. Du kannst es nur noch nicht sehen. Vertrau mir, es wird dir gefallen.«

In ihrem Blick flackerten so viele unterschiedliche Emotionen auf, dass ich sie unmöglich alle auffangen konnte. Unsicherheit, Trotz, Hoffnung, Sehnsucht …

»Okay. Wir ziehen uns um und dann legen wir los.«

Zehn Minuten später tauchte sie in den Klamotten auf, die Hadi für sie bereitgelegt hatte. Die honigfarbenen Strähnen hatte sie zu einem Zopf geflochten, der unter dem Boxhelm verschwand, den ich ihr in die Umkleidekabine mitgegeben hatte. Ihre Schritte waren unsicher und sie zupfte am Saum des Sportshirts, das wie eine zweite Haut an ihr klebte.

Weitere zehn Minuten später hatte ich sie instruiert. Die ersten Versuche im Ring waren noch etwas unbeholfen, ihre Bewegungen wirkten schwerfällig, als hätte sie Gewichte an den Handgelenken, aber ich feuerte sie an, gab ihr Anweisungen, korrigierte sie und ermutigte sie gleichzeitig. Und Elli lernte schnell. Ihr wacher Geist und ihre Auffassungsgabe sorgten dafür, dass sie rasch geschickter wurde, bis sie sich locker über die Matten bewegte. Als hätte sie ein Leben lang nichts anderes gemacht. Der Ehrgeiz stand ihr ins Gesicht geschrieben. In ihren Augen tobte ein grauer Sturm, aber da war noch etwas anderes. Etwas, das sie beschäftigte.

Ein gerader Schlag mit ihrer Führhand, gefolgt von einem tiefen, gezielten Tritt gegen mein Bein, und ich sah, wie es hinter ihrer hübschen Stirn arbeitete.

»Was auch immer es ist, nutz es. Nutz es als Antrieb. Das ist gut. Aber lass dich von dem Gefühl nicht kontrollieren«, wies ich sie an. »Das ist wichtig, sonst verschlingt es dich und du verlierst das Wesentliche aus den Augen. Du musst dich auf mich fokussieren, vorausahnen, wohin mein nächster Schlag gehen könnte.«

»Warum bist du damals gegangen?« Sie spuckte die Frage förmlich aus und ich spürte, wie unter dem Schweiß der Anstrengung die Kälte in meinen Nacken kroch.

Natürlich. Wir hatten nicht darüber geredet. Wir hatten das

Thema vor uns hergeschoben – oder vielmehr hatte ich alles in meiner Macht Stehende getan, um dem Unausweichlichen aus dem Weg zu gehen. Aber jetzt war es dafür zu spät.

»Elli, wenn ich …«, setzte ich an, doch sie unterbrach meinen Satz, indem sie ihren Fuß gegen meinen Schienbeinschoner knallte. Die Wucht war enorm. Weitaus heftiger, als ich erwartet hätte, und hinter dem Helm nahm ich ein triumphierendes Funkeln in ihren Augen wahr.

»Keine Ausreden. Kein Bullshit. Du bist mir immer noch eine Antwort schuldig. Daran hat … du weißt schon, was … nichts geändert.«

»Hast du wieder die Krallen ausgefahren?«, neckte ich sie, während mich ein tiefer Stolz erfüllte. *Herregud*, mit ihren erhobenen Fäusten, dem Zopf und der Entschlossenheit in ihrer Miene hatte sie sich von einer Königin in eine Kämpferin verwandelt und ich liebte alles an diesem Anblick.

»Lucas!«, herrschte sie mich an. »Ich meine es ernst … Du hast … mir nie darauf geantwortet«, fügte sie atemlos hinzu und ich registrierte, wie ihre Schlagkraft etwas nachließ. Ihr Ausfallschritt war nicht mehr ganz so leichtfüßig.

»Was willst du wissen, mhm?« Tänzelnd bewegte ich mich um sie herum, wich ihrem nächsten Tritt aus und brachte etwas Abstand zwischen uns. »Ich habe einfach gemerkt, dass unsere Freundschaft in eine Sackgasse lief. Ich war knapp neunzehn, Elli. Da reagiert man nicht immer wohlüberlegt. Und ja, ich habe mich wie ein Drecksack verhalten.« Ich lächelte unnachgiebig, während Elli innehielt und die Handschuhe sinken ließ. »Falls du eine Entschuldigung hören willst: Es tut mir leid, dass ich dich damit verletzt habe. Allerdings hätte ich das so oder so getan. Ob mit oder ohne Erklärung. Was macht das schon für einen Unterschied?«

Wow. Ich war definitiv der größte Heuchler der Welt.

Jetzt blieb Elli stehen. »Das war alles?« Unglauben färbte ihre Stimme heller. »Du hast … du bist von einem auf den anderen Tag aus meinem Leben verschwunden, weil du keinen Bock mehr auf unsere Freundschaft hattest?«

»So in etwa.« *Wenn du wüsstest, wie weit das von der Wahrheit entfernt ist, würdest du dich wundern, Kätzchen.* Selbstverständlich sagte ich das nicht.

»Das ist ganz schön niederträchtig«, erwiderte sie und begann, sich wieder zu bewegen.

Ich sah den rohen, wilden Schmerz in ihren Augen aufglimmen und es war, als würde mir der Anblick ein Messer in die Seite rammen. Aber es gab nichts, rein gar nichts, was mich dazu bringen würde, ihr die Wahrheit zu gestehen. Denn dann hätte sie vermutlich ihren Großvater bis an sein Lebensende gehasst.

Ja, ich war ein rücksichtsloser Arsch, aber niemand, der Familien entzweite. Das stand mir nicht zu.

Außerdem konnte ich Aasmund Skogen nicht vorwerfen, dass er mir damals die Augen geöffnet hatte. Die Reaktion auf seine Worte war meine Entscheidung gewesen.

»Du willst weiterkämpfen?« Zweifelnd legte ich den Kopf schief, denn ihre Brust hob und senkte sich schnell, als wäre sie bereits außer Puste. Das Haar klebte ihr nass an der Seite und Schweiß perlte unter dem Helm hervor.

Elli nickte entschlossen und hob die Arme, die nach dem Training bestimmt wie Feuer brannten. »Ja.«

»Ich wünschte, es wäre anders«, fügte ich nun fast bedauernd hinzu, um die Wogen etwas zu glätten. »Ich wünschte, ich könnte dir eine andere Erklärung geben.«

»Schon in Ordnung.« Es klang, als hätte sie Eiswürfel geschluckt. »Ich weiß jetzt, woran ich bin und welchen Stellenwert ich in deinem Leben hatte. Danke dafür.«

»Ich habe auch nie etwas anderes behauptet«, setzte ich hinzu, während mein Herz sich anfühlte, als wäre es in winzige Teile zerschnitten worden. Elli probierte es mit einem tiefen Tritt, fokussierte sich auf meine Bewegungen und versuchte, meine Ratschläge zu beherzigen.

»Nein, das hast du nicht.«

So hörte ich mich also an. Emotionslos und kalt. Ich hatte Elli dazu gebracht, sich genauso beschissen zu fühlen wie ich, und die Tatsache tat mehr weh, als ich mir eingestehen wollte.

Besser, sie hielt sich emotional wieder von mir fern. Schließlich war sie diejenige, die mein Herz bereits in ihrer Hand hielt. Ich wollte sie unter keinen Umständen ins Unglück stürzen.

23

ELLI

Innerhalb der nächsten Tage pendelte sich ein neuer Rhythmus zwischen Lucas und mir ein, aber mein Verstand und mein Herz brachten das, was er mir offenbart hatte, nicht richtig in Einklang. Obwohl da dieser dumpfe Schmerz in meiner Brust lag. Obwohl ich auf einmal neue Kräfte entwickelt hatte, weil ich am liebsten all die Details aus ihm herausgeprügelt hätte.

Das Kickboxtraining war perfekt gewesen. Und Lucas hatte das gewusst. Es war, als könnte er die beste Version meiner selbst vor sich sehen und müsste mich nur immer wieder in die richtige Richtung schubsen, ausgefallene Methoden hin oder her. Mein innerer Kompass konnte doch nicht so defekt sein, dass es mir unmöglich war, Lucas richtig einzuschätzen. Da waren diese nachhallenden Zweifel wie Puzzlestücke, die noch nicht so ganz ins Bild passten.

Aber waren diese Zweifel der Tatsache geschuldet, dass ich meistens an das Gute im Menschen glaubte und mich nicht von meinen alten Vorstellungen von Lucas lösen wollte? Oder steckte mehr dahinter? Mein Bauchgefühl sagte mir Letzteres, auch wenn ich den Finger nicht daraufzulegen vermochte.

Und dann war da immer noch diese schreckliche, sexuelle Spannung. Dass wir miteinander geschlafen hatten, änderte auch nichts daran. Gar nichts. Doch dieses Mal war ich diejenige, die etwas auf Abstand ging. Ich wechselte nur die nötigsten Sätze mit ihm, denn ich spürte, wie brüchig mein Herz war. Auf welchem dünnen Eis wir uns bewegten.

Wenn es notwendig war, verbrachten wir Zeit miteinander. Ich nahm ihn zu zwei Veranstaltungen mit. Nichts Weltbewegendes und wir waren so eingespielt, dass man uns vermutlich die Scharade einer Beziehung abnahm. Es war sowieso unüblich, sich wie frisch verliebte Teenager zu benehmen, sodass es nicht auffiel, wie wenig wir turtelten. Oder überhaupt irgendwie liebevoll miteinander interagierten. Darüber hinaus beschränkten sich unsere Treffen meistens auf die Arbeit im Büro, da wir noch vor dem Jahresende eine letzte Vertragsunterzeichnung mit einer kleineren Firma anstrebten, die plastikfreie Verpackungen produzierte und für KOSGEN im nächsten Jahr unheimlich wichtig werden sollte. Vor den Fenstern meiner Penthousewohnung wurde es nun früher dunkel, ich tauschte den Dior-Trenchcoat gegen einen kuscheligen Wintermantel und pünktlich mit dem November kam Mimis Geburtstag. Immer häufiger ertappte ich mich dabei, wie ich vor Nervosität Löcher in die Luft starrte.

Gestern Abend hatte Lucas mir geschrieben, dass er mich um vierzehn Uhr abholt, denn wir hatten auch nicht mehr über den Geburtstag gesprochen. Deswegen hatte ich den ganzen Vormittag damit zugebracht, mein Geschenk zu verpacken und Dinkelkekse mit weißen Schokostückchen nach einem leicht abgewandelten Rezept zu backen, da mir noch eine Idee gekommen war. Aufregung erfüllte mich und ich konnte es kaum abwarten, bis Lucas die neuen Kekse probierte. Zwischendurch schickte ich ihm noch eine Nachricht.

Habe etwas mehr dabei. Weiß nicht, ob alles bei dir mitkann.

Mach dir deswegen keine Sorgen.

Mehr kam nicht von ihm zurück. Wie kryptisch.

Schließlich beseitigte ich das Chaos in der Küche, stellte alles in den Flur, zog mich um und wartete, bis Lucas klingelte. Fast auf die Minute genau. Ein nervöses Flattern machte sich in meinem Magen breit. Ich schob es darauf, dass ich nicht viel zu Mittag gegessen hatte.

Als ich die Tür öffnete, trat Lucas gerade aus dem Aufzug. Die Lederjacke war verschwunden, stattdessen steckte er in einem gemütlichen weißen Wollpullover mit Strickmuster um die Brust, trug darüber einen Mantel und hatte eine weinrote Mütze auf dem Kopf, was ihm einen weihnachtlichen Style verpasste. Irgendwie fand ich das witzig. Keine Ahnung, weshalb. Aber es veränderte die komplette Atmosphäre. Ich umklammerte die Aufbewahrungsbox etwas fester und biss mir auf die Lippe, um nicht loszuprusten.

»Was ist?«, fragte er und hob die Augenbrauen.

Mir entschlüpfte ein kleines Lachen. »Nichts. Aber du hast so einen … *Grumpy-Weihnachtsmann-Look*.«

»Einen … was?«, fragte Lucas perplex. »Ist das gut oder schlecht?«

»In deinem Fall?« Ich sah an ihm herab. »Gut.«

Schweigend betraten wir den Aufzug und machten uns auf den Weg nach unten. Doch es war kein unangenehmes

Schweigen, so wie in den letzten Tagen. Wir verließen das Gebäude und gingen die am Wochenende besonders belebte Promenade am Oslofjord entlang zu den Parkplätzen neben dem Indoor-Skaterpark. Lucas deutete auf einen schwarzen BMW SUV, ein Hybridmodell, das nicht älter als zwei Jahre sein konnte.

»Carsharing?«, fragte ich neugierig, aber zu meiner Überraschung schüttelte Lucas den Kopf.

»Habe ihn Freya und Erik abgekauft, weil Erik sich über die Werkstatt einen Elektrowagen leasen konnte. Ich fahre ihn nur, wenn es notwendig ist.«

Ich nickte und stieg ein. Der Innenraum war bereits beheizt und ich machte es mir auf dem Beifahrersitz bequem. Tatsächlich war es irgendwie seltsam, Lucas als Autofahrer zu sehen. Es war, wie jemanden ohne Vorwarnung in der Sauna zu treffen, den man eigentlich aus einem anderen Kontext kannte.

»Woran denkst du?«, fragte er, als er den Wagen auf die Straße lenkte, der Elektromotor summte leise unter uns.

»Ich hätte nie gedacht, dass du mich mal in deinem Auto mitnimmst. Das ist so erwachsen, irgendwie.«

Er warf mir einen Seitenblick zu und etwas glomm in den Tiefen seiner Augen auf. »Du hast schon hinter mir auf dem Bike gesessen.«

»Das ist was anderes. Weiß nicht, das hier ist … so normal.« Ich knetete meine Hände im Schoß. »Hast du dir früher nicht ab und zu die Zukunft ausgemalt? Also, als wir noch … Kontakt hatten? Ich habe uns meistens im Park oder auf der Bank gesehen. Nie … in einem SUV.«

»Ah.«

Da war es wieder. Sobald es an seine Substanz ging, fuhr er

sämtliche Schutzwälle hoch, als hätte ich ihm ein Kommando dafür gegeben.

»Du tust es schon wieder.« Den beißenden Tonfall konnte ich mir nicht verkneifen.

»Was?« Seine Knöchel traten weiß hervor, so fest umklammerte er das Lenkrad.

»Dich abschotten. Ich erwähne unsere Freundschaft, du machst dicht.«

Lucas seufzte. Schwieg. Dachte nach. »Du hast recht«, sagte er dann. »Ich weiß immer nicht, wie ich darauf reagieren soll.«

»Normal?« Ich zuckte mit den Achseln und sagte das Nächstbeste, was mir in den Sinn kam. »Ich hab's kapiert. Wir haben unseren Deal. Mehr nicht. Der geht noch knapp sechs Wochen. Danach bist du frei. In ein paar Tagen sind wir bei Astras Umtrunk in der Oper, Annika Miller wird auch dort sein. Du wirst sie um den Finger wickeln, sie bringt dich ins TEAROOM und wir beide können getrennte Wege gehen. Wenn du das willst.« Ich richtete mich etwas im Sitz auf, merkte, wie sich Lucas neben mir anspannte. Wahrscheinlich, weil ich es so offen aussprach. Aber es wurde Zeit, dass alle Karten auf den Tisch kamen.

Er atmete tief durch. »Als ich meinte, *fang keine Spielchen an, die du nicht gewinnen kannst*, war das durchaus ernst gemeint.«

»Das habe ich auch gar nicht getan«, antwortete ich. »Du hast mir geholfen, dass ich mehr aus mir herauskomme, und dafür bin ich dir dankbar. Ich wollte nur wissen, was damals vorgefallen ist. Ich habe dir ja gesagt, dass du dir keine Sorgen machen musst. Ich werde mich nicht in dich verlieben, falls du mich deswegen auf Abstand hältst«, sprudelte es aus mir heraus und mein Herz klopfte unnatürlich schnell dabei. Es war einfach gegen meine Natur, meinen Worten freien Lauf zu lassen. Aber vielleicht kam es genau darauf an.

Wir hielten an einer Ampel und mir wurde schrecklich warm. Er sah mich wieder an, eindringlicher diesmal. Intensiver. Sein Blick tastete wie eine Liebkosung über meine Haut, prüfend, nachdenklich. »Das ist dein Ernst, oder?«

Ich nickte. »Ja.«

»Ich will dir nur nicht wehtun, weil ich dir nicht das geben kann, was du brauchst, Elli«, gestand Lucas.

Mein Herz machte einen aufgeregten Satz. So ehrlich war er bis zu diesem Zeitpunkt noch nie gewesen. Als hätte sein Schutzwall einen winzigen Riss bekommen. Erleichterung durchströmte mich. Okay. Lucas wollte sich nicht verlieben. Vielleicht war das sein Problem. Und es war ein Ansatzpunkt. Damit konnte ich umgehen. Denn das Letzte, was ich wollte, war, mein Herz an den Mann zu verschenken, der es so leichtfertig weggeworfen hatte.

»Ob du es willst oder nicht, ich kenne dich. Du bist ein besonders einfühlsamer Mensch und ich möchte nicht, dass du am Ende enttäuscht bist.«

»Ob du es glaubst oder nicht, ich kann inzwischen etwas besser auf mich aufpassen.«

Lucas warf mir einen zweifelnden Blick zu und ich schnaubte leise. »Ich arbeite daran. Und wie gesagt, das verdanke ich auch dir. Hab ein bisschen Vertrauen. Der … du weißt schon … der … Das war wundervoll. Ich hab es sehr genossen. Da ist einfach diese … Spannung zwischen uns und auch das ist okay. Es muss nicht mehr sein.«

Wem genau willst du eigentlich etwas vormachen?, mahnte meine innere, liebesgeschichtenverschlingende Stimme, aber ich blendete sie aus.

Lucas' Mundwinkel zuckten, während er sich auf den Verkehr konzentrierte. »Du hast *was* genossen?«, hakte er bedeutungsschwer nach und die Luft um uns herum wurde auf einmal zähflüssig wie warmes Karamell.

»Das weißt du sehr genau.«

»Ich glaube dir erst, dass du besser auf dich aufpassen kannst, wenn du die Dinge beim Namen nennst.«

»Nicht jeder hat so ein versautes Mundwerk wie du oder Tiril«, gab ich zurück und spürte, wie mir Röte in die Wangen stieg.

»Du meinst, weil ich Sex sagen kann? Oder Schwanz? Erektion? Wie wäre es mit blasen?«

»LUCAS!«, rief ich entsetzt und hörte ein tiefes, befreites Lachen, das so herzlich und wunderschön klang, dass ich den Kopf wandte, um ihn fasziniert dabei zu beobachten. Er war so schön, wenn er all die Sorgen für einen Augenblick lang hinter sich ließ, und ich liebte das Gefühl der hemmungslosen Freude, die mich durchdrang, weil unser albernes Gespräch ihn zu diesem Ausbruch verleitet hatte. Dabei ignorierte ich meinen viel zu heftigen Herzschlag und das Kribbeln im Bauch, das an dieser Stelle eindeutig nichts verloren hatte.

»Gibt es eigentlich irgendetwas, das ich beachten sollte, wenn wir bei deinen Freunden sind?«, wechselte ich deswegen etwas zu eilig das Thema, was er zum Glück nicht kommentierte.

Lucas überlegte kurz. »Nein. Sie werden dich ohnehin lieben, sobald du zur Tür hereinkommst.«

Oh.

»Onkel Luc!« Ein kleines Mädchen mit zwei Zöpfen, einer selbst gebastelten Stoffkrone mit der Zahl Vier und in einer rotzfrechen Latzhose stürmte auf uns zu und fiel Lucas in die Arme. Er hob sie hoch und sah so gelöst und glücklich aus, dass sich meine Kehle verengte. Hinter ihr tauchte eine hübsche junge Frau mit dunklen spiralförmigen Locken und einer kessen Stupsnase auf, die hellbraunen Augen leuchteten vor Vergnügen, sobald sie uns erblickte. Mit etwas Abstand blieb sie stehen, verschränkte die Arme vor ihrem niedlichen Blusentop und beobachtete die Szenerie, die sich vor ihr abspielte.

Herrlicher Essensduft strömte uns entgegen. Es roch nach Punsch und gebratenen Äpfeln mit Zimt. Die Geräuschkulisse und der Stapel an Kinderschuhen ließen unschwer erkennen, dass die ersten Gäste bereits da waren. Bunte Luftballons hingen im Flur der Wohnung.

»Alles Liebe und Gute zum Geburtstag, Krümel«, sagte Lucas und setzte sein Patenkind behutsam wieder ab. »Sind deine Freunde aus dem Kindergarten schon da?«

»Ja, alle! Und ich habe schon zwei Stickerhefte bekommen. Mama hat einen Schokoladenkuchen gebacken. Ich durfte heute Morgen die Kerzen auspusten und mir etwas wünschen!«

»Das ist ja toll! Aber den Wunsch verrätst du niemandem, sonst geht er nicht in Erfüllung.«

Vehement schüttelte Mimi den Kopf, dann betrachtete sie mich, die Tüte mit den Geschenken und meine Keksbox neugierig. »Bist du Onkel Lucs Freundin? Die mit dem lustigen Namen?«

»Genau. Ich bin Ellinor, aber alle nennen mich Elli.« Lächelnd ging ich vor ihr in die Hocke. Mit fremden Leuten zu sprechen, war immer noch ein Thema für mich, aber bei Kindern war das nie ein Problem gewesen. »Und ich habe gehört, dass du heute Geburtstag hast. Mensch, schon vier Jahre.« Ich deutete auf ihre Krone. »Herzlichen Glückwunsch, Mimi. Und danke für deine Einladung, ich habe dir selbstverständlich auch etwas mitgebracht.« Ich hielt ihr die kleine Geschenktüte mit den Motorrädern hin, die ich im Laufe der letzten Woche besorgt und selbst verpackt hatte. Bei dem anderen Part hatte mir Sander ausgeholfen und ich freute mich schon tierisch auf ihr Gesicht, wenn sie es bekam …

Sofort leuchteten ihre Augen auf. »Oh, danke!« Sie riss die Tüte an sich und rannte damit davon. Etwas verlegen richtete ich mich wieder auf. In derselben Sekunde fiel mir Freya um den Hals, als wären wir lang verschollene beste Freundinnen. Was sich in anderen Momenten hölzern oder falsch angefühlt hätte, war nun genau richtig. Eine wohltuende Portion *Herzlich Willkommen*, die ich benötigte, um nicht sofort in alte Muster zu verfallen.

»Ich freue mich so, dich kennenzulernen! Schön, dass du es hergeschafft hast. Fühl dich bitte wie zu Hause, ja? Oh, du hast etwas mitgebracht! Lass mich das eben schnell zu den anderen Sachen bringen, einverstanden?« Freya nahm mir lächelnd die Box aus der Hand und ging davon, ohne meine Antwort abzuwarten.

»Äh …«

»Ich sage doch, sie liebt dich«, kommentierte Lucas trocken und schälte sich aus seinem Mantel. Wieder brachte mich der Weihnachtslook zum Schmunzeln, woraufhin er mir ein schiefes Lächeln schenkte. Eines der seltenen Sorte.

Ich seufzte leise. »Hast du kein Geschenk für Mimi?«

»Doch, aber das hab ich gestern Abend schon vorbeigebracht, damit sie heute Vormittag nach dem Auspacken schon damit spielen konnte.« Auf meinen fragenden Blick hin fügte er hinzu: »Sie liebt die Geschichten von Prinz Misku, deswegen habe ich ihr ein Spielset mit passenden Figuren gekauft.«

Aufmerksam, das war er schon immer gewesen. Hatte sich kleine Details gemerkt, winzige Bemerkungen registriert.

»Wie schön«, sagte ich und fügte lächelnd hinzu: »Onkel Luc also, hm?«

So etwas wie Verlegenheit huschte über sein attraktives Gesicht. »Mach nicht mehr draus, als es ist.« Er winkte ab und griff nach meiner Hand, nachdem er unsere Jacken an die überquellende Garderobe gehängt hatte. »Auf in die Höhle der Löwen.«

Wir traten um die Ecke, wo sich ein paar Erwachsene versammelt hatten. Besitzergreifend legte mir Lucas einen Arm um die Schultern, als sich ein gut aussehender Mann mit mürrischem Gesichtsausdruck näherte, der sich als *der dritte Jensen* vorstellte.

»Sie hat die zwei anderen noch nicht kennengelernt, also wie wär's, wenn du mit deinem Vornamen anfängst«, grummelte Lucas mit Grabesmiene.

»Kris.«

»Und ich bin Per«, tönte es von der anderen Seite, eine Hand ergriff freundlich meine. Keine Sekunde später trat ein junger Mann mit hellblauen Augen und einem frechen Grinsen in mein Sichtfeld. Ohne Zweifel einer der schönsten Menschen, die mir bisher begegnet waren, auf eine klassische Weise. Fein gemeißelte Züge und eine ebenmäßige Haut, für die Tiril vermutlich ein Vermögen ausgegeben hätte. Was sie durchaus auch tat, wie ich wusste.

»Wir freuen uns, dich endlich kennenzulernen.«

»Aber atmen darf sie noch, ja?«, dröhnte es hinter den beiden Kerlen, dann tauchte ein Bär von einem Mann auf, bärtig und mit Glatze, aber so freundlichen Augen, in denen ein schelmisches Funkeln lag, dass ich mich augenblicklich entspannte. Das musste Erik sein.

»Entschuldige meine Brüder, sie sind mindestens genauso nervig wie andere Geschwister auch«, meinte er und scheuchte die beiden weg, ehe er sich mir zuwandte und so tat, als wäre Lucas gar nicht da.

»Freue mich auch, dich zu sehen«, kam es trocken von Lucas.

Erik schenkte ihm weiterhin keine Beachtung, sondern fragte mich, ob ich etwas trinken wolle. Überrumpelt nickte ich und er verschwand in der Küche, was mir kurz die Gelegenheit gab, mich in dem hübsch geschnittenen Wohn-Ess-Küchenbereich umzusehen.

Wie im Flur hingen auch im Wohnzimmer überall grüne und gelbe Luftballons. Durch den ganzen Raum spannten sich außerdem grüne Girlanden, die an einen Dschungel erinnerten. Auf der Küchenzeile waren Gläschen und lecker aussehende Häppchenteller angerichtet. Sowohl die Wursthäppchen als auch die Käsebrote hatten die Form von kleinen Löwen und Elefantenköpfen. Auf der anderen Seite des Wohnzimmers stand ein Kindertisch mit Miniaturstühlen, auf dem Ausmalbilder von wilden Tieren lagen, dazu passende Buntstifte steckten in farbigen Bechern. Mitten auf dem Esszimmertisch thronte ein Schokoladenkuchen voller Smarties und Gummibärchen und mit kleinen Tierfiguren geschmückt.

»O wow. Das ist so süß.« Lächelnd wandte ich mich Lucas zu. »Mit *Höhle des Löwen* hast du vermutlich genau ins Schwarze getroffen.«

Lucas betrachtete mich und meine leuchtenden Augen mit

einem undefinierbaren Ausdruck, als plötzlich eine tadelnde Stimme hinter uns dröhnte: »Ihr habt gevögelt. Und du hast es mit keinem Wort erwähnt.«

Erschrocken zuckte ich zusammen und sah mich nach allen Seiten um, doch bis auf Lucas hatte niemand Eriks Aussage gehört. Er war unbemerkt wieder hinter uns aufgetaucht, grinste in seinen Bart und wirkte so zufrieden wie ein kleiner Junge, der Weihnachts- und Geburtstagsgeschenke auf einen Schlag erhalten hatte.

»Moment, Moment … wer hat Teufel-Tango getanzt?«, tönte Freyas Stimme von der anderen Seite des Wohnzimmers, als hätte sie übersinnliche Kräfte. Oder das Gehör eines Raubtiers.

Mit hochrotem Kopf schaute ich mich nach allen Seiten um, aber zum Glück schien niemand etwas von diesem wilden Geplänkel mitbekommen zu haben. Niemand außer Lucas, Erik, Freya und ich.

Auf jeden Fall sprintete Freya förmlich zu uns hinüber und hechtete dabei über verstreut auf dem Boden herumliegendes Spielzeug, als wäre sie auf einem Schuhausverkauf. Ich musste so perplex und entsetzt aus der Wäsche schauen, dass selbst Lucas in dröhnendes Gelächter ausbrach. Das Geräusch fuhr mir direkt in die Bauchmitte und löste ein viel zu wohliges Kribbeln aus. Himmel, wenn dieser Mann lachte, schien die Welt eine andere Farbe anzunehmen, als würde sie golden leuchten.

»Ich … also ich …«

Lucas zog mich enger an seine Brust. Keine Ahnung, ob er es freundschaftlich meinte, aber in diesem Augenblick fühlte es sich verdammt gut an. Für eine Sekunde gab ich mich der Illusion hin, dass vielleicht doch mehr zwischen uns sein könnte. Und mein dummes, törichtes Herz setzte bei dem Gedanken einen viel zu langen Schlag aus.

»Was denn?« Abwehrend und mit schelmisch blitzenden Augen hob Freya beide Hände und zuckte mit den Achseln. »Ganz im Ernst … Wenn euer Alltag vier Jahre lang nur aus den Bedürfnissen eines Babys und Kleinkindes besteht, wärt ihr auch über jede Form von Klatsch und Tratsch dankbar. Vor allem, wenn es um das Liebesleben anderer Leute geht. Also bitte, gebt Mama, was sie braucht. *GOSSIP.*«

»Selbst wenn wir es getan hätten, würde es euch überhaupt nichts angehen«, meinte Lucas todernst, wobei er sich nur mit größter Mühe ein Grinsen verkniff. Seine Brust war angeschwollen, als rechnete er damit, ein Abzeichen zu erhalten. Ich konnte ihm förmlich von der Nasenspitze ablesen, dass er Erik am liebsten ein *High Five* gegeben hätte.

»Spielverderber«, schmollte Freya, aber ihre Augen blitzten diebisch. Sie hatte sichtlich Spaß an der Sache.

Die ganze Situation, die lockere Art seiner besten Freunde, nahm mir meine Verlegenheit und gab mir das Gefühl, Teil einer ganz wunderbaren Gemeinschaft zu sein. Es war schön, sich einfach dazugehörig zu fühlen, ohne auf meinen Familienhintergrund beschränkt oder deshalb anders behandelt zu werden. Irgendwie beschlich mich das Gefühl, dass Lucas bei seinen Freunden immer wieder einen Realitätscheck erhielt, dass sie ihn auf dem Boden hielten, egal, wie hoch er abhob.

Die Stunden vergingen wie im Flug. Waren erfüllt von kleineren Spielen, einem Ständchen für Mimi und ungezwungenen Konversationen. Ich unterhielt mich mit Eriks Brüdern, die beide so unterschiedlich waren und sich dennoch auf eine Weise ähnelten, dass sie mich an meine Geschwisterkonstellation erinnerten. Anders und zugleich auch nicht.

»O mein Gott, sind die lecker!«, rief Freya und biss noch einmal genüsslich in den Keks, ehe sie sich den Rest in den Mund schob und die Augen schloss, als wollte sie jede Sekunde davon auskosten. Mentale Genussfotos schießen. »Ich brauche das Rezept! Spätestens zu Weihnachten.«

Zufrieden tauschte ich einen Blick mit Lucas, dessen Miene mal wieder kaum einen Rückschluss auf seine wahren Gefühle zuließ. Aber ich meinte, ein herausforderndes Glitzern in seinen dunklen Augen zu erkennen, während er abwartend die Arme vor der Brust verschränkte.

»Sag ich doch: weiße Schokolade, aber ich habe die Rezeptur heute beim Backen noch mal verändert«, ließ ich mich auf seine herausfordernde Geste ein. »Es sind jetzt harte Stückchen mit sehr weichem Kern. Es fühlt sich beinahe an, als würden sie auf der Zunge schmelzen. Wie Regentropfen. Ich habe auch die Zusammensetzung der einzelnen Zutaten angepasst, der Keks ist jetzt viel ...«

»Weicher«, beendete Lucas meinen Satz und sah mich anerkennend an. »Man beißt nicht mehr so stark hinein. Er ist wesentlich ...«, stirnrunzelnd suchte er nach dem passenden Wort, » ... fluffiger.«

»... geradezu himmlisch«, triumphierte ich und hätte am liebsten gejubelt. *Himmelsk* – himmlisch.

»Aber im Grunde ist es ja ein amerikanischer Cookie«, hielt Lucas jetzt dagegen. »Wenn es so einfach wäre, hätten es die anderen längst auf den Markt gebracht.«

Ich nahm an, dass er mit den anderen unsere direkte Konkurrenz im Inland meinte. »Nein, weil sie es nicht erkannt haben«, widersprach ich kopfschüttelnd. »Außerdem schmeckt es ganz anders als amerikanische Cookies. Das war jetzt auch nur ein Versuch. Erst mit den großen Testläufen wissen wir, wie die Rezepte wirken, aber es ist ein Anfang«, fügte ich überzeugt hinzu und spürte tief in mir, dass wir uns auf einem guten Weg befanden. Ich glaubte daran. Ich glaubte daran, dass wir ein neues Produkt entwickeln könnten, das mehr war als nur ein KOSGEN-Keks der alten Generation. Es war eine Vision, eine neue Richtung.

»Außerdem wären weiche Kekse auch besser, um die ältere Generation trotzdem noch bei uns zu behalten … wegen der Zähne, du weißt schon«, versuchte ich, so taktvoll wie möglich zu erläutern, und sah, wie sich seine schönen Lippen zu einem Halbmond nach oben bogen. Sein Lächeln ging mir direkt ins Herz.

»Lass uns später darüber reden, wenn wir etwas ungestörter sind«, schlug Lucas vor, der mich mit einem Ausdruck betrachtete, den ich nicht richtig zu deuten vermochte. War es Stolz? Bevor ich es näher ergründen konnte, wandte ich mich wieder an Freya, die die ganze Zeit über mit einem begeisterten Ausdruck unseren Ausführungen gelauscht hatte. »Vielleicht kann ich dir das Rezept in abgeänderter Form zukommen lassen, denn falls wir damit arbeiten sollten, muss es ein Geheimnis bleiben. Selbst meine Oma hat ihre Rezepte mit ins Grab genommen. Na ja, nicht alle.«

Lachend winkte Freya ab. »Schon in Ordnung. Willst du mir vielleicht kurz mit dem Geschirr helfen?«

»Klar.« Ich nickte Lucas zu und folgte Freya in die Küche, etwas außer Hörweite der anderen.

»Danke für die Einladung«, sagte ich und meinte es auch so. »Es hat mich total gefreut, auch wenn ich mich kurz gewundert habe. Ihr kennt mich ja nicht.«

Freyas freundliche Miene wurde schlagartig ernst und sie sah mich kurz an, ohne ihre Arbeit zu unterbrechen, die schmutzigen Teller abzuspülen und sie anschließend in die Spülmaschine zu räumen. Mit dem Ellenbogen schob sie sich einige lose Haarsträhnen aus dem Gesicht. »Du glaubst doch wohl nicht, dass ich jemanden achtlos in das Leben meiner Tochter lasse? Ich kenne Lucas und weiß, wenn es etwas Ernstes für ihn ist.«

Plötzlich stand eine Bärenmama vor mir. Von wegen Erik war der Bär. Gegen den Ausdruck in ihren hübschen Zügen gab er nur eine plüschige Teddyversion ab.

»Ich … Es ist …«, stammelte ich, überrascht von dieser Wendung.

Ihre Miene glättete sich wieder, als hätte sie lediglich ihren Standpunkt klarmachen wollen. »Keine Panik. Lucas ist eine harte Nuss, aber du wärst nicht hier, wenn du ihm nicht so viel bedeuten würdest.«

Das brachte mich vollends aus dem Konzept. »Ich bedeute Lucas nichts«, antwortete ich kopfschüttelnd. »Ich weiß nicht, wie viel er erzählt hat, aber … wir haben einen Deal, damit er den Sprung in die High Society schafft, und ich … Ich habe ihn gebeten, mir mit meiner Schüchternheit zu helfen, um ein bisschen mehr zu werden wie … er.«

Freya starrte mich an, als hätte ich behauptet, fliegende Schweine im Wohnzimmer gesehen zu haben. Dann, ganz langsam, breitete sich ein wissendes, fast schon belustigtes Lächeln auf ihren Lippen aus. »Ohhh … Oh, Elli.« Sie schien noch mehr sagen zu wollen, biss sich dann jedoch auf die Unterlippe und schüttelte sacht den Kopf. »Hast du gesehen, wie oft er heute gelacht oder gelächelt hat?«

»Ja und?«, fragte ich verwirrt, weil ich nicht verstand, was das mit unserem Gespräch zu tun hatte.

»*Grumpy Boy* lächelnd? Mehr als eine Sekunde? Er kann es

nicht verbergen, auch wenn er es noch so sehr versucht.« In Freyas Augen blitzte der Schelm. »Sprich mal zwei Minuten mit Eriks Bruder. Kris. Nicht Per. Mal schauen, wie schnell er neben euch steht und ihn mit seinem *Fass-sie-an-und-du-bist-tot*-Blick in die Flucht schlagen wird.«

»Lucas hat nicht … er ist nicht …«, brachte ich hervor, doch Freya unterbrach mich erneut.

»Ganz ehrlich, Elli? Würdest du es darauf anlegen, könnte Lucas dir keine Sekunde widerstehen.«

Mein Kopf rauchte von all den neuen Informationen und ich versuchte, mir einen Reim auf das Gehörte zu machen. Hatte Freya recht? Tat Lucas nur so, als würde er mich nicht mögen? Es wäre eine plausible Erklärung für das Wechselbad der Gefühle, durch das er mich schickte. Weshalb er in einem Moment kalt, unnahbar und distanziert war und im nächsten so fürsorglich und einfühlsam.

»Solltest du nicht auf seiner Seite sein oder so? Wieso erzählst du mir das alles?«, hörte ich mich fragen.

Freya zwinkerte mir zu und schloss die Spülmaschine. »Glaub mir, Elli. Ich bin auf seiner Seite«, antwortete sie und ließ mich einfach stehen. Mit vielen Fragen und noch verwirrter als zuvor.

Der nächste Programmpunkt war eine Runde Topfschlagen, gefolgt vom Auspacken der Geschenke. Es war wunderbar, den Kindern dabei zuzusehen, wie sie über den Teppich krabbelten und bei *Heiß!* oder *Kalt!* die Richtung wechselten. Und es war schön, Lucas in dieser Umgebung zu erleben. Obwohl er eine Regenwettermiene aufgesetzt hatte, hellten sich seine Züge jedes Mal auf, wenn Mimi zu ihm hochschaute. Meine Brust füllte sich dann mit einem Gefühl, das ich besser nicht näher ergründete.

»Danke«, rief Mimi begeistert, sobald sie mein Motorradgeschenk ausgepackt hatte.

»Das ist aber noch nicht alles«, sagte ich und merkte, wie sich Lucas neben mir leicht versteifte. Dachte er etwa, dass ich ein viel größeres Geschenk aus dem Ärmel zaubern würde? Seinem Blick nach zu urteilen, vermutete er hinter meiner harmlosen Aussage offenbar einen Angriff auf Mimis Seelenheil. Und irgendwie war seine Sorge auch süß. Unberechtigt, aber süß. Denn auch wenn er sich bemühte, unnahbar und kaltherzig zu erscheinen, wiesen genügend Indizien darauf hin, dass in seiner Brust doch noch dasselbe Herz von damals schlug.

Dass noch der Junge in ihm steckte, in den ich mich verliebt hatte. Der für mich weit mehr gewesen war als ein bester Freund. Bei diesem Gedanken überrollte mich eine Welle der Zärtlichkeit und ich fokussierte mich auf Mimis aufgeregt leuchtende Augen. Um sie nicht weiter auf die Folter zu spannen, holte ich mein Smartphone hervor und hockte mich vor sie hin. Neugierig beobachtete sie, wie ich meinen Bildschirm entsperrte.

»Ich habe gehört, du hast einen Lieblingsfahrer in der MotoGP. Wer ist das denn?«

»Antonio Brambilla. Aber ich mag auch Enzo DeLuca und Steffen Hirsch. Und William Harris. Aber Antonio ist mein Lieblingsfahrer!«

Ich lächelte und tippte auf meine Fotogalerie. Aus dem Augenwinkel nahm ich wahr, wie sich Mimis Eltern neugierig über uns beugten. Auch Lucas bekundete Interesse, indem er wie ein in der Luft kreisender Adler näher kam.

»Na, dann gibt es da jemanden, der dir heute auch zum Geburtstag gratulieren möchte.«

Kurzerhand klickte ich auf das neueste Video, das mir Sander vor ein paar Tagen zugeschickt hatte, und auf dem Bildschirm tauchte das Gesicht von Antonio Brambilla auf, der in die Kamera sprach. Er war braun gebrannt, mit wildem Bart und verwuschelten Haaren, trug Sportklamotten und sah aus wie auf den Fotos aus dem Internet.

»*Ciao*, Michelle, Mimi«, sagte er auf Italienisch und wechselte dann in ein brüchiges, aber verständliches Norwegisch, seinem norwegischen Teammanager und besten Freund sei Dank. »Ich wünsche dir alles Gute zu deinem vierten Geburtstag! Ich habe gehört, dass du für Motorräder brennst, das finde ich toll! Ich hoffe, du feierst schön mit deiner Familie und all deinen Freunden … *Tanti auguri!* Happy birthday!« Dann fror das Bild ein.

»Na?«, fragte ich.

Ich sah, wie Mimis Eltern einen ungläubigen Blick wechselten, und Erik einen Arm um Freyas Schultern schlang. Sprachlos und mit weit aufgerissenen Augen starrte Mimi abwechselnd von mir wieder auf das Standbild, dann stieß sie ein schrilles Quietschen aus und hüpfte aufgeregt umher.

Die Überraschung war also gelungen. Freude erfüllte mich.

»Noch mal!« Begeistert klatschte Mimi in die Hände. »Bitte! Ich möchte das noch mal sehen!«

Lächelnd gab ich Freya mein Smartphone und sagte: »Wenn du willst, kannst du das Video auch an deine Nummer weiterleiten. Ich weiß nicht, ob sie das Video allein anschauen und das Telefon schon halten darf, ansonsten kannst du es ihr gern auch geben. Ich kenne eure Regeln nicht.«

»Heute ist ein großer Ausnahmetag«, erwiderte Freya liebevoll und reichte Mimi mein Handy, damit sie das Video noch mal abspielen konnte. Über ihren Kopf hinweg fing ich Lucas'

Blick auf und der Ausdruck in seinen dunklen Augen ließ mich erschauern. Darin lag eine Wärme und Zuneigung, die mir die Kehle zuschnürte. So hatte er mich noch nie angesehen. Oder sehr lange nicht.

Plötzlich merkte ich, wie ich mich innerlich entspannte. Wie sich die aufbrausenden Wellen der Unruhe in mir legten, als würde ein einziger Blick in Lucas' Augen ausreichen, um mir ein Gefühl von Sicherheit zu geben, das mir sonst eher fremd war. Normalerweise war ich getrieben von meiner Unsicherheit, von tausend löchrigen Fragen.

Aber jetzt und hier, in diesem Augenblick, fühlte es sich an, als würde das, was uns verband, ein bisschen tiefer gehen.

Verdammt.

Die Erkenntnis gefiel mir nicht. Denn ich hatte es vom ersten Moment an geahnt, als wir uns wiederbegegnet waren. Ich hatte vom ersten Moment an gespürt, dass unsere Geschichte noch nicht zu Ende war.

Allerdings würde ich es nicht verkraften, ihn ein zweites Mal zu verlieren. Er hatte mich gewarnt, mich nicht auf Spielchen einzulassen, die ich nicht gewinnen konnte, und zum ersten Mal seit den letzten Wochen empfand ich so etwas wie Angst. Angst davor, dass er mit seiner Warnung womöglich recht hatte. Dass ich dieses Mal weitaus mehr aufs Spiel setzte als mein brüchiges Herz.

Rasch wandte ich den Blick ab. Und hoffte, dass man mir meine Gefühle nicht von der Nasenspitze ablas.

24
LUCAS

Die nächste Woche verging wie im Flug. Zwischen Elli und mir lag ein unausgesprochenes, freundschaftliches Auskommen, was mich irritierte. Die rationale Seite in mir war sich sehr wohl der Bedrohung bewusst, die davon ausging. Nicht nur, dass es alles verkomplizierte, es war auch brandgefährlich. Es schaffte eine Grundnähe, der ich mich nur schwer entziehen konnte. Ich spürte, wie mein Körper gegen das Verlangen und die Sehnsucht ankämpfte, die ich in ihrer Gegenwart empfand.

Und dann gab es diese winzigen Momente. Wie auf Mimis Geburtstag, als ich mich mehrmals dabei ertappt hatte, ihre Nähe zu suchen, mich neben sie zu stellen. Ihr Lachen zu beobachten oder wie sie mit den Kindern umging. Und dieses Gefühl in meiner Brust war viel zu nah an meinem Herzen.

Es tat mir beinahe körperlich weh, sie nicht ständig berühren zu können. Nach ihrer Hand zu greifen. Ihr übers Haar zu streichen. Dem Schwung ihrer vollen Lippen zu folgen oder ihr diese nachdenkliche Falte in der Stirn wegzuküssen, wenn sie an ihrem Laptop über etwas brütete.

In den letzten Wochen hatte ich mich so sehr an ihre Gegenwart gewöhnt, dass mir allein bei der Vorstellung, sie womöglich wieder zu verlieren, kalter Angstschweiß ausbrach. Das war nicht gut. Gar nicht gut.

Aber unsere Beziehung hatte ein Verfallsdatum. Das war der Deal. Ich musste mich daran halten, andernfalls wäre ich hoffnungslos verloren. Und das konnte ich Elli nicht antun.

Trotzdem genoss ich ihre Gesellschaft, ihre klugen Antworten, wenn es um die Unternehmensstrategie ging. Das war ihr Ding. Obwohl es ihr im Vergleich zu ihren Brüdern am wenigsten zugetraut worden war, fuchste sie sich mehr und mehr in die Aufgaben hinein.

Wenn Liliana oder Agnes ihre Hilfe wollten, sie jedoch mit etwas anderem beschäftigt war, lehnte sie freundlich, aber entschieden ab.

Es fiel ihr leichter, in vorhergesehenen Situationen nicht in eine komplette Schockstarre zu verfallen. Sie hielt den Kopf hoch und hatte sich nicht von den anfänglichen Schwierigkeiten entmutigen lassen.

»Hätte nicht gedacht, dass dich jemand weichkriegt, Lucas«, raunte Rabia vielsagend, als ich an ihrem Platz ankam. Dann zwinkerte sie mir wegen meines verdutzten Gesichtsausdrucks zu und verschanzte sich wieder hinter ihrem Computer, ehe ich meinen Weg durch die Büroräumlichkeiten fortsetzte.

»Übrigens: Saras Platz ist seit letzter Woche wieder frei«, meinte Liliana zu Elli, als ich gerade an der kleinen Küche vorüberlief. Elli hatte eine dampfende Tasse Kaffee und wandte sich Liliana zu, die auch gleich fortfuhr. »Wie ich gehört habe, ist es auf Lucas' Mist gewachsen, dass du bei ihm im Büro sitzen musst.« Sie klang dabei nicht bissig, sondern als wollte sie nur ein bisschen aus dem Nähkästchen plaudern.

Ich ging weiter.

Großartig. Das würde spaßig werden.

Verärgert schloss ich die Tür hinter mir und zählte innerlich bis drei. Schritte ertönten und Elli fegte ins Büro.

»Du hast es *arrangiert*, dass ich bei dir sitze?«, zischte sie in meinen Rücken.

Ich wartete noch eine Sekunde, bevor ich mich mit neutraler Miene zu ihr umdrehte. »Ich fand eher, das war eine sehr süße Geste«, widersprach ich, was sie noch mehr in Rage brachte.

»Dein Ernst?!«, schleuderte sie mir entgegen.

Und fuck, ich liebte es, wenn sie wütend war. Das war eine Seite von ihr, die ich viel zu selten zu Gesicht bekam, und diese aufbrausende Art, die so gar nicht mit der ansonsten so sanften Person in Einklang zu bringen war, gefiel mir.

»Ja, im Ernst.«

Ihre Augen glühten vor Zorn. »Und warum?!«

»Du warst wie Frischfleisch für die Wölfe da draußen und bist buchstäblich untergegangen. Du bist kaum zu deinen eigentlichen Aufgaben gekommen, sondern hast dich für jede Drecksarbeit vor den Karren spannen lassen.«

»Und deswegen sagst du Janne, er soll mich bei dir einquartieren, weil du nicht wolltest, dass DEINE Arbeit darunter leidet? Weil es ein schlechtes Licht auf dich werfen könnte?!«

Müde wischte ich mir übers Gesicht. Ich hätte wissen müssen, dass mir diese Aussage früher oder später auf die Füße fallen würde. Am liebsten hätte ich sie darüber aufgeklärt, was wirklich dahintersteckte, aber eigentlich wollte ich ja, dass sie weiterhin schlecht von mir dachte. Das war mein Ziel gewesen. Jetzt war ich mir da nicht mehr so sicher.

Als ich keine Antwort gab, packte Elli schnaubend ihre Sachen zusammen. »Schon okay, du musst nicht noch einmal betonen, wie sehr dir der Job am Herzen liegt. Ich frage mich nur manchmal, ob ich mit Scheuklappen durch die Gegend renne und überall Dinge sehe, die gar nicht existieren.« Sie hatte sich die wichtigsten Utensilien unter den Arm geklemmt und funkelte mich erbost an. »Heute Abend. Neunzehn Uhr. Du holst mich ab, wir fahren in die Oper. Astra freut sich auf dich.«

Da war er wieder. Der Blick einer Königin. Gott, was liebte ich diesen Blick.

Ich verzog meine Lippen zu einem zynischen Lächeln, zumindest hoffte ich das. »Keine Sorge, das ist mir viel zu wichtig, um es zu verpassen.«

Ich konnte förmlich sehen, wie meine Worte sie trafen. Körperlich und seelisch. Ich absorbierte den Schmerz, der in ihren Augen aufglomm, als wäre es mein eigener. Nur zehnmal stärker. Es war das einzig Richtige, sie weiterhin auf Abstand zu halten.

Warum fühlte es sich dann so an, als hätte ich mein Herz mit Eispickeln bearbeitet?

Warum fühlte es sich an, als würde ich mich um das Wertvollste betrügen, was das Leben für mich bereithielt?

Warum musste ich mich an der Schreibtischkante festhalten, nachdem ich mich hingesetzt hatte, um ihr nicht hinterherzulaufen und sie einfach in meine Arme zu ziehen?

Langsam bröckelte meine innere Einstellung. Meine Selbstbeherrschung. Es war nur eine Frage der Zeit, bis alles zusammenstürzte. Hoffentlich würden die Trümmer mich nicht unter sich begraben.

Grundgütiger.

Mit erhobenem Kinn schwebte mir diese atemberaubende Frau entgegen, trat mit einer Selbstverständlichkeit an meine Seite, die mein Herz beinahe zum Platzen brachte. Doch der Ausdruck in ihren Augen wirkte dumpf, als hätte meine Gegenwart etwas von ihrem Licht absorbiert, und der Gedanke trieb ein Messer in meinen Oberkörper. Genau dort, wo einst mein Herz geschlagen hatte.

In knapp vier Wochen war Weihnachten, im neuen Jahr endete unser Deal. Das war … seltsam und in mir keimte der irrationale Wunsch auf, einfach weiterzumachen. Aber nach all den Aktionen, nach der Art, wie ich sie behandelt hatte, wäre das vermutlich das Letzte gewesen, was sie sich wünschte.

Mein Blick verweilte auf dem Paillettenkleid, das ihre Figur betonte. Sie sah wunderschön aus. Mit dem Abend-Make-up, dem feinen Lidstrich und dem Lidschatten, der passend zu ihrem Kleid in Gold- und Bronzetönen schimmerte. Dazu trug sie ovale Perlenohrringe und hochhackige Schuhe, die in mir den Wunsch weckten, sie nur darin zu sehen.

Die Schuhe. Und sonst nichts.

Schlagartig schoss mir das Blut in meine untere Körperhälfte und ich verfluchte mich für den Gedanken.

»Du siehst umwerfend aus«, sagte ich und meinte es todernst. Elli sah nicht länger aus wie eine Königin, sie war eine verdammte Göttin.

Meine Kehle verengte sich, denn das alles hier war nicht echt. Es war nur ein Trugschluss.

Ich befand mich in einer Illusion. Meiner eigens kreierten Hölle. Pure Folter.

Wir waren nur hier wegen eines Abkommens, das ich eingegangen war, um ihr Rückenwind zu geben. Nicht, weil ich um jeden Preis Mitglied von TEAROOM werden wollte. Das war ein schöner Bonus, ohne Frage. Allerdings war es mir von Anfang an immer nur um Elli gegangen.

Hatte ich nicht vor einiger Zeit zu Freya gesagt, der Kerl, der sie zur Frau hatte, war ein verdammter Glückspilz? *Tja …* nun verstand ich endlich, woher Erik manchmal mit seinem Höhlenmenschgerede kam. Warum er mir ab und an verkündete, dass Freya sein Leben war und er am liebsten mit ihr und Mimi auf eine einsame Insel auswandern und gar nichts anderes tun würde, als sich ums Essen zu kümmern und seine Frau zu lieben.

Die bloße Vorstellung, jemand anderes könnte mit Elli zusammenkommen, ließ meinen Magen unheilvoll verkrampfen. Heiße Eifersucht loderte durch meine Adern.

Wem machte ich eigentlich noch länger etwas vor? Wogegen wehrte ich mich so sehr?

»Danke«, erwiderte sie kühl, ließ den Blick über meinen schwarzen Anzug gleiten und kehrte dann wieder zu meinem Gesicht zurück. Emotionslos. Neutral. Ich wollte schreien. »Du auch.«

Die Fahrt zum Opernhaus verlief schweigend. Elli war sauer. Zu Recht. Ich hatte es verdient. Schließlich hatte ich mich redlich darum bemüht, genau diesen Eindruck bei ihr zu hinterlassen. Hatte alles in meiner Macht Stehende getan, damit sie schlecht von mir dachte.

Wir betraten das Opernhaus über die Tiefgarage. Überall standen Securityleute herum.

»Kommt der Kronprinz heute auch?«, fragte ich, als wir im Aufzug standen.

»Nein.« Elli maß mich mit gleichgültigem Blick und es tat weh, sie so zu sehen. Diese Art passte nicht zu ihr. Es wirkte falsch. »Aber Annika wird heute Abend auf jeden Fall da sein. Sobald sie dich kennenlernt, wird sie dich einladen. Da bin ich mir sicher.«

»Elli, ich …«

»Spar dir den Atem«, unterbrach sie mich und trotz ihres harschen Tonfalls erfüllte mich ein gewisser Stolz. Sie bot mir die Stirn und das schätzte ich an ihr. Überhaupt schätzte ich alles an ihr.

Ihre Gegenwart weckte in mir das Bedürfnis, das Beste aus mir herauszuholen. Mehr denn je. Die Frage war nur, ob es jemals ausreichte, um für sie genug zu sein.

Darauf wusste ich keine Antwort.

25

ELLI

Unter anderen Umständen hätte Lucas aller Wahrscheinlichkeit nach keine Einladung für heute Abend erhalten. Das war für Normalsterbliche fast unmöglich.

Entweder man kannte die richtigen Leute oder nicht. In diesem Fall hatte Lucas mich.

Und das war auch der einzige Grund, weshalb er mit mir Kontakt hatte. Klar, ich war diejenige gewesen, die ihm dieses Fake-Dating-Angebot unterbreitet hatte – genau genommen war es mir um meine Schüchternheit gegangen und er hatte das TEAROOM ins Spiel gebracht –, aber das alles hatte sich in den letzten Wochen in eine Richtung entwickelt, die ich nicht mehr unter Kontrolle hatte.

Doch jetzt hatte ich es endlich kapiert. Auch wenn sich mein Herz dabei zu einem stachligen, kleinen Igel zusammenrollte, der nichts mehr von der Welt wissen wollte.

Gleichzeitig würde ich auf keinen Fall einen Rückzieher machen. Ich würde zu meinem Wort stehen und dafür sorgen, dass Lucas das bekam, was er sich so sehr wünschte: den Eintritt in die High Society. Und nach den Veranstaltungen der letzten Wochen an meiner Seite sollte das ausreichen. Heute

Abend kam ein weiterer wichtiger Baustein hinzu. Der letzte Coup würde dann der Geburtstag meines Bruders werden. Nächstes Wochenende.

Danach … danach konnte ich Lucas freigeben. Ein für alle Mal.

Unterhaltungen füllten den Raum wie die Musik eines Orchesters. Durch die gigantischen Fenster, die sich bis an die Decke erstreckten, drang Mondlicht herein. Es roch nach teuren Parfüms, der Duft von Wein und frischen Blumen lag in der Luft. Ich liebte diese Atmosphäre des Opernhauses, die Weite, in die man blicken konnte, und die Magie, die sich im Innern des Saals abspielte. Heute war alles vor dem Saal angerichtet, mehrere Kellner mit Sekt- und Champagnertabletts schritten die Reihen der ausgewählten Gäste ab. Es war, als hätte man die Gästeliste des Museumsabends kopiert und nur grob ausgetauscht. Ich entdeckte Marius' Tante und Cousine, den Bürgermeister und ein paar wichtige Personen aus Kunst und Kultur.

Immer wieder streiften uns Blicke und ich hakte mich bei Lucas unter, nippte an meinem Sektglas und ließ mich von ihm herumführen. Hier und da stellte ich Lucas als meinen Partner vor, aber zwischen uns hatte es sich merklich abgekühlt. Als führten wir eine Geschäftsbeziehung. Was es im Grunde genommen auch war.

»Na, hast du dich hochgeschlafen, Stensrud?«, dröhnte in diesem Moment eine männliche Stimme von rechts und als ich den Kopf wandte, stand dort ein Typ in unserem Alter, den ich flüchtig auf der einen oder anderen Veranstaltung gesehen hatte. Steven? Marcus? Konnte das sein?

Ich versteifte mich automatisch.

Mit einer Gelassenheit, die viel zu trügerisch war, wandte

sich Lucas ihm zu und taxierte ihn von oben bis unten. Meine Finger krampften sich an seinem Unterarm, den er plötzlich anspannte. Ansonsten deutete nichts darauf hin, dass diese Anmerkung ihn gekränkt oder getroffen hatte.

»Hallo, Marcus. Wenn meine Freundin nicht anwesend wäre, würde ich vielleicht etwas anderes sagen. Hast du dich von deiner mysteriösen Krankheit erholt, die dich am Tag dieser exklusiven Party ereilt hat?« Er lächelte so freundlich, dass ich eine Gänsehaut bekam, und sein bedrohlich einfühlsamer Tonfall jagte mir beinahe einen Schauder über den Rücken. »Ach … und da wäre noch etwas …« Langsam lehnte er sich vor und sagte etwas so leise zu ihm, dass ich es leider nicht verstand.

Marcus' Grinsen erlosch. Keine Ahnung, was Lucas ihm ins Ohr geflüstert hatte, aber es wirkte.

»Man sieht sich«, murmelte Marcus und verschwand in der Menge.

Verwirrt runzelte ich die Stirn. »Was hast du zu ihm gesagt?«

»Etwas in der Art, dass man sich immer zweimal im Leben sieht«, antwortete Lucas ausweichend.

In diesem Augenblick näherte sich Astra und begrüßte uns herzlich. Mein Lächeln fiel dagegen etwas schmaler aus als sonst. In Lucas' Nähe zu sein, schmerzte. Aber es nicht zu sein, war all die Jahre auch schrecklich gewesen. Immer wieder hatte ich mir Was-wäre-wenn-Szenarios ausgemalt, mich Tagträumen hingegeben und gegrübelt. Jetzt war ich endlich an einem Punkt in meinem Leben, wo ich langsam loslassen konnte. Hoffentlich.

»Oh, da ist Annika. Lucas, kennst du Annika schon?«, fragte Astra strahlend und winkte sie heran.

Annika war eine Frau mittleren Alters mit kecker Kurzhaarfrisur und gigantischen Kreolen. Sie trug ein fliederfarbenes Abendkleid, das ihren Teint betonte und das helle Blau ihrer Augen hervorhob. Wie immer wirkte alles an ihr elegant, angefangen von der Frisur über ihre Haltung, die Art, wie sie den Rücken durchbog und den Kopf gerade hielt.

Annika Miller war das Tor. Und ich der Schlüssel.

Ich verpasste meinen Einsatz nicht, sondern hauchte ihr zwei Küsschen auf die Wange, etwas formeller, als Freya es vermutlich getan hätte. Oder Tiril. Aber ich kannte die Wahlbritin und wusste, wie sehr sie es hasste, wenn man sie zu überschwänglich begrüßte.

»Annika, wir haben uns ewig nicht gesehen. Darf ich dir meinen Freund Lucas vorstellen?«

»Hallo«, sagte Lucas und reichte ihr die Hand, wobei er ihr freundlich in die Augen blickte und ihr ein perfektes Lächeln schenkte. Nicht zu gerade, nicht zu schief, nicht zu verschmitzt, verspielt oder übertrieben. Gekonnt hielt er sich zurück, überließ die Unterhaltung uns, streute nur hier und da etwas ein. Es lief wie am Schnürchen.

»Entschuldigt mich bitte«, verabschiedete sich Annika nach zehn Minuten und ging weiter, um ihren Mann zu suchen, den sie am Büfett vermutete.

»Das hat doch gut geklappt«, kommentierte ich unverfänglich, sobald auch Astra außer Hörweite war, und klopfte auf Lucas' Sakko, als hätte er einen prima Job gemacht.

Er beäugte erst meine Hand, als würde sie aus giftiger Säure bestehen, dann kehrte sein glühender Blick zu meinem Gesicht zurück. »Elli«, grollte er leise.

Ich setzte ein nettes Lächeln auf und tätschelte ihm die Wange, ehe er noch irgendwelche anderen Weisheiten von sich geben konnte. »Keine Sorge. Du bist mich bald los. Als

Nächstes steht der Geburtstag von Marius und meinem Bruder an. Der Abend wird bestimmt wieder irgendwo geleakt und dann sind die Fotos überall. Es gibt aber Mittel und Wege, ungesehen zu bleiben, wie du schon mitbekommen hast. Deswegen existieren von mir auch so wenig Fotos. Wenn es dir wichtig ist, können wir zur Not auch selbst dafür sorgen, dass Bilder in Umlauf kommen. Ohne mich, aber mit der Gruppe. Du weißt schon, der Boulevardpresse etwas stecken. Das müsste ich nur vorher mit allen Beteiligten besprechen.« Jetzt bekam mein Lächeln etwas Hartes, Unnachgiebiges. Ich spürte es daran, dass sich meine Gesichtsmuskeln verkrampften, als wäre es ihnen zuwider, die Mundwinkel hochzuziehen. »Das fünfundsiebzigste Jubiläum meines Großvaters ist dann die letzte öffentliche Veranstaltung. Annika ist ebenfalls eingeladen, weil ihr Mann ein guter Freund der Familie ist. Aber das versteht sich von selbst«, endete ich geschäftsmäßig.

»Ihr seid alle gut miteinander befreundet, oder?« Es schwang keine Ironie in seinen Worten mit, dennoch meinte ich einen Hauch davon herauszuhören.

»Wenn man zusammen aufwächst, kann das passieren, ja. Außer man merkt irgendwann, dass man keine Lust mehr auf eine Freundschaft hat.« Den kleinen Seitenhieb konnte ich mir nicht verkneifen.

»Deswegen bewegst du dich auch freier hier. Sie kennen dich und du musst keine Angst haben, auf deinen Nachnamen reduziert zu werden.«

»Gut kombiniert, Sherlock.« Ich trank den letzten Schluck Champagner und schwenkte das leere Glas in meiner Hand. »Willst du auch noch einen? Nein? Dann würde ich mich kurz frisch machen und mich selbst um Nachschub kümmern.«

Hoch erhobenen Hauptes stolzierte ich davon. Dabei spürte ich den intensiven Blick im Nacken und legte extra viel Bewegung in meinen Hüftschwung. Nicht zu übertrieben, aber gerade so, dass es ihn ärgerte. Das durfte es auch. Sollte er doch daran zugrunde gehen, dass er mich nicht haben konnte. Als Freundin oder … mehr.

Als ich zehn Minuten später von den Toiletten zurückkehrte und mir ein zweites Glas Champagner von einem Tablett der netten Kellnerinnen geschnappt hatte, tauchte wie aus dem Nichts Samuel Moen neben mir auf und lachte mich von der Seite an.

»Elli, das ist ja ewig her. Wie geht es dir?«, fragte er und umarmte mich fest. Samuel war, ähnlich wie Tiril, der Spross eines berühmten Künstlers. Andy-Warhol-Kaliber. Er genoss das Leben in vollen Zügen und war mit seinem grauen Winterblazer und der weiten schwarzen Jeans ein echter Hingucker.

»Gut, und dir?«, stellte ich die Gegenfrage und schaute mich unauffällig nach Lucas um, der noch immer an derselben Stelle stand und wieder Gesellschaft von Astra bekommen hatte, diesmal in Begleitung ihres Mannes. Als er meinen Blick bemerkte, scannte er Samuel, als würde er ein Insekt inspizieren, dann sah er wieder mich an. Durchdringend. Intensiv.

Oh. Samuel hatte etwas gesagt, aber ich hatte es nicht gehört.

»Entschuldige bitte«, sagte ich und errötete, weil ich immer noch fühlte, wie Lucas uns beobachtete. »Ich war etwas abgelenkt, was meintest du eben?«

»Ich habe gehört, deinem Großvater geht es nicht so gut?«

Ich stutzte. Wo kam das denn her? »Wie kommst du darauf?«

»Ach, ist vermutlich nur ein Gerücht. Es heißt, dass er um

seine Nachfolge besorgt sei, weil er gesundheitliche Probleme habe und gern alle Schäfchen im Trockenen hätte, bevor … na ja, bevor es ihm womöglich schlechter geht.«

Ich zog die Stirn kraus. Würde das stimmen, hätten meine Eltern uns das mit Sicherheit mitgeteilt. Die Gesundheit der Familie stand immer an erster Stelle. Deshalb wunderten mich Samuels Worte etwas. Ich hörte in mich hinein. Da war noch etwas anderes. Die Tatsache, dass ich nicht sicher war, wie hoch der Wahrheitsgehalt des Gerüchts war. Und das beunruhigte mich.

»Wie du schon sagtest, das ist nur Gerede. Du weißt ja, wie das ist«, antwortete ich deswegen und zuckte mit den Achseln. Mir war sehr wohl bewusst, dass Lucas noch zu uns herüberschaute. »Da werden irgendwelche Gerüchte gestreut, um den Markt zu verunsichern. Um wie viel wollen wir wetten, dass der alte Larsson dahintersteckt?«

Zwischen *Knåd* und KOSGEN herrschte seit Gründung der beiden Firmen eine Familienfehde, die so tief reichend war, dass Aleksander sogar in der Schule nicht mit der ältesten Tochter, Klara, befreundet sein durfte. Die Larssons hatten vehement auf einem Kontaktabbruch bestanden. Es gab noch drei weitere Kinder: Ludvig, Alva und Lovisa. Auf dem internationalen Parkett waren wir uns durchaus begegnet, weil sich unsere Kreise zwangsläufig überschnitten, allerdings galt die festgeschriebene Regel, keinen Kontakt zum Feind zu haben.

»Ich wünschte, mein Freund würde so zu mir herschauen, wenn ich mich mit einem anderen Mann unterhalte«, sagte Samuel nun und lächelte mich an, als würden wir ein Geheimnis teilen.

»Mein … Freund?«, fragte ich und sah in die Richtung, in die sein Kinn deutete.

Lucas Stensrud durchlöcherte uns förmlich. Automatisch erhöhte sich meine Herzschlagfrequenz.

»Hach, Edvard ist nie eifersüchtig. Aber dein Kerl …« Samuel seufzte theatralisch. »Eine Scheibe davon und …« Er wackelte mit den Brauen.

»Moment, was hast du gesagt?« Unauffällig schielte ich wieder in Lucas' Richtung. »Eifersüchtig?«

»Na, das ist doch offensichtlich. Wenn dieser Gesichtsausdruck nicht in einem Nachschlagewerk unter Eifersucht steht, dann weiß ich auch nicht.«

Oh. Eifersüchtig.

Im Geiste ging ich die Momente durch, in denen ich mich mit Mar unterhalten und bei unserem ersten Wiedersehen sogar mit voller Absicht mit ihm geflirtet hatte. Lucas' Reaktionen kamen mir in den Sinn. Wie schnell er plötzlich neben uns gestanden und unsere Unterhaltung unterbrochen hatte. Beim zweiten Mal hatten wir bereits in der Fake-Beziehung gesteckt, da hatte er mich einfach vor Mar geküsst. Revier markieren. War es das?

Mein Herz stolperte und meine Gedanken überschlugen sich, als ich weitere lose Fäden zusammenführte.

Plötzlich fiel es mir wie Schuppen von den Augen.

Eifersüchtig. Lucas war eifersüchtig. Jedes Mal war das der Augenblick gewesen, in dem seine wahren Absichten die Oberhand gewonnen hatten. Jedes Mal ließ er sämtliche Schutzwälle sinken, nur um sich in Situationen einzumischen, in denen ich aus seiner Perspektive mit jemand anderem flirtete.

So wie jetzt.

Langsam fügte sich alles zu einem Gesamtbild zusammen. Was Freya zu mir gesagt hatte. Seine beiläufigen Bemerkungen hier und da. Die Tatsache, dass er mich zu sich ins Büro geholt hatte. Nicht, um mich zu bevormunden oder weil ihm seine eigene Arbeit zu wichtig war, sondern weil er es nicht ertragen hätte, mich untergehen zu sehen.

Er hatte dafür gesorgt, dass ich mich innerlich stärkte, dass ich lernte, meine Grenzen aufzuzeigen, klar auszusprechen, was ich wollte.

Er hatte sich für mich eingesetzt, hatte mich unterstützt, ohne mir meinen Freiraum oder meine Eigenständigkeit in der Entwicklung zu nehmen. Die Erkenntnis jagte wie ein Leuchtfeuer durch meinen Körper, benetzte jede Zelle und ich fühlte mich endlich, als wäre ich aus einem viel zu lang andauernden Dornröschenschlaf erwacht.

»Danke«, murmelte ich und küsste Samuel auf die Wange, woraufhin sich Lucas vom anderen Ende des Saals aus in Bewegung setzte. Jedoch nicht, ohne sich mit einem knappen, aber höflichen Kopfnicken von Astra und ihrem Mann zu verabschieden, wobei er mich keine einzige Sekunde aus den Augen ließ.

Sobald er mich erreicht hatte, wanderten seine Hände besitzergreifend an meine Taille und ich fühlte mich, als hätte ich nach wochenlanger Sehschwäche eine Brille aufgesetzt.

Bei allen Trollen! Wie hatte ich die ganze Zeit über mit dermaßen großen Scheuklappen durch die Welt rennen können? Warum hatte ich nicht eins und eins zusammengezählt?

Ich kannte Lucas doch. Eigentlich. Hätte ich ihn nicht durchschauen müssen?

Auf der anderen Seite hatte er seine Rolle in den letzten Jahren perfektioniert. Wahrscheinlich spielte er sich inzwischen selbst etwas vor. Bei dieser Vorstellung erfasste mich eine Woge aus Mitgefühl.

»Was hältst du davon, wenn wir noch eine Runde drehen und dann verschwinden?«, raunte ich ihm halblaut zu, während in mir ein Plan heranreifte. Freyas Worte kamen mir in den Sinn. *Ganz ehrlich, Elli? Würdest du es darauf anlegen, könnte dir Lucas keine Sekunde widerstehen.*

Und genau das schwebte mir vor.

Beim Klang meiner Worte und der Art, wie sich meine Stimme in flüssiges Gold verwandelte, fuhr Lucas' Kopf zu mir herum, als hätte er eine Fährte gewittert. Er sah auf meinen Mund, dann wieder in meine Augen, schien die Veränderung ebenso zu verspüren wie ich.

Ich hatte ihn selten sprachlos erlebt, aber bei meiner plötzlichen 180-Grad-Wende schien er regelrecht aus den Anzugschuhen zu kippen. Innerlich jubelte ich auf.

Das war es.

Ich bedeutete ihm etwas. Und es war nicht mein *Delulu-Ich*, das hier sprach. Nein, ich war felsenfest davon überzeugt, das Rätsel geknackt zu haben.

Doch ehe Lucas etwas erwidern konnte, klingelte sein Smartphone. Er zog es aus der Hosentasche, warf einen schnellen Blick auf das Display und steckte es wieder weg. Erneut setzte er zu einer Antwort an, dann verfinsterte sich seine Miene, als es wieder klingelte. Er entschuldigte sich mit einer kurzen Geste, dann nahm er den Anruf entgegen.

»Ist es dringend, Livi? Ich bin unterwegs«, sagte er nicht unfreundlich. Ein paar Sekunden lang starrte er wie gebannt vor sich hin. Sein Kehlkopf sprang hoch und runter, als er schluckte. Eine weibliche Stimme war zu hören, hoch und schrill und absolut hysterisch. Ich konnte die Anspannung in seinen Schultern sehen, wie er verharrte, wie ihm die Nachricht vom anderen Ende der Leitung einen Kinnhaken verpasste.

»Wo bist du jetzt?« Abgehackt stieß er die Luft aus und raufte sich das schwarze Haar, bis von seiner Frisur nicht mehr viel übrig war. »Ist das dein …« Er atmete tief durch, schien sich selbst zu mäßigen und fuhr dann in einem wesentlich gelasseneren Tonfall fort: »Mach dir keine Sorgen, okay? Alles wird gut. Ich bin gleich da. Gib mir ein paar Minuten. Bleib im Club, am besten bei der Gaderobe. Fahr mit niemandem mit, verstanden?«

Mit einem schweren Seufzen legte er auf. Alles an ihm wirkte fahrig.

»Ich muss los«, brachte er mit etwas Verzögerung hervor. »Ich melde mich, ja?«

Er schob sich an den einzelnen Gästen vorbei, sodass ich Mühe hatte, ihm in meinen silbernen Jimmy-Choo-Pumps zu folgen. Glücklicherweise hatte ich genügend Übung in hohen Absätzen, wodurch es wenigstens nicht aussah, als würde ich gerade meine ersten Schlittschuhversuche auf dem Eis machen.

»Warte kurz«, rief ich ihm hinterher und registrierte, wie sich einige Köpfe mit unverhohlener Neugierde zu uns umdrehten, doch davon ließ ich mich nicht beirren. Es musste etwas Schlimmes passiert sein, denn Lucas hatte völlig die Fassung verloren.

Lucas, der sonst eine Maske der Gleichgültigkeit trug, vor allem in der Öffentlichkeit. Lucas, dem sein Ruf so wichtig war. Lucas, der den Deal mit mir eingegangen war, um endlich einen Fuß in die Tür zu bekommen. Oder auch nicht, das würde sich noch zeigen. Aber nicht jetzt sofort. Das konnte warten.

»Ich komme mit.« Ich war selbst überrascht, wie energisch und nachdrücklich ich mich anhörte. Die Entschlossenheit war deutlich in meiner Stimme zu hören. Mein Herz klopfte wie wild in meiner Brust, gleichzeitig hatte ich das Gefühl, alles durch ein Fernrohr wahrzunehmen. Die doppelten Perlenohrringe stießen gegeneinander und erzeugten einen angenehmen Klang. Jeder meiner Schritte war perfekt gesetzt, ich strauchelte nicht, ich stolperte nicht, sondern schwebte über den teuren Boden wie über einen Laufsteg. Mit einem einstudierten Lächeln schob ich meine Hand in Lucas' und spürte, wie ich die Führung übernahm, einmal die Kontrolle hatte.

»Ich komme mit«, wiederholte ich, doch er schien mich gar nicht zu hören. Seine Finger fühlten sich kalt und leblos an, als hätte er sie in Eiswasser getaucht.

»Es ist was Privates.«

»Wenn du willst, dass ich gehe, musst du nur ein Wort sagen.« Wir erreichten das Foyer mit den Aufzügen und er drückte auf den nächstbesten Knopf. »Dann bleibe ich hier, kein Problem. Aber du brauchst vielleicht eine Freundin.« Entschlossenheit und Einfühlsamkeit kämpften in mir um die Oberhand.

Er gab nach. Knickte sofort ein, was verdeutlichte, wie sehr ich im Recht war. Seine Mauern waren gebröckelt. »Es geht um meine Schwester.«

Quälend langsam öffneten sich die metallischen Aufzugtüren. Jetzt sah Lucas mich geradewegs an. Getrieben. Traurig. Verwirrt.

Mein Herz krampfte sich vor Mitgefühl zusammen.

»Geht es ihr gut?«, fragte ich vorsichtig.

Lucas rührte sich nicht. Er stand da und starrte mich an.

»Lucas?« Behutsam drückte ich seine Hand, was neues Leben in ihn brachte. Wie nach einem Blitzschlag fuhr er zusammen.

»Ja, danke.« Er stieg ein, ließ mich nicht los, klammerte sich an mich, als würde er genau das brauchen. Jemanden, der da war. An seiner Seite. Vielleicht auch ohne Fragen zu stellen, also schwieg ich. »Es geht ihr gut, das ist nicht das Problem. Danke, dass du mitkommst.«

Auf der ganzen Fahrt verlor Lucas kein einziges Wort. Seine Haut glühte, als würde er innerlich brodeln. Und ich konnte es ihm nicht verdenken.

Um ihm etwas von der inneren Anspannung zu nehmen, legte ich meine Hand auf seine und spürte die Hitze, die er ausstrahlte. Wir hatten bisher nicht viel über seine Familie gesprochen, ich hatte sie damals nicht kennengelernt. Unsere Treffen hatten sich meistens auf die Zeit im Skaterpark, Kino und Museen beschränkt. Mit Ausnahme von ein paar kältezerfressenden Tagen, an denen wir uns in Abwesenheit seiner Eltern in sein Zimmer geschlichen, gequatscht, Filme geschaut und einfach einen entspannten Nachmittag verbracht hatten.

»Sie war auf einer Party. In einem Club. Sie ist heimlich mit dem Bus nach Oslo gefahren. Mit viel älteren Freunden, die ich nicht kenne. Und sie haben sie einfach dort allein gelassen. Sie hat Panik bekommen und wusste nicht, was sie tun soll. Also hat sie mich angerufen.«

Im Kopf rechnete ich nach. »Wie alt sind deine Schwestern jetzt? Zehn und vierzehn?«

»Maya ist neun und Livia vierzehn.« Mit der flachen Hand schlug er gegen das Lenkrad. »Verdammt! Ich hatte gehofft, dass sie nicht damit anfängt. Genau wie bei mir damals. Rumtreiben. In den Tag leben.«

»Und schau an, was aus dir geworden ist«, meinte ich sanft und erntete dafür einen unergründlichen Seitenblick. Eine Weile sagte niemand von uns etwas.

»Bitte, mach dir keine Vorwürfe«, durchbrach ich schließlich die Stille, weil ich durchaus ahnte, was in seinem Kopf vorging.

Lucas umklammerte das Lenkrad etwas fester. »Weißt du, ich mache das alles nur für sie«, stieß er voller Enttäuschung hervor. »Was glaubst du, warum ich das Malen aufgegeben habe? Ich würde es ihnen nie sagen oder zum Vorwurf machen, aber irgendwann ist mir klar geworden, dass ich meiner Familie gegenüber eine Verantwortung trage, dass ich sie aus diesem Leben herausholen kann, zu dem sie gezwungen sind. Ich habe es in der Hand, meinen Eltern ein bisschen Frieden und Ruhe zu schenken, nachdem sie alles für mich getan haben, was sie konnten. Ich möchte ihnen die Sorgen nehmen, wie es im Alter für sie weitergehen soll.« Er holte tief Luft und sein Eingeständnis rührte mich zutiefst. Seine Ehrlichkeit. Dass er sich mir gegenüber öffnete. »Meine Schwestern sollen es leichter haben als ich. Sie sollen nach ihrem Schulabschluss das tun können, was sie wollen. Und jetzt zieht Livia so eine Scheiße ab …«

Wieder füllte Schweigen den geräumigen Innenraum des Wagens.

»Das ist total normal«, beruhigte ich ihn, versuchte, Zuversicht in meine Stimme zu legen. »Vermutlich gibt es kaum Vierzehnjährige, die wie ich damals lieber im Zimmer sitzen und Bücher lesen oder sich über ihre Klavierstunden freuen. In dem Alter gehört es einfach dazu, Dinge auszuprobieren, herumzuexperimentieren. Zu schauen, wie weit man gehen kann, wo die Grenzen sind.«

»Aber genau das war in den letzten Wochen, nein Monaten, wenn nicht sogar Jahren auch meine Ausrede dafür, dass ich nicht oft genug bei ihnen sein konnte. Weil ich unbedingt diesen Weg bestreiten will, damit es ihnen irgendwann besser geht. Aber heute Abend habe ich gemerkt, dass etwas anderes viel wichtiger ist. Ich kann es nicht genau in Worte fassen, aber …« Er warf mir einen gequälten Blick zu. Am liebsten hätte ich ihn geküsst, um ihm etwas von seinen Sorgen zu nehmen. Von dieser inneren Qual, die ihn aufzufressen drohte.

»All das ist unwichtig, wenn es um die Familie geht.« Er machte eine ausholende Geste und mir war klar, was er damit meinte. »Vielleicht habe ich all die Jahre vergeudet und bin dem falschen Ziel hinterhergerannt.«

»Auf die Gefahr hin, dass ich mich anhöre wie ein Glückskeksguru: Manchmal ist auch der Weg das Ziel?«, versuchte ich, ihm etwas von dieser inneren Zerrissenheit zu nehmen. »Oft geht es im Leben ja nicht darum, dass man etwas weiß und alles einhundertprozentig richtig macht, sondern dass man tagtäglich dazulernt, oder? Vielleicht brauchtest du diesen Weg, damit du das finden kannst, was du wirklich willst? Wofür es sich zu kämpfen lohnt? Und vielleicht kannst du deine Schwestern nicht davor beschützen, dass sie ihren eigenen Weg gehen, sondern musst einfach loslassen?«, fügte ich zaghaft hinzu.

Lucas schwieg, nahm das Gesagte auf, schien darüber nachzudenken.

»Wir sind da.« Wir hielten vor einer Parkzone. In dieser Gegend gab es viele Clubs und Bars. Definitiv kein Ort, an dem sich eine Vierzehnjährige zu dieser Uhrzeit und an diesem Wochentag herumtreiben sollte. Mein Herz sank, als ich den Ausdruck auf Lucas' Gesicht bemerkte. Also drückte ich seine Hand ein wenig fester.

»Du gehst da jetzt rein und holst sie raus. Du wirst für sie der große Bruder sein, den sie in dieser Situation braucht.

Und ich weiß, dass du das wunderbar machen wirst. Ich weiß, dass du sie am liebsten anschreien und durchschütteln möchtest. Das werden deine Eltern schon tun. Vielleicht … Keine Ahnung, vielleicht auch nicht. Aber was sie jetzt braucht, sind keine Vorwürfe, sondern jemanden, der ihr sagt, dass alles in Ordnung ist und alles gut wird.«

Lucas führte meine Hand an seine Lippen, inhalierte den Duft und presste einen bittersüßen, viel zu zärtlichen Kuss auf meine Knöchel. Der Abdruck des Kusses brannte lichterloh auf meiner Haut.

»Falls du dir wegen der TEAROOM-Sache Sorgen machst, wir bekommen das hin«, fuhr ich fort und kämpfte gegen den Kloß in meinem Hals. »Wenn du drin bist, rufe ich mir ein Taxi. Mach dir um mich bitte keine Gedanken. Bring deine Schwester sicher nach Hause.«

Etwas flackerte in seinen Augen auf, als wäre ihm jetzt erst bewusst geworden, dass ich nicht vorgehabt hatte, bei ihnen mitzufahren. Aus einem Impuls heraus rutschte ich zu ihm hinüber, beuge mich zu ihm und küsste ihn flüchtig auf den Mund. Da war das bisschen Mut, das bisschen Hoffnung, das bisschen Kraft. Genau wie er es mir in den letzten Wochen immer wieder auf seine Weise gegeben hatte.

Ich wollte genauso für ihn da sein, wie er für mich da war. Auf meine Weise.

»Wir sprechen uns am Montag, ja?«

Mit diesen Worten öffnete ich die Beifahrertür, schlüpfte aus dem SUV und verschwand in die Nacht, bevor Lucas mich aufhalten konnte.

Golden

26
LUCAS

Eine Woche war Elli krank und ich sah sie erst mal nicht wieder. Am liebsten wäre ich zu ihr gefahren, um sie zu umsorgen, aber sie hatte mich gebeten, es nicht zu tun. Weil sie mich nicht anstecken und den Trip zur Geburtstagsfeier ihres Bruders und des Kronprinzen gefährden wollte.

Dafür pendelte ich jede freie Minute zu meiner Familie, die komplette Woche über. Ich wollte mehr für sie da sein, Präsenz zeigen. Wir führten lange Gespräche, gingen spazieren.

Kleinlaut hatte sich Livi neben mich gesetzt und die ersten vierzig Minuten nur lautlos geweint. Aus Überforderung, Scham und Kummer. Und ich hatte alles getan, damit sie sich nicht wie ein Häufchen Elend fühlte. Ihr schlechtes Gewissen war ohnehin groß genug, auch ohne dass ich ihr Vorwürfe machte, die ich eigentlich auch mir machen müsste. Aber kein Mensch war unfehlbar, obwohl ich mich in den letzten Jahren redlich bemüht hatte, eine perfekte Fassade aufzubauen, um Teil der besseren Gesellschaft zu werden. Für mich, für meine Familie, für unsere Zukunft.

Aber war es wirklich das, was ich brauchte?

Irgendwann um zwei Uhr nachts, nachdem meine Eltern

schlafen gegangen und viele Tränen getrocknet worden waren, hatte ich mir ein Glas Rotwein gegönnt und eine Weile auf dem kleinen Balkon im vierten Stock des Mehrfamilienhauses gesessen.

Elli …

Ihre Worte spukten in meinem Kopf herum. Doch es war noch etwas anderes, denn zwischen uns hatte sich alles verändert. Unaufhaltsam. Gleichzeitig war ich nicht mehr ganz so rastlos, fühlte mich geerdet. Ein innerer Ausgleich, den weder der Sport, noch mein Bike vermocht hätten.

Ich vermutete, dass es an Elli lag. An wem auch sonst?

Pünktlich am Freitagnachmittag tauchte ein schwarzer Wagen vor meiner Wohnung auf. Ich nahm meine Reisetasche, die ich zuvor gepackt hatte, und ging hinunter.

»Hallo, bereit für ein Abenteuer?«, begrüßte mich Elli mit ihrem strahlenden Lächeln, das ich die ganze Zeit über schmerzlich vermisst hatte.

»Ja, klar«, sagte ich und schob mich zu ihr auf die Rückbank, nachdem ich Gustav begrüßt hatte und er mir freundlich zunickte. Sie trug schwarze Overknee-Stiefel und einen beigen Wollmantel, der von einem gigantischen cremefarbenen Schal eingerahmt wurde. Sofort war ich mir Ellis körperlicher Nähe bewusst, spürte ihre Anwesenheit bis in die Knochen und ballte die Hände zu Fäusten. Ansonsten hätte ich mich nicht zurückhalten können, sie gepackt und auf meinen Schoß gezogen, um ihr zu zeigen, wie sehr ich sie vermisst hatte.

»Wo ist dein Bruder?«

»Schon am Flughafen.«

»Wo geht es eigentlich hin? Du warst so geheimnisvoll.«

Sie lächelte verschmitzt. »Es soll ja auch eine Überraschung bleiben.«

Gustav fuhr uns in der Mercedes-Limousine in Richtung eines abgelegenen Flughafens, der als *Oslo-Gardermoen* gekennzeichnet war und sich mit seinen zwei Start- und Landebahnen ideal für Privatjets eignete. Elli war nervös. Sie rutschte auf dem Sitz herum und knetete die Hände in ihrem Schoß, sodass ich aus einem Impuls heraus danach griff und sie beruhigend drückte. So, wie sie es vergangene Woche bei mir getan hatte.

Der Ausdruck auf ihrem Gesicht machte etwas mit mir. Da war diese Vertrautheit zwischen uns, die weitaus tiefere Wurzeln besaß als jede andere Beziehung zuvor. Das war gefährlich. Für mich. Für Elli. Für die gesamte Situation.

Unsere Beziehung bestand aus einer Absprache, hatte ein Ablaufdatum, das wie eine tickende Zeitbombe immer drohender näher rückte.

»Was beschäftigt dich?«, fragte ich.

»War mein Großvater diese Woche im Büro?«

Ich legte die Stirn in Falten und dachte nach. Dann schüttelte ich den Kopf. »Nein, weshalb?«

Verdrießlich zog sie die Unterlippe ein und kaute darauf herum. »Mhm … okay.«

In diesem Augenblick erreichten wir das Terminal. Wir zeigten unsere Ausweise und Elli gab die Flugnummer durch. Mit einem Lächeln verabschiedete ich mich von Gustav, der extra ausstieg, um uns mit dem Gepäck zu helfen. »Ich hatte noch keine Gelegenheit, mich zu bedanken«, setzte er an, doch ich unterbrach ihn mit einem Kopfschütteln, weil Elli hinzutrat und ihren Koffer entgegennahm. »Alles gut?«, wollte sie wissen.

»Ja«, erwiderte ich und nickte Gustav zu, der sich diskret zurückzog, weil er mich verstanden hatte. Über manche Dinge musste man nicht sprechen. Auch nicht, dass ich für meinen

Fahrtanteil der letzten Wochen aufgekommen war. Immer dann, wenn Elli mich mitgenommen hatte, was selbstverständlich war, aber niemanden etwas anging.

In einem flachen Nebengebäude wurden unsere Gepäckstücke durchgecheckt, dann ging es in einen exklusiven Wartebereich.

»Für die Lounge reicht die Zeit gar nicht mehr«, erklärte Elli und deutete auf ein silbernes Schild, das vor einer verschlossenen Schiebetür hing. »Die anderen sind schon an Bord.«

»Wer hat noch mal die Geschenke besorgt?«

»Tiril«, erwiderte Elli über die Schulter. »Also für Mar, das Geschenk für meinen Bruder habe ich geholt. Ist nur eine Kleinigkeit.«

»Was denn?«

»So ein spezieller Thermobecher für seine zukünftigen Outdoor-Aktivitäten und ein Kochkurs mit einer Person seiner Wahl.«

»Gut.« Ich würde sowohl Elli als auch Tiril nach ihrem Paypal fragen, sobald sich eine passende Gelegenheit ergab, da in diesem Augenblick ein schwarzer Luxusklassewagen mit getönten Scheiben vorfuhr und uns direkt zum Rollfeld brachte, wo ein Privatjet mit heruntergelassener Treppe stand. Durch die Fenster erkannte ich im Inneren andere Personen, die sich zu unterhalten schienen.

»Wann hat dein Bruder noch mal Geburtstag?«

»Sander morgen und Marius hatte gestern.« Elli stieg bereits die ersten Stufen nach oben, kämpfte mit dem Wind, der an ihren Haaren und Klamotten zerrte, und warf mir ihr unwiderstehliches Lächeln zu. »Noch mal: Bereit für ein Abenteuer?«

Das war ich durchaus. Solange sie an meiner Seite war. Aber das band ich ihr nicht auf die Nase.

»Els«, quietschte eine hübsche, schwarzhaarige junge Frau, sobald sie Elli erblickte, und fiel ihr um den Hals, ehe sie mich von oben bis unten kritisch musterte. Dann teilten sich ihre Lippen zu einem breiten Lächeln und sie umarmte mich ebenfalls, nicht ganz so stürmisch, aber nicht weniger herzlich.

»Lucas. Ich habe schon viel von dir gehört«, sagte sie nun und ließ mich wieder los, um einen Schritt nach hinten zu treten. Mit dem extravaganten Wollkleid und den Boots, dem ohne Zweifel teuren Parfümduft, der mir in die Nase stieg, und den blitzenden Juwelensteckern schrie sie geradezu nach Reichtum. Trotzdem lag da eine Wärme in ihrer Ausstrahlung, die mir gefiel, genauso wie ihre sprühende Wachsamkeit und Intelligenz, die mir förmlich entgegenschlug.

»Tiril«, ahmte ich ihren Tonfall nach und lächelte zurück. »Ich habe auch schon viel von dir gehört.«

»Sehr schön.« Sie hob drohend den Finger und ihre haselnussbraunen Augen blitzten spöttisch. »Dann weißt du ja, mit wem du es zu tun hast …«

Ich war mir nicht sicher, ob es eine Drohung oder ein Versprechen war, als eine Bewegung hinter mir meine Aufmerksamkeit auf Aleksander lenkte, der mich ebenfalls begrüßte und mich der Reihe nach den anderen Gästen vorstellte. Nur Theodor fehlte, weil er krank war, und Kronprinz Marius war bereits vergangene Woche nach Morena gereist.

Der Club, in dem die Geburtstagsfeierlichkeiten stattfinden sollten, befand sich in den Tiefen eines pompösen Gebäudes, das im klassizistischen Stil erbaut worden war. Angenehm milde Salzluft wurde vom lauen Wind durch die luxuriösen Straßen getrieben, überall gab es Nobelgeschäfte, Schmuckboutiquen und videoüberwachte Einfahrten. Der Jachthafen war gigantisch, mehrere millionenschwere Schiffe hatten dort angelegt. Morena war nicht umsonst das St. Barth Europas, wenn die Elite sich über Silvester nicht zwischen der Südseeinsel, Monaco oder Dubai entscheiden konnte. Genau wie in Monaco führte die Rennstrecke durch die herrschaftlichen Straßen der Altstadt, war allerdings weit weniger geschichtsträchtig, da der Parkour erst 1988 in den Rennkalender aufgenommen worden war. Kein Wunder, dass sich die meisten Rennfahrer auf den Stadtstaat und den kleinen Inselstaat aufteilten, dort ihren Lebensmittelpunkt hatten. Fünf-Sterne-Hotel reihte sich an Fünf-Sterne-Hotel und eines davon hatten wir nach der Ankunft auf dem Privatflugplatz bezogen. Elli und ich hatten in dasselbe Zimmer eingecheckt, schließlich galten wir als Paar, und wenn ich ganz ehrlich war, kam mir das nicht ungelegen. Die Vorstellung, sie heute Nacht so nah bei mir zu haben, gefiel mir ausgesprochen gut. Selbst wenn nichts lief. Es ging mir um ihre Anwesenheit. Elli tat mir gut.

Palmen säumten die herrschaftliche Auffahrt und das mediterrane Wetter verlieh Morena selbst im Winter eine sommerliche Aura. Der Eingang des Veranstaltungsorts war so massiv bewacht, dass man hätte meinen können, das britische Königshaus hätte seine Kronjuwelen darin versteckt. Die Limousinen, die nacheinander vorfuhren und von einem Valet-Parkservice in Empfang genommen wurden, waren so exklusiv, dass es vermutlich nur ein paar Hundert Stück auf der Welt davon gab.

Neben Ferrari, MacLaren und Lamborghini, reihten sich zahlreiche Sonderanfertigungen ein und ich entdeckte sogar einen Bugatti. Auch andere seltene Oldtimer waren darunter. Die Leute, die aus den Nobelkarossen stiegen, gehörten zur jungen Elite der Superreichen, die im Steuerparadies ihren Hauptwohnsitz hatten, sodass sie kaum etwas von ihrem Vermögen abgeben mussten. Selbst wenn sie Luxuswohnungen erwarben und mit Gewinn weiterverkauften, ging kein Cent an den Staat. Kein Wunder, dass sie hier lebten. Glücklich und zufrieden.

Fasziniert ließ ich die Atmosphäre auf mich wirken. Den künstlichen Bling-Bling, viel zu auffällige Klunker. Den echten Bling-Bling, unverkäufliche Erbstücke um den Hals und an den Ohren oder Handgelenken. Die Leute, die mit Geld protzten, und diejenigen, die es nicht nötig hatten.

Tiril, Ellis beste Freundin, Aleksander, zwei seiner engsten Freunde, seine Freundin Norah und Kronprinz Marius gingen voraus, während Elli und ich ihnen folgten. Das Schlusslicht bildete Aurora Beatrice Vittoria Konstanze von Morena, Kronprinzessin und Cousine von Marius, zusammen mit ein paar ihrer Freundinnen und Bekannten. Die Aufmerksamkeit sämtlicher Menschen war uns sicher. Das Blitzlichtgewitter fühlte sich an, als hätte man ein Scheinwerferlicht unmittelbar auf uns gerichtet.

Gemeinsam betraten wir das Gebäude. Es war seltsam, in einer Gruppe mitzugehen, deren privates Nettovermögen vermutlich für den Kauf ganzer Städte reichen würde. Aber ich fühlte mich nicht völlig fehl am Platz. Nicht mehr. Ich gehörte irgendwie dazu, weil mir niemand das Gefühl gab, anders zu sein.

Als Elli ihren Mantel an der Garderobe abgab, blieb mir beinahe der Mund offen stehen. Sie sah nicht unschuldig, nicht süß oder teuer aus. Nein, für mich war sie gekleidet wie das perfekte Geschenk: Sie trug schwarze, enge Lederleggings zu einem Oberteil, das eher nach Unterwäsche aussah. Ein Spitzenbody, der in ihrer Hose verschwand und meine Gedanken in eine völlig andere Richtung schickte.

Ich schluckte, als sich unsere Blicke begegneten und Elli mir ein keckes Lächeln schenkte. Eins von der verbotenen Sorte. Augenblicklich wurde mir warm. Kurz überlegte ich, umzudrehen und eine Dusche im Hotel zu nehmen. Ich hätte einen eiskalten Strahl gebraucht.

Wobei der wahrscheinlich nichts bewirkt hätte.

Denn wenn es nach mir ginge, hätte ich Elli gleich zum Duschen mitgenommen. Ach, verdammt. Sie war nicht nur unheimlich schön und liebevoll, sondern gleichzeitig so sexy. Auf ihre Weise. Eine Kombination, die mich noch ins Grab bringen würde.

»Das sieht verboten gut aus«, raunte ich ihr ins Ohr und erstarrte, als sie ihren Finger an meiner Brust hinabwandern ließ und erst oberhalb meines Hosenknopfes innehielt.

»Das will ich auch hoffen, ich habe das heute für dich angezogen«, flüsterte sie verheißungsvoll zurück und ich starrte sie mit brennendem Blick an. Lächelnd hakte sie sich bei ihrer besten Freundin unter und bahnte sich mit den anderen einen Weg zu dem Tisch, der für uns reserviert war.

Ich gab mir zehn Sekunden, dann folgte ich der Gruppe. Wir nahmen Platz und die Zeit verging wie im Flug. Als würde jemand auf eine Vorspultaste drücken. Bilder verschwammen in meinem Kopf, verkamen zu einzelnen Momentaufnahmen.

Tanzen, trinken, lachen, unterhalten, fühlen.

Es war mit einem Mal so leicht, einfach loszulassen. Immer wieder streiften Ellis Finger meine, während Aleksander auf der Tanzfläche verschwand und mit all seinen Freunden feierte.

Der Alkohol floss in Strömen. Sobald die Gläser leer waren, brachten attraktive Hostessen neue Flaschen mit funkensprühenden Leuchtmitteln an den Tisch. Lautstark dröhnten die Klänge schneller Beats aus den Boxen. Musik, die uns vergessen ließ. Wer wir waren, woher wir kamen. Es gab nur den Augenblick. Ab und zu gingen wir raus, um eine Verschnaufpause zu machen, mal in größeren, mal in kleineren Grüppchen, unterhielten uns, wenn es die Lautstärke zuließ, und tankten die frische Luft über den Dächern von Morena. Es war immer noch angenehm mild, sechzehn Grad, ein absolutes Kontrastprogramm zum Kälteeinbruch in Oslo.

Einen Moment lang hielt ich inne und ließ die Szenerie auf mich wirken. Es war surreal. Ein bisschen unwirklich.

Auf der einen Seite des Tisches tanzten der Kronprinz von Norwegen und zwei seiner Cousinen, die beide Töchter des Fürsten von Morena waren, auf der anderen Seite zwei Formel-1-Fahrer mit ihren Freundinnen. Dazwischen bewegte ich mich, wobei meine Augen eher den verführerischen Bewegungen von Elli folgten. Da ich sie die ganze Woche über nicht gesehen hatte, fühlte ich mich immer noch wie auf Entzug. Als hätte ich meine tägliche Dosis Sonnenschein nicht bekommen.

Sie wirkte gelöster, entspannter, obwohl sie sich in einer größeren Menschenmasse befand. Wahrscheinlich lag es wieder daran, dass alle hier Bekannte oder Freunde von ihr waren.

»Du kannst mit dem Sabbern aufhören«, rief mir Tiril mit einem frechen Grinsen ins Ohr und lachte auf, als sie meinen Gesichtsausdruck bemerkte. »Du guckst nicht nur wie ein Serienkiller aus der Wäsche, dein Blick klebt auch die ganze

Zeit an Elli. Du solltest ein bisschen subtiler vorgehen. Nur so als kleiner Tipp.«

»Erinnere mich daran, dich niemals meiner besten Freundin vorzustellen«, kommentierte ich so trocken, dass Tiril lachend ihr Glas hob und mir zuprostete. »Ihr beide wärt eine explosive Mischung und ich weiß nicht, ob ich das ertragen würde.«

»Die Mama von deinem Patenkind, oder? Oh, auf sie wäre ich wirklich gespannt, nach allem, was ich von Elli gehört habe.«

»Ich sehe, Elli hat keine Geheimnisse vor dir.«

»Nein.« Keine Sekunde später wurde sie ernst. »Du bist dir aber hoffentlich im Klaren darüber, dass ich durchaus über Mittel und Wege verfüge, jemanden verschwinden zu lassen, der ihr auch nur ansatzweise das Herz bricht. Mittel und Wege, bei denen es kein Zurück gibt.« Jetzt hatte eindeutig Tiril einen Serienkillerblick aufgesetzt.

»Du hast zu viel *Killing Eve* geschaut«, gab ich trocken zurück.

»*O mein Gott!* Ich liebe diese Serie! Sandra Oh ist eine begnadete Schauspielerin. Ich hab sie schon in *Grey's Anatomy* abartig geliebt«, geriet Tiril ins Schwärmen und ich war mir nicht sicher, ob es am dritten Cocktail oder einfach an ihrer Art lag, dass sie ihren Monolog noch weitere geschlagene zwei Minuten fortsetzte. Über den Tisch hinweg traf mein Blick auf Ellis, die mich von der Tanzfläche aus anlächelte, und wieder wurde mir warm in der Brust. Dort, wo mein kaltes Herz so lange auf Eis gelegen hatte, fühlte es sich inzwischen ziemlich behaglich an.

»Ich glaube übrigens, du hast da etwas falsch verstanden.« Ich hatte nicht den blassesten Schimmer, weshalb ich es klarstellen wollte, aber ich tat es. »Elli und ich sind nicht zusammen. Zumindest nicht richtig. Es steht noch das Jubiläum ihres Großvaters an, dann gehen wir getrennte Wege.«

Tiril lachte, als hätte ich den Witz des Jahrhunderts gerissen, schnappte sich Kronprinz Marius, der sich zwischenzeitlich wieder zu uns gesetzt hatte, um eine Pause zu machen, und sich nun bereitwillig von ihr mitziehen ließ, und sie begannen, sich zum Takt der Musik zu bewegen.

Eigentlich hatte ich nicht erwartet, dass der Umgang zwischen den Freunden etwas so herrlich Normales hatte. In gewisser Weise erinnerten sie mich sogar an Freya und Erik.

Ich schielte in Richtung Tiril, die ihre Arme locker um Marius' Hals gelegt hatte, dessen Gesichtsausdruck ziemlich eindeutig war. Er schien es zu genießen, wandte kaum die Augen von ihr ab.

»Tja, wenn er sich an Tiril mal nicht die Finger verbrennt«, meinte Aleksander neben mir, der die Szene ebenfalls beobachtete, und nahm einen Schluck von seinem Getränk.

In mir verfestigte sich der Entschluss, Tiril unter gar keinen Umständen meinen Freunden vorzustellen. Andernfalls hätte ich mich nie wieder davon erholt.

»Kommt dein Freund Henning heute eigentlich auch?«, fragte ich Sander, der ein Whiskyglas in der Hand schwenkte und zufrieden lächelte. Vielleicht hatte das etwas mit der jungen Frau zu tun, mit der er immer wieder zweideutige Blicke wechselte. Er hatte sie auf dem Hinflug als seine Freundin Norah vorgestellt und dabei bis über beide Ohren gestrahlt. Sie war ebenfalls recht groß, sportlich gebaut mit erdbeerblondem Haar und einem hinreißenden Lächeln, das sie Sander immer wieder schenkte. Ihr ganzes Wesen war freundlich und die Art, wie sie mit Elli umging, machte sie mir noch sympathischer. Ob ich jemanden mochte oder nicht, hing mittlerweile vor allem davon ab, wie er mit Elli umging. Allerdings hätte ich diesen Maßstab auch bei mir selbst anlegen müssen.

Das schlechte Gewissen meldete sich. In den letzten Wochen hatte ich sie immer wieder verletzt, kleine Stiche, mal bewusst, mal unbewusst. Aber ich hatte es getan. Inzwischen war ich mir nicht mehr sicher, ob das der richtige Weg gewesen war. Immerhin hatte ich ihr nicht mal die Möglichkeit gelassen, sich zu entscheiden.

»Nein, Henning schafft es leider nicht. Was in Ordnung ist, seine Karriere geht vor. Eine Alternative wäre gewesen, beim Saisonfinale in Abu Dhabi dabei zu sein, das dieses Jahr so spät ist, und die Feier dorthin zu verlegen. Er sitzt dieses Wochenende als Rookie in einem Formel-1-Wagen, nächste Saison wird er dann offiziell Testfahrer für ein Formel-1-Team.«

»Das freut mich«, antwortete ich. Wir unterhielten uns noch eine Weile über alles Mögliche, soweit das angesichts der dröhnenden Musikklänge funktionierte, bis meine Blase drückte.

»Entschuldige mich mal eben«, meinte ich zu ihm und ging zu den privaten VIP-Toiletten, die etwa so groß waren wie die Kinderzimmer meiner Schwestern zusammengenommen. Der Waschraum war komplett in Schwarz gehalten, mit dunklen Wänden und mehreren Spiegeln, Kunstpflanzen standen überall in passenden Vasen. Die Toilettenkabinen befanden sich in einem abgetrennten Bereich. Als ich fertig war, öffnete ich die Tür zum Waschraum und prallte beinahe mit Elli zusammen.

Perplex ließ ich mich von ihr wieder zurückschieben, bevor sie die Tür hinter uns abschloss.

Ihr Brustkorb begann, sich hektisch zu heben und zu senken, eine süße Röte hatte sich in ihre Wangen geschlichen.

Atemlose Spannung breitete sich zwischen uns aus und alles an ihr – von ihrem entzückenden Gesichtsausdruck bis hin zu dem Outfit, das ihre Rundungen betonte – machte mich ungeheuer an.

Sekundenlang sahen wir uns in die Augen, aber ich ergriff nicht die Initiative. Dieses Mal wollte sie spielen. Ich las es in ihrem Blick.

»Was hast du vor?«, fragte ich und ein zweideutiger Unterton schlich sich in meine Stimme, obwohl die Antwort auf der Hand lag.

Ellis zuversichtliches Lächeln ließ meine stoische Fassade bröckeln und ich zwang mich, ruhig zu bleiben. Mich nicht zu bewegen. Entschlossen machte sie noch einen Schritt auf mich zu, visierte mich an, als wäre ich der verdammte Jackpot, und meine Kopfhaut begann zu kribbeln. Ihre Nähe sandte mir einen Schauder über den Rücken und ihr kleines Lächeln vertiefte sich, als wäre ihr meine Reaktion durchaus bewusst. Vor der Tür des Waschraums wummerte der Bass. Heftig vibrierten die Wände.

»Was tust du da?«, wiederholte ich mit Verzögerung.

»Du kannst mich so oft wegschieben, wie du möchtest, Lucas, aber ich werde nirgendwohin gehen. Ich habe es endlich verstanden.«

Augenblicklich versteifte ich mich. Das war nicht die Antwort, mit der ich gerechnet hatte. »Was verstanden?«

»Du hast Angst vor deinen Gefühlen für mich. Davor, was ich in dir auslöse. Deswegen versuchst du, mich auf Abstand zu halten.«

Ihre Worte waren wie eine Eisdusche für meine Synapsen. Mir wurde schlagartig bitterkalt. Doch die Kälte verflog, als Elli den letzten Meter überbrückte, der uns trennte, und eine schmale Hand auf meinen Brustkorb legte. Ihre Nähe machte mich schwindelig und ich presste die Kiefer aufeinander. Ihr verführerischer Duft stieg mir in die Nase und ich verfluchte sie für dieses gewagte Manöver. Als hätte sich ein Vögelchen in der offenen Tatze eines Bären niedergelassen.

»Ein Wort von dir und ich drehe um und gehe.« Sie hatte die Stimme zu einem verheißungsvollen Raunen gesenkt, während mein Herz heftig gegen meine Rippen hämmerte. Genau an der Stelle, an der ihre Hand lag. Ihre stürmischen Augen leuchteten wissend und ich ballte die Hände zu Fäusten. »Aber du willst nicht, dass ich gehe, habe ich recht?«

Wie von unsichtbaren Schnüren gezogen, bewegte sie ihre Finger, strich hauchzart über mein Hemd. Ich spürte die Berührung bis zum Grund meiner Seele. Und in meinen beschissenen Eiern, die sich anfühlten, als würden sie im nächsten Augenblick platzen.

»Vielleicht willst du, dass ich das hier mache?«

Ein letzter, abwartender Blick, als ob sie sich vergewissern wollte, dass ich dem Ganzen zustimmte, dann stellte sie sich auf die Zehenspitzen und legte ihre Lippen an meinen Hals. Dort, wo meine Bartstoppeln aufhörten und mein Puls viel zu heftig dröhnte.

»Oder das hier?«

Ich verharrte absolut regungslos, als sie sich noch etwas weiter streckte, ihren schmalen Körper an mich presste, sodass mir schlagartig siedend heiß wurde. Gleichzeitig stützte Elli ihre Hände auf meinen Brustkorb, ihr Atem strich über meine Haut. Meine Sinne waren berauscht, ich spürte, wie meine Finger zuckten, weil ich sie selbst berühren wollte. Aber ich zwang mich, es nicht zu tun. Es wäre mein Untergang gewesen.

Keuchend sog ich die Luft zwischen den Zähnen ein, als ich ihre Zungenspitze an meinem Ohrläppchen spürte. *Ihre verdammte Zungenspitze. An meinem Ohrläppchen.*

Lodernde Hitze schoss mir direkt in die Lenden und mein Schwanz meldete sich schmerzvoll pochend, presste sich gegen meine Hose.

»Sag mir, dass du mich nicht willst. Wenn du es aussprichst, lasse ich es gelten.«

Ich lachte und stöhnte auf, als sie an meinem Ohrläppchen knabberte.

»Sag mir, dass du keine Gefühle für mich hast. Dass ich dir nichts bedeute.« Ihre Hand wanderte zu der deutlich hervorstehenden Wölbung und sie streichelte mich über dem dichten Stoff, was absolut unfair war. »Sag es. Ich will die Wahrheit hören«, hauchte sie und küsste meinen Kiefer, meinen Mundwinkel, presste ihren unverschämten Körper an meinen.

»Du bedeutest mir etwas«, stieß ich zwischen zusammengepressten Lippen hervor, ehe ich das triumphierende Leuchten in ihren Augen bemerkte. »Elli«, stöhnte ich kehlig, halb Protest, halb Bitte.

»Ich habe mich nie revanchiert«, flüsterte sie verheißungsvoll und ging dann einfach vor mir in die Hocke. Sah zu mir hoch. Lächelnd. Sah direkt in meinen Abgrund. Und mein Schwanz zuckte.

Ich war machtlos. Absolut gefangen in diesem Augenblick. Keine Chance. Ich hatte absolut keine Chance, als sie meinen Hosenknopf öffnete und sich über die Lippen leckte, während sie meine Härte mit der Hand umschloss und die Unterhose herunterzog. Meine Erektion sprang ihr freudig entgegen, als sie mit einem schelmischen Leuchten ihren Mund um mich schloss und währenddessen zu mir hochschaute.

Und dann war ich im Himmel. Und in der Hölle. Und überall dazwischen.

Ihre Lippen stülpten sich wieder und wieder um meinen Schaft, sie saugte und bewegte gleichzeitig ihre Hand hoch und runter, massierte mich und ich hatte das Gefühl, in sämtliche Moleküle zu zerspringen. Ich umfasste ihren Hinterkopf, schob ihre Haare zu einem losen Zopf zusammen, ließ sie aber ansonsten gewähren. Dirigierte sie nicht. Noch nicht.

»Fuck«, brachte ich krächzend hervor.

Ihre Augen waren auf mein Gesicht gerichtet, als sie mich tief in sich aufnahm. Fluchend schloss ich die Lider und warf den Kopf nach hinten. Das Gefühl war unglaublich. Phänomenal. Elli stieß ein leises Keuchen aus und als ich wieder hinsah, bemerkte ich, dass ihre Hand in ihre Lederleggings gewandert war.

Das war zu viel für mich.

»Steh auf«, befahl ich heiser.

Elli kam auf die Beine. Ihre Lippen waren nass und geschwollen, ihr Blick glasig und dieses Lächeln …

»An die Wand.« Ich erkannte mich selbst kaum wieder, aber es brannte in mir. Denn ich war getrieben. Wollte nur noch eins. Sie spüren. Nach all den Wochen, in denen ich mich von ihr ferngehalten hatte. Ich wollte sie spüren. Alles.

Mit fahrigen Fingern zog ich ihre Leggings herunter, spreizte ihre Beine und drückte sie mit dem Bauch gegen die Wand. Die vielen Spiegel zeigten uns von allen Seiten. Sie sah wild aus. Sie loderte.

Ich würde alles für sie tun. Sie beschützen. So gut es ging. Zur Not auch vor mir selbst.

Den Gedanken schob ich weit weg. Nicht jetzt.

»Lucas«, flehte Elli und sah mich auffordernd über die Schulter hinweg an. Von wegen schüchtern. Die Art und Weise, wie sie offen ihre Lust zeigte, ging mir buchstäblich unter die Haut. Ich war absolut süchtig. Nach ihr und diesem Moment.

Dieses Mal hatte sie Kondome dabei. Ich entfernte die Folie, ein paar Handgriffe, die mir wie eine Ewigkeit vorkamen, aber gleichzeitig umkreiste ich ihre intimste Stelle.

»Jetzt«, bat sie kehlig, was ich mir nicht zweimal sagen ließ.

Mit einem schnellen Stoß drang ich in sie ein, Ellis lautes Stöhnen wurde von der Lautstärke der Musik absorbiert. Spielerisch biss ich ihr in die Schulter, zog mich zurück und schob ihn dann wieder bis zum Anschlag in sie.

»Härter, bitte.«

Ein Schweißfilm legte sich auf meine Stirn und ich kam ihrem Wunsch nach. Das Grollen vibrierte in meiner Brust, als ich wieder in sie eindrang. Einmal. Noch einmal. Sie begann kleine Laute auszustoßen, die mich schier an den Abgrund trieben. Das Gefühl, das sich in mir anstaute, war so gewaltig, dass mir der Atem ausging.

»O Gott«, stöhnte sie und ich spürte ein Zittern, das in ihre Beine überging, während ich mich weniger zurückhielt, mich von ihren Geräuschen antreiben ließ. Mit jeder Sekunde, die verging, dröhnte mein Puls lauter in meinen Ohren.

»Ich … ich komme gleich«, rief sie und rieb sich selbst zwischen den Schenkeln. Ich umklammerte ihre Hüfte.

Auch bei mir bahnte sich ein Orgasmus an. Schnell und heftig. Ich hatte keine Chance auszuweichen. Wir wurden beide mitgerissen. Vom Strudel. Von der Energie. Von der Lust.

Wir waren vereint, unser Herzschlag im Einklang, und ich fühlte mich wie der glücklichste Mann auf der Welt. Weil ich die Frau im Arm hielt, der mein ganzes Herz gehörte.

27

ELLI

Der Geburtstag meines Bruders in Morena änderte alles. Die Luft knisterte, die Funken flogen. Da lag etwas in der Luft, wogegen auch Lucas sich nicht wehren konnte.

Deswegen war ich ihm auf die Toilette gefolgt. Ich kannte die Räumlichkeiten und es war die Gelegenheit, ihm seine wahren Gefühle zu entlocken. Mehr aus ihm herauszukitzeln. Mein heimlicher Plan war aufgegangen und ich spürte, wie mich innere Ruhe erfüllte. Freya hatte recht. Und Tiril.

Lucas war eifersüchtig gewesen, weil er Gefühle für mich entwickelt hatte, aber er war vermutlich zu starrsinnig und uneinsichtig, um sich das einzugestehen. Vielleicht hatte er auch Angst. Genau davor. Vielleicht steckte noch etwas anderes dahinter, aber meine Intuition sagte mir, dass ich mich nicht auf dem Holzweg befand.

Da ich in der Woche nach der Oper krank gewesen war, hatte ich genügend Zeit gehabt, mir darüber Gedanken zu machen.

Tiril hatte mir liebe Nachrichten geschrieben und mir den besten Gossip über Taylor Swift geschickt, den mein benebeltes Hirn hatte aufnehmen können, inklusive Tausender kurzer

Clips, die irgendwelche romantischen Szenen analysierten. Gleichzeitig hatte ich Lucas geschrieben. Und jedes Mal, wenn ich an ihn dachte, vollführte mein Herz einen Looping, flog einmal durch die Luft und landete wieder auf der Erde.

Auch Lucas hatte gefragt, wie es mir ging. Er wäre gern vorbeigekommen, was ich jedoch abgelehnt hatte. Allerdings war mein Entschluss weiter gereift, die Idee, die mir Samuel und Freya und Tiril eingepflanzt hatten.

Jetzt, am Morgen nach dem Geburtstag, bekam ich dieses doofe Grinsen nicht aus meinem Gesicht. Weder beim pompösen Frühstück, das aus Eggs Benedict und frisch gepresstem Orangensaft oder Katersäften für die anderen bestand, noch auf dem Rückflug am Nachmittag. Was Tiril, meinem Bruder und sogar Norah nicht verborgen blieb, die mir wissend zulächelte. Meine Finger tasteten immer wieder nach Lucas, denn ich musste ihn berühren, mich vergewissern, dass er sich nicht in Luft auflöste.

Seine Küsse machten süchtig, sein Herzlächeln verdoppelte meinen Herzschlag, ich flog und ich liebte jeden Augenblick davon. Es war herrlich und gleichzeitig schöner als jeder Traum. Weil es sich so natürlich anfühlte wie etwas, das immer hätte sein sollen.

Die komplette nächste Woche war vollgestopft mit Terminen. Nicht nur im Büro, auch die Vorbereitungen auf Weihnachten nahmen immer mehr Zeit in Anspruch. In den kommenden zwei Wochen standen Benefizveranstaltungen, der Jahresabschluss, Weihnachtsfeiern und Besorgungen an.

Ich bemerkte, dass Großvater häufig fehlte. Nicht so, dass es besonders auffiel, aber mir entging es nicht. Sorge nagte an mir. Hatte Samuel mit den Gerüchten zumindest einen wahren Kern angesprochen?

Am Donnerstag, zwei Tage vor Großvaters großer Jubiläumsfeier, suchte ich ihn im Büro auf. Im Vorzimmer saß Olga, seine neue Sekretärin, weil Gabriella vor einem Jahr in den Ruhestand gegangen war, und runzelte die Stirn.

»Hast du einen Termin?«, fragte sie spitz, aber nicht abweisend.

»Nein«, erwiderte ich und war stolz darauf, dass ich, ohne zu zögern, antwortete. Dass mich ihr bohrender Blick und das irritierte Augenbrauenheben kaum aus dem Konzept brachte. Gegen das mulmige Gefühl im Bauch kam ich nicht ganz an, aber ich wollte nicht länger zurückstecken.

»Ich fürchte, ohne Termin darf ich dich heute nicht vorlassen. Er ist ziemlich beschäftigt mit den Jahresabschlüssen.«

Resignation erfüllte mich. So lange hatte ich mich versteckt, den Mädchennamen meiner Mutter wie eine Ritterrüstung getragen, nur um im entscheidenden Moment nicht zu mir selbst stehen zu können. Vielleicht war es an der Zeit, auch das zu ändern. Vielleicht sollte ich damit klarkommen, als eine Skogen wahrgenommen zu werden, auch hier in der Firma, schließlich war das mein rechtmäßiger Platz.

Und vielleicht sollte ich auch dafür kämpfen.

Für mich.

»Ich glaube, das ist egal«, antwortete ich deswegen und spürte, wie mein Herz zu rasen begann. Mein Mund wurde trocken und meine Zunge wollte ihren Dienst verweigern. Also holte ich tief Luft. »Ich bin seine Enkeltochter, Ellinor Skogen.«

Olga klappte der Mund auf. Ich konnte sehen, wie sich hinter ihrer Stirn die Rädchen in Bewegung setzten. Schließlich ging ihr ein Licht auf. Womöglich hatte sie eines der Kinderbilder auf seinem Schreibtisch gesehen oder sie kannte den Namen aus seinem Terminkalender.

»Wenn das … wenn das so ist, Elli, ich meine Ellinor, dann sage ich ihm schnell Bescheid.« Sie griff zum Hörer, wählte sich zu ihm durch und ließ mich zwanzig Sekunden später eintreten. Dabei folgte mir ihr neugieriger Blick bis zu der gewaltigen Flügeltür, an die ich klopfte, bevor ich eintrat.

Die Räumlichkeiten waren doppelt so groß wie Lucas' Büro, aber gemütlich eingerichtet. Auf dem Schreibtisch standen nicht nur Kinderbilder von uns, sondern auch mehrere Fotos von Oma, die vor einigen Jahren verstorben war.

»Darf ich dich kurz sprechen?«, fragte ich.

Aasmund Skogen war gealtert. Und ich hatte es verschlafen. Erschrocken stellte ich fest, wie dünn er geworden war, wie stark seine Wangenknochen hervorstanden.

»Wie hast du es denn an Olga vorbeigeschafft?«, wollte er wissen und ein neugieriges Funkeln trat in seine Augen, die denen meines Vaters so sehr ähnelten.

»Ich habe gesagt, wer ich bin.«

»So?« Ein Lächeln kräuselte seine Lippen. »Kein Versteckspiel mehr?«

»Kein Versteckspiel mehr. Auch nicht vor der Belegschaft. Ich denke, ich bekomme das langsam hin. Sie werden sich bestimmt daran gewöhnen und inzwischen kennen mich ja einige.« Es hörte sich gut an, es laut auszusprechen. Wie ein Wunsch, der endlich wahr wurde. »Deswegen bin ich hier. Und wegen der *Himmelsk*-Dinkelkekse. Ich möchte sie noch nicht aufgeben.«

Dabei war es nur eine Kleinigkeit, meinen eigenen Namen zu nutzen, ohne an seinem Gewicht zu ersticken.

»Schön«, antwortete er und wirkte höchst zufrieden, aber so wirklich konnte man das bei Großvater nie sagen. »Dann lass uns doch genau darüber unterhalten.«

Die letzten Vorbereitungen für das Jubiläum liefen auf Hochtouren. Selbst im Familienanwesen herrschte eine angespannte Stimmung, weil alle wollten, dass die Feier unvergesslich wurde. Neben einer Akrobatikshow waren weitere unterschiedliche Acts und Reden geplant. Die Presse war dieses Mal nicht vorgesehen, aber das war auch nicht notwendig. Bilder würden so oder so die Runde machen.

Als Dresscode galt Abendgarderobe und meine Mutter schwebte in einem petrolblauen Kleid von Alexis Mabille an mir vorbei. Es war tailliert, hatte einen hohen Kragen und lange Ärmel. Ihre Haare waren teilweise hochgesteckt und sie trug eine mit Diamanten besetzte Halskette, die ich als Tochterversion mit weniger Steinen umgelegt hatte. Mein Ballkleid von Carolina Herrera aus Seide mit Blumenmuster hatte ich zu meinem Debütantinnenball in Paris zum ersten Mal an und fand, dass es heute noch mal ausgeführt werden dürfte.

»Hast du alles?«, fragte mich meine Mutter und ich nickte. Lykke stand im Hausflur und half uns in die schweren Mäntel.

»Theodor!«

Mein jüngerer Bruder tauchte im Smoking hinter uns auf, die Haare so frisiert, dass er eine frappierende Ähnlichkeit mit Leonardo DiCaprio in *Titanic* besaß, wäre da nicht dieser arrogante Gesichtsausdruck gewesen. »Abflug?«

»Ja, die anderen warten schon.«

Wir gingen zum Helikopterlandeplatz, wo die Rotoren noch ruhten, damit unsere Frisuren nicht völlig zerstört wurden. Anders als beim royalen Protokoll durften wir alle zusammen fliegen.

Fasziniert beobachtete ich, wie die Pilotin die Maschine startete und das ohrenbetäubende Dröhnen über uns einsetzte. Den Nachbarn zuliebe nutzten wir den Flugplatz am Haus nur zu besonderen Anlässen – mit Ausnahme von Aasmund Skogen. Aber sein ganzes Leben war eine einzige Ausnahme. Aus unserer Familie war Theodor der Einzige, der einen Flugschein besaß, Sander und ich hatten uns damals für einen Bootsführerschein entschieden.

Der Flug dauerte knapp zwanzig Minuten. Unter uns erstreckte sich ein Lichtermeer, da es bereits dunkel war. Das Wetter machte ausnahmeweise mit, sodass ich kaum mit einer Flugangst kämpfen musste. Ich hasste nichts mehr, als bei unsicheren Bedingungen zu fliegen. Je länger wir unterwegs waren, desto verschwommener und weniger wurden die Lichter unter uns. Es ging in die Berge und eine kribbelnde Vorfreude auf den heutigen Abend erfüllte mich. Bald kam das herrschaftliche Anwesen in Sicht, das dank der eindrucksvoll beleuchteten Außenanlage wie eine Weihnachtskugel im Schnee glitzerte.

Überall waren Eisskulpturen aufgestellt, Schwäne und filigrane Figuren, die an kleine Elfenwesen erinnerten, aber auch Trolle, die aussahen, als wären sie einem Touristenmagazin entsprungen.

Die Begrüßung der unterschiedlichsten Gäste verlief ereignislos, was der Tatsache geschuldet war, dass ich alle Abläufe auswendig kannte. Georgs Organisation und Briefing sei Dank. Der Eventmanager hatte mit seiner Agentur den heutigen Abend bis ins letzte Detail durchgeplant. Die einzige Person, die ich immer wieder mit den Augen suchte, war Lucas.

Ich entdeckte ihn eine Stunde später im großen Ballsaal, der mit reichlich Blumen geschmückt worden war und in dem später der Tanz eröffnet werden würde. Ein unechter Kirschbaum stand in einer Ecke, Blumengestecke waren an der Wand befestigt und flossen wie Wasserfälle herab. Von den Decken hingen verknotete Äste und Zweige in allen Variationen, ein atemberaubender Anblick.

Mein Lächeln war so breit, dass es beinahe wehtat. Mit schnellen Schritten eilte ich auf Lucas zu. Sobald er mich bemerkte, wurde der unnachgiebige Ausdruck in seinen verteufelt attraktiven Zügen schon fast zärtlich. Ganz selbstverständlich breitete er die Arme aus und zog mich an sich, barg mich vor den Blicken der Umstehenden und küsste mich auf den Mund.

»Du siehst absolut umwerfend aus.«

»Das will ich auch hoffen, es hat drei Stunden gedauert, mich so herzurichten«, antwortete ich und genoss das Gefühl, von ihm gehalten zu werden.

»Ich wollte noch über eine Sache mit dir sprechen …«, begann ich drucksend.

»Worüber?«, fragte er und strich an meinem Hals entlang, was eine Gänsehaut auf meinen Unterarmen auslöste.

»Den Deal.«

Lucas sah mir geradewegs in die Augen. »Darüber müssen wir nicht reden«, erwiderte er nach einer kurzen Pause. »Ich weiß, was du sagen willst, Elli, und ich sehe das genauso. Zerbrich dir nicht den Kopf. Das hat Zeit. Wir haben Zeit. Es rennt nicht weg.«

Schwerelosigkeit erfasste mich und ich stellte mich auf die Zehenspitzen, um Lucas zu küssen.

»Übrigens kann ich es kaum erwarten, dir das Kleid wieder

auszuziehen«, kam es von ihm dicht an meinen Lippen und sein Herzlächeln bekam etwas Wölfisches. Ich liebte alles daran.

»Elli!«, unterbrach uns Sander, der mit Norah näher kam. Sie wirkten vertraut miteinander, glücklich. Er trug einen schicken schwarzen Smoking und sie hatte ihre rotblonden Locken hochgesteckt, nur zwei Strähnen kringelten sich um ihr hübsches Gesicht. Ihr Kleid mit dem Empire-Waist-Schnitt betonte ihre hochgeschlossene, sportliche Figur und sah fabelhaft aus.

»Ich liebe dein Kleid!«, meinte Norah, sobald sie einmal an mir herabgesehen hatte, und als ich das Kompliment lächelnd erwiderte, spürte ich, dass ich nicht rot wurde. Endlich. Meinen Bruder auf diese Weise zu sehen, erfüllte mich mit tiefem Glück. »Großvater sucht nach dir. Keine Ahnung, worum es geht. Weißt du, was es damit auf sich hat?«

Ich schmiegte mich an Lucas' Seite und lächelte geheimnisvoll. »Vielleicht um eine Änderung in letzter Minute.«

»Wenn du willst, dass Georg einen Herzinfarkt bekommt, kannst du gern irgendwelche Pläne in letzter Minute ändern«, erwiderte Sander und drückte Norah einen Kuss auf den Scheitel. »Möchtest du noch etwas trinken?«

»Nein«, erwiderte sie und schüttelte dankend den Kopf.

Theo, der an uns vorbeilief, verzog abfällig den Mund. »Sucht euch ein Zimmer. Eure Herzchenaugen sind echt nicht zu ertragen«, sagte er trocken und ging weiter.

Wir sahen uns an und Norah und ich prusteten gleichzeitig los.

Himmel, es tat gut, so befreit und glücklich zu sein. Ich wollte dieses Gefühl festhalten, verankern, mit mir herumtragen. Für immer. Ein bisschen. Das wäre schön.

Golden

28

LUCAS

Drei Helikopter-Shuttles flogen die Gäste nach und nach zu einer exklusiven Berglocation. Aber es war nicht irgendeine Location.

Nein, es hätte der Drehschauplatz für einen James-Bond-Film sein können und es hätte mich auch nicht weiter gewundert, wenn Elli diese Tatsache rausgehauen hätte.

Ich war offiziell als ihr Freund zum Jubiläum eingeladen, obwohl unser Deal noch galt, was niemand wusste. Aber insgeheim war uns beiden bewusst, wie sehr sich die Situation verschoben hatte. Es fühlte sich seltsam an, aber nicht schlecht. Nein, sogar verdammt gut.

In meinen Augen war Elli die schönste Frau des Abends, was nicht weiter schwer war, denn sie war die einzige Frau, die ich länger ansah. Ich konnte den Blick kaum von ihr abwenden, war machtlos gegen den Drang, ihr nahe zu sein. Ihr Strahlen stellte alle anderen für mich in den Schatten. Ihr Lächeln wärmte mein Herz. Ich wollte das, hatte es immer gewollt, aber mir nie eingestanden, dass es funktionieren könnte.

Meinst du wirklich, du bist gut genug für sie?

Mein Blick verweilte auf Aasmund Skogen, der vorn an der

Bühne stand und in eine Unterhaltung vertieft war. So viel Zeit war seit Ellis sechzehntem Geburtstag vergangen und doch kam es mir vor wie gestern. Jedes Mal, wenn ich ihm bei KOSGEN begegnete, hatte ich unsere Unterhaltung von damals im Kopf. Diese Schwere, die mich bei seiner Frage durchdrungen hatte. Die Beklemmung.

Damals war ich weggelaufen, weil die Antwort darauf ein eindeutiges *Nein* gewesen wäre. Gewesen war. Ich war ein Feigling gewesen, noch grün hinter den Ohren und ein Dummkopf, weil ich mich die letzten Jahre nicht diesen Gefühlen gestellt hatte.

Und heute?

Ich hatte immer gesagt, ich wolle Elli fliegen sehen. Ich wollte, dass sie glücklich wurde, war mir aber nicht sicher, ob sie das mit mir jemals sein könnte.

Vielleicht war es an der Zeit weiterzuziehen. Sie ihre Arbeit bei KOSGEN machen zu lassen, jetzt, wo sie so weit war.

»Woran denkst du?«, fragte mich Elli, die nach einer kurzen Unterhaltung mit ihrem Großvater inzwischen wieder an meine Seite zurückgekehrt war, und ich schüttelte den Gedanken und die Erinnerung ab, die mich abwärtszuziehen drohte.

»An nichts Spezielles«, antwortete ich ausweichend und zog sie an meine Brust. Ich konnte die Zweifel an ihrer Nasenspitze ablesen, aber ich wollte sie damit nicht behelligen. Nicht heute Abend, das hatte auch noch Zeit bis nächste Woche. Oder die Woche darauf.

Wir drehten eine kleine Runde durch den Ballsaal, wurden hier und da von Gästen begrüßt, ehe wir auf Annika Miller stießen. Sie war nett und zuvorkommend, erinnerte sich an mich. Die gesamte Unterhaltung verlief leichtfüßig, als wäre es ein Spaziergang, und ich spürte, dass ich sie in der Tasche hatte.

»Meld dich doch gern mal kommende Woche bei mir«, sagte Annika freundlich, dann entschuldigte sie sich bei Elli und mir und ging.

Kaum war sie außer Hörweite, ergriff Elli meine Hände und trotz der Freude, die ich eigentlich empfinden sollte, war da eine bodenlose Leere in mir. So lange hatte ich darauf hingearbeitet. Eigentlich mein ganzes Leben. Hatte alles darangesetzt, war enttäuscht darüber gewesen, wenn gewisse Türen verschlossen geblieben waren, hatte jemanden aus mir machen wollen. Wofür?

Den Zutritt in den elitären Club des TEAROOM zu erhalten, war nun symbolisch eines meiner Ziele gewesen, aber jetzt, mit der Aussicht auf die erhoffte Eintrittskarte, fühlte es sich … nicht erfüllend an. Wie ein Gericht, auf das man sich seit Monaten freute und das am Ende enttäuschend schmeckte.

Wahrscheinlich, weil es darauf längst nicht mehr ankam.

Denn in den letzten Wochen hatte ich gemerkt, dass es mir nicht wichtig war, ein Teil dieser Gesellschaft zu sein. Ich hatte meine großartigen Freunde. Ich wusste, wer ich war und was ich konnte. Ich brauchte keine Bestätigung, indem ich in irgendeinem exklusiven Club Mitglied wurde.

Denn kein Geld der Welt konnte mich auf den Moment vorbereiten, in dem Elli mir ihr strahlendes Lächeln schenkte, als wäre ich ihr Nordlicht.

Meine Brust füllte sich mit einem Glücksgefühl, das ich so nicht vorausgesehen hatte. Alles, was mein eigentlicher Wunsch gewesen war, hatte ich bei mir.

Aasmund Skogen verließ den Saal und ging auf die Veranda, die das komplette Anwesen in eine Umarmung einschloss und einen prächtigen Blick ins Tal bot. Ich bemerkte es aus dem Augenwinkel und spürte, wie mein Pulsschlag sich verlangsamte. Und ich beschloss, das Gespräch zu suchen. Heute war die perfekte, wenn nicht sogar die einzige Gelegenheit dazu. All die Jahre hatte ich es totgeschwiegen, mich meinem Schicksal ergeben, der Rolle, in die er mich mit einem einzigen Satz gezwängt hatte.

»Bin gleich wieder zurück. Ich muss kurz etwas erledigen, was ich viel früher hätte tun sollen«, entschuldigte ich mich bei Elli und folgte ihrem Großvater. Die ganze Zeit über hatte ich unsere damalige Unterhaltung an ihrem sechzehnten Geburtstag nie wieder zur Sprache gebracht.

Aber jetzt war es unvermeidbar.

Wenn es nicht eigentlich schon zu spät dafür war.

Ich hätte es viel früher tun sollen.

Draußen wurde ich von eisiger Luft empfangen und verfluchte meinen Leichtsinn, nicht meinen Mantel mit hinausgenommen zu haben. Einige Gäste nahmen sich eine Decke von einem bereitliegenden Stapel, aber ich machte mir nicht die Mühe. Es würde nicht lange dauern.

»Ah, Lucas.«

»Alles Gute zum Geburtstag«, gratulierte ich und meine Stimme hörte sich kälter an, als beabsichtigt. Aasmund Skogen hatte sich eine Decke um die Schultern gelegt, starrte in den klaren, winterlichen Nachthimmel und gab zuerst keine Antwort.

Auf einmal überfiel mich Angst. Alles verschlingende Panik, die sich mit Klauen und Zähnen in meine Seele grub, als wäre ich nicht viel mehr als ein Stück Fleisch, das von einem wilden Bären gerissen wurde.

All die Jahre hatte ich auf Elli verzichtet. Freiwillig. Was, wenn dieser Mann sich uns wieder in den Weg stellte? Was, wenn er wieder sagte …

»Ich werde kündigen.« Die Entscheidung fiel in dem Augenblick, als die Worte meinen Mund verließen.

»Du wirst kündigen oder ist es schon deine Kündigung?«

Der Blick, mit dem mich Aasmund Skogen betrachtete, hätte Gletscher zum Schmelzen bringen können. Obwohl alles in mir aufschrie und sich ein Teil von mir am liebsten gegen meine nächsten Worte gestemmt hätte, sprach ich sie dennoch aus: »Ich glaube, es ist besser so. Ich habe nicht das Gefühl, dass ich noch zur Entwicklung der Firma beitragen kann. Ich denke, meine Zeit bei KOSGEN ist abgelaufen.«

Ich rechnete mit vielen Reaktionen. Überraschung, vielleicht Unverständnis. Jedoch nicht mit der maßlosen Enttäuschung, die sich in seine Züge stahl. Mit einer Hand stützte er sich am Geländer der Dachterrasse ab und mit einem Mal kam er mir fast schon zerbrechlich vor. Schlagartig fiel mir auf, wie abgemagert und bleich er war. Die eingefallene Haut unter den Augen, die niederschmetternde Bedrücktheit, die ihn umgab.

Ich trat einen Schritt nach hinten und ließ seinen Anblick auf mich wirken. Erst jetzt realisierte ich, wie stark er in den letzten Wochen körperlich abgebaut hatte. Wie häufig er aus scheinbar beruflichen Gründen gefehlt hatte. Wie oft ich ihn sitzend statt stehend gesehen hatte oder dass er sich irgendwo abstützte. Er schien das Verstehen in meinem Blick zu lesen, denn seine Lippen teilten sich zu einem schmalen Lächeln.

»Was möchtest du wissen?«

»Du bist erkrankt.« Es war keine Frage, sondern eine Feststellung.

»Richtig. Ich bin krank.«

»Warum hast du die Dinkelkekse abgelehnt?«

»Bist du sicher, dass du kündigen möchtest?«

»Du willst kündigen?« Ellis schrille Frage durchschnitt die klirrende Kälte. Außer uns war niemand hier. Wie eine Schneekönigin hatte sie sich neben uns aufgebaut und blinzelte mich jetzt irritiert an. Wut, Verwirrung und Enttäuschung flackerten über ihre ebenmäßigen Züge und ich machte einen Schritt in ihre Richtung, aber sie hob die Hand, um mich aufzuhalten.

»Nein, ich weiß nicht, ob ich das hören möchte. Und was wird das hier eigentlich? Worüber sprecht ihr?«

»Ich schätze«, sagte Aasmund Skogen gedehnt, »Lucas wollte mich zum ersten Mal seit sechs Jahren auf unsere Unterhaltung ansprechen, die wir an deinem sechzehnten Geburtstag geführt haben.«

Alles in mir gefror. Buchstäblich. Mein Herzschlag setzte aus. Meine Muskeln fühlten sich an, als wären sie mit Eis überzogen. Das Atmen fiel mir schwer.

So viele unterschiedliche Emotionen huschten über Ellis Gesicht, aber am meisten traf mich der Schmerz in ihren Sturmaugen.

»Was?«, fragte sie brüchig. »Ihr habt … ihr habt *was*?«

»Ich habe Lucas nur eine einzige Frage gestellt. Mehr nicht. Danach ist er gegangen. Aus deinem Leben verschwunden, habe ich recht?«

Ich war zu entsetzt, um zu reagieren. Warum sprach er das ausgerechnet jetzt an? Vor Elli? Wieso offenbarte er sich? War es sein schlechtes Gewissen, das er reinwaschen wollte? War die Krankheit so schlimm, dass ihn der Tod erwartete?

»Wie lautete die Frage?«

Wir gaben beide keine Antwort und ich sah, wie Elli ärgerlich den Kopf schüttelte. Ihre Nasenflügel blähten sich auf, stießen kleine Kältewölkchen aus.

»Wie … lautete … die … Frage?«

Nach jedem Wort machte sie eine Kunstpause, dehnte die Silben, presste sie mit vor Zorn unterdrückter Schärfe hervor. Alles in ihr wirkte angespannt, ihre Hände waren zu Fäusten geballt und ich musste mich zurückhalten, nicht einfach zu ihr zu gehen und sie an mich zu ziehen. Ihr Blick hielt mich davon ab.

Ich öffnete den Mund und ließ die Hölle über mich hereinbrechen: *»Meinst du, du bist gut genug für sie?«*

Etwas in Elli zerbrach. Ich konnte es deutlich in ihrem Gesicht wahrnehmen und wandte mich abermals in ihre Richtung, aber wieder hob sie die Hand, um mich auf Abstand zu halten.

»Nein. Nicht.« Sie schaute mich nicht einmal an. Sonst hätte sie vermutlich meinen eigenen Schmerz bemerkt. »Bleib bitte weg.«

Ihre Finger zitterten. Bedauern huschte über Aasmund Skogens Gesicht, aber keine Reue.

»Du …« Sie sah ihren Großvater geradewegs an, erhob die Stimme und unwillkürlich stieg vor meinem geistigen Auge das Bild von einer Maus vor einem Drachen auf. Nur dass die Rollen vertauscht waren. Da stand ein alter, gebrechlicher Mann, ein Schatten seiner selbst, mit einem Millionenkonto, aber einer zerrütteten Seele. Und vor ihm seine Enkelin, stärker und mächtiger denn je. »Wie konntest du das tun? Wie konntest du …« Sie schüttelte den Kopf. »Ich bin furchtbar enttäuscht. Ich kann nicht glauben, dass du mir den einzigen Menschen genommen hast, der mir wirklich etwas bedeutet hat …« Ihre Stimme brach und ein Ruck ging durch ihren Körper, ehe sie sich mir zuwandte.

»Und du! Du hast mich belogen. Erneut. Obwohl ich dich danach gefragt habe, hast du mir nicht die Wahrheit gesagt«, spie Elli dann aus und nun visierte sie mich direkt an. Unverhohlene Wut, gemischt mit tiefer Trauer, wirbelte in ihren Augen wie ein grauer Sturm. »Vielleicht hast du recht. Vielleicht bist du nicht gut genug für mich, wenn es dir so leichtgefallen ist, unsere Freundschaft wegzuschmeißen. Aber dann bist du aus anderen Gründen nicht gut genug. Weißt du was? Du hast recht. Ich habe mehr verdient als das. Als jemanden, der nach der ersten kritischen Nachfrage direkt das Handtuch wirft und sich nicht für uns, für mich, starkmacht. Ja, du warst erst neunzehn, aber du hattest all die Jahre Zeit, all die Wochen … Hättest du ein bisschen Rückgrat gezeigt und …« Mit einem Kopfschütteln unterbrach sie sich, selbst ihr Tonfall hatte sich verändert, glich dem Brüllen einer Löwin. Sie war in den letzten Wochen so gewachsen und ich war stolz auf sie, gleichzeitig war ich wie gelähmt. Unfähig, diese mentale Umklammerung zu durchbrechen.

»Das mit uns ist vorbei, Lucas. Du bist frei. Von mir. Von dem Deal. Herzlichen Glückwunsch, du hast Annika Miller überzeugt und wirst bestimmt bald Teil des TEAROOM. Du hast erreicht, was du wolltest.« Ihre Augen wirkten wie graues Eis. »Jetzt lass mich gehen, Lucas.«

Ohne ein weiteres Wort drehte sie sich um und marschierte davon. Würdevoll. Erhaben. Stark. Sprachlos starrte ich ihr hinterher. Bewegte mich nicht. Konnte nicht.

Ich war wie festgewachsen. Gefangen. Meine Pulsfrequenz ging durch die Decke.

Dann fuhr ich zu Aasmund Skogen herum. »Warum?«

Dieses Mal hatte sein Lächeln etwas Trauriges. Vielleicht zum ersten Mal, seit ich ihn kannte, zeigten sich auf seinem Gesicht so etwas wie wahre Emotionen. Oder war auch das nur ein Spiel für ihn? Ich hatte ihn bisher nie anders erlebt.

»Die meisten Menschen sehen nur das, was sie sehen möchten. Sie hören nur das, was sie hören möchten. Und es gibt Menschen, die nur das sagen, was ihr Gegenüber hören will«, begann er, doch ich war zu wütend, zu sauer, um zu begreifen, worauf er hinauswollte. »Ich mache das nicht. Deshalb wirst du von mir immer das zu hören bekommen, was dich am meisten schmerzt. Was dich am meisten trifft. Ich werde immer das sagen, was dich ins Straucheln und zum Nachdenken bringt, damit du hinterfragen kannst, wie sehr du etwas willst.«

»Wie bitte?« Das Blut rauschte in meinen Ohren. Jeder Muskel fühlte sich an, als hätte man ihn unter Strom gestellt. Das Kartenhaus, das ich all die Jahre um mich herum errichtet hatte, brach mit ein paar wenigen Sätzen einfach zusammen. Nicht nur die Wahrheit durchschlug meine aufrechterhaltene Illusion, sondern auch all das, was ich hätte haben können. Was ich mit Elli hätte haben können.

»Ich bin nicht dein Feind, Lucas. Ich habe dir damals nicht gesagt, dass du nicht gut genug für Elli bist. Ich habe dir nicht gesagt, dass du das niemals sein wirst. Es war nur das, was du hören wolltest.« Ein Schatten huschte über seine Züge.

»Ich … ich verstehe nicht ganz.« Meine Gedanken überschlugen sich, drehten sich immer schneller. Ich schaffte es nicht, sie anzuhalten. Nach ihnen zu greifen. Sie wirkten verschwommen wie ein Bild ohne Konturen.

»Für jemanden mit deiner Intelligenz bist du gerade verdammt schwer von Begriff. Was glaubst du, was das Kostbarste ist, was ich auf der Welt besitze? Mein Geld? Meine Häuser? Die Jachten, Autos, den Helikopter, den Jet, die Ferienhäuser?« Aasmund Skogen schüttelte langsam den Kopf. Ein harter Zug legte sich um seinen Mund. »Nein, es sind meine Kinder und Enkelkinder. Ich weiß, dass sie finanziell abgesichert sind. Dass sich vermutlich auch ihre Kinder und Enkelkinder niemals Gedanken über Geld machen müssen. Doch wie sieht es emotional aus? Wie sind sie da abgesichert?«

Gemächlich wandte er mir den Rücken zu, verschränkte die Hände hinter seinem Rücken, blickte in die Dunkelheit der mächtigen Berge hinaus. »Um Aleksander mache ich mir inzwischen keine Sorgen mehr. Obwohl er vermutlich derjenige war, um den meine Gedanken eine Zeitlang am meisten gekreist sind. Theodor wird seinen Weg gehen, er ist stark und unnachgiebig. Vermutlich wird ihn eine ebenso starrköpfige und aufmüpfige Frau um den Finger wickeln. Aber Elli?«

Sprachlos lauschte ich den Ausführungen des Mannes, mit dem ich während der letzten sechs Jahre kaum mehr als ein paar Sätze gewechselt hatte. Dem Mann, aufgrund dessen Worten ich Elli aufgegeben hatte und meinen eigenen Weg gegangen war.

»Meine schöne, kluge, herzliche und gutmütige Elli.« Aasmund Skogen drehte sich wieder um. Sah mich an. »Ich weiß, was du in den letzten Wochen für sie getan hast. Auch damals. Ich wusste es immer. Aber was ist mit dir? Eine einzige Frage und du hast sie aufgegeben, als wäre sie nichts wert.«

Ich kam mir vor wie der größte Versager.

Er hatte recht. Auf eine skrupellose, skurrile Weise hatte der alte Mann recht.

Ich hätte für Elli kämpfen müssen, für unsere Freundschaft – und inzwischen für noch viel mehr.

Doch dafür war es zu spät.

Nein.

Ruckartig hob ich den Kopf, Entschlossenheit pumpte neues Blut durch meine Adern, ließ mich zum Leben erwachen. Es war nicht zu spät, wenn ich es nicht zuließ. Ich hatte noch eine Chance, eine Möglichkeit. Es lag alles noch in meiner Hand, wenn ich nicht einfach aufgab. Nicht schon wieder. Mich nicht schon wieder von ein paar dahingesagten Sätzen aus dem Konzept und von meinem Weg abbringen ließ.

Ohne irgendetwas zu erwidern, stürzte ich ins pompöse Innere der Veranstaltungslocation mit der wunderschönen Glasfront, dem gewaltigen Ballsaal, den verschlungenen Wegen im Inneren der luxuriösen Festhalle, die mächtiger und eindrucksvoller war als alles, was ich bisher gesehen hatte. Aber es war mir egal. Zum ersten Mal in meinem Leben war es mir egal, wo ich mich befand, wer mich sah und was sie von mir dachten. Das Einzige, um das meine eigenen Gedanken kreisten, war Elli. Elli, Elli, Elli. Ich durfte sie nicht verlieren, nicht noch einmal.

Wärme, Gelächter, Musik und gute Laune schlugen mir entgegen. Die Stimmung stand in so starkem Kontrast zu meinem Gefühlschaos, dass mir für einen Moment schwindelig wurde. Mit den Augen suchte ich jeden Winkel des Raumes ab, entdeckte Elli jedoch nirgendwo.

»Sander!«

Mit einem irritierten Stirnrunzeln drehte sich Ellis Bruder zu mir um, auch Norahs Lächeln erstarb auf ihren Lippen. »Was ist passiert?«

»Wo ist Elli?«

»Sie wollte nach Hause. Ihr ging es nicht gut«, kam Norah ihrem Freund zuvor und betrachtete mich mit Besorgnis. »Alles in Ordnung?«

Ich fluchte leise, machte kehrt und marschierte zu den Helikoptern, die eigentlich erst ab Mitternacht wieder als Shuttleservice zur Verfügung standen. Wütend diskutierte ich mit einem der Piloten, als Theo hinzutrat. Scheinbar gelangweilt steckten seine Hände in den Hosentaschen seines Smokings.

»Wie ernst ist es dir?«

»Was?« Perplex schaute ich ihn an.

»Wie ernst ist es dir?«, wiederholte er. In seinem Gesicht zeigte sich keine Regung, keine Emotion.

»Ich würde jedem die Eier abhacken, der mich jetzt aufhält«, knurrte ich und verengte die Augen zu schmalen Schlitzen, weil es mir egal war, was er von mir dachte. Es war die einzige Antwort, die ich ihm geben konnte, denn ich war so voller Wut und Frustration, dass ich am liebsten gebrüllt hätte.

Zufriedenheit machte sich auf Theos Gesicht breit und er sprach mit dem Piloten. Ruhig, voller Arroganz. Irritiert beobachtete ich, wie der Pilot nickte und Theo mir dann bedeutete, ihm zu folgen. »Und ich hacke dir die Eier ab, solltest du es dieses Mal in den Sand setzen«, meinte er, ging zum Helikopter und stieg ein.

Ich stellte keine Nachfragen, sondern nahm neben ihm Platz, setzte mir die Kopfhörer auf und sah dabei zu, wie er routiniert die Einstellungen durchging. Schweigend flog er uns zum Flughafen in Oslo, wo ich mir ein Taxi nahm, während er sich mit einem »Versau es nicht« auf den Rückweg machte. Die Zeit kroch dahin. Zähe Sekunden, die mich schier durchdrehen ließen. Am liebsten hätte ich mich mit einer Zeitkapsel zu ihr katapultiert, aber der Verkehr kostete mich weitere endlose Minuten.

Als ich endlich an Ellis Haustür ankam, brannte oben in ihrem Penthouse Licht. Also nutzte ich die Gelegenheit, als jemand hinaustrat, schlüpfte durch die Haustür und fuhr im Aufzug nach oben. Zuerst klopfte ich leise an die Tür, dann energischer.

»Elli. Elli, bitte mach auf, damit ich dir alles erklären kann.«

Keine Antwort.

Furcht überkam mich.

Was, wenn ich sie verloren hatte? Dieses Mal für immer? Weil sie die Geheimniskrämerei, die versteckten Lügen nicht länger ertrug? Weil ich ihr Vertrauen so sehr missbraucht hatte, dass es keinen Weg zurück für uns gab?

In meiner Brust explodierte Schmerz.

»Elli, ich bin hier, um zu reden. Wenn du das nicht möchtest, ist das in Ordnung. Aber ich werde nicht weggehen. Nie wieder, wenn du es nicht willst …« Ich hielt inne.

Nein. Ich wollte ihr in die Augen sehen, wenn ich ihr sagte, was sie mir bedeutete. Ich wollte ihr Gesicht in meinen Händen halten, ich wollte sie ins Schlafzimmer tragen und ihr zeigen, was sie mit mir anstellte, wie sehr sie meinen Herzschlag aus dem Rhythmus brachte.

Sie reagierte auch nicht. Das war völlig okay. Sie hatte ein Recht darauf, wütend und enttäuscht zu sein. Aber dieses Mal würde ich sie nicht einfach so wieder gehen lassen. Ich würde für sie kämpfen, ganz gleich, wie lange es dauern würde.

Elli hatte es verdient.

Also verließ ich das Gebäude, fuhr wie betäubt zu mir nach Hause.

Ellinor hatte die Welt verdient. Und ich würde sie ihr zu Füßen legen. Stück für Stück.

Ich wusste, ich hatte mit ihrem Vertrauen gespielt, es vielleicht sogar missbraucht, und es würde Zeit brauchen, bis sich das wieder aufbaute. Aber die Vorstellung, sie für immer zu verlieren, raubte mir die Luft zum Atmen. Das würde ich nicht zulassen.

Nicht mehr. *Nie wieder.*

29

ELLI

Der Schmerz war echt.

Er war grausam.

Er tat weh, zerriss mich und setzte mich wieder zusammen.

»Elli!« Gedämpft und panisch drang seine Stimme zu mir herein.

Lucas hämmerte gegen die Tür, aber ich ließ mich an der Wand entlang auf den Fliesenboden herabrutschen, vergrub mein Gesicht in meinen Armen und weinte.

Ich hörte Lucas gegen das Holz trommeln, hörte, wie er meinen Namen rief, bittend, drängend, aber ich war nicht bereit, ihm die Tür zu öffnen. Wenn es ihm ernst war, sollte er nicht aufgeben.

Schließlich verklangen die Geräusche vor der Tür.

In dieser Nacht weinte ich so lange, bis ich das Gefühl hatte, keine Tränen mehr zu besitzen. Ich weinte, weil es höllisch wehtat, daran zu denken, was ich alles verloren hatte und was ich zu opfern bereit gewesen wäre. Meine Liebe. Ich hatte erneut meine Liebe aufs Spiel gesetzt und war bitterlich enttäuscht worden.

Schon wieder.

Wie sollte ich ihm noch vertrauen?

Die Wut auf meinen Großvater war riesig, aber von Lucas war ich maßlos enttäuscht.

Tiril, ich brauche dich.

Die Nachricht verschwand im Netz der digitalen Welt und zehn Minuten später hatte ich die Antwort auf meinem Display. Schluchzend betrachtete ich ihre Worte, lauschte der Stille meiner eigenen Wohnung und war von tiefer Dankbarkeit für meine beste Freundin erfüllt. Ihre Nachricht leuchtete mir entgegen. Ein Hoffnungsschimmer.

Ich bin in einer halben Stunde bei dir, Els.

Niemand schaffte es so gut wie Tiril, mich wieder aufzupäppeln. Und sie wusste, was das Beste für mich war.

Raus aus Oslo. Abstand. Kopf frei kriegen.

Also taten wir genau das, nachdem ich Weihnachten irgendwie hinter mich gebracht hatte. Die Familienzeit, die Wichtelrunde mit kleinen, persönlichen Gaben, denn das große Geschenk bestand meist aus Spenden für das Kinderhospiz und nationale oder internationale Hilfswerke.

Der Schnee fühlte sich butterweich unter meinen Skiern an, ich genoss das knirschende Geräusch, das die absolute Atemlosigkeit der in den dunklen Himmel ragenden Berge durchbrach. Eisiger Wind strich um meine Nase, das Einzige, das von meinem Gesicht hervorschaute, während ich die Piste hinabraste, meiner besten Freundin hinterherjagte, als gäbe es kein Morgen. Es war inzwischen der vierte Tag, den wir hier verbrachten, aber ich war immer noch nicht satt. Brauchte mehr.

Mehr Geschwindigkeit, mehr Adrenalin, mehr Vergessen, mehr Zeit.

Nach Weihnachten waren wir aufgebrochen, hatten Heiligabend noch im Kreis der Familie verbracht, weil es für uns alle eine tiefe Bedeutung hatte. Die Familienzeit. Gemeinsam. Mit Großvater hatte ich kaum ein Wort gewechselt, was er seltsamerweise akzeptiert und nicht weiter kommentiert hatte. Aber ein klärendes Gespräch hatte ich nur aufgeschoben, bis ich mir im Klaren darüber war, was ich eigentlich wirklich wollte und wie ich es am besten anging.

Es war grau und wolkig, als wäre die Sonne von einer riesigen dunklen Brühe verschlungen worden. Die Anstrengung steckte mir in den Knochen, aber mit jeder Abfahrt ließ ich all die Sorgen, insbesondere was Lucas betraf, ein bisschen weiter hinter mir. Zumindest redete ich mir das ein.

Durchgeschwitzt und zufrieden nahmen Tiril und ich die letzte Abfahrt, bevor die Pisten schlossen, bogen rechtzeitig von der Strecke ab und fuhren durch den Tiefschnee fernab der gekennzeichneten Strecke. Fünf Minuten später fanden wir uns am Fuße eines Abhangs, an dem mehrere exklusive Chalets mit verglasten Spiegelfronten wie Zinnsoldaten aufgereiht standen. Um die Weihnachtszeit herum waren die Hütten meistens ausgebucht, aber am Rand befand sich noch ein einzelnes, beeindruckendes Haus, das Tirils Familie gehörte. Es war ihre Idee gewesen, hierherzukommen. Und ich war ausgesprochen dankbar dafür. Zwei Wochen, in denen ich vollkommen abschalten und einfach alles hinter mir lassen würde, pures Gold. Für mich. Meine Gedanken. Meine Seele.

Ich musste die ganze Sache mit Lucas und die Offenbarung meines Großvaters etwas abkühlen lassen. Denn Lucas hatte mich zutiefst verletzt.

Wir würden Silvester hier verbringen, mit Käsefondue und einem K-Drama-Marathon, mit Rotwein und Unterhaltungen, Gesichtsmasken und Nagelsets. Einfach das, was unsere Freundschaft zu einem Hafen der Selbstheilung machte. Eventuell stießen noch ein paar Freunde hinzu, aber wir hatten keine festen Pläne, was guttat. Ein bisschen so, als hätte ich ein Korsett aufgeschnürt.

Im gemütlichen Vorraum, in dem wir unsere Skier und die Schuhe an der Garderobe abstellten, war es wohlig warm. Im Wohnzimmer brannte bereits der Kamin, den Greta, die Haushälterin, in der Zeit unserer Abwesenheit entzündet hatte. Es duftete nach *gravlax*, den sie uns bereits heute morgen versprochen hatte, und heißem Glühwein. Ich schälte mich aus meiner Funktionsjacke und hängte meine Skiklamotten, inklusive Brille und Helm, an den Garderobenhaken.

»Hast du den Glühwein etwa vorbestellt?« Fragend drehte ich mich zu Tiril um, die ihre Haare aus den geflochtenen Zöpfen löste. Mit dem Abdruck der Brillenränder sah sie zu komisch aus und zum ersten Mal seit Tagen wanderten meine Mundwinkel nach oben.

»Oh, ist das etwa ein Lächeln?«, stellte sie prompt eine Gegenfrage.

»Hast du schon in den Spiegel geschaut?« Ich kicherte und sie sah mich mit blitzenden Augen an.

»Nein, hast du?« Sie deutete auf mein Gesicht.

Also warf ich einen prüfenden Blick in den Wandspiegel und prustete los. Alles war zerknautscht und rot. Nass klebten mir meine beiden Zöpfe und einzelne gelöste Fransen im

Nacken und in der Stirn, die lange Unterwäsche war mindestens genauso verschwitzt und ich gleichzeitig völlig erledigt.

»Schön, dass du wieder lächeln kannst. Wir sehen uns gleich, ja?«

Mit diesen Worten ließ mich meine beste Freundin stehen und ging hoch in ihr Schlafzimmer mit Bad en Suite.

Ich sah ihr hinterher, zog mich auf mein eigenes Zimmer zurück und entledigte mich der restlichen Klamotten, die ich in den Wäschekorb steckte. Sich am Ende des Tages wie ein Wollknäuel zu fühlen, war es wert. Jede einzelne Sekunde davon. Es gab kein besseres Gefühl, als sich nach einem langen Skitag unter die warme Dusche zu stellen.

Ich fühlte mich lebendig.

Doch sobald ich die Augen schloss, tauchte Lucas' Gesicht vor meinem inneren Auge auf, der Ausdruck in seinen Augen, wie er mich ansah, wie er mich angesehen hatte. So voller Schock und Unglauben, voll blanker, alles verschlingender Panik. Als hätte er in diesem Moment realisiert, dass er mich verlieren könnte. Als hätte diese Erkenntnis seine Welt aus den Angeln gehoben.

Ich riss die Augen wieder auf, machte mir noch eine Spülung ins Haar, und als ich schließlich erfrischt aus der Dusche trat, meinen Körper und meine langen blonden Haare in ein Handtuch geschlagen, saß Tiril bereits im Schneidersitz am Fußende meines Bettes und hatte eine supernervige Weihnachtsplaylist angeschmissen, die ich nach dem Fest eigentlich vom Handy verbannte.

Das Bett war riesig, mit einer cremefarbenen Tagesdecke und Tausenden Kissen, die ich jeden Abend zur Seite nehmen musste. Die ganze Einrichtung bestand aus viel Eichenholz, vielen Lichtern und gemütlichen Ecken und Nischen mit

Fellen und Kuscheldecken. Am liebsten hatte ich die kleine Bibliothek, die Tirils Mutter vor einigen Jahren eingerichtet hatte und in der ich einige gute Romane entdeckt hatte. *Last Christmas* dudelte im Hintergrund und Tirils Haarspitzen tropften noch vom Duschen, allerdings steckte sie bereits in einem übergroßen mintgrünen Rollkragenpullover und glänzenden Leggings, die zu ihrem bronzenen Teint passten.

Ehe ich ihre fragwürdige Musikauswahl ansprechen konnte, klingelte mein Handy. Ein einziger Blick darauf genügte, um mein Herz auf der Stelle gefrieren zu lassen.

Lucas. Schon wieder.

Ich drückte den Anruf weg und warf das Handy in die Kissen, was Tiril mit einem Stirnrunzeln und einem neugierigen Blick auf das Display quittierte, bevor sie wieder mich ansah.

»Willst du nicht mit ihm reden?«

»Noch nicht.« Es klang so endgültig.

»Warum?«, fragte sie sanft. Bisher hatten wir das Thema vermieden, obwohl ich sie selbstverständlich über die Ereignisse an jenem Abend in Kenntnis gesetzt hatte.

Ich holte tief Luft und ließ mich neben ihr aufs Bett sinken. »Er kann ruhig noch ein bisschen schmoren. Ich möchte nicht bei der ersten Gelegenheit einknicken«, begann ich und spürte, wie gut es tat, darüber zu sprechen. »Lucas hat mich verletzt. Nicht nur jetzt, sondern auch damals. Die Elli von vor drei Monaten hätte sich vermutlich direkt auf den Anruf gestürzt.«

Tiril schwieg, nickte aber verständnisvoll, was mich ermutigte fortzufahren. Auch das hatte die gemeinsame Zeit mit Lucas aus mir herausgekitzelt. Es hatte schon immer in mir gesteckt, aber erst durch all die kleinen Momente und Herausforderungen hatte ich an mir selbst wachsen können.

»Vielleicht habe ich in den letzten Wochen gelernt, dass ich es mir selbst wert bin. Falls das Sinn ergibt … Und dass Lucas sich ruhig ein bisschen mehr anstrengen darf, wenn ich ihm wirklich etwas bedeute. Wenn ich ihm wirklich wichtig bin, wird er es verstehen und alles daransetzen, mich zurückzugewinnen. Wenn nicht …« Ich ließ die Worte zwischen uns verklingen und spürte, wie mir unvermittelt die Tränen in die Augen schossen.

Es tat weh. Immer noch. Wieder. Die ganze Zeit, selbst wenn ich es verdrängte.

Denn ein großer, nicht unbedeutender Teil in mir ahnte, dass Lucas diesen Schritt vielleicht niemals gehen würde. Und das schmerzte geradezu höllisch.

Das alles. Die heilende Zeit hier. Die Zeit weit weg von ihm … Das war ein Abschied. Ein Verlust.

Noch mal.

Obwohl ich mir geschworen hatte, mich niemals wieder in dieser Situation wiederzufinden, war ich nun hier.

Zwei tröstende Arme umfingen mich, ich legte den Kopf auf die Schulter meiner besten Freundin und begann hemmungslos zu schluchzen. Es brach einfach aus mir heraus. Es war unmöglich, es aufzuhalten. Wie ein tosender, viel zu intensiver Sturm prasselten all die Gefühle auf mich ein und ich wollte mich am liebsten in einem Loch vergraben.

Und das tat ich auch.

Nicht allein, weil ich nicht allein sein wollte. Konnte. Es so brauchte.

Aber ich ließ los. Den Sturm, den Schmerz, den Kummer, die Angst, mich selbst. Und erst, als ich ein Häufchen Elend war, mich in die Dunkelheit grub und meinen Gefühlen öffnete, stand ich wieder auf.

Stand auf, richtete das Krönchen und machte weiter.

Golden

30

LUCAS

Meine Versuche, Elli zu erreichen, versandeten im Nichts. Entweder sie nahm gar nicht ab oder sie drückte mich weg. Auf meine Nachrichten, die ich ihr vor und nach Weihnachten schickte, reagierte sie auch nicht. Vermutlich benötigte sie etwas mehr Zeit, um abzukühlen. Das war in Ordnung. Auch mir tat die Zeit gut. Ich konnte in Ruhe nachdenken. Mich von meinen Emotionen treiben lassen, tief in mich hineinhören. Ich kaufte neue Acrylfarben und stellte die Staffelei mit dem Rücken zum Fenster auf, um das beste Tageslicht einzufangen, das mir der dunkle Dezember in Oslo zur Verfügung stellte.

In der Nacht nach Weihnachten holte ich all meine Utensilien vom Schrank und malte. Ich setzte mich an meinen Schreibtisch, breitete das verstaubte Papier aus, drückte die Farben auf meine verkrustete Mischpalette und tauchte nasse Pinsel hinein. Wie von selbst glitten meine Finger über das erste Blatt, meine Bewegungen waren hölzern, die Bilder in meinem Kopf passten nicht zu dem, was ich da fabrizierte, aber es war ein Anfang.

Ein Anfang, der mehr wehtat, als ich jemals geglaubt hätte.

Es half mir, wieder einen klaren Gedanken zu fassen.

Es war nicht wie Fahrradfahren. Es war schwieriger. Mühseliger. Als würde ich durch eine frische Teerschicht waten, obwohl ich bei einem Sprintrennen mitmachte. Es brauchte fünf Bilder, die ich vermutlich nicht einmal aufheben würde, ehe ich anfing, so etwas wie Zufriedenheit beim Anblick meines Gekritzels zu empfinden. Aber mit jedem Tag, der verstrich, fokussierte und vertiefte ich mich mehr auf einzelne Elemente, feinere Details. Ich lauschte tief in mich hinein, grub in meinen Gefühlen und förderte alles zutage, was ich über die Jahre unter einer Schicht aus Zielstrebigkeit und Emotionslosigkeit begraben hatte. Es tat gut, sich fallen zu lassen, ohne sich Gedanken um den Aufprall zu machen.

Das Geschirr stapelte sich in der Küche, die Pappkartons des Pizzalieferanten türmten sich über mehrere Tage auf und als Erik am dreißigsten Dezember an meiner Tür klingelte und ich ihm öffnete, stand er kreidebleich und mit einem absolut besorgten Ausdruck vor mir.

»Gut. Du lebst noch. Da war ich mir nicht sicher«, sagte er, während das grauschwarze Unwetter hinter ihm tobte, ein kleiner Schneesturm, der im Winter zur Normalität gehörte.

»Tut mir leid, ich habe die Zeit gebraucht …«, entschuldigte ich mich auf der Stelle, weil mich das schlechte Gewissen packte. Abgesehen von einem Besuch bei meiner Familie zu Weihnachten hatte ich mich komplett zurückgezogen. Nicht mehr richtig geschlafen, nichts anderes gemacht, als mich dem Malen zu widmen. Nach der Jubiläumsfeier hatte ich bei KOSGEN gekündigt und ein paar wichtige Telefonate geführt. Für meine Zukunft. Was auch immer das bedeuten würde.

Ich hatte eine Idee. Eine Vision.

Mit jeder weiteren Nacht kristallisierte sie sich weiter heraus, aber ob alles so klappte, wie ich es mir vorstellte … keine Ahnung.

Ich hatte zum ersten Mal in meinem Leben keinen Plan und vielleicht war das auch gut so.

»Du hättest wenigstens schreiben können«, meinte Erik jetzt durchaus ernst. Er schob sich an mir vorbei und brachte eine winterliche Kälte mit in die Wohnung. In einer Papiertüte hatte er einen *sodd*-Eintopf aus Lammfleisch und ein kleines Schokotörtchen mitgebracht. Zwei gekühlte Bierflaschen lachten mir entgegen. »Freya war der festen Überzeugung, dass du dich nur von kalten Essensresten und dem Lieferservice ernährst, deswegen hat sie dir ein kleines kulinarisches Mitbringsel eingepackt. Das Bier ist von mir. Bevor ich es vergesse: Du bist zu Silvester eingeladen. Wir feiern jetzt doch spontan in unserer *hytte*. Meine Brüder sind dabei, Freyas Freundinnen.«

Ich öffnete bereits den Mund, um das Angebot auszuschlagen, aber mein bester Freund überging mich einfach. »Das ist nicht die Art von Einladung, der du dich mit Selbstmitleid und einer fadenscheinigen Ausrede entziehen kannst, Luc. Du kommst.« Er sah mich direkt an, während er sich den Schal vom Hals wickelte, die dicke Wollmütze vom Kopf zog und mit der Jacke an die Garderobe im Flur hängte. »Du hast Scheiße gebaut, oder?«, fragte er dann ohne Umschweife. Typisch Erik und genau deswegen war er mein bester Freund. Weil er direkt zum Punkt kam.

»Um was habt ihr gewettet?«, hielt ich dagegen und machte ihm Platz, damit er ins Wohnzimmer gehen konnte, während ich ihm folgte.

»Freya ist der festen Überzeugung, dass du Elli entweder von dir gestoßen oder sie auf eine andere Weise verletzt hast.

Ich bin mir da nicht so sicher. Ich glaube dieses Mal eher, dass sie dir die kalte Schulter zeigt, weil sie erkannt hat, was für ein Esel du manchmal bist.«

Beides war in gewisser Weise zutreffend, was mir einen kurzen Stich versetzte. Aber ich war zuversichtlich, dass ich es dieses Mal besser im Griff hatte, wir das irgendwie überwinden und schaffen würden.

»Das beantwortet meine Frage nicht. Euer Wetteinsatz?«

Eriks Mundwinkel hoben sich zu einem schiefen Grinsen. »Wenn es um die Gefühlswelt unserer Freunde geht, würden wir niemals Wetten abschließen, schon gar nicht, wenn es um etwas so Simples wie den Eintritt zu dem neuen Escape-Room bei uns um die Ecke geht«, erwiderte er und stellte die Papiertüte auf die Anrichte in meiner Küche.

»Euch ist schon klar, dass ihr ein gemeinsames Konto habt und es deswegen keinen Unterschied macht, wer von euch den Eintritt bezahlt, oder?«

Eriks Grinsen vertiefte sich noch ein kleines bisschen mehr. »Es geht ums Prinzip. Also?«, kam er wieder auf das eigentliche Thema zurück. Schlagartig wich die Erheiterung aus seinem Gesicht, machte stattdessen einem ernsten Ausdruck Platz, der von Besorgnis durchdrungen wurde. Sein Blick verweilte auf meinen mit Farbe bekleckerten Fingerspitzen, ehe er zu meinen Augen zurückkehrte.

Ich seufzte. »Elli hat erfahren, warum ich damals den Kontakt abgebrochen habe.«

»Und?« Erik legte die Stirn in Falten. »Ist sie ebenfalls zu dem Schluss gekommen, dass es der größte Bockmist ist, den ich je in meinem Leben gehört habe? Gut für sie. Wurde auch mal Zeit, dass sie die Wahrheit erfährt und dir die Hölle heiß macht.« Kopfschüttelnd sah er mich an.

»Ich weiß nicht, was du von mir hören willst«, erwiderte ich halbherzig. »Wir haben das Thema doch schon oft genug erörtert. Ich habe nicht in ihre Welt gepasst. Elli verdient alles. Ich hätte ihr das niemals geben können.«

Erik grunzte und es klang, als hätte er eine Beleidigung in seinen Bart gehustet. »Ihre Welt, aber vielleicht passt du ja zu ihr? Oder sie zu dir?«, griff er meine Worte auf und schüttelte wieder den Kopf, als wäre ich schwer von Begriff. »Ist dir schon mal der Gedanke gekommen, dass es ihr gar nicht um jemanden geht, der viel Geld besitzt? Davon hat sie schließlich genug. Vielleicht sucht sie jemanden mit inneren Werten, der sie einfach nur gut behandelt. Das hast du in dem Fall zumindest nicht getan. Du bist bei der erstbesten Gelegenheit einfach abgehauen. Nur weil ihr Großvater dich gefragt hat, ob du gut genug für sie bist. Du kennst meine Meinung …«

»Danke, dass du dich wiederholst«, erwiderte ich säuerlich und sagte dann: »Ich habe gekündigt.«

»Wurde auch Zeit.« Erik verschränkte die Arme vor der Brust. »Und was hast du jetzt vor?«

»Elli zurückerobern.«

»Wurde auch Zeit«, wiederholte mein bester Freund und seine Miene erhellte sich. »Und wie willst du das anstellen?«

Ohne etwas zu sagen, ging ich an ihm vorbei in mein Arbeitszimmer, das ich zu meinem Atelier umfunktioniert hatte. An den Wänden standen die Bilder, die ich aus dem Keller geholt hatte. Alte Kunstwerke, die mit der Zeit in Vergessenheit geraten waren, genauso verstaubt wie meine Träume. Träume, die Elli mir damals eingepflanzt und an die ich so lange nicht geglaubt hatte. Erik nahm alles in Augenschein, pfiff wohlwollend durch die Zähne und drehte sich dann mit leuchtenden Augen zu mir um. »Und du meinst, das reicht aus?«

Achselzuckend ließ ich die einzelnen Gemälde auf mich wirken. Ich wusste, welche Bedeutung sie für mich hatten, wusste auch, was Elli in ihnen sehen würde. Zumindest hoffte ich das. Immerhin hatte ich einen Großteil meiner Lebenszeit damit verschwendet, einer Illusion nachzujagen. Jetzt war der Augenblick gekommen, es wieder mit den begrabenen Träumen zu versuchen. Wenigstens ein Mal. Dann konnte ich immer noch sehen, wohin mich mein Weg führte.

»Keine Ahnung. Aber ich werde es zumindest versuchen.«

Erik nickte verständnisvoll, trat auf eines der Bilder zu und betrachtete die Unterschrift, die ich in die rechte Ecke gesetzt hatte. Dann sah er mich über die Schulter hinweg fragend an. *»Golden?«*

»Meine Großmutter war eine *Al-Zahabi*«, erklärte ich. »Ihr Familienname bedeutet Gold. Sie hat einen Norweger geheiratet, den sie in Damaskus kennengelernt hatte. Deswegen habe ich angefangen, meine Bilder mit Golden zu unterzeichnen«, fügte ich hinzu und betrachtete das Bild, das Erik angeschaut hatte. Einen Sonnenuntergang in einem Park, zwei Gestalten auf einer Bank, die dicht beieinandersaßen. Elli und ich. Vor ziemlich genau acht Jahren.

Nein, vielleicht reichte es nicht aus.

Aber ich würde für uns kämpfen.

Und ich wusste endlich auch, wie.

31

ELLI

Ein paar Tage nach Silvester war mein erster Arbeitstag im neuen Jahr, was sich irgendwie seltsam anfühlte. Als würde ich in ein Kleidungsstück schlüpfen, das gar nicht mir gehörte.

Ich würde das Büro nicht mehr als Elli Hanssen betreten, sondern als Ellinor Skogen, und die Nervosität zerfraß mich buchstäblich. Mein Frühstück, das aus Haferflocken mit Heidelbeeren und Banane bestand, würgte ich fahrig herunter, dann klingelte ich Gustav an, damit er mich zum Firmensitz fahren konnte. Dank der Auszeit, räumlich und mental, fühlte ich mich zum ersten Mal in meinem Leben bereit dafür, mich der ganzen Belegschaft unter meinem richtigen Namen zu stellen.

Etwas, das ich mit meinem Großvater bereits besprochen hatte, bevor ich die Wahrheit über Lucas' Verschwinden vor sechs Jahren erfahren hatte.

Gustav öffnete mir netterweise die hintere Tür und ich rutschte auf die Rückbank.

»Alles in Ordnung?«, fragte er und ich sah überrascht auf, denn in den vielen Jahren, in denen ich ihn kannte und er Teil unseres Lebens gewesen war, hatte er mich das selten gefragt.

»Ja. Ich bin ein bisschen nervös wegen heute. Wie geht es Ingrid?«

Er lächelte sanft. »Gut so weit. Wir hatten eine schöne Familienzeit. Lieb, dass du fragst. Und Lucas?«

Ich spürte, wie meine Mundwinkel herabsanken. »Das weiß ich ehrlich gesagt nicht. Wir haben seit über zwei Wochen nicht miteinander gesprochen.«

»Er ist ein guter Junge.«

Das leise Schnauben konnte ich nicht verhindern. »Da bin ich mir nicht so sicher.«

»Doch, das ist er«, widersprach Gustav in seiner unverfänglichen Ruhe. »Er hat einen guten Charakter und ein gutes Herz.«

Ich schenkte Gustav einen skeptischen Blick. »Das sind mir ein bisschen zu viele *gute* Attribute.«

Gustav ging nicht darauf ein. »In all den Jahren war er mir von deinen Freunden der liebste. Aufrichtig und aufmerksam. Und zuvorkommend. Du hast nicht mitbekommen, dass er mich bezahlt hat, oder?«

»Wie bitte?« Verblüfft riss ich die Augen auf. »Wieso denn das?«

»Den Anteil der gemeinsamen Fahrten. Er hat mit deinem Vater ausgemacht, seinen Teil selbst zu bezahlen.« Mit diesen Worten schloss Gustav die Tür und stieg vorn ein, wobei wir uns in einvernehmliches Schweigen hüllten.

Das sah Lucas ähnlich. Und natürlich hatte er kein Sterbenswörtchen darüber verloren. Genau wie er dafür gesorgt hatte, dass ich in seinem Büro Zuflucht fand, bis ich auf eigenen Beinen stehen und für mich kämpfen konnte. In meiner Brust rührte sich mein zerschundenes Herz und ich starrte aus dem Fenster, fing die vorbeifliegenden Stadtbilder nur verschwommen auf. Die Cafés und Bars, die wenigen Touristen, die durch den Schnee stolperten, der Oslo seit letzter Woche in eine weiße Decke hüllte, die wenigen Menschen, die mit Schlittschuhen über den Schultern und sogar mit Skiern zu den Trikken- und Bus-Stationen unterwegs waren. Es hatte durchaus seine Vorteile, den Holmenkollen als Hausberg um die Ecke zu haben.

Am KOSGEN-Firmengelände angekommen parkte er den Wagen nicht in der Tiefgarage, sondern direkt am Haupteingang. In meinen Winterstiefeln und dem kuschlig warmen Mantel stieg ich aus, hängte mir meine Arbeitstasche um und atmete tief durch, während ich das Gebäude ansteuerte.

Mein Herz schlug mir bis zum Hals, die Röte kroch mir in die Wangen, aber ich würde mich davon nicht mehr beherrschen lassen. Ich wusste, dass ich noch einen langen Weg vor mir hatte, dass es vielleicht sinnvoll war, auch mit professioneller Hilfe an weiteren Schritten zu arbeiten und mich nicht immer hinter meiner Schüchternheit zu verstecken. Nichtsdestotrotz hatte ich eine Möglichkeit gefunden, endlich aus mir herauszukommen, ohne völlig die Fassung zu verlieren oder auszusehen, als hätte man mich rot angemalt, um mich an die Hasen zu verfüttern. Tomatenliebende Hasen, wohlgemerkt.

Es war befreiend. Und irgendwie wohltuend. Ein bisschen wie ein längst überfälliger Spa-Tag mit einer Zusatzbehandlung, die einem die dringend nötige Entspannung brachte.

Auf dem Weg zu den Aufzügen kam mir Liliana entgegen. Sobald sie mich entdeckte, winkte sie mir fröhlich zu, was ich nicht weniger enthusiastisch erwiderte.

»Du bist wieder da!«, flötete sie und stieg mit mir in die Fahrstuhlkabine ein. Aus ihrer Reaktion schloss ich, dass sie nicht wusste, wer ich eigentlich war.

»Ja, ich habe … mal Urlaub gemacht.«

»Absolut notwendig, verstehe ich zu einhundert Prozent.«

»Wie waren deine Ferien?«, fragte ich sie.

Liliana erzählte drauflos und während ich ihren Ausführungen lauschte, fragte ich mich, wie ich es am besten anstellen sollte, ihr meinen richtigen Namen mitzuteilen. Als sich die Türen zu unserer Abteilung öffneten, hatte sich das Problem erledigt. Auf meinen Großvater war eben Verlass. Mein Vater stand neben ihm und beide sahen mir mit seriösen Mienen entgegen, wohingegen ich mein Elli-Lächeln ausgepackt hatte. Ich wollte mich nicht verstellen, nicht anders sein, einfach nur … ich. Ohne Hemmungen, ohne meine Schüchternheit. Mit mehr Grenzen, die ich für mich setzte.

Liliana stand die Überraschung angesichts des Begrüßungskomitees deutlich ins Gesicht geschrieben, aber sie schaffte es, rasch wieder zu einer professionellen Miene zurückzufinden. Dafür schnellte ihr Blick in meine Richtung, als mein Vater auf mich zutrat und mich kurz in den Arm nahm.

»Sicher, dass du das machen möchtest?«

So viele Jahre hatte ich mich hinter dem Namen meiner Mutter versteckt, damit mich niemand mit Skogen in Verbindung brachte. Jetzt wollte ich das endlich ändern.

»Ja«, sagte ich und drückte entschlossen die Schultern nach hinten, hob kampfbereit das Kinn und ging mit ihnen zum großen Konferenzraum, wo auch die übrigen Mitarbeitenden der Abteilung warteten. Die Menschen, mit denen ich in den letzten fünf Monaten zusammengearbeitet hatte und die zu lieben Kolleginnen und Kollegen geworden waren. Auf dem Weg dorthin passierten wir Lucas' Büro. Ehemaliges Büro. Von Sander wusste ich, dass er gekündigt hatte. Endgültig verschwunden war.

Ein dumpfes Gefühl machte sich in meiner Bauchmitte breit. Aber da ich die letzten drei Wochen abwechselnd mit Heulen, Verkriechen und Wiederaufstehen verbracht hatte, fühlte ich mich in der Lage, diese Tatsache zu verdrängen. Auch wenn ich ahnte, dass es mich spätestens am Abend, wenn meine Gedanken die leise Geräuschkulisse um mich herum übertönen würden, wieder einholen würde.

Bergen. Für einen flüchtigen Augenblick erinnerte ich mich an meine erste Präsentation hier drin, die ersten zwei Horrorwochen, in denen ich nicht viel mehr als ein graues Mäuschen gewesen war. Keine Ahnung, wo all die Zeit geblieben war – oder die junge Frau, die ich damals im Spiegel erblickt hatte.

Als mein Vater sich vorn hinstellte, blieb ich neben Großvater stehen, der müde wirkte. Kein Wunder. Er war nicht unsterblich und das Alter und die Gebrechlichkeit waren ihm deutlich anzusehen. Die letzten Wochen und Monate waren nicht spurlos an ihm vorbeigegangen. Ich hatte ihn noch nicht auf die Gerüchte einer möglichen Krankheit angesprochen, wollte es aber in einem ruhigen Moment tun, wenn ich all die anderen Punkte auf meiner mentalen Liste abgehakt und mich etwas gefestigt hatte. Ich hatte keine Angst mehr, mich einer Unterhaltung zu stellen. Etwas, das ich durch Lucas gelernt hatte.

»Ich bin immer noch sauer«, raunte ich ihm zu und sah, wie ein Mundwinkel zuckte.

»Ich weiß, zu Recht. Aber ich würde mich freuen, wenn du endlich meine Einladung annimmst, damit wir in Ruhe über alles reden können.«

Wer wusste schon, wie viel Zeit ihm blieb? Ich hatte meinen Standpunkt bereits klargemacht. Trotzdem änderte das nichts an dem, was er damals getan hatte. Aus welchen Gründen auch immer.

Vater hatte seine Einführung fast beendet und ich machte mich bereit, vor all den Leuten zu sprechen, die erwartungsvoll nach vorn blickten, darauf warteten, dass ich das Wort ergriff.

»Okay«, flüsterte ich zurück.

Großvaters Miene erhellte sich schlagartig. »Das bedeutet?«

»Ich nehme deine Einladung an und wir reden über alles. In Ruhe. Aber es wird dir nicht gefallen, was ich dir zu sagen habe. Und mir sind Dinge zu Ohren gekommen, die ebenfalls auf den Tisch müssen. Das weißt du genauso gut wie ich.«

Ich warf ihm einen schnellen Blick zu und sah bei meiner vagen Andeutung Verstehen in seinen Augen aufkeimen. Mein Herz sank. Also war vielleicht doch etwas an den Gerüchten dran …

Gleichzeitig war ich stolz auf mich. Darauf, dass ich es schaffte, auch meinem Großvater zu sagen, was ich wollte. Vor nicht allzu langer Zeit hätte ich das nicht getan, sondern mich in Grübeleien und monologartigen Gedanken verkrochen.

»Wenn du dich da mal nicht täuschst«, erwiderte er und lenkte ebenfalls seine Aufmerksamkeit nach vorn, wo mein Vater gerade den letzten Satz sagte: »Deswegen möchte ich meine Tochter, Ellinor Skogen, noch einmal offiziell als Teil des Teams hier bei KOSGEN begrüßen.«

Ein leises Raunen ging durch die Reihen, aber ich sah vor allem in freundliche Gesichter. Entdeckte Janne, Agnes, ebenso wie Rabia und Liliana, die mir beide zunickten, während ich nach vorn ging.

Es würde keine Rolle spielen, ob sie mich anders behandelten oder nicht. Denn ich wusste, wer ich war und welchen

Stellenwert ihre Gedanken und Eindrücke in meinem Leben einnehmen würden. Nämlich so gut wie gar keinen.

»Hallo, ich möchte kurz die Gelegenheit nutzen, und noch einmal von vorn anfangen. Neues Jahr, neues Glück, wie es so schön heißt«, begann ich und jedes einzelne Wort floss wie selbstverständlich von meinen Lippen. Kein Stocken, kein Zögern. Trotzdem war mir unsäglich heiß, ich spürte den Schweiß im Nacken, die kribbelnde Nervosität, die durch meinen Körper raste. Aber auch das war okay, es gehörte einfach dazu. »Ich bin Ellinor Skogen, die meisten kennen mich als Elli und genau so soll es bleiben.«

In den nächsten zwei Wochen steckte ich in einem Berg aus Arbeit für die Produktionstests der *Himmelsk*-Dinkelkekse. Großvater hatte mich mit der Aufgabe betraut, bei einer möglichen neuen Rezeptur entscheidend mitzuwirken, nicht zuletzt wegen meiner Idee mit den flüssigen Schokoladentropfen und der neuen Konsistenz der Kekse. Da sich meine Zeit im Corporate Development sowieso dem Ende zuneigte, war es kein Problem gewesen, in eine andere Abteilung zu wechseln. Nach meinem Lebensmitteltechnikstudium besaß ich auch die nötige Expertise, um mich in die Prozesse einzudenken und nicht nur im Weg herumzustehen.

Es tat mir gut. Alles davon.

Lenkte mich ab. Von der Tatsache, dass Lucas nicht mehr in meiner Nähe war und wie weh das tat.

Nur ein paar Abende hielt ich mir absichtlich frei. Dann futterte ich gern und oft viel zu viel Schokolade, während ich mich wahllos durch irgendwelche Comfort-Serien kämpfte, die meinen Seelenschmerz lindern sollten, aber nur das Gegenteil bewirkten. Denn über den Bildschirm flimmerten nahezu nur perfekte Menschen mit ihren perfekten Beziehungen und ihren perfekten Problemen.

Aber das hier war etwas anderes. Das reale Leben, keine gezuckerte TV-Variante. Ich hatte Jahre damit zugebracht, über den Verlust von Lucas hinwegzukommen, hatte versucht zu begreifen, weshalb er mich von sich gestoßen hatte.

Und am Ende war es eine Banalität? Eine Frage meines Großvaters, und er hatte einfach das Handtuch geworfen?

In immer wiederkehrenden Wellen schwappten Enttäuschung und Wut über mir zusammen, auch wenn die Intervalle und Abstände etwas größer wurden. Letzteres vor allen Dingen deswegen, weil die Anrufe weniger wurden. Die Nachrichten komplett aufgehört hatten.

Vier Wochen nach unserem letzten Kontakt fragte ich mich, ob wir nicht irgendwann eine weitere Aussprache brauchten und wann der Punkt erreicht war, an dem ich mit ihm reden würde.

Die Antwort darauf kam an einem Samstagvormittag. Aus heiterem Himmel. Aus dem Nichts.

Elli. Schau hinter das Porträt. Dann weißt du, was du mir immer schon bedeutet hast.

Ein paar kleine Worte, aber doch öffneten sie das Tor in eine andere Welt und tausend Emotionen jagten in Sekundenschnelle durch mich hindurch. Ich spürte die Gänsehaut auf meinen Armen. Stirnrunzelnd und mit wild klopfendem Herzen starrte ich auf die wenigen Worte, um mir einen Reim darauf zu machen. Wochenlang hatte er immer wieder versucht, mich anzurufen, aber ich hatte abgeblockt. Und jetzt das. Jetzt diese Nachricht.

Welches …

Jeder Muskel meines Körpers gefror zu Eis. Schockiert wandte ich den Kopf, sah über die Sofalehne zu dem Regal neben der Kochinsel, wo neben den Blumenvasen, meiner Schlüsselschale und ein paar Fotos auch die Zeichnung stand, die Lucas vor sechs Jahren für mich angefertigt hatte.

Es war das einzige Porträt, was mir einfiel. Das einzige, was er meinen konnte.

Mit flatterndem Puls stand ich auf, stakste hinüber und griff fahrig nach dem Bilderrahmen aus Holz. Wie verknotet arbeiteten meine Finger, lösten nach und nach und viel zu langsam die Verschlüsse und nahmen schließlich die Halterung und das Glas heraus. Hinter der Zeichnung, wo eigentlich nur ein weißes Stück Papier sein sollte, erkannte ich Lucas' Schrift, die Zeilen waren mit Bleistift geschrieben.

Schlagartig wich all das Blut aus meinem Gesicht und ich lehnte mich gegen die Anrichte, aus Angst, meine Beine könnten unter mir nachgeben.

Elli,
ich wünsche dir alles Gute zu deinem sechzehnten Geburtstag.

Bei der ersten Zeile schnappte ich nach Luft. Mein lautes Keuchen füllte den weitläufigen Raum und ich musste mich an der Anrichte festhalten, so keksweich wurden plötzlich meine Knie. Alles drehte sich, fühlte sich an, als hätte ich meinen Kopf unter Wasser getaucht, und ich scannte den Text, holte zittrig Luft und las weiter.

Danke für deine Freundschaft, ich sage es dir viel zu selten, wahrscheinlich gar nicht, aber du bedeutest mir unendlich viel. Genau genommen habe ich mich in den letzten Monaten in dich verliebt und weiß nur nicht, wie ich es dir sagen soll.
Du bist der Lichtblick an jedem meiner Tage.
Keine Ahnung, ob ich jemals den Mut aufbringen werde, es dir ehrlich zu sagen.
Aber wenigstens habe ich es dir einmal geschrieben.

Dein Lucas

Ich überflog die Zeilen noch einmal. Und noch einmal. Immer und immer wieder, bis mir schwindelig wurde. Das Bild hatte er mir an meinem sechzehnten Geburtstag geschenkt.

Danach war das Gespräch mit meinem Großvater gewesen.

Also … also war er damals schon in mich verliebt gewesen? Und all die Jahre war sein Geständnis in meinem Besitz gewesen, genau vor meiner Nase, und ich hatte es nicht gewusst? Nie bemerkt?

Ich würde dir so gern einiges erklären.
Du findest mich in Eriks Werkstatt.

Danach folgte noch die Adresse. Sekundenlang starrte ich auf die Zeilen in meiner Hand und auf seine Textnachricht.

Dann riss ich schluchzend die Wohnungstür auf, schnappte mir meinen Wollmantel und stürzte hinaus, griff geistesgegenwärtig nach meinem Schlüssel und sprintete die Treppenstufen hinunter, so schnell ich konnte. Mein ganzer Körper bebte vor Anspannung und hibbeliger Freude, die Glücksgefühle und vollkommene emotionale Ausgelaugtheit begruben mich förmlich unter sich. Als ich unten aus der Haustür trat, empfing mich die frostige Januarluft, aber selbst das spürte ich kaum. Meine Gedanken wirbelten wild durcheinander.

Mit dem Taxi fuhr ich zur besagten Adresse. Ich bezahlte die Fahrt und ging mit wackeligen Beinen auf das unscheinbare Gebäude des Mehrfamilienhauses zu. An der Seite war der Eingang zu einer Garage. Zögerlich näherte ich mich der angelehnten Tür und schob sie langsam auf. Sie öffnete sich mit einem ächzenden Geräusch, gab immer mehr vom Inneren des Raumes frei – und da stand *er*.

Ein Wechselbad der Gefühle zuckte über sein attraktives, vertrautes Gesicht, sobald er mich erblickte, und ich eilte auf ihn zu, umfasste es mit beiden Händen, als könnte ich nicht glauben, welches Geschenk er mir gemacht hatte.

Endlich verstand ich es. Ich verstand seine Ängste und Sorgen, weshalb er sich die ganze Zeit verschlossen hatte, mich weggeschoben hatte. Dabei waren wir bereits glücklich gewesen, bis ich erfahren hatte, dass er mich belogen hatte. Dennoch war ich so unsäglich wütend auf ihn. Und dann war da noch meine Liebe für ihn.

Verdammt. Ich liebte ihn. Hatte es immer schon getan. Schon als junges Mädchen, hatte ihn vermisst, seinen Verlust betrauert und dann endlich meinen eigenen Wert erkannt.

Erst jetzt realisierte ich, wo ich mich befand, was um uns herum aufgebaut war. Zwar roch es nach kaltem Motoröl und Abgasen, aber das hier war nicht länger eine Garage. Abrupt ließ ich ihn los, spürte, wie meine Nase gefährlich zu jucken begann, und sah mich im umdekorierten Innenraum um, den Lucas in eine Art Ausstellung verwandelt hatte. Seine ganz persönliche Vernissage. Nur für mich. Stürmisch pochte mein Herzschlag, donnerte hämmernd gegen meine Rippen.

Überall an den Wänden hingen Bilder, zu viele, um sie alle in wenigen Wochen zu malen. Gerührt wischte ich mir die Tränen von den Wangen, die jetzt hemmungslos flossen, machte einen Schritt auf eines der Gemälde zu, das zwei Personen auf einer Parkbank zeigte, die Gesichter im Schatten liegend, in kühlen Blautönen gehalten und doch …

Das waren wir beide. Vor sechs oder sieben Jahren. Auf der Bank im Skaterpark, eingehüllt in einen vertrauten Moment. Ich lag auf der Seite, ein Buch in der Hand, und Lucas fertigte eine Porträtzeichnung an. In der rechten, unteren Ecke prangte seine Signatur und ich erinnerte mich an die Bedeutung dahinter. *Golden.*

Wie der Nachname seiner Oma, bevor sie ihren Norweger geheiratet hatte.

Auf der anderen Seite der Garage waren noch einige Bleistiftzeichnungen angebracht. Hände, Augen, Nase, Mund, ich. Neugierig ging ich darauf zu, prüfte das Datum neben der Unterschrift. November. Dezember. Letztes Jahr. Weiter hinten waren andere Momentaufnahmen, nicht von mir, sondern von Augenblicken, die wir geteilt hatten. Zwei Personen im Munch-Museum, einen Raum von *Der Schrei* entfernt. Wir zwei, allein und abgeschieden, in unserer eigenen Welt, während vor dem berühmten Gemälde ein Kampf um die beste Sicht ausgebrochen war.

Langsam, zitternd, verwundert, überwältigt drehte ich mich zu Lucas um, der eine Hand in seinen Haaren vergraben hatte, so verloren, so unsicher, so offen, so verliebt, so verzweifelt aussah, dass ich nichts anderes als pure Zuneigung für ihn spürte und gegen die Tränen ankämpfte, die wieder in mir aufsteigen wollten.

»Elli, ich …«, setzte er stockend an, doch ich unterbrach

seine Worte einfach, indem ich die Distanz zwischen uns überbrückte, mich auf die Zehenspitzen stellte und meinen Mund auf seinen presste.

Verzweifelt, intensiv, mit all den Gefühlen, die ich für ihn empfand, empfunden hatte und vermutlich immer empfinden würde.

Seine Lippen schmeckten nach Schokolade und Dinkel, aber vielleicht bildete ich mir das auch nur ein. Sie waren fest und weich und nach kurzem Zögern erwiderte er meinen Kuss. Stark und sicher schlossen sich seine Arme um meinen Körper, begruben mich in seiner Umarmung und ich fühlte mich aufgehoben.

Das war mein Platz. War es immer schon gewesen.

Insgeheim hatte ich es gespürt. Geahnt. Wahrscheinlich war ich deswegen so unfassbar verletzt gewesen. Aber ich hatte ihn verlieren müssen, um mich selbst zu finden. All das war notwendig gewesen, damit ich für mich einstehen konnte.

Niemand ließ mich so hoch fliegen wie Lucas, sah in mir mein Potenzial, forderte mich heraus, neckte mich und gab mir das Gefühl, noch viel mehr zu können.

»Ich hätte es viel früher durchschauen müssen«, murmelte ich und inhalierte tief seinen Eigengeruch und den Hauch seines Aftershaves.

»Ich habe alles dafür getan, dass du es nicht durchschaust«, antwortete er ebenso leise, drückte seine Nase an meinen Kopf und atmete tief aus. Es war ein befreites Ausatmen, als wäre eine riesige Last von seinen Schultern gefallen. In meinem Geist blitzte die Abschlussszene von *Die Schöne und das Biest* auf. Mein mürrischer, schlagfertiger Lucas, der ein Herz aus Gold besaß, aber es sich nie eingestanden hatte.

»Du hast es also gelesen?«, fragte er verlegen und ich lehnte mich etwas nach hinten, ohne aus seiner Umarmung zu kriechen, um ihm unmittelbar ins Gesicht sehen zu können.

»Wäre ich sonst hier?«

»Jedes Wort ist wahr«, gestand er offen und mein Herz quoll förmlich über. Da lag eine Zärtlichkeit in seinem Blick, der mir erneut die Tränen in die Augen trieb. Seine rauen Finger strichen meine Wange entlang, verfolgten meine Halslinie und der harte Zug um seinen schönen Mund wurde weich, als er leise fortfuhr: »Ich hatte die Zeilen damals geschrieben, weil ich es dir sagen wollte. Irgendwann. Ich war mir sicher, dass ich es nach deinem Geburtstag tun würde. Oder vielleicht ein Jahr später. Dann hatte ich das Gespräch mit deinem Großvater und habe erkannt, dass ich dir niemals das Leben bieten könnte, das du verdient hättest.«

»Aber …«

Lucas ließ meinen Protest verklingen, indem er einen Finger auf meinen Mund legte und sanft den Kopf schüttelte. »Lass mich bitte kurz ausreden, Elli. Du bist ein aufrichtiger, gutherziger Mensch und ich liebe dich schon seit Jahren. Die meiste Zeit, seit wir uns kennen. Erst war es freundschaftlich, dann entstand der Wunsch nach mehr. Allerdings wusste ich, dass ich dieses *mehr* niemals haben konnte, weil unsere Welten so unterschiedlich sind. Waren. Wie auch immer …«

»Oh, Lucas.« Ich schluchzte. Bei seinen Worten brach etwas in mir auf. All der Schmerz, all die Trauer um unsere verlorene Zeit, nur weil er nicht auf sich selbst vertraut hatte.

»Du hast mit so vielen Dingen recht gehabt. Vor allem damit, dass ich nicht um dich gekämpft habe. Das wird sich ändern. Ab heute.«

Golden

32

LUCAS

Ellis Pulsschlag flatterte unter meinen Fingerspitzen, als ich ihr behutsam über den Hals strich.

»Du bist an dem Abend auf der Jubiläumsfeier deines Großvaters genau in der Sekunde ins Gespräch geplatzt, als ich ihm sagen wollte, dass ich kündigen möchte«, fuhr ich fort und die Erinnerung an diesen qualvollen Verlust, der Moment, in dem sie verschwunden war, und die Angst, sie für immer verloren zu haben, riss an meinen Nerven. Ich zog sie enger an mich. »Aber zuerst … Es tut mir leid, dass ich mich in den letzten Wochen so rar gemacht habe. Aber das hatte seine Gründe. Ich wollte dir nicht nur sagen, dass ich es ernst meine, ich wollte es dir zeigen.« Ich hob die Hände und umfasste zärtlich ihr Gesicht, das Lächeln auf ihren Lippen war Versprechen und Verheißung zugleich und ich hätte es mir am liebsten gestohlen. »Dass ich gekündigt habe, hat in erster Linie nichts mit dir zu tun, sondern ausschließlich mit mir. Es gab einige Dinge, die ich erst einmal mit mir ausmachen, für mich herausfinden musste, bevor ich dir zeigen kann, wie wichtig du für mich bist. Ich wollte es dir nicht einfach nur sagen. Das hätte nicht gereicht. Es wären nur hohle Phrasen gewesen. Du sollst sehen, wie ernst ich es meine. Verstehst du das?«, fragte ich und war froh, all die Sachen endlich loszuwerden, die ich ihr schon die ganze Zeit über so gern gesagt hätte. Elli nickte verständnisvoll und unter Tränen, schmiegte sich an mich, als wäre das genau der richtige Platz für sie. »Ich möchte, dass du selbst für deine *Himmelsk*-Dinkelkekse kämpfst, ohne mich. Für mich ist es Zeit weiterzuziehen. Ich muss etwas Neues machen.«

»Solange du nicht zu *Knåd* gehst«, scherzte sie, Tränen schimmerten in ihren Augen.

»Nur über meine Leiche«, antwortete ich und küsste ihre Nasenspitze. »Aber du sollst wissen, dass ich deinem Großvater gefolgt bin, weil ich die Sache klären und verstehen wollte. Ich habe erkannt, dass ich bereit bin, alles für eine mögliche Zukunft mit dir zu tun, egal, was er denkt. Mir war nicht …« Ich unterbrach mich und dachte an den Moment seiner Offenbarung zurück. In mir wurde es ganz ruhig, die tosenden Wellen in meinem Innern flauten ab, eine Sturmflut, die endlich verstummte. »Mir war nicht bewusst, dass es nur ein Test war. Er wollte damals schon sehen, ob ich zu dir stehen würde. Das habe ich nicht getan. Und das bereue ich zutiefst«, sagte ich voller Aufrichtigkeit.

Mein Blick verhakte sich mit Ellis und mein Herzschlag normalisierte sich endlich, als ich die Wärme in ihren Augen bemerkte. Sie verstand. Sie verstand mich und würde nicht gehen. Erleichterung durchdrang jeden Winkel meines Körpers.

»Dass er dir gesagt hat, was damals zwischen uns vorgefallen ist, spielt keine Rolle mehr«, fuhr ich nun mit leiser Stimme fort. »Es ist Vergangenheit. Dieser Lucas bin ich nicht mehr, auch dank dir.«

Mehrere Emotionen blitzten hintereinander in ihren klugen

Augen auf. Glück, Freude, Hoffnung. »Okay … gut … das nächste Mal warn mich aber bitte vor und … rede einfach mit mir. Lüg mich nicht an. Nie mehr, Lucas. Nicht bei solchen Dingen und nicht, wenn ich dich danach frage.«

»Ich wollte mit dir reden«, erwiderte ich sanft. »Nur in der Woche nach dem Geburtstag deines Bruders und vor der Jubiläumsfeier war so viel los. Du warst nicht nur mit der Arbeit, sondern auch mit den Festvorbereitungen beschäftigt und ich wollte einen günstigen Moment abwarten. Was nach einer beschissenen Ausrede klingt, das ist mir durchaus bewusst.«

»Du hättest mich nicht schonen müssen. Wie du treffend festgestellt hast, kann ich meine Krallen ausfahren, wenn es sein muss«, sagte sie und ihr Lächeln haute mich förmlich um, während ihre Fingerspitzen meinen Oberarm hinaufwanderten, bevor sie ihre Arme um meinen Nacken schlang. Sie tat es mit einer Selbstverständlichkeit, die mir den Boden unter den Füßen wegzog.

Elli verzieh genauso großzügig, wie sie nun mal war.

»Keine Sorge, ich liebe es viel zu sehr zu sehen, wie du wütend wirst, als dass ich zukünftig darauf verzichten könnte.«

Elli presste ihren Oberkörper an meinen und ein warmes Glücksgefühl erfüllte meine Brust. Es war unbeschreiblich. Mein Magen krampfte sich für einen winzigen Augenblick zusammen, weil die Angst in mir aufkeimte, sie womöglich verloren zu haben.

»Ich bin verdammt froh, dass du wieder so unverhofft in mein Leben getreten bist, Elli. Dein Lachen, dein Wesen, dein Mut, an dir zu arbeiten und für dich einzustehen. Ich habe mich lange und intensiv gegen meine Gefühle gewehrt, aber das werde ich nicht mehr tun. Du musst mir nur ein wenig Zeit geben, ich bin etwas eingerostet in diesen Dingen. So, wie du deine Probleme hast, schmutzige Wörter in den Mund zu nehmen.«

»Du meinst Schwanz, blasen oder Sex?«, fragte sie keck in Anspielung auf die Szene in meinem Büro vor ein paar Wochen und dafür liebte ich sie vielleicht ein kleines bisschen mehr. Dann wurde ihre Miene jedoch wieder etwas ernster und sic sah mich vorwurfsvoll an. »Du hättest nur einmal etwas sagen müssen, Lucas. Ein einziges Mal. Ich hätte dir sofort offenbart, wie viel du mir bedeutest.«

»Das wusste ich doch, Kätzchen«, antwortete ich kopfschüttelnd und lehnte mich ihr entgegen, küsste ihren hämmernden Puls und flüsterte an ihrem Ohr: »Das war es nicht. Ich dachte … ich dachte, ich könnte dir niemals das geben, was dich glücklich macht.«

Elli lachte unter Tränen und ich wischte ihr über die nassen Wangen, hauchte ihr einen Kuss auf den Mund. »Der ist dafür, dass ich ein Arschloch war. Viel zu lange, viel zu sehr.« Wieder ein Kuss, länger dieses Mal, unsere Lippen blieben aufeinander haften wie zwei Magnete. Zu einem anderen Zeitpunkt hätte ich mir darüber Gedanken gemacht, dass uns Erik vielleicht hören oder sehen könnte, aber das war mir in diesem Augenblick scheißegal. Alles, was für mich von Bedeutung war, hielt ich in meinen Armen.

»Der ist dafür, wie sehr es mich an den Rand der Verzweiflung gebracht hat, dich nicht im Arm halten zu können, ohne dabei Reue oder Schuldgefühle zu empfinden.« Noch ein Kuss. Noch länger. Weniger unschuldig, nicht ganz so süß. Trotzdem genau richtig. »Der ist für dich, weil du absolut umwerfend bist.« Ich küsste ihren Mundwinkel, dieses Mal noch länger, verharrte und genoss es, wie sehr sie sich der Berührung hingab. Als wäre das alles, was zählte.

Ich spürte ihre Wärme, ihren Herzschlag, der mit meinem um die Wette raste. Aber das hier war ein Anfang, wir hatten unserer Geschichte noch kein Ende gegeben.

Ich dachte an die Bilder, die ich in den letzten Wochen produziert hatte. Ich dachte daran, welche Möglichkeiten uns offenstanden, solange wir einander vertrauten und uns gegenseitig unterstützten.

»Ich liebe dich, Ellinor Skogen«, murmelte ich an ihren Lippen und küsste sie. Dieses Mal noch tiefer, einnehmender, als würde ich sie nie wieder loslassen wollen. Und genau so fühlte es sich an.

»Ich liebe dich auch, Lucas Stensrud«, erwiderte sie selig lächelnd und ich grinste, weil diese Worte mitten ins Herz gingen.

Dort, wo nicht länger ein Scherbenmeer lag.

DANKSAGUNG

Wow. Keine Ahnung, wie diese Geschichte wieder das werden konnte, was sie geworden ist, aber ich habe mich Hals über Kopf in Elli und Lucas verliebt. Es hat mich so viel gekostet, vor allem, weil die Zweifel stellenweise ohrenbetäubend laut waren …

Dieses Buch ist für euch, meine Filmkamera-Crew. Ich bin unwahrscheinlich dankbar für jede Person, die meine Geschichten liest, egal, ob es das erste Buch ist, nach dem ihr gegriffen habt, oder ihr insgeheim der München-WG nachtrauert und den fünften Reread hinter euch habt. Ihr seid mein Motor, danke für jedes Video, jede Verlinkung, all die Empfehlungen, eure Nachrichten … Es ist so schön, dass wir alle diese Leidenschaft teilen!

Danke an Christiane Düring, die beste Agentin, die ich mir wünschen kann. Danke für deine Begeisterung, deinen Einsatz, dass du in meiner Ecke stehst und auf mich aufpasst. Ich weiß das alles sehr zu schätzen.

Ein weiterer Dank gilt dem Loewe Verlag und insbesondere dem Intense-Team, die so fleißig und so viel hinter den Kulissen für meine Bücher tun und sich dafür einsetzen! Elena, mein persönlicher Max Verstappen, danke für alles. Fürs Zusammenhalten, die Organisation, das Verständnis, die Motivation, alles. Elisa, die eine so große Bereicherung für das Team ist: Wow! Danke. Lena, die so Vollgas gibt und ihre Leidenschaft einbringt. Jeanette, danke für deinen Einsatz. Merci an das Marketing, den Vertrieb, die Lageristen und selbstredend an Herrn Gondrom.

Liebe Franziska, deine Ruhe und Geduld möchte ich haben, du hast so viele wunderbare Sachen bemerkt und ausgearbeitet. Ich bin unwahrscheinlich froh, dich als meine Lektorin zu haben, vier Bücher – danke!

Diese Geschichte wäre ohne meine Testleserinnen nicht dieselbe. Michelle – Mimi, Lisa & Lisa, Myri – ihr wisst nicht, wie wichtig eure Worte sind. Euer Glaube an das Buch, die Figuren, an *Grumpy Boy* und Elli-Maus, an ihre Entwicklung, an mich. Ihr seid die Besten. (Who is cutting onions???)

Ein riesiges Dankeschön geht auch an meine befreundeten Kolleginnen. Dieser nervenaufreibende Alltag wäre ohne euch nicht dasselbe. Insbesondere: Jessi (Lucas ist übrigens Sternzeichen Löwe, Elli ist Krebs), Nina (du Herz), Anya (Du bist die Beste. Wirklich. Ich habe keine Ahnung, wo ich ohne dich stehen würde.), Ava (GIF-Liebe), Kyra (danke für all die Memos), Tami (danke für den schönen Blurb und deine Vorfreude auf die Geschichten, Herzchen für dich) und all die anderen lieben Schreibenden, es tut mir leid, falls ich jemanden vergessen habe!

Aki für deine Hilfe beim kulturellen Hintergrund – danke, dass ich mir deine Großeltern ausborgen durfte. Und an diejenigen, die mir bei Lucas' Familiengeschichte und meinen Fragen dazu zur Seite standen.

Danke an meine Freunde, die so verständnisvoll sind, wenn ich mit einem »Ich muss noch das Buch fertig bekommen« antworte oder mich wochenlang in meine Schreibhöhle verkrieche. Ich weiß das. Ich sehe das. (Und es wird irgendwann besser. Oder alle gewöhnen sich daran, haha.)

Mein größter Dank geht wie immer an meine Familie, speziell an meine Mama und Heidi für eure besondere Unterstützung. DANKE! Liebe Bsouls, Wahls und Adler-Gang, dieser Rückhalt tut so gut. Ihr seid mein Sicherheitsnetz, ihr seid da und fangt mich auf, und ihr seid da, weil ich Caro bin, aus keinem anderen Grund.

Karim, wie immer reichen die Worte hier nicht aus, aber ich bin so froh, dich an meiner Seite zu haben. Jeden Tag aufzuwachen und nicht zu wissen, mit welchem Kracher du mich dieses Mal zum Lachen bringst. Du bist meine Wundertüte und ich kann mir nichts Schöneres vorstellen, als mit dir als Familie durchs Leben zu gehen.